HONOR'S SPLENDOUR
by Julie Garwood
translation by Rieko Hosoda

銀色の狼に魅入られて

ジュリー・ガーウッド

細田利江子［訳］

ヴィレッジブックス

銀色の狼に魅入られて

おもな登場人物

- **マデリン**
  本書のヒロイン。ラウドンの妹
- **ダンカン**
  ウェクストンの領主
- **ラウドン**
  領主。マデリンの兄
- **エドモンド**
  ダンカンの次の弟
- **ギラード**
  ダンカンの末の弟
- **アデラ**
  ダンカンの妹
- **アンソニー**
  ダンカンの司令
- **ジェラルド**
  アデラの婚約者
- **レイチェル**
  マデリンの母。故人
- **バートン**
  司祭。マデリンの母方のおじ
- **モーカー**
  ラウドンの友人
- **ウィリアム2世**
  イングランド国王

1

「すべて真実なこと、すべて尊ぶべきこと、すべて正しいこと、すべて高潔なこと……

また徳といわれるものがあれば、それらのことを心に留めなさい」

——新約聖書「ピリピ人への手紙」四章八節

一〇九九年　イングランド

彼は殺されようとしていた。

殺風景な中庭に、捕虜の戦士は両手を杭《くい》に縛りつけられたまま立っていた。なんの感情も見せず、敵兵など眼中にないようにまっすぐ前を見据えている。

捕虜はこれまで、なんの抵抗も見せなかった。上半身を裸にされたときも、暴れるそぶりひとつ見せず、抗議の声をあげることもない。毛皮で裏打ちされた贅沢《ぜいたく》な冬用のマントと、重たい鎖帷子《くさりかたびら》、綿のシャツ、ストッキング、革のブーツは脱がされ、目の前の凍《い》てついた地面に置いてあるが、敵がそれをした意図は明瞭だった。このまま放っておけば、新しい傷跡を残すことなく捕虜は死ぬ。彼の死を待ち受ける者たちが見守るなかで、自分が身につけていたものを目の当たりにしながら、ゆっくりと凍え死んでいくのだ。

彼の周囲を十二人の兵士が取り囲んでいた。短剣を抜いて虚勢を張り、寒さを紛らわせようと足を踏みならしつつ、大声で罵《ののし》り、嘲《あざけ》りながら、捕虜の周囲を歩きまわっている。彼らは捕虜の気が変わり、いましめを破って反撃してきたときに備えて、全員が安全な距離を保っていた。捕虜がヘラクレス並みの剛力の持ち主だという噂《うわさ》を耳にしていたので、そんな離れ業ができても不思議はないと、だれもが思っているのだ。実際、戦場で彼の鬼神のごとき戦いぶりを一度ならず目にした者もいた。戦士が縄を引きちぎれば、短剣を使わざるを得ない。だがその前に、三人、いや四人はあの世送りになる。

十二人のうち、隊長の男は、みずからの幸運をまだ信じられずにいた。なにしろ、あの〝狼《おおかみ》〟を捕らえて、その死を見届けようとしているのだ。

なんと向こう見ずな過《あやま》ちを犯したものだと、男は思った。そう、ウェクストンの有力な領主《バロン》ダンカンは、たったひとりで、身を守る武器をひとつも持たずに、敵の居城に馬で現れた。愚かにも、相対《あいたい》する領主ラウドンが、休戦の取り決めを尊重するものと思いこんで。

きっと大げさな噂を信じているせいだ。叙事詩に謳《うた》われた戦士のように、自分は無敵なのだと。だからこそ、この絶体絶命の状況にも無関心でいられるのだろう。

囚《とら》われの男を見つめるうちに、隊長は不安になった。彼らは身につけているものを剝《は》ぎとり、地位と権力を誇示する青と白の紋章をずたずたに切り刻んで、貴族であることを示すものはなにひとつ残らないようにした。ダンカンが名誉も威厳も失ったまま死を迎えることを主君ラウドンは望んでいる。しかし、あるじの望みどおりにはなりそうもなかった。目の前にいる半裸の男はいかにも堂々としていて、これから死を迎えるというのに、命乞いもせず、早く殺せと泣いて訴えることもしない。なにより、死にかけているように見えなかった。肌は青白くもなければ鳥肌も立っておらず、たくましく日焼けし、震えてもいない。上等な衣服の下にあったのは、ひそかに語り継がれるいにしえの戦士のごとき誇り高き領主の姿。彼らの目前に現れたのは、まさしく〝狼〟だった。

罵声《ばせい》はやんでいた。いまは中庭を吹きすさぶ風の音しかしない。隊長は、離れたところに固まっている兵士たちに視線を移した。ひとり残らず、地面を見つめている。捕虜を見るのを避けているのだ。彼自身、その目をまともに見据えるのがむずかしいくらいだから、手下たちが臆病な振る舞いをするのも無理はなかった。

ウェクストンの領主ダンカンは、見張りのなかでいちばん大柄な男より、さらに頭ひとつ分背が高かった。それに比例するように筋骨隆々とした肩と太腿《ふともも》。たくましい両足を踏んばっているその姿は暗に、その気になりさえすれば彼ら全員を殺せることを物語っていた。

夕闇がしだいに濃くなって小雪が舞いはじめると、兵士たちは不平を漏らしはじめた。

「なにも、こいつと一緒に凍えることはないだろう」ひとりがつぶやいた。

「当分死にそうにないぜ」別の男がいった。「領主さまはさっき出かけたきりだ。おれたちが外にいようとなかにいようと、わかりはしねえ」

他の兵士たちが勢いこんでうなずいたので、隊長の気持ちは揺らいだ。彼自身、寒さに苛《いら》立《だ》ちはじめていたが、それと同時に不安もつのらせていた。寒いのは〝狼〟も同じはずだ。とっくに心が折れ、泣きわめいて当然だろう。それなのに、傲然《ごうぜん》と胸を張り、いまいましいことに、見張りの者たちを歯牙《しが》にもかけていない。この男を見くびっていたことを認めないわけにはいかないのが、なおさら腹立たしかった。こちらは分厚いブーツを履いたつま先がじんじん痛みはじめているのに、〝狼〟は裸足のまま、縛りつけられてから身じろぎひとつしていない。いにしえの英雄と同じように、この男もやはり無敵なのだろうか。

隊長は迷信深い考えを一蹴《いっしゅう》すると、兵士たちに城に戻るよう命じた。最後の兵士が立ち去ると、捕虜がしっかりと縛りつけられていることをたしかめ、その目と鼻の先に立った。

「噂では、あんたは狼のように悪知恵が働くという話だが、所詮《しょせん》は人間だ。人間なら、じきに死ぬだろうよ。新たに傷跡をつけるのは、領主さまの本意ではない。朝になったら、おれたちはあんたの死体を何マイルも離れたところまで引きずっていく。おれたちのあるじが関わっていた証拠は一切残らない」相手がこちらを見もしないことに激しい怒りを覚えながら、隊長は吐き捨てるようにいうと、さらに付けくわえた。「おれの好きにしてよければ、あんたの心臓をえぐり取って終わりにするところだがな」それから相手の顔につばを吐きかけようと口をすぼめた。そこまで侮辱すれば、なにかしらの反応を引きだせるかもしれない。

するとと捕虜がゆっくりと視線をさげ、隊長の目をとらえた。その瞳を見て、隊長はごくりとつばをのみこみ、怯《おび》えて目を逸《そ》らした。それから相手の灰色の瞳にありありと現れた不吉な兆《きざ》しをかわそうと十字を切り、あるじの命令どおりにしているだけだと独り言をつぶやいて、安全な城へと逃げ帰った。

その様子を、マデリンは城壁の陰から見守っていた。計画がうまく運ぶように祈りながらさらにしばらく待って、兄の兵士がだれひとり戻ってこないのをたしかめた。

危険は承知のうえだった。選択の余地はないと、心に決めている。彼の命を救えるのは、自分しかいない。マデリンはその責任を引き受け、結果を受け入れようと決めていた。これからすることをだれかに見咎《とが》められれば、自分も確実に死ぬことになる。

両手は震えていたが、彼女は素早く動いた。早ければ早いほど考えずにすむ。自分のしたことをあれこれと思い悩む時間は、愚かな捕虜を逃がしてしまえばたっぷりあるのだから。

頭巾《ずきん》付きの長い黒マントですっかり身を隠していたせいか、彼女が目の前に来るまで捕虜は気づかなかった。一陣の突風が頭巾を吹き飛ばし、ほっそりした肩にかかる赤褐色の豊かな髪をあらわにした。彼女は顔にかかる髪を払いのけると、囚われの男を見あげた。

ダンカンはいっとき、目の錯覚だろうと思った。そんなはずはないと、首を横に振ったくらいだ。それから彼女の声が届いて、目の前にあるものが想像でないことを悟った。「すぐに縄を切ります。この場を逃れるまで、なにもおっしゃらないで」

ダンカンはいま耳にしたことが信じられなかった。救い主の声は完璧に調弦されたハープの音色のように澄みきっていて、夏の暖かな日のようにあらがいがたい魅力を帯びている。目を閉じて、この奇妙な成り行きを大声で笑い飛ばし、無力な捕虜のふりをやめて開戦の合図を出したい衝動に駆られたが、結局好奇心がまさった。救い主の真意がはっきりするまで、もうしばらく様子を見ることにした。

彼は表情を変えずに、目の前に現れた女性がマントの下から小さな短剣を取りだすのを見守った。縛られていない両足で体を押さえこめるほど近くにいる。もしこの女性が言葉とは裏腹の行動に出るか、心臓を突こうとしたら、殺さなくてはならない。

そんなふうに思われているとは露知《つゆし》らず、マデリンは捕虜を自由にすることだけを考えて彼に近づき、太い縄を切る作業に取りかかった。ダンカンはその手が震えていることに気づいたが、それが寒さのせいなのか、恐怖のせいなのかはわからなかった。

ふとバラの香りがして、ダンカンはとうとう寒さでどうかしてしまったのだろうと思った。冬のさなかにバラ……地獄のようなこの城に天使が……どちらもあるはずのないものだが、やはり彼女は春の花々の香りがし、天から舞い降りてきた幻のように見えた。

彼はふたたび首を横に振った。頭のなかの冷静な部分は、彼女が何者なのかちゃんと理解していた。大体のところはたしかに人づてに聞いた話のとおりだが、その表現では語弊がある。ラウドンの妹は中肉中背だ。茶色の髪に青い瞳で、器量がいい、と。そう、そのところが不正確だ。悪魔の妹は、器量よしでもきれいでもない。目を奪われるほど類《たぐ》いまれな美女だった。

とうとう縄が切れて、両の手が自由になった。ダンカンは感情をなおも見せずに、そのまたたずんでいた。彼女はふたたび目の前に来ると、ちらりとほほえみ、彼の持ち物を拾おうとした。

それだけのことなのに、マデリンの体は恐怖に囚われてなかなか動かなかった。よろめきながらふたたび立ちあがり、背筋を伸ばして彼を振り返った。「わたしについてきてください」

ダンカンは動かずに、じっと待った。

マデリンはその様子に眉をひそめて、凍えてまともに考えることもできないのだろうと思った。彼女は重たいブーツを指先にぶらさげたまま彼が身につけていたものを胸に押しつけると、空いたほうの腕を彼の腰にまわした。「どうか寄りかかってください」小声でいった。「お手伝いします。とにかく急がなくては」彼女の目は城の扉に向けられ、声には恐怖が表れていた。

ダンカンは味方の兵士がはしごで城壁をのぼってきているころだから隠れる必要はないといいたかったが、思いなおした。彼女が知っていることは少なければ少ないほど、いざというとき有利になる。

背丈は彼の肩にかろうじて届くくらいしかないが、彼女は健気《けなげ》にも彼の腕を肩に掛けて体重を少しでも支えようとした。「礼拝堂の裏にある、巡回司祭をお泊めする部屋に行きます」彼女はささやいた。「そこならだれもたしかめようとは思わないでしょうから」

ダンカンはその言葉にほとんど耳を傾けずに、北の城壁をひたと見据えていた。半月の明かりが散らつく小雪を照らしだし、城壁にのぼった兵士たちの姿を浮かびあがらせている。兵士たちは城壁のいちばん高い部分に巡らせた木の通路をいましも埋めつくそうとしているが、物音はひとつも聞こえない。

彼は満足してうなずいた。ラウドンの兵は、あるじと同じくらい愚かだ。厳しい寒さに見張りは城館に引きあげ、城壁は無防備になっている。敵は弱点をみずからさらけだした。そして、そのせいで死ぬことになる。

体を支えてくれている女性にさらに体重をかけて歩みを遅らせながら、かじかんだ両手の動きを取り戻そうと何度も指を曲げのばした。両足に感覚がほとんどないのはまずい兆候だが、いまできることはなにもない。

かすかな指笛の音が聞こえたので、すぐさま片手を高くあげ、待てと合図した。彼女がなにが起こっているのか気づいたようなそぶりを少しでも見せたら口をふさごうと傍らを見おろしたが、体を支えるのに懸命で、侵入者には気づいていないようだった。

狭い戸口にたどり着くと、彼女は彼の体を石の壁にあずけて片手で支え、もう片方の手でドアの留め金をはずそうとした。

ダンカンは自分から壁に寄りかかると、彼女が手に持った服越しに氷のように冷たい鎖と格闘するのを見守った。

ドアが開くと、彼女はダンカンの手を取って闇のなかに入った。じめじめした長い廊下の突き当たりにある二番目のドアに向かうふたりに、凍りつくような風が渦巻くように吹きつける。彼女はそのドアを手早く開けると、なかに入るようにダンカンに合図した。

ふたりが入った部屋に窓はなかったが、数本のろうそくがともっていて、神聖な場所に温かな光を投げかけていた。空気は淀《よど》み、木の床は埃《ほこり》で覆われ、天井の低い梁《はり》から蜘蛛《くも》の巣がぶらさがって揺れている。壁には巡回司祭が訪れたときに着る色鮮やかなローブが掛けてあり、狭い部屋のなかほどには藁《わら》布団と分厚い毛布が二枚、並べて置いてあった。

マデリンはドアにかんぬきを掛けて、ほっとため息をついた。これで、しばらくは安全だ。彼女はダンカンに向かって、藁布団に座るように身振りで示した。「あなたが囚われたのをお見かけして、この部屋を準備しました」彼に服を手渡しながら説明した。「マデリンと申します。わたしは……」ラウドンの妹であることを説明しようとして、言葉をのみこんだ。「このままここにとどまって、夜が明けしだい、秘密の抜け道にご案内します。ラウドンでさえ知らない道ですわ」

ダンカンは藁布団に腰をおろして脚を組むと、シャツをかぶりながら彼女の話に耳を傾けた。勇敢な行動だが、おかげでややこしいことになる。こちらの作戦に気づいたら彼女はどうするだろうかと考えたが、いまさら変えるわけにもいかない。

彼の分厚い胸がふたたび鎖帷子で覆われると、マデリンはその肩に毛布を一枚掛けて目の前に膝をつき、両脚を伸ばすように合図した。彼が素直に従うと、気づかわしげに足を見つめた。ダンカンはブーツを履こうと手を伸ばしたが、マデリンはその手を押しとどめた。

「まず、あなたの足を温めなくてはなりません」

彼女は深々と息を吸いこむと、ダンカンの鋭いまなざしから顔をそむけて、凍てついた足を生き返らせるにはどうすればいいか、しばらく考えた。

それから、二枚目の毛布を取りあげて彼の足に巻きつけようとしたが、かぶりを振って途中でやめ、なんの説明もなくその毛布を彼の両脚にさっと掛けると、マントを脱ぎ、クリーム色のシェーンズ（丈の長い長袖の衣服）を膝の上までそろそろとたくしあげた。飾り帯として腰に巻いている編んだ革紐《ひも》と短剣の鞘《さや》が、シェーンズの上に着ている濃い緑色のブリオー（丈長のチュニック）に引っかかるので、彼女はその革紐と鞘をはずして、彼が座っているそばに置いた。

ダンカンは彼女の奇妙な行動を怪訝《けげん》に思いながら説明を待った。だが彼女はひとこともいわずにふたたび息を吸いこむと、彼の両足をつかんで服の下に滑りこませ、温かい腹に押しつけた。

氷のような肌が触れて、彼女は思わずはっとあえいだが、すぐに服の裾をおろして両足を抱きしめた。肩が震えている。まるで、冷たさをことごとくわが身に取りこんでいるようだった。

ダンカンは、ここまで利他的な行為は見たことがないと思った。

ほどなく、両足に感覚が戻ってきた。熱い短剣が足の裏に無数に突き立てられているようで、とてもじっとしていられない。体を動かそうとしたが、彼女はありえないほどの力を込めて、足をさらに押さえつけた。

「痛みがあるのはいい兆しです」彼女はかすれた声でいった。「すぐに痛くなりますから。そもそも、感覚があるだけ幸運ですわ」

咎《とが》めるようにいわれて、ダンカンは片眉をつりあげた。マデリンはちらりと彼を見あげて、言葉を継いだ。「あんな無茶をなさらなければ、このようなことにはならなかったんです。今日のことが、よい教訓になるといいのですけれど。二度もあなたを助けることはできませんから」

彼女は声を和らげた。ほほえみさえ浮かべようとしているが、あまりうまくいかなかった。「ラウドンが名誉を重んじて行動すると思われたのがそもそもの間違いです。あの人は、名誉のなんたるかを知らない男ですから。そのことを肝《きも》に銘じていれば、あなたは来年も生きながらえているかもしれません」

マデリンは目を伏せて、兄の敵を逃がしたことでどれだけの代償を払うことになるか考えた。妹が手引きしたと兄が気づくのに、さほど時間はかからないだろう。兄が城を離れていたことに、彼女は感謝の祈りを捧げた。おかげで、かねてからの計画どおり、自分が逃げる時間も稼げる。

でも、まずは捕虜の手当てが先だ。自分の大胆な行動がどんな波紋を巻き起こすかは、彼が帰途についてから思い悩めばいい。「いまとなっては仕方のないことですが……」彼女のつぶやきには、あらゆる苦悩と絶望がこもっていた。

ダンカンはなにも言わず、マデリンもそれ以上の説明はしなかった。ふたりのあいだに底知れない沈黙が広がるのを感じて、マデリンは彼がなにか――なんでもいい、気まずさを紛らわせてくれるようなことをいってくれたらいいのにと思った。こんなふうに足を抱いて、肌と肌を触れ合わせているのが恥ずかしかった。少しでも足がずれたら、乳房の丸みにつま先が触れてしまう。そう思って、マデリンは顔を赤くした。もう一度ちらりと目をあげて、この風変わりな手当てを彼がどう思っているのか探ろうとした。

彼女が目をあげるのを待ちかまえていたダンカンは、そのまなざしをとらえて、晴れわたった青空のように澄みきった瞳だと思った。それに、兄とは似ても似つかない。容姿などなんの意味もないと自分にいい聞かせながら、彼はマデリンの汚れを知らないまなざしにどうしようもなく惹《ひ》きつけられるのを感じた。だが、彼女は敵の妹であって、それ以上でも以下でもない。美しかろうとそうでなかろうと、あの悪魔を陥れるためのただの駒《こま》に過ぎないのだ。

マデリンは彼の瞳をのぞきこんで、短剣のように灰色で冷たいと思った。彫像のような顔にはなんの感情も、なんの思いも表れていない。

焦茶色の髪は伸びすぎて少し波打っていたが、それで彼の印象が和らぐことはなかった。口元は険しく、顎《あご》はこわばって、目尻にはひとつの笑いじわもない。笑ったり、ほほえんだりすることなどないのだろう。間違いない、とマデリンはぶるっと身震いした。この人は、その地位に必要とされるほど厳しく、そして冷淡な人だ。まず最初に戦士であり、そのつぎに領主である彼の日常に、笑いが入りこむ余地はない。

マデリンは気まずさを隠すために咳払いして、ふたたび話しかけてみることにした。もしかすると、話してみたら、もっと取っつきやすい人だとわかるかもしれない。

「ラウドンと、たったひとりで会うおつもりだったのですか?」マデリンは相手の答えをじっと待ったが、彼がなおも黙りこんでいたので、むっとしてため息をついた。この人は愚かだけれど、それと同じくらい頑固だ。たったいま命を救ってあげたのに、ひとことの感謝もない。その見てくれや世間の評判と同様、冷淡な人。

それに、見るからに恐ろしい。ひとたびそのことに気づくと、ますます腹が立った。そんなふうに反応するのは、彼と同じくらい愚かなことだ。なにも言われていないのに、子どものようにぶるぶる震えるなんて。

きっと、この人が大柄なせいだ。そう、部屋が狭いから、なおさら威圧されるような気がするのだ。

「またここに来ようなどと考えないでください。今度という今度は殺されてしまいます」

彼はなにもいわなかったが、両足をゆっくりと動かし、太腿の付け根の敏感な部分までゆっくりとつま先を滑らせて、マデリンの体から離した。

マデリンはひざまずいたまま、目を伏せた。彼はストッキングとブーツを履いている。ブーツを履き終わると、彼はマデリンが先ほど放った革紐をゆっくりと取りあげ、彼女の前に差しだした。

マデリンは反射的に、革紐を受け取ろうと両手を伸ばした。仲直りのしるしなのだろう。ほほえみを浮かべて、彼がようやく感謝の言葉を口にするのを待った。

彼は目にもとまらぬ速さで彼女の左手に革紐を巻きつけ、マデリンが引き抜こうと思いつくよりも早く右手の手首にも巻きつけて、両手を縛りあげた。

マデリンは啞然《あぜん》として両手を見つめると、困惑して彼を見あげた。

その表情を見て、マデリンはぞっとした。そして、いま起こりつつあることを否定するようにかぶりを振った。

彼が口を開いた。「わたしはラウドンに会いに来たんじゃない。きみのために来た」

2

「復讐はわたしがする。わたし自身が報復しよう」

――新約聖書「ローマ人への手紙」十二章十九節

「どういうおつもりです？」マデリンは突然のことに、かすれた声でいった。

男は答えなかったが、質問されたのが気に入らないのは不機嫌そうな表情を見ればわかった。彼はマデリンを引っぱって立たせると、両肩をつかんで体を支えた。さもなければ、床にくずおれてしまっただろう。どういうわけか、これほど大柄な男性にしては優しい手つきだとマデリンは思った。そのせいで、よけいに混乱してしまう。

どうしてこんなまねをされたのか、さっぱりわからなかった。囚われの身になっていた彼をわたしは助けた。それはわかっているはずでしょう？　それどころか、彼のためになにもかも投げうった。彼の両足を肌で温めて……そう、できるかぎりのことをしたのに。

戦士から野蛮人に様変わりした男は目の前にそびえ立ち、その巨軀《きょく》にこのうえなく似つかかわしい凶暴な表情を浮かべていた。焼けた火かき棒で触れられたように、強大な力が放射されるのを感じる。凍りつくようなまなざしに必死でたじろがないようにしたが、体が震えているのは隠しようもなかった。

男はその様子を誤解して、脇に置いてあった彼女のマントに手を伸ばし、マデリンの肩に掛けた。片手が胸の膨らみをかすめたのはわざとではなさそうだったが、マデリンは本能的に一歩さがって、胸の前でマントをしっかりとかき合わせた。男はさらに顔をしかめると、縛りあげた彼女の両手をつかんで、暗い廊下に向かった。

マデリンはついていくのに走らなくてはならなかった。さもなければ、引きずられてしまう。「どうしてわざわざラウドンの兵と対決しようとするんです？」

男は答えなかったが、マデリンはあきらめなかった。死に向かって突き進んでいるこの人を、止めなくてはならない。「どうかおやめください。いいですか、きっと寒さで正気をなくしてらっしゃるんです。命を落としますよ」

そういって両手をぐいと思いきり引いたが、彼は速度を緩めもせずにそのまま歩きつづけた。

いったい、どうしたらこの人を助けられるの？

中庭に通じる重たいドアの前まで来ると、男は力まかせに扉を開いた。はずみで蝶番《ちょうつがい》がはずれ、石の壁にぶつかって扉が壊れる。マデリンは戸口から引っぱりだされた。男が正気をなくしたと信じこんでいた彼女をあざ笑うように、冷たい風が容赦なく顔に吹きつけてくる。そう、彼は少しも正気を失っていなかった。

その証拠が、目の前にあった。百人以上もの兵士が中庭にずらりと並び、さらにそれ以上の兵が泥棒のように素早く、静かに城壁を乗り越えてくる。その一人ひとりが、ウェクストンの青と白の色を身につけていた。

マデリンは呆然として、集まった兵士たちの前で男が立ち止まったことにも気づかず、彼の背中にぶつかって、反射的に鎖帷子をつかんだ。もう両手をつかまれていないことに気づいたのはそのときだった。

後ろにいるマデリンが、命綱でも見つけたようにぐいと鎖帷子につかまっても、男はまったく動じなかった。マデリンはこのままではこそこそ隠れているように見えることに気づいて、すぐさま兵士たちに姿が見えるように男の隣に進みでた。頭のてっぺんが、彼の肩までしかない。マデリンは怖がっていることが顔に出ないように祈りながら、彼の傲慢な態度に負けないように肩をそびやかした。

ああ、でも怖い。ほんとうのところ、死ぬことはそれほど怖くなかった。恐ろしいのは、死に至るまでの過程だ。そう、こんなにも気分が悪くなってしまうのは、殺されるまでの自分の振る舞いを思い浮かべてしまうからだった。死はすみやかに訪れるのかしら？　それともゆっくり？　これまで培ってきた自制心を最後の最後でなくして、臆病な振る舞いをしてしまうの？　そう思うと耐えきれなくて、この場で斬《き》り殺してと口を滑らせそうになる。でも、すみやかな死を乞い願うのも、臆病者のすることでしょう？　それでは、兄の言ったとおりになってしまう。

ダンカンは彼女のめまぐるしい心中には気づかず、むしろ、彼女が少しも動揺していないのを見て、おやと思った。安らかといっていいほど落ち着いた表情を浮かべている。だが、この顔つきもじきに変わるだろう。彼女はこれから、わが家が破壊しつくされるのを目の当たりにすることになる。復讐《ふくしゅう》が完了するまでに、泣いて慈悲を請うのは間違いない。

彼の前にひとりの兵士が急ぎ足で来たのを見て、マデリンは親族のだれかだろうと思った。同じ焦茶色の髪に、同じく筋骨隆々とした体格だが、領主ほど背は高くない。兵士はマデリンを無視して指示を仰いだ。「ダンカン、合図を出すか？　それともひと晩ここで待機するか？」

彼の名はダンカンというのだ。奇妙な話だが、名前を聞いたおかげで、恐怖が少し和らいだ。ダンカン……名前があると、少しはまともな人間のように思える。

「どうする、兄上？」兵士の言葉で、ウェクストンの領主と彼との関係や、礼を失した態度でも許されている理由がわかった。

いわれてみれば、たしかに若々しい顔立ちだし、古傷も少ない。その彼が、マデリンに目を向けた。茶色い瞳に軽蔑《けいべつ》をあらわにして、マデリンを張り倒しかねない顔をしている。彼はさらに、汚らわしいといわんばかりにさっとさがって距離を取った。

「ラウドンはここにはいない、ギラード」ダンカンが弟にいった。

その口ぶりが思いのほか穏やかだったので、マデリンは希望に胸を膨らませた。「では、このままご帰還なさるのですね?」ダンカンを見あげて尋ねた。

ダンカンが答えなかったので質問を繰り返そうとすると、彼の弟が食い入るようににらみつけて、なにやら乱暴にまくし立てた。そのほとんどは聞き取れなかったが、罪深い言葉だということは凶悪なまなざしを見ればわかる。

ダンカンは弟に子どもじみた悪態をつくのはやめろといおうとした。だがそのとき、マデリンに手をつかまれて、彼は口をつぐんだ。

マデリンは彼にしがみつき、震えていた。だが、表情は落ち着いていて、ギラードをじっと見つめている。ダンカンはかぶりを振った。おそらく弟は、マデリンをどれほど怯えさせているのか気づいてもいないだろう。気づいたところで、手加減するとも思えないが。

ダンカンは不意に苛立ちを覚えた。マデリンは敵ではなく捕虜だ。そんな女性をどう扱うべきか、ギラードにわかってもらうのは早ければ早いほどいい。「もういい！」ダンカンはいった。「ラウドンは行ってしまった。いくら悪態をついたところで、戻りはしない」

ダンカンは突然、マデリンがひっくり返るほどの勢いで手を引き抜くと、彼女の肩にさっと腕をまわして体の脇にぐいと押しつけた。兄が敵方の女を守ると態度ではっきり示すのを見て、ギラードはあっけにとられるしかなかった。

「ラウドンは南に向かったんだろう、ギラード。さもなければ、おまえが見つけるはずだからな」ダンカンがいった。

マデリンは口を挟まずにはいられなかった。「でも、ご帰還なさるのでしょう？」つとめて穏やかにいった。「ラウドンと戦うのは、またの機会にできますから」彼らが落胆しないように付けくわえた。

ダンカンとギラードが、そろって彼女を見た。ふたりとも、正気かといわんばかりの目をしている。

マデリンはふたたび怖くなった。ダンカンの凍りつくようなまなざしを向けられただけで、膝から力が抜けそうになる。急いで彼の胸まで視線をさげたが、かえって臆病であることを証明しているみたいで、心底恥ずかしくなってしまった。「真剣に申しあげているのです」彼女はつぶやいた。「いまなら捕まらずに逃げだせますから」

ダンカンはその言葉も無視すると、革紐を巻きつけたままの彼女の両手をつかんで、彼がさっき縛りつけられていた杭に向かった。マデリンは膝に力が入らなくて、二度つまずいた。しまいに手を離された彼女は、杭にもたれて、つぎになにが起こるか待った。

ダンカンはマデリンをじっとにらみつけた。動かずにそこにいろという、無言の命令なのだろう。それから彼は背を向け、マデリンの視界から兵士たちが居並ぶ光景をさえぎった。たくましい足を踏んばり、両のこぶしを腰に当てている。それは明らかに、兵士たちに戦いを挑む体勢だった。「この女性に触れるな。彼女はわたしのものだ」彼の凄《すご》みのきいた声は、吹きつける冷たい雪のように兵士たちに降りそそいだ。

マデリンは兄の城館の扉に目を向けた。いまの声が城館にも届いたら、寝ていた兵士たちが何事かと目を覚ましてくるはずだ。けれども、すぐに中庭に飛びだしてこないところを見ると、彼の声は強風に吹き飛ばされてしまったのかもしれない。

ダンカンがその場を離れようとしたので、マデリンは鎖帷子をさっとつかんだが、その拍子に、鋼《はがね》の輪の継ぎ目で指を切ってしまった。マデリンは顔をゆがめたが、それがいまいましい継ぎ目のせいなのか、ダンカンが振り向いたときに見せた憤怒《ふんぬ》の表情のせいなのかはわからなかった。彼は文字どおり胸と胸を突き合わせるほどすぐ目の前にいる。マデリンは彼の顔を見るのに、頭を思いきり反らさなくてはならなかった。

「まだおわかりではないのですね」マデリンはいった。「落ち着いて考えたら、愚かな企てだとおわかりになるはずです」

「愚かな企てだと？」差しでがましいことをいわれて、ダンカンはいったいなにがいいたいのだろうと思った。いまのは侮辱そのものだった。これが男なら、もっとたいしたことのない侮辱でも殺しているところだ。だが、ひたむきな表情と真剣な口調からして、目の前にいる女性はどうやら、どんな過ちを犯したかもわかっていないようだった。

わたしを絞め殺したいのかしら？　マデリンは目をつぶりたいのをどうにかこらえていった。「わたしが目的でいらしたのなら、時間の無駄です」

「それほどの女ではないというのか？」ダンカンは尋ねた。

「そのとおりです。兄からも、なんの価値もない女だといわれていました。そのことはよくわかっているつもりです」彼女があっさりいいきったので、本気でいっているのだとわかった。「このままでは、今夜あなたが命を落とすのは必定でしょう。たしかに、あなたの兵は城館にいる兄の兵に数ではまさっています。わたしの見積もったかぎりでは、四対一。けれども下の中庭にはふたつ目の詰所があって、百人以上の兵がそこに寝泊まりしているんです。いくさがはじまれば、物音でそれとわかるでしょう。さあ、どうお考えですか？」マデリンは自分が両手を揉《も》み絞っていることに気づいたが、やめることはできなかった。

彼は眉をひそめたままその場にたたずんでいた。二番目の詰所の存在を知らせたことで、いかに無謀な計画か気づいてくれたらいいのだけれど……。

つぎのダンカンの行動は、マデリンの予想を完全に裏切った。彼は、肩をすくめただけだった。

その仕草に、マデリンはかっとした。この愚かな戦士は、どうあっても死ぬと決めているのだ。

「どんなに勝ち目がなくても、あなたが去るだろうと思うのは虫がよすぎる考えなのですね」

「そのとおりだ」ダンカンの瞳に温かな光が宿ってマデリンは意外に思ったが、その光は瞬く間に消え去った。わたしのいったことがおかしかったのかしら？

そのことを問いただす勇気はなかった。ダンカンはなおもじっと彼女を見つめると、首を振って、城館に向かって歩きはじめた。この女のせいで、時間を無駄にしてしまったといわんばかりに。

彼の意図がさっぱりわからなかった。穏やかな表情と、ゆっくりと歩いているさまを見れば、知人を訪問するところだといってもおかしくない。

だが、マデリンはだまされなかった。不意にぞっとして、気分が悪くなった。焼けつくほど熱くて苦いものが、喉元まで込みあげてくる。両手を縛りつけている革紐をほどこうともがきながら、必死で息を吸いこんだ。気が動転して、手がうまく動かない――城館のなかでは、召使いたちも眠っている。ダンカンの兵士たちが刃向かう者だけを殺すとは思えなかった。ラウドンならそんな区別はしない。

自分がほどなく死ぬのはわかっていた。ラウドンの妹なのだから、それは仕方がない。けれども、死ぬ前に罪のない人々を救えるなら、この人生にもなにかしらの意味が与えられるのではないかしら？　人ひとりも救えなくて、なんのため……だれのための人生なの？

マデリンはなおも革紐に手こずりながら、ダンカンのすることを見守った。その真の目的が明らかになったのは、彼が石段をのぼって味方の兵士たちを振り向いたときだった。ぞっとするような表情を浮かべている。

ダンカンはゆっくりと抜き身の剣を振りあげると、周囲の城壁をも揺るがすような声で叫んだ。その目的は明白だった。

「容赦するな！」

戦闘の狂騒はマデリンを苛《さいな》んだ。見えなくてもその光景が脳裏に繰り広げられて、おぞましい生き地獄のなかに放りこまれたような気がする。実際に戦闘を見たことは一度もなかった。ただ、勝利に酔った兵士たちから、誇張された武勇伝を聞いたことがあるだけだ。しかもそうした話では、人を殺す場面はなかった。だが、敵味方の兵士たちが城館からあふれるように中庭に出てくると、マデリンの頭のなかの地獄は現実になり、犠牲者たちの血はダンカンの復讐の炎となって燃えあがった。

ラウドンの兵士たちは数ではまさっていたが、彼らがダンカンのよく訓練された兵士たちの相手でないことはすぐにわかった。マデリンは兄の兵士たちがダンカンに向かって剣を振りあげたばかりに殺されるところを目の当たりにしたし、血気にはやった兵士が槍《やり》を突きだして、つぎの瞬間には槍と腕が体から切り離されているところも目にした。兵士が耳をつんざくような悲鳴をあげながら、みずからの血に染まって地面に倒れるところも。

残虐な行為にむかむかして、目を閉じて恐怖を締めだそうとしたが、その光景がまぶたに焼きついて離れなかった。

ダンカンの従者らしき少年が駆けてきて、マデリンの隣に立った。明るい金髪で背丈は中くらいだが、一見して太っているのかと思うほど筋骨隆々とした体つきをしている。少年は短剣を抜くと、胸の前で構えた。

彼はマデリンにはほとんど注意を払わずにずっとダンカンのほうを見ていた。おそらく護衛するようにいわれたのだろう。ダンカンがさっき、少年に合図していた。

マデリンは周囲を見ずに、少年の顔に懸命に意識を集中しようとした。ぴりぴりして下唇を噛《か》んでいるのは、恐怖のせい？　それともいくさで気持ちが昂《たか》ぶっているせいかしら？　だが少年はいきなり駆けだして、マデリンはまたひとりで取り残された。

彼女はダンカンを見て、盾を落としていることに気づいた。少年が盾を拾おうと走っていく。早くあるじの元に駆けつけようと急ぐあまり、少年は自分の短剣を放りだしていた。

マデリンは短剣に飛びつくと、ダンカンが戻ってきたときのために杭のところまで急いで戻り、地面にひざまずいて、マントの陰で両手を縛っている革紐を切りはじめた。鼻を刺す煙のにおいを嗅《か》いだのはそのときだった。彼女が目をあげるのと同時に、城館の入口の扉がバタンと開いて、なかから炎が噴きだした。兵士たちに混じって、召使いたちがいくさから逃れようと走りでてくる。その後ろを炎が追いかけ、空気を焦がしていた。

サクソン人の役人の長男でいまはもう老人の召使いサイモンが、マデリンのほうに走ってきた。しわだらけの顔を涙が伝い落ち、絶望のあまりがっしりした肩を落としている。「もう、あやつらの手にかかってしまわれたものと思っておりました、お嬢さま」彼はマデリンに手を貸して立たせた。

サイモンは彼女が持っていた短剣を取りあげると、手早く革紐を切った。白由になると、マデリンは彼の両肩に手を置いていった。「逃げるのよ、サイモン。あなたには関係ないいくさだもの。さあ、急いで行きなさい。ご家族が待っているわ」

「しかし、お嬢さまは……」

「行きなさい、手遅れになる前に」

恐怖のあまり、きつい口調になった。サイモンは信心深い正直者で、これまでなにかとよくしてくれた。その身分と出自から、法律でラウドンの領地に縛りつけられているのは他の召使いたちと同じだ。そんな罰を受けるだけでも充分なのに、命までなくすことはない。

「ご一緒にいらしてください、レディ・マデリン」サイモンがすがるようにいった。「わたしがかくまって差しあげますから」

マデリンはかぶりを振った。「わたしが一緒だと足手まといになるわ、サイモン。ウェクストンの領主の目当てはわたしなの。どうか、もうなにもいわないで」サイモンがふたたび口を開きかけたので、マデリンは急いで叫んだ。「行きなさい！」サイモンの肩を突き飛ばした。

「神のご加護を」サイモンはささやくと、マデリンに短剣を渡して城門に向かおうとしたが、女主人から離れて数歩と行かないうちに、ダンカンの弟ギラードに体当たりされてひっくり返った。ギラードがラウドンの兵士に飛びかかろうと焦るあまり、うっかりサイモンにぶつかったのだ。どうにか起きあがったサイモンを、ギラードがさっと振り向いた。新たな敵がすぐそばにいることにたったいま気づいたように。

ギラードがどうするかは火を見るより明らかだった。マデリンは警告の叫びを発すると、サイモンに駆け寄って、みずからの体を盾にして老いた召使いを守ろうとした。

「そこをどけ！」ギラードが剣を構えた。

「いやです！」マデリンはどなり返した。「この人を切るなら、わたしを殺してからにしなさい！」

ギラードはひるまず、そのとおりにするぞとばかりに剣をさらに高く振りあげた。怒りで顔色がまだらになっている。彼なら良心の呵責《かしやく》を感じることなく、いとも簡単に命を奪えそうだった。

ダンカンはその様子を見てとると、即座に走った。ギラードは気性こそ激しいが、マデリンを傷つけるようなまねはしない。命令に背くくらいなら死を選ぶ男だ。兄弟であろうとなかろうと、ダンカンはウェクストンの領主であり、ギラードはその臣下なのだから。それにいましがた、これ以上ないほどはっきりと示したばかりだ。マデリンは自分のものだ、だれだろうとけっして触れてはならないと。

総勢三十名近い他の召使いたちも、その光景を目撃した。城門のかなり手前にいた彼らは、サイモンを守ろうと急いで彼のところに集まった。

マデリンはギラードの燃えるようなまなざしを、いまにも押しつぶされそうな心中とは裏腹の冷静な表情で受け止めた。

弟の隣に駆けつけたダンカンは、マデリンの奇妙な行動を目にすることになった。彼女は豊かに波打つ髪を片手でかきあげて首筋をあらわにすると、落ち着き払った声でその場所を突くようにギラードにいった。できればひと思いにと。

ギラードはマデリンが脅しに屈さずそんな行動に出たのを見て、驚いたような表情を浮かべていたが、しまいに血まみれの切っ先が地面を向くまでそろそろと剣をおろした。

マデリンは表情を変えずに、ダンカンに目を向けた。

「ラウドンが憎いからといって、召使いまで憎むのですか？　法のしがらみでやむをえず兄に仕えている罪のない人々を、ラウドンの召使いだからという理由だけで殺すのですか？」

ダンカンが答えを口にするのを待たずにマデリンは彼に背を向けると、サイモンに手を貸して立たせた。「ウェクストンの領主さまは名誉を重んじる方だと聞いています、サイモン。わたしのそばにいなさい。ふたりでご指示を待ちましょう」

彼女はダンカンに向きなおった。「こちらの領主さまが高潔な方か、兄と少しも変わらない方か、それではっきりしますから」

マデリンはそこで、もう一方の手に短剣を持っていることに気づいて、とっさに後ろに隠した。手探りすると、マントの裏地に裂け目があったので、裾の縫い目が破れないように祈りながらナイフをそこに滑りこませ、そのことを悟られないように大きな声でいった。「ここにいる召使いたちはひとり残らず、兄からわたしを守ろうとしてくれました。この者たちに指一本でも触れるおつもりなら、どうかわたしを先に殺してください」

ダンカンの声には嫌悪がありありと表れていた。「きみの兄と違って、弱い者を痛めつける趣味はない。そこの老人には、さっさとこの城を出てもらおう。他の者たちを連れていってかまわない」

召使いたちはすぐさまおとなしく従った。マデリンは、ウェクストンの領主が慈悲を示したことを意外に思いながら、城門に急ぐ召使いたちを見送った。「それから、もうひとつお願いがあります。どうか、いますぐわたしを殺してください。臆病な申し出なのはわかっていますが、待つのが耐えられなくて……。この場でなすべきことをしてください」

マデリンが殺されるものと思いこんでいるようだったので、ダンカンはふたたび、ひそかに驚いた。こんなことをいいだす女は見たことがない。

「きみを殺すつもりはない、マデリン」彼はそういって、マデリンから目を逸らした。

マデリンの体に、安堵《あんど》がさざ波のように広がった。いまの言葉は嘘ではない。いましがたすぐに殺してほしいといったとき、彼はひどく驚いた顔をしていた……いまの言葉は本心だ。

マデリンは生まれてはじめて、誇らしい気持ちになった。自分は生きながらえて、彼の命を救ったことを語れるのだ。

戦闘は終わっていた。脆《もろ》い厩《うまや》の木材が新たな炎にのみこまれないうちに、馬たちは召使いたちにつづいて城門に追い立てられた。

兄の城が破壊されつくしても、マデリンはまったく怒る気持ちになれなかった。この城が〝わが家〟だったことは一度もない。楽しい思い出はひとつもなかった。

そう、怒りは少しも湧いてこない。ダンカンがしたことは、兄にふさわしい報いだった。今夜、戦士のいでたちをした野蛮人によって正義はなされたのだ。ラウドンがイングランド王ときわめて親しい間柄にあることをあえて無視した、大胆不敵な人に。

こんなふうに報復されるなんて、ラウドンはダンカンになにをしたのかしら？　それにダンカンは、性急な行動に出たせいで、どんな代償を払うことになるの？　この出来事を耳にしたら、いまの国王、ウィリアム二世はダンカンに死をもって償わせようとするかしら？王はラウドンを喜ばせるために、そんな命令をくだすはずだ。ラウドンは王に対して、尋常でない影響力を持っているから。噂では、ふたりは〝特別な友人〟だという。マデリンはその卑猥《ひわい》な意味をこのあいだ知ったばかりだった。いつもずけずけとものをいう厩番の妻マルタが、ある晩エールを何杯も飲んだあげくに、ふたりの忌《い》まわしい関係をべらべらとしゃべったせいだ。

マデリンははじめ、彼女の話を信じずに、顔を赤くして反論した。ラウドンが結婚しないのは、心を捧げた女性が死んでしまったからだ。するとマルタは、マデリンの無知を鼻で笑った。

マデリンはその夜まで、世の中には男性同士で親密な仲になる場合もあることを知らなかった。こともあろうに、その片方が自分の兄で、もう片方がイングランドの国王だという。あのときは気持ちが悪くなり、夕食を戻して、マルタに大笑いされてしまった。

「礼拝堂を燃やせ！」ダンカンの命令が中庭じゅうに響きわたって、マデリンは考えごとから引き戻された。気を取りなおして、すぐさまスカートをつかんで礼拝堂に走った。命令が実行される前に、わずかばかりの持ち物を持ちだしたい。いまならだれも注意を払っていないようだった。

だが礼拝堂の通用口まで来たところで、だれかが両手を扉について彼女の動きを阻んだ。マデリンはあっと叫んで、体をねじって後ろを見あげた。

「隠れようとしても無駄だ、マデリン」ダンカンがいった。

穏やかな声だった。むしろ、うんざりしているような口ぶりだ。「わたしは逃げも隠れもしていません」マデリンは苛立ちが声に出ないようにいった。

「では、この礼拝堂を燃やしたいのか？　それとも、さっき話してくれた秘密の抜け道を使おうと思っていたのか？」

「どちらでもありません」マデリンは答えた。「わたしの持ち物は、すべて礼拝堂のなかにあるのです。それを取りに行こうとしただけですわ。先ほどのお話では、わたしを殺すつもりはないとのことでした。ですから、旅に必要なものを持ちだそうと思っただけです」

ダンカンがなにもいわないので、マデリンはさらに説明しようとした。だが、彼からじっと見つめられると、なかなか言葉が浮かばなかった。「馬一頭を用意していただきたいとは申しません。ただ、祭壇の後ろに着替えを隠したので、持ちだしたいだけです」

「ほう？」ダンカンはほほえみを浮かべてささやいた。マデリンはなんと応じたらいいのかわからなかった。「まさか、きみが礼拝堂で暮らしていたと、本気で信じると思っているんじゃないだろうな」

マデリンは、あなたにどう思われようとかまわないと、胸を張っていえたらいいのにと思った。こういうところが臆病なのだ。それでも、感情を抑える訓練を長年苦労して積んできたのが役に立った。彼女は怒りを抑えて相手を穏やかな表情で見返し、肩まですくめた。

ダンカンは、彼女の青い瞳に怒りの炎を見た。虫も殺さぬ顔にちらりとひらめいたきりなので、じっと見つめていなければ気づかなかっただろう。女性なのに、感情を抑えるのが驚くほどうまい。

「答えてくれないか、マデリン。この礼拝堂で暮らしていたことにしてもらいたいのか？」

「ここでは暮らしていません」マデリンは見つめられることに耐えられなくなって答えた。「明け方逃げだせるように、身のまわりの品を隠しておいただけです」

ダンカンは眉をひそめた。そんなばかげた話を信じるほど間抜けな男だと思われているのか？　厳しい季節に、わざわざ居心地のよいわが家を離れて旅をしたがる女性はいない。それに、そもそもどこに行くというんだ？

まずは作り話だと証明して、彼女の反応を見ることにした。「荷物なら、取ってきてかまわない」

マデリンに異論はなかった。荷物を取りに行くのが許可されたということは、この城を離れる計画も認められたということではないだろうか。「では、この城を出てかまわないのですね？」考える間もなく、質問が口を突いて出た。声がひどく震えている。

「そうとも、マデリン。きみはこれから、この城を出る」ダンカンが応じた。

彼はほほえみさえ浮かべていた。マデリンは彼の変わりように戸惑って、顔を見あげて心の内を読み取ろうとしたが、すぐに無駄だとわかった。ダンカンも感情を隠すのがとてもうまい。ほんとうのことを話しているのかわからないほど。

マデリンはひょいと身をかがめて彼の腕をくぐり抜けると、廊下を走って礼拝堂の奥に向かった。ダンカンがすぐあとにつづく。

麻布の鞄《かばん》は、昨日隠した場所にそのままあった。マデリンは鞄を抱えてダンカンに向きなおった。礼をいうつもりだったが、彼がまたもや意外そうな表情を浮かべていたのが引っかかった。

「先ほど申しあげたことを信じてらっしゃらなかったのですか?」

ダンカンは答えるかわりに顔をしかめると、踵《きびす》を返して礼拝堂を出た。

マデリンはあとにつづいた。いまになって両手が震えている。それも激しく。戦闘を目撃した恐怖が、ようやく実感として、ひしひしと胸に迫りつつあった。あまりにも多くの血を、あまりにも多くの死を見てしまった。胃がむかむかして、頭も考えることを拒否している。いまはただ、ダンカンとその手勢が引きあげるまで、冷静さを失わないように祈るしかなかった。

外に出るとすぐに、松明《たいまつ》が礼拝堂に投げこまれた。炎は飢えた熊のように、建物を容赦なくのみこんでいく。

マデリンは炎をぼんやりと見つめるうちに、ダンカンの手にしがみついていたことに気づいて、慌てて離れた。

振り向くと、兵士たちの馬がいつの間にか中庭に勢ぞろいして、ほとんどの兵士が騎乗し、あるじの命令を待っていた。中庭のなかほどには、ほかの馬より体高が二ハンド（一ハンドは四インチ）近く高い、気性の荒そうな巨大な牡《おす》の白馬がいる。すぐ前には先ほどの金髪の従者がいて、手綱を押さえようと悪戦苦闘していた。その体格と美しさから、ダンカンの馬なのは間違いない。

ダンカンは彼女を見て、その馬のほうに行けと合図した。マデリンは眉をひそめながらも、反射的に馬に向かって歩きだしたが、近づくにつれ不吉な予感はいや増した。混乱した頭の片隅で、暗い考えがまとまろうとしていた。

自分は、置いていかれるのではないのだ。

深々と息を吸いこんで、気持ちを落ち着けようとした。取り乱しているせいで、まともに考えられないだけだ。もちろん、連れていくはずがない。なぜなら自分は、取るに足りないつまらない女だから。

それでも、彼の口からそうだと聞く必要がある。「まさか、わたしを連れていくおつもりではないでしょうね」思いきって尋ねた。こわばった声になってしまった。

ダンカンはマデリンに近づくと、鞄を取りあげて従者に放った。それが答えだ。マデリンはダンカンがさっと馬にまたがって、手を差しのべるのを呆然と見つめた。

それから、そろそろと後ずさった。どうあってもあらがうつもりだった。悪魔のようなあの馬によじのぼろうとすれば、気絶するか、下手をすると泣き叫んで恥をさらしてしまうに決まっている。そんな屈辱を味わわされるくらいなら、死んだほうがましだった。

ダンカンよりも、馬のほうが恐ろしかった。悲しいことに、馬の扱い方はおろか、乗り方の基本さえも教わっていない。子どものころに、服従させるための方便としてラウドンからごくたまに乗馬の手ほどきを受けたときのことが、いまもときどき蘇《よみがえ》る。大人になったいまなら根拠のない恐怖だとわかるが、自分のなかにあるわからず屋の子どもの部分が、理不尽な恐怖といまも闘っていた。

彼女はさらに一歩後ずさった。それから、手を差しのべているダンカンにゆっくりとかぶりを振った。覚悟はできている。そうしたいなら殺されてもかまわない。どうあっても、あの馬にだけは乗らないつもりだった。

マデリンはとくに当てもないまま、ダンカンに背を向けて歩きだしたが、ぶるぶる震えているせいで、何度かつまずいてしまった。恐怖のあまり視界までかすんでしまいそうだが、目の前の地面をどうにか見据えて、一歩ずつ歩きつづけた。

兄の兵士のむごたらしい死体が横たわっているところで、彼女は立ち止まった。顔が、恐ろしくゆがんでいる。もう限界だった。殺戮《さつりく》の現場にたたずみ、死んだ兵士をじっと見おろしていると、遠くのほうで苦しげなうめき声がこだましたような気がした。身を切られるように苦しげな声。マデリンは両耳をふさいだが、うめき声はなおも聞こえた。

マデリンが悲鳴をあげると、ダンカンは馬の腹を蹴って彼女のところに駆けつけ、叫んでいる彼女を苦もなく抱えあげた。

彼に抱かれると、マデリンの叫び声は止まった。ダンカンは彼女のずっしりと重いマントで体をしっかりと包みこんでやると、柔らかな羊革の裏地が頬に触れるように、鎖帷子と頬のあいだにマントの一部を挟んで寄りかからせてやった。

そんなふうに優しくしてやることを、おかしいとは思わなかった。マデリンが日の前にひざまずいて、氷のような両足を服の下に入れて温めてくれた光景が頭をよぎる。同じように、自分も捕虜に優しくできるはずだ。そもそも、彼女にこんな苦しみを味わわせた咎は、自分ひとりにあるのだから。

ダンカンは長いため息を漏らした。もう後戻りはできない。はじめは単純な計画だったのだ――ひとりの女性にかきまわされるまでは。

考えなおすことはたくさんある。マデリンは気づいていないが、彼女のせいで計画は変わってしまった。われながらあきれてしまうし、腹立たしいかぎりだが、この女性を手放すことはありえない。

　ダンカンはマデリンをしっかりと抱きしめると、ようやく出発の合図を出した。彼は兵士たちが隊列をなして去るのを見送り、しまいにギラードと傍らの従者だけになったところで、貴重な時間を割いて破壊のあとを振り返った。

　マデリンは、ダンカンの顔をよく見ようと頭を傾けた。その視線を感じたのだろう。彼はゆっくりと視線をおろして、まっすぐに彼女の瞳をのぞきこんだ。

「目には目をだ、マデリン」

　兄がここまで報復される理由がなんなのか、マデリンは説明を待ったが、ダンカンはそれで理解してほしいというように、彼女を見つめるだけだった。残忍な行為について、なんの申し開きもしないつもりだ。マデリンはそこで理解した。勝者にまっとうな理由があるとはかぎらない。

　破壊のあとを振り返った彼女は、おじのバートン司祭から聞いた、古代のポエニ戦争にまつわる話を思い出した。カルタゴの三度目の戦争で勝利をおさめたローマは、カルタゴが陥落するやいなや、市街を完膚《かんぷ》なきまでに破壊しつくした。灰燼《かいじん》に帰さなかったものは肥沃《ひよく》な土地の下に埋められ、石積みひとつ残ることはなかった。しまいには、将来なんの作物も育たないように、かの地には塩がまかれたという。

今夜、歴史は繰り返され、ラウドンと彼のものすべてが蹂躙《じゅうりん》された。

「〝カルタゴ滅ぶべし〟」古代ローマの政治家カトが繰り返し口にしたというその言葉を、マデリンは小声でいった。

ダンカンはそれを聞いて驚いた。どうしてそんなことを知っているのだろう。「そうとも、マデリン。きみの兄は、カルタゴのように蹂躙されなくてはならなかった」

「わたしも、ラウ……カルタゴの一部でしょうか？」マデリンは兄の名を口にしなかった。

「いいや、マデリン、きみはカルタゴの一部ではない」

マデリンはうなずいて目を閉じ、ダンカンの胸にぐったりともたれかかった。

ダンカンは彼女の顎に手を添え、自分の目を見るようにふたたび上向かせた。

「きみはラウドンのものではない、マデリン。いまこのときから、わたしのものだ。わかったか？」

マデリンはうなずいた。

ダンカンは彼女をひどく怯えさせたことに気づいて、手を離した。それからいっとき彼女を見つめると、ゆっくりとマントを引っぱりあげて顔を覆ってやった。

温かな隠れ場所で、マデリンはつぶやいた。「わたしは、どなたのものにもなりたくありません」

ダンカンはその声を聞きつけて、ゆっくりとほほえんだ。マデリンがどうしたいかは少しも重要ではない。彼女の気持ちに関係なく、マデリンはもう自分のものとなった。

マデリンはみずから運命を決めたのだ。

この両足を温めたあのときに。

3

「不正を行なうのは、不正を行なわれるより恥ずべきことだ」

　　　　――プラトン「ゴルギアス」


　彼らはそれから夜じゅう、そして翌日のほとんどを費やして、北に向かって馬を急がせた。途中休んだのは二回だけで、それも走りつづけている馬を休ませるためだった。マデリンは何度かひとりきりで用を足すことを許されたが、あとは悲鳴をあげている筋肉を伸ばす間もなく、ふたたびダンカンの馬に乗せられた。

　兵の数が多かったので、ダンカンは街道を進むことにした。街道というと聞こえはいいが、実際には荒れ放題で、密生した藪《やぶ》や剝《む》きだしの枝が行く手を阻み、もっとも屈強な兵士ですら進むのに手間取る小道だ。兵士たちが盾をおろすことはほとんどないほどだったが、マデリンはダンカンにしっかりと守られて安全だった。

　兵士たちの装備は充実していた。なかには顔があらわになる円錐兜《えんすいかぶと》をかぶり、素手で騎乗している者もいたが、少々進むのが遅くなるだけで、荒れた道だろうと彼らにはほとんどこたえていなかった。

苦行のような行軍は二日近くつづいた。途中で見つけたひっそりした峡谷でダンカンが一夜の休憩を宣言するころには、マデリンは彼は人ではないと確信していた。兵士たちがあるじを狼といっていたが、たしかにダンカンと狼はよく似ている。だから彼の紋章には青と白の地に狼の形が描かれているのだ。きっと彼の母親は地獄から来た悪魔で、父親は巨大で邪悪な狼なのだろう。彼があんな人間離れした速度を維持できる理由は、それしか考えられない。

野営地に着くころには空腹のあまり気分が悪くなっていたが、マデリンは岩に腰をおろして、兵士たちが馬の世話をするのを見守った。馬がなければ兵士はまったくの無力だから、当たり前のことだ。

それから小さな火があちこちで熾《おこ》された。それぞれのたき火を、八人から九人の兵が囲んでいる。火は少なくとも三十はあり、そのすべてが、休息する兵士たちの疲れた肩を浮かびあがらせていた。そして最後に、食べ物が配られた。堅焼きパンに黄色くなったチーズだけの粗末な食事だ。しょっぱいエールで満たされた角製の杯も配られたが、マデリンの見たところ、兵士たちはごくわずかしか飲んでいなかった。酒を飲んで警戒を緩めたくないのかもしれない。無防備な場所で野営するなら、夜は目を覚ましておく必要があるからだ。流浪の一団や追放された者たちが、自分たちより弱い相手と見るや、襲いかかってくる危険はいつでもある。また、獲物を求めて、同じように山野をうろつく野獣もいる。

マデリンには、ダンカンの従者が付いて世話をするように命じられていた。アンセルという少年は顔をしかめて、その仕事が少しも気に入っていないことを態度で示した。

マデリンは一マイル北に進むごとに、自分自身の秘密の目的地にも近づいているのだと思って自分を慰めた。ウェクストンの領主に拉致《らち》されるまでは、ラウドンの城からひとりで逃げだし、スコットランドに住むいとこのエドウィーズの家に行くつもりだった。そんなことがほんとうにできると思うなんて、なんと無知だったことか。いまならわかる。ラウドンの厩で唯一彼女を振り落とさないおとなしい牝馬《ひんば》で旅をしたら、おそらく一日かそこらしか持たなかっただろう。背中の曲がったひどく年寄りの馬だから、こんな旅ができるほど強くはなかったはずだ。適切な装備で頑丈な馬に乗っていないかぎり、そんな長旅をするのは自殺行為にほかならない。それに、サイモンがおぼつかない記憶を頼りに手早く書いた地図だけでは、結局道に迷っていただろう。

だがマデリンは、そのばかげた夢をなおも信じることにした。頼みの綱はそれしかない。ダンカンはきっと、スコットランドとの国境のすぐ近くに住んでいるはずだ。いとこの新しい家まで、そこからどれくらいかかるだろう？　もしかすると、歩いていける距離かもしれない。

マデリンは、手に入るかどうかはさておき、とにかく必要なものを考えた。第一に、馬。第二に、食料。そして最後に、神のご加護を。それから、ダンカンが野営地の中心に向かうのを見て、優先順位を変えることにした。まずは神のご加護で、最後が馬。なぜって、あの人が最大の障害でしょう？　そう、半人半狼《はんじんはんろう》のあの人こそ最大の難関。

ラウドンの城を離れてから、ダンカンはひとことも話しかけてこなかった。きみはわたしのものだと言われたことを、どうしても頭から拭《ぬぐ》えなかった。あれはどういう意味だったのかしら？　尋ねる勇気があればいいのに。けれども、ダンカンはいま、とても冷ややかで、近づけるような雰囲気ではなかった。

それに、いまは疲れきっていた。ダンカンのことで気を揉む余裕はない。ゆっくり体を休めてから、どうにかして逃げる手だてを考えよう。

旅をした経験はからきしなかった。読み書きならできるが、そんなことはこの際なんの役にも立たない。

読み書きという一風変わった特技があることはだれも知らなかった。なぜなら、女性が教育を受けることは、到底受け入れられることではないからだ。なにしろ、貴族の大部分が自分の名前すら書けない。そうした仕事は、聖職者にしてもらうものと決まっていた。

生きていくのに最低限必要なすべが身についていないことで、おじを責めるつもりはまったくなかった。愛するおじは、いにしえの物語を熱心に教えてくれた。マデリンのお気に入りは、『オデュッセイア』。神話の英雄は、子どものころ、しじゅう怯えていたマデリンの友達だった。長く暗い夜のあいだじゅう、オデュッセウスがそばにいることを空想していたものだ。ラウドンが来てうちに連れ戻されるのではないかと怯えていると、彼はいつもなだめてくれた。

ラウドン！　その忌まわしい名前を思い出すだけでも、胃が締めつけられるような気がした。そう、生きていくのに必要なすべがひとつも身についていないのは、ほんとうは兄のせいだ。あろうことか、馬にも乗れないなんて。

マデリンは六歳のときに、兄に馬に乗せられたときのことを、はっきりと憶えていた。あのときは藁束のように鞍《くら》の上でぴょんぴょん跳ねる羽目になって――それから、そのことをラウドンが声を張りあげてみなに知らせたせいで――赤っ恥をかいてしまった。

そして、妹が怯えきっていることに気づいたラウドンは、妹を鞍に縛りつけ、馬の尻をたたいて野原を走らせた。

妹が恐怖に怯えるさまを見て、ラウドンは興奮した。ラウドンの残酷なゲームは、マデリンがしまいに彼の意図に気づいて、恐怖を隠すようになるまでつづいた。

物心ついたころから父と兄に疎《うと》まれていることを自覚していたマデリンは、少しでも愛されようと、思いつくかぎりの努力をした。だが八歳になると、彼女は母親の兄であるバートン神父の元に預けられ、それほど長居しないはずが、結果的にはそこで何年も平和な日々を過ごすことになった。バートン神父は、母方の家系で唯一存命している親戚だ。彼はマデリンを手塩にかけて育て、劣っているのはマデリンではなく、父や兄のほうだと繰り返しいい聞かせて、しまいにはマデリンも、そうかもしれないと思うまでになった。

そう、おじは思いやりのある愛情深い人物で、その優しさはマデリンにも影響をおよぼした。彼はマデリンが理解できるかぎりのことを惜しみなく教え、ほんとうの父親が娘を愛するように彼女を愛した。ただ、ラウドンがすべての女性を軽蔑しているというおじの説明には納得できないとマデリンは思った。兄は同腹の妹たちのことはかわいがっている。クラリッサとサラはふたりとも、とある領主の屋敷でふさわしい教育を受け、クラリッサしかまだ結婚していないものの、それぞれたっぷりと持参金を用立ててもらっていた。

バートン神父は、マデリンの父親が彼女になにもしてやらないのは、妻にマデリンが似ているからだろうといった。父親が夫婦の誓いを立てたその舌の根も乾かないうちに妻に背を向けるようになった理由をおじは知らなかったが、いずれにしろ原因は父親にあるのだろうといっていた。

マデリンに幼いころの記憶はほとんどないが、母を思うと温かな気持ちで胸がいっぱいになった。母がいたころはラウドンにいじめられることもあまりなかったし、母の愛がしっかりと守ってくれた。

父や兄に疎まれていた理由を知っているのは、いまでは兄のラウドンだけだ。もしかすると、いずれ納得のいく説明があるのかもしれない。納得がいけば、傷も癒《い》えるかも。そうでしょう？

いいえ、こんなふうにうじうじするのはやめなくては。マデリンは岩からさっとおりると、兵士たちにうっかり近づかないように気をつけながら、野営地を歩きまわった。

彼女が深い森に向かっても、だれもあとをついてこなかった。用をすませて戻る途中で、小川を見つけた。凍りついた水面を枝で割り、膝をついて顔を洗った。指先がしびれるほど冷たくなったが、澄んだ水は素晴らしくおいしかった。

だれかが背後にいる気配がしてさっと振り向いたが、慌てすぎてよろめき、膝をついてしまった。ダンカンが彼女を見おろしていた。「行くぞ、マデリン。眠る時間だ」

なにかいう間もなく、彼は手を伸ばしてマデリンを立たせた。大きくてごつごつした手がマデリンの両手を包みこんだ。しっかりとつかまれているが、手つきは優しい。そして彼は、自分の天幕の入口に来るまでその手を離さなかった。頑丈な木の枝で何枚もの動物の毛皮をアーチ形に張った、一風変わった天幕だ。これなら風が強くなっても毛皮が守ってくれる。天幕のなかの地面には別の灰色の毛皮が敷いてあるが、きっと布団として使うのだろう。近くのたき火の明かりが毛皮に反射して揺らめいているせいで、天幕は暖かく、居心地がよさそうに見えた。

ダンカンがなかに入るように合図したので、マデリンはすんなり従ったが、入ってみるととても落ち着けそうにないことがわかった。毛皮が地面の湿気を吸ってしまって、まるで氷の上にいるような気がする。

ダンカンは入口で腕組みをしたまま、マデリンが居心地をよくしようとあれこれ試すのを見守っていた。マデリンは感情を表に出さないようにした。文句をひとことでも言うくらいなら、死んだほうがましだ。

突然、ダンカンがやにわに彼女を引っぱって立たせ、その勢いで危うく天幕が倒れそうになった。彼はマデリンのマントを脱がせると、片膝をついて、動物の毛皮の上にそのマントを広げた。

マデリンには彼の意図がわからなかった。ここは自分の天幕だと思っていたが、ダンカンが横たわって、ほとんどの場所を占領している。マデリンは自分のマントがダンカンの寝床に使われたことにかっとして、大幕を出ていこうとした。凍え死にさせるつもりなら、なぜ地の果てまで連れてこないで、ラウドンの城に置き去りにしなかったの？

次の瞬間、マデリンはぐいと体を抱き寄せられてダンカンの上に倒れこみ、抗議の声を漏らした。息が吸いこめない。ふたたび怒りが込みあげたが、そこでダンカンは彼女を抱いたまま横向きになり、自分のマントをさっと広げてふたりに掛けた。マデリンの頭のてっぺんは、彼の顎の下にあった。

マデリンはふたりの体がそんなふうにぴったりとくっついていることにぎょっとして、すぐさま逃げようとした。だがどんなにじたばたしても、ダンカンの抱きしめる力には勝てなかった。

「息ができない」彼の首筋につぶやいた。

「いいや、できる」ダンカンがいう。

いかにもおもしろがっているような口ぶりが、その図々しい態度と同じくらい腹立たしかった。わたしが呼吸できるか、どうしてあなたにわかるの？

怒りのあまり、恐怖はどこかにいってしまっていた。マデリンは彼の肩を、手のひらがじんじんするまで引っぱたいた。ダンカンは天幕に入る前に鎖帷子を脱いでいて、分厚い胸を覆うのは綿のシャツだけだ。ぴったりした薄い生地が、たくましい肩の筋肉を際立たせていた。マデリンは柔らかな生地越しに発散される力をひしひしと感じた。指でつまめるような贅肉はみじんもない。頑固な性格そのままに、彼の体は固かった。

けれども、ひとつ気づいたことがある。頬をつけている彼の胸は温かくて——熱いといってもいいくらい——思わず身を寄せたくなる。そのうえ革といかにも男性らしい、いいにおいもして……。いまは疲れきっていた。落ち着かない気分になってしまうのは、彼がすぐそばにいるせい。心臓もどきどきしている。

彼の息が首筋を温めてくれるのも気持ちよかった。どうしてこんな気分になるのかしら？ わからないことばかりだった。マデリンは忍びこんできた眠気を振り払おうと首を振り、彼のシャツをつかんで引っぱりはじめた。

彼は抵抗されるのに飽きたのか、ため息をついてマデリンの両手をつかむと、シャツの下に滑りこませ、手のひらを胸に押しつけた。温かな胸を覆う胸毛が指先をくすぐる。

外があんなに寒いのに、どうしてこんなにも温かいの？ 彼がこんなにも近くにいるせいで、悩ましくてみだらな未知の感覚が体じゅうに広がっていた。そう、彼の腰骨が両脚の付け根に押しつけられているところが、まさにみだらで、罪深い。硬いものが両脚のあいだにおさまっているのがわかる。服だけでは防ぎきれないし、経験のない身では、心をざわつかせる不思議なものから身を守ることもできない。触れられているのに、どうして気分が悪くならないの？　むしろ、気分は少しも悪くない。ただ、息苦しくなっているだけ。

恐ろしい考えが頭に浮かんで、マデリンははっとした。まさかここは、女性と交わるときに男性が使う場所なの？　マデリンはしばらくあれこれと悩んだが、しまいにそんなはずはないと思いなおした。そうなるときは、たしか女性は仰向けになるはず。正確なやり方は知らないけれど、そんな危険にさらされているとは思えない。以前に召使いのマルタがみだらな体験談を語るときはかならず、仰向けになったというところから話をはじめていた。そう、ありありと憶えている。「あたしが仰向けになったら……」はじまりはいつもそうだった。そのあからさまな話のつづきを、もっと聞いておけばよかった。

自分にはそのあたりの知識も欠けているのだ。けれども、まっとうなレディならそんな心配はしないはずだと思うと、むかむかと腹が立った。

もちろん、なにもかも彼のせいだ。ただ屈辱を味わわせるために、こんなにもぴったりと抱き合っているの？　彼の太腿がこちらの太腿を押しつぶそうとしている。その気になれば、体ごと押しつぶすこともできるはず——その光景が目に浮かんで、即座にあらがうのをやめた。野蛮人を刺激しないほうがいい。少なくとも、両手を彼の胸に置いているおかげで、ありがたいことに乳房は守られている。だがそう思ったのも束の間、彼が体勢を変えて、マデリンの乳房は彼の胸に平らに押しつぶされた。乳首が固くつぼまっているのが、いっそう恥ずかしい。

ダンカンがまたもや動いた。「なんだこれは!」マデリンの耳元で吠える声がした。なにがどうしたのかわからなかったが、しばらく片耳が聞こえなくなることはわかった。彼がなにやら悪態をついて飛び起きたので、マデリンは離れた。視界の隅で、ダンカンは片肘をついて体を持ちあげ、体の下を探った。

マデリンが従者の短剣をマントの裏地に隠したことを思い出すのと同時に、ダンカンが短剣を取りだした。

マデリンは、思わず眉をひそめた。

ダンカンは、思わずにやりとした。

彼が笑顔になったのが意外で、マデリンは危うくほほえみ返すところだった。それから、彼の目が笑っていないことに気づいて、やはりそうしなくてよかったと思いなおした。

「臆病なわりになかなかやるな、マデリン」

妙に穏やかな声だった。いまのはほめられたの? それとも、ばかにされたの? マデリンはどちらとも決めかねて、短剣を忘れていたことはいわないことにした。

「わたしを捕らえたのはあなたです。そのわたしがなかなかやると認められたからには、いずれ名誉にかけて逃げなくてはなりません。それが捕虜の務めですから」

ダンカンはむっとした。

「正直に申しあげたのが、お気に障りましたか？」マデリンは尋ねた。「でしたら、あなたにはもうなにも申しあげないほうがよろしいでしょう。そろそろ眠らせていただきます」最後に付けくわえた。「あなたがここにいらっしゃることも忘れるようにしますから」

その証拠に、マデリンは目を閉じた。

「こちらに来るんだ、マデリン」

静かにいわれて、マデリンの背筋に冷たい恐怖がさざ波のように走った。また息が止まるほど驚かせるつもりだ。もう、うんざりだった。いいかげんに感覚も鈍ってしまう。マデリンは目を開けて彼を見た。短剣の切っ先が自分のほうに向けられているのを見て、恐怖の感じ方は少しも鈍っていないことがわかった。

自分はなんと臆病なのだろうと、ダンカンににじり寄りながら思った。彼女はダンカンから数インチだけ離れたところに、彼のほうを向いて横たわった。

「これでご満足ですか？」

彼が少しも満足していないことは、いきなり仰向けにされてのしかかられたときにわかった。すぐ目の前に彼の顔がある。灰色の瞳に銀色の斑点《はんてん》が散らばっているのがわかるくらいに。

瞳は心の動きを映すものだと聞いたことがあるが、彼の瞳を見ても考えていることはわからない。それが不安だった。

ダンカンはマデリンを見つめた。複雑な胸中が顔に表れているのがおかしくもあり、苛立たしくもあった。怖いと思っているはずだ。それなのに、すすり泣きもしなければ、泣きつきもしない。そして、彼女は美しい。鼻の頭にそばかすが散っているが、それがなにより魅力的だ。口の形もいい。どんな味がするのか思い浮かべただけで、昂ぶってくるのがわかる。

「ひと晩じゅう、じっと見つめるおつもりですか?」マデリンがいった。

「かもしれない」ダンカンは答えた。「自分がしたければそうする」マデリンが眉をひそめないようにしているのがおかしくてほほえんだ。

「では、わたしもあなたをひと晩じゅう見つめていなくてはなりません」マデリンがいった。

「なぜだ、マデリン?」かすれた声でささやいた。

「寝ているときにつけこもうと思ってらっしゃるなら、見当違いですから」

ずいぶん腹を立てているとダンカンは思った。「寝ているときに、どうやってつけこむというんだ?」

彼はいまや、心からにやにやしていた。瞳の奥でも笑っている。

マデリンは黙っていればよかったと思った。ああ、彼の頭にみだらな考えを吹きこんでしまった。

「そのことについては……答えを控えさせていただきます」うろたえて答えた。「先ほど申しあげたことは、どうか忘れてください」

「そういわれても、忘れようがない」ダンカンはいった。「欲望を剝きだしにして、寝ているあいだにきみをものにすると思ったか?」

ダンカンは身をかがめて、マデリンのすぐ目の前まで顔を近づけた。そしてマデリンが顔を赤くしているのを見て、満足そうになった。

マデリンは怯えて、子ジカのように固まっていた。

「わたしに触れるようなことはなさらないでしょうね」こらえされずにいった。「今日はお疲れのはずですから、そんなことまで……それに、人目のある野営地ですし……わたしに触れるようなことはなさらないはずです」

「かもしれない」

どういう意味? マデリンはダンカンの瞳に謎めいた光がきらめくのを見た。人が動揺しているのをおもしろがっているのかしら。

どうせつけこまれるのなら、そうなる前に全力で抵抗しよう。マデリンは覚悟を決めると、こぶしを握りしめ、彼の右目のすぐ下を狙って殴りつけようとしたが、ダンカンは苦もなくかわした。

「なぜこんなことを?」ダンカンが怪訝そうに尋ねた。

「あなたにつけこまれるとしても……死ぬまで闘うことをわかっていただくためです」マデリンはしどろもどろに答えた。勇気を振るったつもりだったが、声が震えて効果は台なしだ。がっかりして、ため息をついた。

ダンカンはふたたびほほえんだ。「死ぬまでだと、マデリン?」

彼がおもしろがっているのを見て、マデリンはぞっとした。

「きみは、すぐ結論に飛びつく」ダンカンがいった。「よくない癖だ」

「あなたは、脅したじゃありませんか」マデリンはいい返した。「それは、もっとよくない癖です」

「それは違う。きみがそうなるように仕向けたんだ」

「わたしは、あなたの敵の妹です」マデリンは彼が顔をしかめたのを見て、少し気分がよくなった。「その事実は変わりません」

両肩からすっと力が抜けていった。もっと早くそのことを思い出せばよかった。

「だが、目を閉じれば、ラウドンの妹かどうかはわからない」ダンカンはいった。「人づてに聞いた噂だが、きみは聖職を剝奪《はくだつ》された司祭の愛人として、一緒に暮らしていたそうじゃないか」

マデリンは、やはり殴っておけばよかったと思った。そんな悪意に満ちた噂が広まっていると思うと、悔しくて涙があふれそうになる。彼に大声でいってやりたかった。バートン神父はいまも神や教会と良好な関係にある司祭で、たまたま自分のおじでもある。大切に育ててくれたのも、愛してくれるのもおじだけだ。そんなおじの名誉を、よくも……。

「だれがそんなことを?」マデリンはかすれた声でささやいた。

ダンカンはマデリンを見て、推測が当たっていたことを悟った。あの噂は嘘だったのだ。マデリンは傷ついたのを隠せなかった。それに、彼女がそんな女性でないことはすでにわかっている。

マデリンは、彼の容赦ない言葉にひどく傷ついていた。「そんなはずはないと、わたしが反論するとお思いですか? べつに、あなたが思ったことを信じればいいんだわ。わたしを売春婦だとお思いなら、そうなんでしょう」

それは彼女が囚われの身になってからはじめて見せた、本物の怒りだった。気がつくとダンカンは、激情の炎がひらめく信じがたいほど青い瞳に魅了されていた。そう、彼女はたしかに嘘をついていない。

彼はマデリンがそれ以上苦しまずにすむように、会話を終わらせることにした。「もう寝るんだ」

「夜のうちにつけこまれるかもしれないのに、どうやって眠れというんです?」

「わたしが寝ろといったらなにもしないということだ。そんなことになったら眠れるわけがないだろう」ダンカンはあきれていった。マデリンのいまの言葉は侮辱したも同然だが、彼女はうぶだからなにも知らないのだろう。ダンカンは首を振った。「もしきみのいうような行動に出るなら、まず最初にきみを起こすと約束しよう。さあ、目を閉じて眠るんだ」

彼はマデリンを後ろ向きのまま抱き寄せ、彼女の背中を胸に押しつけると、片腕を胸の膨らみの上に置いた。それから、マデリンのことは頭から追いだすつもりで、ふたりの体を覆うようにマントを掛けた。

いうは易く、行なうは難しだと、ダンカンは思った。マデリンの体はバラのにおいがして、このうえなく柔らかい。すぐそばにそんな体があると思うと、くらくらする。どうやら今夜は、眠りに落ちるまで相当長くかかりそうだった。

「あなたの言い方ではなんというんですか?」マントの下から、マデリンの声がした。くぐもっているが、言葉は聞き取れる。ダンカンはマデリンがなにをいっているのかと、彼女とのやりとりを思い返した。

「つけこむことか?」確認のために尋ねた。

マデリンはうなずいたようだった。「〝犯す〟だ」ダンカンはその唾棄《だき》すべき言葉を彼女の頭のてっぺんに向かってつぶやいた。

マデリンがぱっと上を向いて、彼の顎にぶつかった。ダンカンの忍耐もそろそろ限界だった。そもそも、言葉を交わすべきではなかったのだ。「わたしはこれまで、どんな女性にも無理強いしたことは一度もない。きみの純潔は守られる。さあ、寝るんだ」

「一度も?」マデリンはつぶやいた。

「一度もだ!」ダンカンはどなり返した。

マデリンは彼の言葉を信じた。奇妙なことに、自分はもう安全なのだという気がした。眠っているあいだに、傷つけられることはない。彼がそばにいるおかげで、ふたたび心が安らいでいた。

彼のぬくもりに包まれて、マデリンはほどなく眠りに引きこまれた。もっとしっくりくる場所を探そうと腰をもぞもぞさせていると、気に障ったのか、ダンカンがうなり、そのうち腰をつかまれて、動かないように押さえつけられてしまった。

靴が脱げていたので、つま先を温めようと、そろそろとダンカンのふくらはぎのあいだに滑りこませた。もぞもぞして彼をまた苛立たせないように気をつけながら。

彼の温かい息が首筋を温めていた。マデリンは目を閉じてため息をついた。誘惑にあらがわなくてはならないとわかっていたが、彼のぬくもりがいざなっていた。思い出すのは、オデュッセウスのお気に入りの物語、セイレーンの海での冒険だった。そう、彼のぬくもりはまさに、オデュッセウスと兵士たちを死へといざなう精霊の歌のようなものだ。けれどもそのとき、オデュッセウスは一計を案じて、魅惑的な歌声が聞こえないように、全員の耳に蠟《ろう》を詰めさせた。

自分もそんなふうに賢くて、機転が利けばいいのに。

天幕の周囲では風がひゅうひゅうとわびしい音をたてて吹きすさんでいたが、マデリンはダンカンの腕にしっかりと抱かれて守られていた。彼女は瞳を閉じて、真実を受け入れた。自分は、セイレーンの歌に囚われてしまった。

夜のあいだ、マデリンは一度だけ目を覚ました。背中は充分温かかったが、胸と腕がすっかり凍えてしまっている。彼を起こさないように、腕のなかでそろそろと向きを変え、彼の肩に頬を押しつけて、両手をシャツの下に滑りこませた。

マデリンはまだ夢うつつだったが、そのとき彼の顎が額に触れたので、満足のため息をついてさらに体をすり寄せた。彼のひげが鼻をくすぐる。マデリンは顔を上向けて、ゆっくりと目を開いた。

ダンカンが見つめていた。温かくて優しい、ありのままの表情。でも、唇は硬そうだった。ふと、キスされたらどんな感じかしらと思った。

どちらもひとこともいわなかったが、マデリンはダンカンのほうに顔を近づけ、ダンカンが途中で迎えた。

マデリンの唇は思ったとおり素晴らしい味だと、ダンカンは思った。柔らかくて、味わわずにはいられない。まだすっかり目が覚めていないから抵抗しないのだろう。それほど口は開いていないが、親指で顎をさげて、気づかれる前に舌を差し入れた。

マデリンがあっと声をあげるのをふさいで、うなり声で応じた。

マデリンがおずおずと舌をからめだしたので、ダンカンは彼女を仰向けにして、両脚のあいだに入った。彼女の顔を左右の手で挟み、動かないようにして優しく責める。

彼のシャツの下に差し入れられたままになっていたマデリンの両手が胸を撫ではじめ、肌をかっと熱くした。

彼女の秘密を、その場で満足のいくまで探りたかった。なにもかも、これほどまでに反応してくるマデリンのせいだ。

キスはいっそう熱く、激しくなった。このままでは自制を失ってしまう。唇を斜めに重ねて繰り返し貪《むさぼ》り、舌で突き、愛撫して彼女をものにしたが、どんなに味わっても足りない気がした。

こんなキスははじめてだった。マデリンが震えはじめなければ、いつまでもつづけていただろう。彼女の喉の奥からすすり泣くような声が聞こえたときには、危うく理性を失いそうになった。

ダンカンがいきなり体を離したので、マデリンは戸惑った。彼は仰向けに横たわって、目を閉じてしまった。キスをしていたことを示すのは、荒く不規則な息づかいだけだ。

マデリンはどうすればいいのかわからなかった。自分のしたことが、恥ずかしくてたまらない。なにを考えていたの？　あんなにふしだらに……あんなに当たり前のように振る舞うなんて。彼の険しい表情を見れば、満足できなかったのだとわかる。

マデリンは泣きたくなった。

「ダンカン？」

彼は答えなかったが、ため息をついたので聞こえたことがわかった。

「ごめんなさい」

ダンカンは驚いて、ふたたび横向きになった。下半身が耐えがたいほど疼《うず》いていた。顔をしかめずにはいられない。

「なぜ謝る?」ついきつい言い方になって、ますますいらいらした。

マデリンが即座に背を向けたので、また怖がらせてしまったのだとわかった。それとわかるほど震えている。手を伸ばして抱き寄せようとしたとき、彼女が口を開いた。

「あなたの弱みにつけこんでしまったからです」

ダンカンは、たったいま耳にしたことが信じられなかった。これほど見当違いの謝罪は聞いたことがない。

ダンカンはしかめ面にゆっくりとほほえみを浮かべた。まったく、これほど真面目くさった口調でなければ、またもや衝動に負けて笑っていただろう。だが、そんなことをして傷つけたくなかった。

彼が長々とうなるのを聞いて、マデリンはすぐさま、すっかり嫌われてしまったのだと思った。「もう二度とあのようなことにはなりませんから」

ダンカンは彼女の腰に腕をまわして抱き寄せた。「きっとまたなるとも。約束しよう、マデリン」

マデリンは、まるで誓いの言葉のようだと思った。

4

「名誉というものを知りながら、それをないがしろにする男は悪である」

ダンカンの軍が野営しているところから、ラウドンは早駆けで半日程度しか離れていない場所にいた。ラウドンは運よく、満月の明るい光で、夜じゅう馬を走らせることができた。彼の兵士たちはダンカンの兵士たちと同じくらい忠実で、数も劣らず、予定が急に変わっても、ただのひとりも不満を口にしなかった。

狼狽《ろうばい》した召使いがひとり、彼らに追いついてダンカンの所業を伝えたせいで、ラウドンたちは城に戻り、ウェクストンの領主が伝えようとしたことをひとり残らず見てとった。残った者たちの切り刻まれた遺体を目にした兵士たちは、憤怒と復讐の念のもとに一致団結し、ひとり残らずダンカンを殺すと誓った。

ダンカンに対して背信行為を働いたのがそもそものはじまりだったことは、いまや忘れ去られていた。彼らの念頭にあるのは、あるじの恨みを果たすことだけだった。

ラウドンはただちに、ダンカンを追跡するように命じた。その理由はふたつある。ひとつは、ウェクストンの領主を卑怯《ひきょう》な手段で亡き者にしようとしたことが露見すれば、宮廷で臆病者のそしりを受けることになるからだ。ダンカンはウィリアム二世に訴えでて、そうなればラウドンに目をかけている王も、ささいな意見と思っていても、その諍《いさか》いを終わらせるために、ふたりに生死を賭けた戦いで決着をつけるように命じないわけにはいかないだろう。赤ら顔とかっとしやすい性格から赤顔王《ルーファス》と呼ばれる王は、揉めごとに苛立つに決まっている。それに、戦場でダンカンと一対一で闘えば、敗者になることは目に見えていた。ダンカンはこれまで何度となく名を轟《とどろ》かせてきた無敵の戦士だ。そう、機会さえ与えられれば、ダンカンは容赦しないだろう。

ラウドンは、ダンカンのような相手と対決するときはほとんど役に立たないある種のことに長《た》けているために、王の補佐役として宮廷で幅を利かせていた。読み書きができないので、その手の些末《さまつ》な仕事は宮廷にいるふたりの司祭にまかせきりだが、王が臣下に謁見を許しているときは、王に拝謁しに来た者のなかで、だれが重要な用事で来ていてだれがそうでないのか見きわめることになっている。彼はまた、手のひらで人を転がす名人で、王に謁見するためなら進んで賄賂《わいろ》を積む格下の家臣たちに不安を植えつけ、彼らを通してやるかわりに金《きん》を懐《ふところ》に入れていた。

だが、ダンカンを殺そうとしたことが表沙汰《ざた》になれば、なにもかも失いかねない。

ラウドンは容姿端麗なことで知られていた。少しの乱れもないきらめく金髪に、金色の斑点が散ったはしばみ色の瞳。長身のすらりとした体つきに、非の打ちどころのない彫像のような唇。彼がほほえむと、宮中の貴婦人たちはほとんど気絶せんばかりだった。ラウドンのふたりの妹、クラリッサとサラも明るい金髪にはしばみ色の瞳と、兄と同じく容姿端麗で、同じようにもてはやされている。

ラウドンはまた、イングランドでもっとも望ましい独身男性と思われていた。その気になれば、よりどりみどりで女性を選べただろう。だが、そうするつもりはなかった。ほしいのは、腹違いの妹マデリンだ。ラウドンがいまダンカンを追跡している第二の理由がそこにあった。マデリンはほんの数週間前に城に戻ってきたばかりだった。子どものころのマデリンをほとんど忘れかけていたラウドンは、異母妹の容姿が目を瞠《みは》るほど変わったのを見て呆然とした。以前は、顔の半分以上はありそうな青い大きな瞳を見開き、ぽってりとした下唇を不機嫌そうに突きだしていたし、体も具合が悪いのかと思うほど痩せほそっていた。不器用な子どもで、ひょろ長い足を曲げてお辞儀しようとするたびによたよたしていたことを憶えている。

だが、それはまったくの思い違いだったらしい。子どものころのマデリンが、ここまで母親そっくりになるとは夢にも思わなかった。マデリンはぶざまな子どもから美しい娘に――姉たちがかすむほど魅力的な娘に変わっていた。

こんな奇跡を、だれが予想しただろう？　おどおどしたイモムシが、美しい蝶に変わったのだ。ラウドンの友人たちも、成長したマデリンを見て言葉をなくした。ラウドンの腹心の友、モーカーに至っては、何ポンドもの金《きん》を積んで、マデリンと結婚させてほしいといいだしたくらいだ。

ラウドンは、マデリンをほかの男のもとにやれるだろうかと思った。母親にそっくりの、あの妹を……。城に戻ってきたマデリンを見たときは、体が反応した。女性に対してそんなふうになるのは何年ぶりだろう。これまでの人生でそんな反応を呼び覚ましたのは、マデリンの母親だけだ。レイチェルは心の恋人だった。彼女のせいで、ほかの女性に対しては使いものにならなくなってしまった。だが、もうレイチェルに手は届かない。癇癪《かんしゃく》を起こしたのが仇《あだ》となった。死ねば彼女への執着もなくなるかと思われたが、いまならわかる。そう、レイチェルへの執着はいまなおつづいている。マデリン――腹違いの妹との再会は、自分が男であることを証明する二度目の機会かもしれない。

ラウドンは、富と体の欲望のどちらを取るべきかで迷っていた。マデリンを独り占めしたいが、彼女がもたらす富もほしい。だがうまく立ちまわれば、もしかすると両方手に入るかもしれない。

マデリンはこのうえなく気まずい体勢で目を覚ました。ダンカンの上になり、頬を彼の硬く平らな腹につけ、両脚を彼の脚にからめて、両手を彼の太腿のあいだに押しこんでいる。目覚めた彼女は、はじめ自分の両手がどこにあるのかわからなかった。ダンカンはとても温かくて……とても硬い。……どうしよう、いちばん恥ずかしいところに手がある。

マデリンはぱっと目を開け、息もせずに体をこわばらせた。彼が目を覚ましませんようにと必死の思いで祈りながら、温かい太腿のあいだからじりじりと両手を引き抜いた。

「やっと目を覚ましたのか」

彼女がぎくりとして、両手を引き抜きざまに思いきり脚の付け根にぶつけたので、ダンカンはうめいた。

マデリンは隣に横になって、ちらりとこちらを盗み見ていた。うっかり手をぶつけたことを謝ったほうがいいか考えているのだろう。

マデリンは頬がかっと熱くなるのを感じた。ダンカンがまたもや眉をひそめている。この様子では謝罪に耳を傾けてくれるとは思えなかったので、謝るのはあきらめることにした。

彼の顔つきは恐ろしかった。黒っぽい不精ひげが伸びているせいで、人間というより狼に見える。そんな人からじっと見つめられると落ち着かなかった。彼にまた抱き寄せられて、夜じゅうどんなふうにして温められていたのか思い出した。そうしようと思えば、簡単にものにできたはずなのに……。そこで、彼への恐怖を無理やりかき立てていたことに気づいた。でも、真実はその正反対だったのだ。ダンカンはたしかに怖いけれど、いま感じているのはラウドンに味わわされた恐怖とは違う。

今日は数週間前に兄の城に戻ってからはじめて、むかむかするような恐怖を覚えずに目覚めた。理由は考えるまでもない。ラウドンがここにいないからだ。

ダンカンは、ラウドンとは似ても似つかない。そう、一緒に眠っている相手とぬくもりを分かち合おうとする人が、酷《ひど》い仕打ちをするはずはない。それに、ダンカンは約束どおり、人の弱みにつけこまなかった。それなのに……。不意にキスしたときのことをありありと思い出して、胸がどきどきした。

感情を隠すすべを身につけていて、ほんとうによかった。恥ずかしいことを思い出しても、顔には出ていないはず。そう思えば少しは慰めになるでしょう？　マデリンはほっとため息をついた。彼に悟られるわけがない。

ダンカンはマデリンがさまざまな感情を次々とあらわにするのを見て、ひそかにほほえんだ。瞳を見ればわかる。ほんのわずかなあいだに、恐怖と羞恥《しゅうち》が表れた。そして、安堵も。

彼は他人の弱点を見つけるのがうまかった。戦士として、敵の心理がわかれば、それだけ素早く反応できるからだ。彼はまた、敵がもっとも大切にしているものを探りだすすべにも長けていた。それがわかれば、闘うのがぐっと楽になる。同じことは、他人との関係にも当てはまった。マデリンは自覚していないようだが、彼女の性格について主だったことはもうわかっている。マデリンは、自制を重んじる女性だ。いつもひたすら感情を隠そうとしている。彼女を見ていると、すべての女性が感情に支配されているわけではないのだとわかる。彼女が感情をあらわにしたのはただ一度、自分の城が破壊しつくされたときだけだ。ラウドンの兵士たちの切り刻まれた死体を見て、苦悶《くもん》の叫びをあげていた。だが、あのとき自制をなくしていたことに当人が気づいていたかどうか。

彼はマデリンの秘密をつぎつぎと探りあてていたが、これまでわかったことには当惑していたし、正直、感心もしていた。

ダンカンはマデリンから離れた。そうでもしなければ、衝動に負けてふたたび抱き寄せ、キスしてしまう。彼は不意に、うちに帰りたくてたまらなくなった。城に戻らなければ、マデリンの安全は保障できない。

ダンカンは立ちあがって筋肉をほぐすと、マデリンのことを頭から追いだして外に出た。

乳白色の雲の上に朝日がのぼりかけているが、雲のせいで地面を覆う霜は解けそうにない。もっと日が差して一行が出発するまでに、やることは山ほどあった。早朝の冷えこみは厳しいが、幸い風は穏やかだ。

マデリンは出発が迫っているのを見て靴を履き、服についた泥を払い落として、マントを羽織った。ひどい顔をしているに決まっているから、なんとかしなくてはならない。

あるじの馬の仕度をしていたダンカンの従者のアンセルを見つけた。巨大な馬と安全な距離を保ったまま、鞄はどこかしらと大声で尋ねると、アンセルが鞄を投げてよこしたので、大げさに礼をいっておいた。

しゃんと目が覚めるように顔を洗うだけのつもりだったが、澄んだ水を見たらがまんしきれなくなって、鞄に入れてあった香り付きの石鹸《せっけん》を使って、手早く体を洗って着替えた。おかげで、体がすっかり冷えきってしまい、着替え終わるころにはがたがた震えていた。

今日は、薄黄色の足首までのシェーンズの上に、深みのある金色の膝丈のブリオーを着た。ブリオーの長袖の縁には、ロイヤルブルーの刺繍《ししゅう》がぐるりと施されている。

それから荷物を詰めなおし、小川のほとりに膝をついて髪を梳《と》かしはじめた。体は休まったし、気持ちも落ち着いたおかげで、この状況について考える余裕はたっぷりあった。最大の疑問は、なぜダンカンが敵の妹を連れ帰ろうとしているのかということだ。ダンカンは、きみはおれのものだといっていた。どういうつもりかわからないが、わざわざその意味を問いただす勇気はない。

足音が聞こえたので振り向くと、ちょうどギラードが姿を見せたところだった。

「出発の時間だ！」ギラードの轟くような声が響いて、小川に落ちそうになった。ギラードは彼女に駆け寄ると、さりげなく手を貸して立ちあがるのを助けた。

「まだ髪を編んでいなくて……。それが終わったら行きます。それから、わざわざどなっていただく必要はありません」意識して優しい声でいった。「これでも、耳はとてもいいほうですから」

「髪？　まだ編んでいないだと……」ギラードは正気かといわんばかりにマデリンを見た。

「捕虜のくせに……」

「そのようですね」マデリンは朝のそよ風のように穏やかに応じた。「けれども、だからといって、出発する前に髪を編んでいけないことにはならないのではありませんか？」

「わたしを苛立たせたいのか？」ギラードがどなった。「きみはいま、どう考えても弱い立場にある。それがわからないほど愚かなわけではないだろう？」

マデリンはかぶりを振った。「どうしてそんなに怒ってらっしゃるのかしら？　一言一句、残らずどなってらっしゃいますけれど、ふだんからそうなんですか？　それとも、わたしがラウドンの妹だからでしょうか?」

ギラードはすぐには答えなかったが、かわりに顔がまだらに赤くなった。マデリンは後ろめたくなったが、それでもからかうのはやめないつもりだった。ギラードは見るからにかっとしやすいたちだ。あとひと押しで、これからどうなるのか教えてくれるかもしれない。ギラードは兄のダンカンよりはるかにわかりやすい男性だった。ということは、頭を使いさえすれば、手のひらで転がすのもずっと簡単ということだ。

「なぜわたしを捕虜にしたんです?」うっかり安易な質問をして、しまったと思った。あまり賢いとはいえないやり方だ。だから、ギラードがまともに答えたのは意外だった。

「きみの兄がこの戦争をはじめたんだ、マデリン。そのことは、よくわかっているはずだが」

「わたしはなにひとつ聞いていません」マデリンはいい返した。「どうか説明していただけますか。詳しいことを知りたいんです」

「なぜなにも知らないふりをするんだ?」ギラードはマデリンに詰め寄った。「この一年のあいだになにがあったか、イングランド人ならだれもが知っているはずだろう」

「だれもがではありません」マデリンはいった。「わたしは数週間前、兄の城に戻ったばかりです。それまでは何年ものあいだ、すっかり人里離れた場所にいました」

「ああ、そうだった」ギラードは皮肉っぽくいった。「聖職を剝奪された男と一緒に暮らしていたんだったな」

このままでは平静を失ってしまいそうだった。この横柄な人に、わめき散らしてやりたい。みんな、そんなひどい噂を信じているの？

「そういうことなら――」ギラードはマデリンの怒りにさっぱり気づいていないようだった。「真実を洗いざらい話そう。そうすれば、これ以上しらを切りとおせないだろうからな。ラウドンの手勢が、ダンカンの臣下の城を二カ所襲ったのがはじまりだった。いずれの襲撃でも、そこまでする必要はなかったのに、女子どもまで虐殺している。襲撃の前に宣戦布告することもまったくなかった。ラウドンは配下の者たちが城に入りこむまで、友人のふりをしていた」

「なぜ？　なぜラウドンがそんなことを？　なにが狙いだったというんです？」

マデリンはつとめて狼狽を見せないようにした。ラウドンならそんな卑怯なまねもいとわないだろうが、わからないのはその動機だ。「こちらの領主さまが復讐するのはわかっていたはずよ」

「そう、それがラウドンの狙いだったんだ、マデリン。あの男はダンカンを亡き者にしようとしていた」ギラードは軽蔑したように笑ってつづけた。「きみの兄は、権力の亡者だな。

あの男がイングランドで恐れているのはただひとり、ダンカンだけだ。ふたりの力は互角。ラウドンは陛下の〝耳〟として知られているが、ダンカンの兵はどの軍隊よりも強い。陛下はラウドンとの友情と同じくらい、兄の忠誠を重んじているんだ」

「陛下はラウドンの背信行為を許可されたんですか？」

「陛下は証拠がなければなにもしない」ギラードの声には嫌悪がにじんでいた。「だから、ラウドンもダンカンも擁護《ようご》しない。これだけはいっておこう、マデリン。われらの王がノルマンディーから戻られたら、もう問題を避けるわけにはいかなくなる」

「では、こちらの領主さまは、ラウドンに襲撃されたふたつの城を取り戻すことはできなかったのですか？」マデリンは尋ねた。「だからかわりに、兄の城が破壊されたのですか？」

「ダンカンがなにもしなかったと思っているなら、おめでたいにもほどがある。兄はその城から、ただちに敵を追いだした」

「同じようなやり方をしたんでしょうか？」マデリンはささやいた。「そのときも、罪深い者たちと共に無実の者たちを殺したんですか？」

「いいや」ギラードは答えた。「女子どもに手だしはしなかった。きみの兄がなんといったか知らないが、われわれウェクストンの者は手当たり次第に殺したりはしない。それに、正体を隠すために、自分の紋章と違う色をまとうこともない」

「ラウドンはなにも話してくれませんでした」マデリンはいった。「わたしがただの妹に過ぎないことをお忘れですね。兄の考えを知らされるほどの者ではないのです」そう言って、肩を落とした。答えを出さなくてはならないことが山ほどある。「陛下がラウドンの側《がわ》につかれたら、どうなるのでしょうか？　こちらの領主さまは？」

ギラードはその声に不安を感じ取った。マデリンはダンカンのことを心配しているようだが、捕虜なのになぜそんなふうに考えるのだろう。どうかすると、こちらが混乱してしまいそうだった。「ダンカンはそれほど忍耐強い男ではない。ラウドンがウェクストンの者に手だししたときに、あの男の運命は決まった。陛下がイングランドに戻ってラウドンと戦いで決着をつけるように命令するまで、ダンカンは待たないだろう。陛下の承認があろうとなかろうと、ダンカンはラウドンを殺すつもりだ」

「ラウドンがウェクストンの者に手だししたとは、どういう意味です？」マデリンは尋ねた。「もうひとり兄弟がいらして、ラウドンがその方を殺したということでしょうか」

「ほう、ではアデラのことも知らない？　それがこのゲームのやり方なのか？」ギラードは咎めるようにいった。

その瞳に憎悪がこもっていたので、マデリンはぞっとした。「どうか教えてください」耐えきれずに、うつむいてささやいた。「すべてを知らなくてはなりません。アデラとは、どなたですか?」

「われわれの妹だ」

マデリンはぱっと顔をあげた。「妹のためにいくさを?」

彼女の驚いた表情を見て、ギラードは戸惑った。「妹は宮廷でひとりきりでいたときにラウドンに手ごめにされた。死ななかったのが不思議なほど、滅多打ちにされて……。傷は癒えたが、心は元に戻らなかった」

マデリンはこらえきれずに、頬を伝う涙を見せまいとギラードに背を向けた。「お気の毒です、ギラード……」

「では、いまの話を信じるんだな?」ギラードはたたみかけるようにいった。マデリンが真実を否定できないことをたしかめておきたかった。

「いまのお話の一部はたしかにおっしゃるとおりだと思います」マデリンは答えた。「ラウドンなら、女性を殴って半殺しの目に遭わせかねません。ただ、あの人が女性を手ごめにできるかどうか……。でも、あなたが真実だとおっしゃるのなら信じましょう。兄は人でなしです。弁解の余地はありません」

「では、なにを信じないというんだ?」ギラードはふたたびどなった。

「あなたは、妹さんを大切に思っているようですが」マデリンは正直にいった。「わたしには、そこのところがよく……」

「なにがいいたい？」

「あなたが腹を立ててらっしゃるのは、ラウドンがウェクストンの名を汚したからですか？それとも、あなたが妹さんをほんとうに愛していたからですか？」

不躾《ぶしつけ》なことを訊《き》かれて、ギラードはかっとした。彼はマデリンの両肩をつかんで、無理やり自分のほうを向かせた。「もちろん、妹を愛している」彼はわめいた。「目には目をだ、マデリン。だからわれわれは、ラウドンがいちばん大切にしているものを奪った。そう、きみをだ！　ラウドンはきみを追ってくるだろう。そして死ぬことになる」

「では、兄のしたことで、わたしも責めを負うべきだと？」

「きみは、悪魔を引きずりだすための駒に過ぎない」ギラードは答えた。

「おっしゃるとおりになるとは思えません」マデリンは消え入りそうな声でいった。「ラウドンはわたしを追ってこないでしょう。わたしは兄にとって、取るに足りない存在ですから」

「ラウドンは間抜けではない」ギラードは不意に、マデリンが本気でいっていることに気づいて、怒りを新たにした。

マデリンもギラードも、ダンカンが近くに来たことには気づかなかった。「その手を離すんだ、ギラード！」

　ギラードは即座に命令に従い、さらに一歩さがってマデリンと距離を取った。

　ダンカンはマデリンがすすり泣いているわけを問いただそうと、弟に近づいた。見るからに激昂《げきこう》している。

　マデリンはふたりのあいだに入ると、ダンカンに向きなおった。「手荒なことはされていません。ギラードはただ、わたしがどう利用されるのか説明していただけです」

　ダンカンはマデリンの瞳に苦悩の色が浮かぶのを見てとったが、声をかける前に彼女はさっと背を向け、鞄を拾いあげた。「そろそろ出発の時間でしょう」

　彼女がつかつかと歩きだしたので、行く手にいたギラードは慌てて飛びのいた。

　ギラードはその姿を見送っていった。「あの娘、自分に咎《とが》はないといいたげだった」

「マデリンがそういったのか？」ダンカンは尋ねた。

「いいや、そういったわけじゃない」ギラードは肩をすくめた。「言い訳はひとつもしなかったが、まるで、これまでなにひとつ知らなかったような口ぶりなんだ。まったく、わけがわからない。われわれが妹を愛しているとわかると、驚いたような顔をして……。それも、演技ではないんだ。アデラを大切に思っているかと、わざわざ質問してきたんだぞ」

「それで、大切に思っているといったら？」ダンカンが尋ねた。

「ますます混乱したようだった。なにを考えているんだか……」ギラードはつぶやいた。「今回の計画は、早く終わらせたほうがいい。マデリンは、予想とはまったく違う女性だった」

「彼女は矛盾した女性だ」ダンカンもいった。「どういうわけか、自分の価値を理解していないらしい」彼はため息をついていった。「さあ、のんびりしてはいられない。急げば夜までには城に着くだろう」

ギラードはうなずくと、兄のあとにつづいた。

マデリンは野営地に戻りながら、どこにも行くまいと覚悟を固めていた。空き地のなかほどでマントをまとった彼女は、アンセルに鞄を持っていかれてもなにもいわなかった。荷物を持っていかれてもかまわない。もう、なにもかもがどうでもよかった。いまはただ、ひとりになりたい。

鎖帷子を着けようと従者のほうに向かっていたダンカンは、マデリンに馬に乗るように身振りで指示し、ふたたび歩きだしたところでぴたりと立ち止まった。ゆっくりと振り向いてもう一度マデリンを見なおし、目を疑った。

マデリンは、「いやです」と繰り返した。ダンカンはあっけにとられて、すぐにはなにもいえなかった。マデリンは三たびかぶりを振ると、やにわに背を向け、森に向かって歩きはじめた。

「マデリン！」

　ダンカンの声が轟き、マデリンは足を止めて反射的に振り向いた。もう一度、逆らう勇気を振り絞れますようにと祈りながら。

「わたしの馬に乗るんだ。いますぐ」

　ふたりは無言のまま、しばらく見つめ合った。マデリンは、だれもが手を止めてふたりを見ていることに気づいた。ダンカンは、家来たちの前では引きさがらない。彼の目がそういっていた。

　マデリンはスカートをつかんで、早足でダンカンの前に来た。兵士たちが見ているが、声をひそめれば話まで聞かれることはない。

「あなたと一緒に行くつもりはありません、ダンカン。それから、あなたがこれほど頑固でなければ、ラウドンがわたしを追ってくるはずはないとわかるはずですが……。時間の無駄ですわ。わたしをここに置いていってください」

「この人里離れた場所にか？」ダンカンも同じようにささやき返した。「一時間と持たない」

「もっと過酷な状況を生き抜いてきましたから」マデリンは肩をそびやかした。「もう決めたことです。あなたとは一緒に行きません」

「マデリン、もし兵士がたったいまきみがしたようにわたしの命令に逆らったら、得意顔をする間もなく命を落とすだろう。わたしがこうしろといったら、その命令は実行されるんだ。二度とわたしに向かって首を横に振るんじゃない。逆らうなら、地面に張り倒す」

そんな虚仮《こけ》おどしが口から飛びだしたとたん、ダンカンは後悔した。気がつくと、マデリンの腕をつかんでいた。彼女が痛みに顔をゆがめなければ、心ならずも傷つけていただろう。彼はマデリンが即座に走って命令どおりにするものと思って、腕を放した。

マデリンは動かなかった。彼女は例の落ち着き払った表情に戻ってダンカンを見あげた。

「地面に張り倒されるのには慣れていますから、どうぞお好きなように。わたしが立ちあったときにまた殴り倒したければ、そうなさってください」

その言葉にダンカンはたじろいだ。彼女は本気でいっている。たしかに、彼女は虐待されていたのだ。そして、その報いを受けるべきはラウドンだというのもわかっていた。「きみの兄はなぜ――」

「そんなことは重要ではありません」マデリンはダンカンの問いかけを途中でさえぎりながら、なにもいわなければよかったと思った。同情や憐《あわ》れみはいらない。望みはただひとつ、ひとりきりになることだけだった。

ダンカンはため息をついた。「わたしの馬に乗るんだ、マデリン」

いっときマデリンが奮《ふる》い立たせた勇気は、彼の頬がぴくぴくしているのを見て潮が引くように失せてしまった。なおまずいことに、彼は顎もこわばらせている。

ダンカンは腹いせに喉の奥で低くうなると、馬がつながれている方向にマデリンをそっと押しやった。「きみのおかげで、ラウドンを殺す理由がまたひとつ増えた」彼はささやいた。

マデリンはその意味を訊こうと振り向きかけたが、彼の目がもうがまんの限界だと告げていた。結局、思いどおりにはならなかった。こちらがなんといおうと、なにをしようと、ダンカンは連れていくつもりだ。

マデリンはいかにも残念そうに長々とため息をつくと、ダンカンの馬がいるほうに歩きはじめた。兵士たちのほとんどがさっき止めた手を動かさずに、なおも彼女を見ている。マデリンは平静を装ったが、心臓はいまにも破裂しそうだった。ダンカンを怒らせてしまったのではないかという不安もあったが、いま心を苛んでいるのは、それよりはるかに大きな心配ごとだった。ダンカンの馬だ。体をつかまれて、巨大なあの怪物の上に引っぱりあげられるのと、助けもなしによじのぼるのとでは、まったく違う。

「なんて臆病なの……」マデリンは独りごちた。いまのは、よく独り言をいっていたおじのまねだ。なにをいおうと、当人以外はだれも気にしていないとおじがいっていたのを憶えている。マデリンはそのことを思い出してほほえんだ。

「ああ、おじさま、いまここにいらっしゃったら、きっといたたまれなくなってしまわれるでしょうね。わたしが乗るのは悪魔の馬なんです。これから赤っ恥をかきますから」

だが、しまいに開きなおった。「どうして赤っ恥をかくのが怖いのかしら？　どうせあの馬に踏みつけにされて死ぬのに。臆病者と思われたからといって、それがどうしたというの？　どのみち、死んでしまうのよ」

自問自答するうちに恐怖は少し和らいだが、そこでふと気づいた。ダンカンの馬がじっと見ている。前脚の蹄《ひづめ》で地面を踏みならしているところからして、こちらが気に入らないらしい。さらに、人に向かってブルルと鼻まで鳴らした。この間抜けな馬は、いやなところが主人にそっくりだ。

勇気をかき集めて、馬の傍らに近づいた。馬は不満らしく、脇腹を押しつけて彼女をどかしにかかった。かまわず鞍をつかもうとしたが、馬がいきなりいなないたので飛びすさった。

うんざりして、両手を腰に当てた。「図体はわたしより大きいけれど、間違いなくわたしよりおばかさんね」そういうと馬がこちらを見たので、マデリンは気をよくした。人間の言葉がわかるはずはないけれど、それでも馬の注意を引くのはいい気分だ。

マデリンはほほえんで、馬の前へじりじりと動いた。

馬と向かい合ったところで、手綱を引いて頭をさげさせた。それから小声で、なだめるようにささやいた。「実は、馬の乗り方を一度も教わったことがないものだから、あなたのことが怖くてたまらないの。あなたはとても強い馬だから、わたしを踏みつけにだってできるでしょう。ダンカンがあなたを名前で呼ぶのは聞いたことがないけれど、もしわたしの馬になってくれるなら、あなたをシレノスと呼ぶことにするわ。昔話に出てくる、お気に入りの精霊の名前よ。シレノスは自然と、野生と、自由をつかさどる半人半馬《はんじんはんば》の精霊なの。ちょうどあなたのように。そうよ、シレノスならあなたにぴったりだわ」

一方的に話し終わると、マデリンは手綱を離した。「ダンカンから、あなたに乗るようにいわれたの、シレノス。どうかじっとしていてちょうだい。まだ少し怖いから」

ダンカンは鎖帷子を着終わって、空き地の向かい側からマデリンが馬に語りかけるのを見ていた。なんといっているのかは聞こえない。それから彼女が間違った側から馬に乗ろうとしていたので、そんなことをしたら馬が棒立ちになるぞと叫ぼうとしたが、その言葉は喉の途中で引っかかった。マデリンが、巨大な馬の背にまたがっている。なにかの間違いだ。そんなはずはない。彼はほうっと息を吐きだした。ふたりで馬に乗っていたとき、マデリンは必死でしがみついていた。あの馬が怖かったのだ。あの馬だけをむやみに恐れているのか、それとも馬そのものを恐れているのかはわからないが。

だが、ちょっとしたことで驚くあの馬が、マデリンがおっかなびっくり鞍にまたがってもぴくりとも動かなかった。マデリンは鞍の上で落ち着くと、身をかがめて馬になにやらささやきかけた。

「いまのを見たか？」後ろからギラードの声がした。

ダンカンはうなずいたが、振り向かずに、口もとにかすかな笑みを浮かべてなおもマデリンを見つめつづけた。

「乗り方を、だれに教わったんだろう？」ギラードはおかしそうに首を振った。「見たところ、乗り方の初歩の初歩すら知らないようだが」

「乗り方はだれにも教わっていない」ダンカンは応じた。「それはたしかだ、ギラード。しかし、マデリンがなにも知らなくても、わたしの馬はかまわなかったらしい」それから彼は首を振って、馬のほうに歩きだした。

従者のアンセルが、マデリンが向いているのとは反対の側から近づき、そばかす顔にせせら笑いを浮かべながら、そんな乗り方をしてはいけないと威厳たっぷりに説教をはじめた。

「馬には左側から乗るものです」そして、マデリンの手を取った。いったんおりて、もう一度正しい乗り方で乗れというつもりなのだろう。馬が足踏みをはじめたところでダンカンが来て、アンセルを吹っ飛ばした。

「二度と触るな」ダンカンの声が轟いた。アンセルはすり傷ひとつ作らずに素早く立ちあがると、あるじの命令にうなずいた。

あるじの機嫌を損ねたことで少年が怯えきっていたので、マデリンは気の毒に思ってあいだに入った。「わたしを気づかって、乗り方を教えてくれたんです。さっきは、違う側から馬に乗ってしまったものですから」

アンセルは感謝を込めてマデリンを見あげると、あるじにお辞儀した。ダンカンはその説明で納得したらしく、うなずいた。

マデリンはダンカンがシレノスに乗ろうとしているのを見て、目をつぶった。今度は自分が、地面に放りだされる。

ダンカンはマデリンが目を閉じて顔をそむけるのを見て、どうしたのかというように首を振った。それから馬にまたがり、マデリンをさっと抱きあげて膝の上に座らせた。

マデリンは彼の分厚いマントに包まれて、気がつくと彼の胸にもたれていた。

「あなたとラウドンは、似た者同士だわ」マデリンはひそかにつぶやいた。「わたしが気づかなかったとお思いですか？　あなたは兄の城を離れるときに、味方の戦死者を葬ることすらしませんでした。そう、あなたも容赦なく人を殺す、冷酷非情な人なんだわ」

ダンカンは彼女の体を揺さぶってやりたいと思ったが、そうしなかったのは忍耐のたまものだった。「マデリン、われわれが犠牲者を葬らなかったのは、味方の兵士がひとりも死ななかったからだ」

マデリンは信じられない思いだった。見あげた拍子に彼の顎に頭のてっぺんをぶつけたが、謝るのも忘れていった。「そこらじゅう死体だらけだったのに……」

「全員ラウドンの兵士だ。われわれの兵士ではなかった」ダンカンはいった。

「あなたの兵士がそれほど優秀なのだといわれても、とても信じる気にはなれません」

「人を苛立たせるのもたいがいにしてもらいたいものだな、マデリン」

それきり頭巾を引っぱってマデリンの顔を隠したので、本気でいったのだとわかった。

ダンカンは恐ろしい人だと、マデリンは思った。それにどうやら、心も持たないらしい。

多少とも人間らしい感情があるなら、あんなにも簡単に人を殺すはずがなかった。

他人の命を奪うなど、想像もつかなかった。バートン神父と友人のふたりの神父しかいない場所で長年平穏に暮らしてきたので、ラウドンやダンカンがするようなことには心の準備ができていない。

マデリンは、謙虚に振る舞うことがなにより大事なことだと身を持って知っていたから、兄の前ではつとめて神妙に振る舞っていたが、心のなかでは怒りを滾《たぎ》らせ、ラウドンの邪悪な血が自分にも流れていないことを祈っていた。ラウドンとは父親が同じだが、自分は母方の家系のよいところだけを受け継ぎ、父親の家系からは忌まわしい気質をなにひとつ受け継いでいないのだと信じたかった。けれども、それも思い違いだったのかしら？

いくらもたたないうちに疲れて、あれこれ心配する余裕もなくなってしまった。その日の旅はそれまでよりいっそう過酷で、マデリンの張りつめた神経はいまにも切れそうだった。ひとりの兵士が、もう城に着いたようなものだと話すのが聞こえたが、終わりが近いことを知らされると、時間の進み方がいっそう遅くなったような気がした。

荒れた丘陵地帯では、ダンカンもこれまでの人間離れした速度を保てなかった。シレノスが崖から足を踏みはずしてしまいそうで、ひやりとしたことも一度や二度ではない。だから、長く苦しい一日のほとんどは、ダンカンの腕のなかで目をつぶってしのいだ。ぎざぎざした岩の深い割れ目に放りだされると思うと、神経がすり減ってしまう。どうやらシレノスは、裂け目にできるかぎり近いところを歩くのが好きらしかった。

とうとうウェクストンの領地に入ったと兵士のひとりが叫び、それに呼応して全員の歓声が丘陵地帯にこだました。マデリンは安堵のため息をつくと、ダンカンの胸にぐったりともたれた。両肩の緊張がほぐれていくのがわかる。いまは疲れきっていて、ダンカンの城に着いてからのことまで心配する気力はなかった。シレノスからおりられたらそれで幸せだった。

その日は冷え込みの厳しい一日だった。ウェクストンの領地に入ってから何時間もたっているが、ダンカンの城がまだ影も形も見えないので、マデリンはしだいに苛立ちをつのらせた。

そして日が傾きだしたころ、ダンカンが休憩を命じた。休憩をしつこくすすめたのはギラードだったが、ふたりの激しいやりとりから、マデリンはダンカンが休憩をいやがっているのを感じ取った。彼女がもうひとつ不思議に思ったのは、兄から辛辣《しんらつ》なことをいわれても、ギラードが少しも気分を害していないように見えることだった。

「おまえは、捕虜の女性よりもやわなのか?」少しだけ休憩しようといいはるギラードに、ダンカンがいった。

「両脚の感覚が、もうまったくないんだ」ギラードは肩をすくめた。

「彼女は愚痴ひとついわないが」ダンカンは片手をあげて兵士たちに合図したあとで、弟にいった。

「大方、怯えきっていてなにもいえないんだろう」ギラードがばかにしたようにいった。

「兄上のマントの陰に隠れて、めそめそ泣いているんだ」

「それは違うな」ダンカンはマントをぱっとめくりあげて、マデリンの顔を見せた。「涙が見えるか、ギラード?」おかしそうにいった。

ギラードは首を振った。ダンカンは弟より、腕に抱いた美女のほうが上だといいたいのだろうか。だが、ギラードはへそを曲げずに、低い声でふんと笑った。いまは両脚を伸ばしてエールを少しばかり味わうことにしか関心がないのだろう。それと、膀胱がもう破裂しそうだ。

「もしかすると、恐れを知らないうつけ者かもしれない」ギラードはにやりとしていった。

ダンカンはギラードを凄みのきいたまなざしでにらみつけ、弟が慌てて逃げだすと、ゆっくりと馬をおりた。

それからギラードが森に姿を消すのを見て、マデリンに向きなおった。マデリンは馬から助けおろしてもらおうと、両手を彼の幅広い肩に置いた。

ダンカンはマデリンの腰に両手を添えてさっと抱きあげ、目と目がほんのわずかしか離れていないところまで彼女をおろすと、ぴたりと手を止めた。

マデリンは両脚を伸ばした。うめかずにはいられない。お尻の筋肉という筋肉が悲鳴をあげている。

ダンカンはあろうことか、にやにやしていた。

彼は相手のいちばん悪い部分を引きだす人なのだと、マデリンは思った。そうでなければ、こんなにも急に、どなり散らしてやりたい衝動に駆られるわけがない。そう、この人のせいで、自分のなかの邪悪な部分が表に出てきたのだ。だれかをどなり散らそうとしたことなど一度もないのに。ふだんは優しくて気分にむらのない、慎ましやかな女性なのに。おじのバートン神父が、よくそういっていた。

それを、彼は台なしにしようとしている。

でも、そうはさせるものですか。どんなににやにやされても、冷静さを失うわけにはいかない。

マデリンは今度はひるまないと心に誓って、彼の瞳をのぞきこんだ。彼はむずかしいパズルの答えがそこにあるとばかりに、彼女をじっと見ている。

マデリンはなぜか顔が赤くなるのを感じた。「ギラードは間違っています。わたしはうつけ者ではありません」

いまいましいことに、彼はますますにんまりした。

「もう手を離してくださって結構です」できるだけ冷ややかにいった。

「いま離せば、ぶざまなことになるぞ」ダンカンがいった。

「それで満足ですか?」彼がしたように、精いっぱい穏やかな声でささやき返した。

ダンカンは肩をすくめて、いきなり手を離した。

なんてひどい人。そんなことをしたらどうなるか、ちゃんとわかっているくせに。彼の腕にさっとつかまらなければ、尻もちをついてしまうところだった。「……こんなに長いあいだ馬に乗ることがなかったものですから」

ダンカンは、マデリンが馬に乗ったことがあるとは思わなかった。まったくもって、わからない。彼女は間違いなく、これまで出会ったどの女性よりも理解しがたい相手だ。歩き方は優雅なのに、時として信じられないほど不器用になる。この顎に、何度頭をぶっけられたことか。きっと痣《あざ》もできているはずだ。

マデリンには彼の考えていることがさっぱりわからなかった。にやついているところが怪しい。ようやく手を離し、彼に背を向けて、よろよろと森に向かった。年寄りのような歩き方をしていることはわかっていた。彼が見ていないことを祈るしかない。

森から空き地に戻ると、ふたたびシレノスに乗せられる前にこわばった筋肉をほぐそうと、兵士たちのまわりを歩いてまわった。そして三角形の空き地の片隅に来たところで、いましがたのぼってきた谷間を見渡した。

ダンカンは出発をとくに急いでいるようには見えなかった。さっきギラードから休憩したいといわれたときはひどく苛立っていたのに、いまはいくらでも時間があるように振る舞っている。マデリンは首を振った。ウェクストンの領主ダンカンは、これまで出会ったどの男性よりも理解しがたい人だ。

とにかく、この小休止には感謝しなくてはならない。頭のなかの心配ごとを追いだすために、もうしばらくひとりきりでいたかった。心安らかなひとときを過ごせば、不安も抑えられるようになる。

一日は終わりに近づき、太陽はいましも沈もうとしていた。鮮やかなオレンジ色とくすんだ赤の光の筋が空に弧を描いて、どこか遠くの地面に届いているようだった。厳しい冬を前にした空にも、こんな美しさがある。どの季節にも、それぞれ特別な美があるのだ。マデリンは背後の物音を無視して眼下の美しい光景を楽しもうとしたが、そのとき、谷間の木々のあいだでなにかがきらりと光ったことに気づいた。

つぎの瞬間、光は消えた。マデリンはおやと思って右に動き、ふたたび光を捕らえた。どういうわけか、近づいてくるように思える。

不意に光の数が増えた。まるで無数のろうそくを同時にともしたように、ちらちらと揺らめいている。

距離はまだかなりあるが、太陽の光を反射した光はぐんぐん近づいていた。まるで炎。それとも……金属。

それでわかった。あんなふうに光を反射するのは、武装した兵士だけだ。

それが、何百となくいる。

5

「悪しき者は追われずとも逃げるが、正しき者は獅子《しし》のように勇ましい」

――旧約聖書「箴言《しんげん》」二十八章一節

このままでは襲われてしまう。マデリンは、しばらく呆然とした。体も震えだしている。だが、こんなにもあっさりと落ち着きをなくした自分に腹が立って、すぐに肩をそびやかし、深々と息を吸いこんだ。ほら、いまならどうすればいいのか考えられる。

ああ、勇気があればいいのに。両手がぶるぶる震えはじめて、気がつくとマントの合わせ目を指が痛くなるほど握りしめていた。

マデリンは首を振って、どうすればいいのか決められるように神に祈った。

捕虜の身で、ダンカンに敵が近づいていることを知らせる義務はないはずだった。このまま口をつぐんで、戦闘がはじまったらひとりで逃げだせばいい。

けれどもそうなったら、また死者が出てしまう。ダンカンに話せば、急いでこの場所を離れられるかもしれない。いますぐ出発すれば敵を引き離せるし、いくさも避けられる。自分が逃げるより、人の命を救うほうが重要でしょう?

マデリンは心を決めて、ダンカンを探そうとスカートをつかんで走った。攻撃を知らせるのが捕虜だなんて、皮肉なものだ。

ダンカンは兵士たちの輪のなかにいて、なにかの話をしていた。彼の右側にギラードがいる。マデリンはまわりこんで、ダンカンのすぐ後ろに来た。「領主さまに申しあげたいことがあるのですが……」マデリンは話に割りこんだ。ダンカンが振り向かないのは、緊張しているせいで蚊の鳴くような声しか出なかったからだろう。聞こえなかっただけだ。

「ぜひとも申しあげたいんです」今度はかなり大きな声が出た。加えて、彼の肩もちょっと押した。

ダンカンは相変わらず無視している。

マデリンはもう一度、今度はぐいと肩を押した。

ダンカンはさらに声を大きくして話をつづけた。これから話そうとしていることに比べれば、取るに足りない話に決まっている。

ああ、なんて頑固な人。マデリンは気が気でなくて、両手を揉み絞った。丘をのぼりきった敵兵がいまにも現れるのではないかと思うと、気分が悪くなる。

にわかに苛立ちをこらえきれなくなって、怒りにまかせてダンカンを蹴飛ばした。狙いどおり、右膝の裏をこのうえなく正確に。

右足に鋭い痛みが走って、性急な行動に出るべきではなかったと思った。つま先は間違いなく折れただろう。こんな痛い思いをした唯一の慰めは、彼がやっと振り向いたことだった。それも、獲物に飛びかかろうとする狼のように、素早く。

ダンカンは、怒っているというよりあきれた顔をしていた。両手を握りしめて腰に当てているこことにも気づかないわけにはいかない。つま先の痛みに顔をゆがめていたマデリンは、彼をまっすぐ見あげていられないことに気づくと、弟のほうに目を移した。ギラードは、このうえなく奇妙な表情を浮かべていた。

「ふたりきりでお話ししたいんです」ようやくダンカンに目を向けられるようになって、マデリンはいった。

ダンカンはマデリンの声に不安がにじんでいることに気づいてうなずくと、マデリンの腕を取って、野営地の反対側まで引っぱっていった。

マデリンは二回つまずいた。

ダンカンが長々とため息をついたのは、当てつけだろう。

マデリンは彼の見くだすような振る舞いを見てもひるまなかった。ちゃんと説明したら、邪魔立てされて迷惑だとは思わないはず。むしろ、感謝されるかもしれない。といっても、そんな礼儀を知っているかどうかも怪しいものだけれど。

なにより、人が殺されずにすむのだ。そう思うと勇気が湧いて、彼の目をまっすぐ見ることができた。「谷間から、大勢がこちらに向かっています」マデリンはいった。

即座になにかの反応があるはずだった。けれどもダンカンは、ただじっと見つめ返している。なんの反応も見せずに。

マデリンは仕方なく、もう一度繰り返した。「大軍が丘をのぼってきます。日の光が盾に反射するのを見たんです。なにかするべきではありませんか?」

この人が行動を起こすには、永遠の時が必要なのかしら? マデリンはじりじりしながら、ダンカンがなにかいうのを待った。

彼の角張った顔に、はっきりと困惑の表情が浮かんでいるのが気に障って仕方がなかった。冷ややかな灰色の瞳には冷笑も浮かんでいる。マデリンは、ほんとうのことを話しているのか彼が見きわめようとしているのだと思うことにした。

「わたしは生まれてこの方、嘘をついたことは一度もありません。わたしのあとについてきてくださるなら、ほんとうだとわかるでしょう」

ダンカンは目の前で胸を張っている美しい女性を見つめた。大きな青い瞳で、こんなにも一心に見あげている。赤褐色の巻き毛が頬の上でふわふわして、鼻の横に泥がついていた。

「なぜそんなことをわたしに教えるんだ？」彼は尋ねた。

「なぜ？　ここから逃げだせるようにです」マデリンはおかしなことを訊くものだと、眉をひそめた。「もう死者はひとりも出したくありませんから」

ダンカンはその答えに満足しとうなずくと、ギラードを手招きした。ギラードは話を聞こうと、少し離れたところまで来ていた。

「マデリンが、われわれが追跡されていることに気づいたそうだ」ダンカンはいった。

ギラードは追跡されていることを知らなかったので、驚いた顔をした。「追跡されているだと？　兄上はいつから知っていたんだ？」

「昼時から」ダンカンは肩をすくめた。

「ならず者の一団じゃないのか？」ギラードが尋ねた。兄の悠然《ゆうぜん》とした態度をまねして穏やかにしゃべっているが、内心では兄がいままで黙っていたことにむっとしていた。その一方で、マデリンがなぜ警告してくれたのだろうと不思議に思っていた。

「彼らはならず者じゃない、ギラード」

いっとき沈黙を置いて、ギラードは理解した。「ネズミが狼を追いかけているのか？」

「神の思し召しがあれば、今回ネズミは攻撃を仕掛けてくるだろう」ダンカンが答えた。

ギラードがにんまりしたので、ダンカンはうなずいた。「連中を城に近いクリーク・クロッシングで迎え撃つつもりだったが、この丘をくだったところでも同じくらい有利に戦える。準備をするようにみなに伝えてくれないか」

ギラードは身をひるがえして戻りながら、騎乗するように一同に叫んだ。

マデリンはその場に凍りついていた。戦わずにすむように警告するという当初の計画は、ギラードの笑い声で形なしになった。それに、いましがたのふたりのやりとりがまだわからない。ネズミと狼がどうしたと、わけのわからない話をしていた。

「では、わたしは正しかったのね」マデリンは思わずいった。「あなたはほんとうに、ラウドンと少しも変わらないんだわ。そうなんでしょう?」

ダンカンは彼女の怒りにまかせた言葉を無視した。「わたしの馬に乗るんだ、マデリン。きみの兄に会いにいく」

マデリンは頭にきて、ものもいえなかった。ダンカンなら敵に背を向けないはずだと、気づいてしかるべきだった。ラウドンの城を離れるように説得を試みたときに、そのことはわかっていたはずなのに。

それからなにをどうしたのか、気がつくとシレノスの背に乗っていた。怒りのあまり恐怖を忘れてしまったらしく、どちらの側から馬に乗ったのかも憶えていなかった。

ダンカンが来て手綱を取り、馬を引いて歩きだした。

マデリンは前かがみになって、必死で鞍につかまった。鐙《あぶみ》にはとても足が届かないし、馬が一歩進むたびにお尻に鞍がぶつかる。情けない乗り方なのはわかっていたから、ダンカンが振り向かないのがありがたかった。「この馬をなんと呼んでいるんですか？」彼女は尋ねた。

「〝馬〟だ」ダンカンが肩越しに答えた。「馬だから、そう呼んでいる」

「思ったとおりね。冷淡で心ない人だもの、忠実な馬に名前を考えてやることもできないんだわ。名前はわたしが考えました。シレノスよ。どうかしら？」

ダンカンは答えなかった。馬に勝手なことをされたのは腹立たしいが、いまは目先の戦闘に気が向いていて、そんな取るに足らない話にかまっている暇はない。

マデリンは彼を苛立たせた自分の手並みに満足して、ひそかにほほえんだ。そのとき、アンセルが別の馬を連れて傍らに現れた。葦毛《あしげ》の馬で、シレノスよりずっとおとなしそうに見える。ダンカンは振り向くと、手綱をマデリンに放って葦毛にまたがった。

マデリンのほほえみは凍りついた。手綱をつかんだときにわかった。自分で馬を操れということだ。シレノスは彼女の不安を感じ取ったらしく、さっそく足踏みして横ざまに動きはじめた。力強い蹄が地面を踏みつけるたびに、鞍から滑り落ちそうになる。馬を扱い慣れているようなふりをしなければよかったと思ったが、時すでに遅しだった。

ギラードが鹿毛《かげ》の馬に乗って現れ、シレノスのおどおどした動きを阻んでくれた。

「敵はまだかなり遠くにいる」ギラードはマデリンの頭越しに兄に声をかけた。「このまま待つか?」

「いいや」ダンカンは答えた。「途中で出迎える」

三人の背後では、兵士たちが隊列を組もうとして騒いでいた。マデリンは、喧騒《けんそう》が鎮まってからダンカンは合図するのだろうと思った。

「あなたが戻るのを、ここで待つことにするわ」マデリンはダンカンに、思いつめたようにいった。ダンカンは彼女をちらりと見てかぶりを振ると、眼下の谷間に目を戻した。

「ここに残ります」マデリンはきっぱりといった。

「だめだ」ダンカンは彼女のほうを見もせずに、ぴしりといった。

「わたしを木に縛りつけたらどう?」

「ラウドンにそのきれいな顔を見せないつもりじゃないだろうな?」ギラードがにやにやしながらいった。「ラウドンの死に目に会わせようといっているんだぞ」

「あなたたちはふたりとも、いくさが楽しみなんでしょう?」マデリンは信じられない思いで声を震わせた。

「たしかに、楽しみだ」ギラードはそういって、肩をすくめた。

「あなたもお兄さまと同じくらいどうかしているのね、ギラード」

「われわれがラウドンの死を願うだけの理由があることは、きみも知っているはずだが」ギラードの顔からほほえみがゆっくりと消えていった。「ちょうど、きみがわれわれの死を願っているのと同じように」その言葉には、軽蔑するような響きが込められていた。

マデリンはダンカンを見たが、ダンカンはふたりの会話がまったく耳に入っていないようだった。マデリンはギラードに向きなおった。「ラウドンを殺したいと思うのも無理ないわ。わたしはただ、あなたやダンカンに、このいくさで死んでほしくないだけよ。それなのに、どうしてわたしがそうなることを願っていると思うの?」

ギラードは怪訝そうに眉をひそめた。「わたしを間抜けだと思っているのか、レディ・マデリン? まさか、ラウドンの肩を持たないというんじゃないだろうな? ラウドンはきみの兄じゃないか」

「わたしはだれの肩も持たないわ」マデリンはいい返した。「だれにも死んでほしくないもの」

「ああ、それでわかった」ギラードは大げさにいった。「どちらが勝つか様子を見て、それから決めるんだろう。巧妙そのものだな」

「好きなように考えたらいいわ」マデリンは首を振った。「あなたって、お兄さまにそっくり」

ギラードがうれしそうににんまりしたので、マデリンはさらにいった。「いまのはほめ言葉ではないわ、ギラード。その反対よ。あなたはダンカンと同じくらい頑固で情け容赦ない人だわ。あなたも同じくらい人殺しを楽しむんでしょう」

ギラードをただ苛立たせようとしたはずが歯止めがきかなくなって、マデリンは背筋が寒くなった。

「わたしの目をまっすぐ見て、憎んでいないといえるか?」さっきまでの表情とは打って変わって、ギラードは怒りをあらわにしていた。首筋の血管が浮きでている。きっと殴りたいのだ。

「あなたのことは憎んでいません」マデリンは答えた。「そうしたいのは山々だけれど、憎めないわ」

「なぜだ?」ギラードは尋ねた。

「あなたが妹さんを愛しているから」

ギラードはマデリンに、きみのようにわけのわからない女性は見たことがないといおうとしたが、そこでダンカンがしようとしていることに気づいて、ただちにマデリンから目を逸らして剣に手を伸ばした。

ダンカンがとうとう戦闘開始の合図を出した。マデリンは不意に怖くてたまらなくなった。祈りの言葉をひとつも思い出せない。

死ぬまで戦う気かしら？　ダンカンの頑固な性格からして、彼が勝ち目のあるなしを考慮しているとは思えない。

丘をのぼってくる兵士の数を数えようとしたが、とても数えきれなかった。まるでイナゴのように地を覆っている。

ダンカンの兵は、また数で劣っているのかしら？

このままでは地獄絵図になってしまう。こうなったのはひとえに、ダンカンが正々堂々と難局に挑む人で、ラウドンがそうではないから。そんな簡単なことが、ダンカンのような男性の頭からは抜け落ちているのだ。ラウドンはダンカンに、一時的な休戦協定を守るものと思わせた。ダンカンが捕らえられたのは、そんな単純な罠《わな》に引っかかったせいだった。

マデリンはダンカンよりラウドンをよく知っていた。ラウドンは勝利のにおいを嗅ぎつけると、けだもののようになりふりかまわない行動に出る。

マデリンは、どちらが勝とうとかまわないと自分にいい聞かせた。みんなで殺し合って死にたいのなら、それも結構。ひとりの女性の意志でなく、彼らの意志が優先される世界だから。

「かまうものですか」マデリンはその言葉が絶望的なつぶやきに変わるまで繰り返した。

けれども、何度繰り返しても、そう思うことはできなかった。

6

「この世の叡智《えいち》は、神の前では愚かなものである」
――新約聖書「コリント人への第一の手紙」三章十九節

ウェクストンの領主は、不意打ちにならなくてもかまわないようだった。彼の鬨《とき》の声は谷間に響きわたり、枯れかけた木の葉という木の葉を震わせた。ラッパの音が鳴り響いて、丘をのぼってくる兵士たちに敵がいることをさらに伝える。それでわからなくても、斜面を駆けくだる轟くような蹄の音を聞けば、迫りくる脅威は充分理解できるはずだった。

マデリンはダンカンとギラードに挟まれて斜面をくだった。三人のまわりをさらに、盾を掲げた兵士たちが取り巻いている。マデリンはそんな防具をなにひとつ持たなかったが、行く手につぎつぎと現れる節くれ立った枝は、ダンカンとギラードのふたりが凧《たこ》の形をした盾で防いでくれた。

両軍の戦場として目星をつけた場所を見おろす狭い尾根に出たところで、ダンカンはシレノスの手綱をぐいと引いて命令を口にした。シレノスがぴたりと動きを止めると、ダンカンは空いたほうの手でマデリンの顎をつかみ、自分のほうを向かせた。

灰色の瞳がにらみつけた。「この場所を絶対に動くな」

彼は手を離そうとしたが、マデリンがその手を押さえた。「あなたが死んでも、涙は流さないわ」ささやくようにいった。

ダンカンははっきりとほほえみ返した。「いいや、流すとも」傲慢だけれど、優しい声。

マデリンがさらになにかいう間もなく、ダンカンは馬の腹を蹴って、すでに両軍が入り乱れている戦場へと向かった。最後まで残っていたダンカンの兵士たちが猛然と駆けおり、マデリンは不意に、荒涼とした尾根にひとりで取り残されていた。

戦場の音は耳を聾《ろう》さんばかりだった。金属と金属がぶつかり合う音。苦悶の叫びに勝利の雄叫《おたけ》びが混じり合う。マデリンはひとりひとりの顔まではわからなかったが、ダンカンの背中は見失わないようにした。彼が乗っている葦毛の馬は見つけやすい。彼が剣を的確に振るうのを見ていると、神がそばについているとしか思えなかった。敵に囲まれているも同然なのに、その敵を次々と馬からたたき落としていくのだ。

ほんのいっとき目を閉じて、ふたたび戦場を見ると、葦毛の馬は見えなくなっていた。ぎょっとしてそこらじゅうに目を凝らしたが、ダンカンもギラードも見えない。しかも、戦いの場は彼女のほうに移動しつつあった。

兄のラウドンの姿は一度も探さなかった。戦闘のさなかにいないことは重々承知している。ラウドンはダンカンと違って、だれよりも剣を振りあげるのが遅いはずだ。そんなことをするのは危険すぎるから。そう、ダンカンが自分の命を少しも顧みないのに、ラウドンは自分の命をとにかく大切にする。そして戦いは彼に忠誠を誓った者たちにまかせ、戦況が不利になると真っ先に逃げだすのだ。

「わたしは戦わないわ！」マデリンは声を張りあげると、手綱を引いて、できるかぎり素早くその場を離れようとした。もうちらりとも見ている余裕はない。なにもかも置き去りにして、逃げなくては。

「さあ、シレノス、行きましょう」マデリンはダンカンがしたように馬の腹を軽く蹴った。いうことを聞かせようと、手綱を思いきりぐいと引いてみる。そうしているあいだにも、ラウドンの兵士たちはぐんぐん急斜面をのぼってきていた。

ダンカンは烈火のごとく怒っていた。いくら探しても、ラウドンは影も形もない。あの男にまた逃げられたら、戦いで勝利をおさめたところでなんの意味もなくなってしまう……。

そのとき、マデリンがいるほうをちらりと見あげてぞっとした。戦っている兵士たちが、彼女のいる場所に近づいている。ラウドンを探すのに血眼《ちまなこ》になりすぎて、マデリンに気を配るのがおろそかになってしまった。自分の手落ちだ。いまさら遅いが、マデリンに護衛をつけておかなかったことが悔やまれた。

彼は盾を地面に投げ捨てると、シレノスに聞こえることを祈りながら指笛を鋭く鳴らした。そして心臓が止まるような思いで尾根に向かった。こんなにもマデリンを守ろうと必死になるのは当然のことだと、自分にいい聞かせた。彼女は捕虜であって、自分には捕虜を守る義務があるのだから。そうとも、いくさの雄叫びと同じくらい、怒りの吠え声をあげながら彼女の元に走るのは当然のことだ。

シレノスは即座に指笛に反応して、斜面をおりはじめた。いまなら言うことを聞いてくれそうだとマデリンは思ったが、飛びだした拍子に肝心の手綱を落としてしまった。

シレノスは尾根にたどり着いたふたりの兵士を飛び越え、後脚で彼らの頭を蹴り飛ばした。ふたりは悲鳴をあげながら斜面を落ちていった。

マデリンは戦いのさなかにいた。まわりには兵士を乗せた馬もいるが、地上にはもっとたくさんの兵士がひしめいている。そして、だれもが命を賭けて戦っていた。シレノスは兵士たちに阻まれて前に進めない。マデリンは馬の首につかまって、すみやかに死ねるように祈った。

不意に、ギラードの姿が見えた。こちらに近づこうとしている。彼は徒歩《かち》で、片手に血まみれの剣を、もう片方の手に傷だらけの盾を持ち、左からの攻撃から身を守りつつ、右手で剣を振るっていた。

ラウドンの兵士のひとりが、剣を振りあげてマデリンに飛びかかった。正気とは思えない、血走った目をしている。自分がなにをしているのかもわかっていない日だ。

殺すつもりだと、マデリンは直感した。ダンカンの名を叫んだが、すべては自分次第だとわかっていた。地面以外に逃げ道はない。素早く馬から飛びおりたが、わずかに遅かった。剣の切っ先が左の太腿を深々と切り裂く。マデリンは悲鳴をあげたが、その声は地面に落ちたときに喉の奥で途切れ、呼吸もできなくなってしまった。

つづいて重たいマントが、両肩にどさりと落ちてきて、マデリンはにわかに、マントを体に巻きつけなくてはならないという強迫観念に囚われていた。太腿の痛みははじめ体が焼き尽くされて死んでしまうと思うほど激しかったが、しばらくすると太腿も頭もじんとしびれたようになって、新たな力が湧いてきた。マデリンはマントの合わせ目をぎゅっとつかんで立ちあがると、まわりで戦っている兵士たちを見まわした。

シレノスに背中を押されて危うくまた地面に倒れそうになったが、体勢を立てなおして馬の横腹に寄りかかった。落馬したときに馬が走り去らなかったのは幸いだった。それにシレノスはいま、背後を守る防壁の役目を果たしてくれている。

そこらじゅうに満ちている死のにおいに、思わず涙がこぼれた。ギラードがなにか叫んでいるが、なんといっているのかわからない。ただ、彼がこちらに近づこうとしているのを見ているしかなかった。ギラードがさらに声を張りあげてふたたびなにか叫んだが、金属と金属がぶつかり合う音に飲みこまれてしまった。

マデリンは殺戮の光景に圧倒されないように懸命に意識を保ちながら、ギラードのほうに近づこうとした。彼もそうしろといっているのだろう。途中で二度ほどつまずいた。殺された兵士の武器が、ごみのように地面に散らばっている。とにかくギラードに近づかなくては。この修羅場で、ただひとり知っている人のところに。ギラードならダンカンのところに連れていってくれる。安全なところに。

マデリンが数フィートのところまで来たとき、新たな敵兵のほうを向いて背後ががら空きになったギラードに、別の敵兵がすかさず剣を振りあげて向かってくるのが見えた。

マデリンは叫んで危機を知らせようとしたが、喉から出たのは弱々しい泣き声だけだった。

ギラードを助けられるほど近くにいるのは自分ひとりだけだ。運命を変えられるのは自分だけ。マデリンはためらわずに、名もない死体が握りしめていた武器に飛びついた。先端の丸い部分に鋭い突起と乾いた血がついた、重たく扱いにくい戦闘用の棍棒《メイス》だ。

マデリンは金属でできたメイスを両手で持ちあげて、重みによろめいた。その武器をなかば引きずるようにして、急いでギラードのすぐ後ろにつき、攻撃に備えた。

敵兵はひるまなかった。女ごときに武装した兵士が防げるはずはない。兵士は薄笑いを浮かべると、勝ち誇った雄叫びをあげ、殺気をみなぎらせながら湾曲した刀を振りかざして飛びかかってきた。

マデリンはぎりぎりまで待ち、メイスを大きく振りまわした。恐怖で力が増したのか、攻撃を防ぐだけのつもりが、メイスの先端から突きだしている突起が鎖帷子を破り、その下にある柔らかな肉に食いこんだ。

ギラードは正面の敵兵を討ち取ると、マデリンを守ろうとして素早く振り向き、危うく彼女を突き飛ばしそうになりながら、決定的な瞬間を目にした。メイスの突起が体の真ん中に食いこんだ敵兵が、叫び声をほとばしらせる間もなく地面にくずおれていく。ギラードは目を剝いて、いっとき言葉を失った。

マデリンは苦しげなうめき声を漏らすと、両腕で自分を抱きしめて体をふたつ折りにした。ギラードはその様子を見て、まるで彼女のほうが傷を負ったようだと思った。立ちあがるのを手伝おうと、手を伸ばしてそっと肩に触れた。

マデリンは自分がたったいましたことにすっかり打ちのめされて、ギラードがいることも忘れてしまった。もう、いくさもなにもない。

マデリンが敵兵を殺した瞬間は、ダンカンも目撃していた。彼は自分の馬にさっと飛び乗ると、ギラードのほうへ突き進んだ。飛びすさるギラードを尻目に、彼は手を伸ばしてマデリンの体を抱えあげ、鞍の上に勢いよく乗せた。マデリンにとって幸いなことに、鞍にぶつかったのは体の右側で、けがをした太腿はほとんど押さえつけられずにすんだ。

戦闘はほぼ終わっていた。ダンカンの兵はラウドンの兵を逃がすまいと、谷のほうまで追っていった。

「終わりにさせろ」ダンカンはギラードに命じると、手綱をぐいと引いて、ふたたび馬で丘をのぼりはじめた。葦毛の馬はよほど血統と体力に恵まれているのか、たちまち戦場を離れ、不安定な地形をものともせずにぐんぐん斜面を駆けのぼった。

戦闘の最中にマントと盾を捨ててしまっていたので、ダンカンは行く手を阻む枝を両手で防いでマデリンの顔を守った。

マデリンはそんなふうに気づかってほしくなくて、ダンカンから逃れようと、彼の体をぐいと押した。彼の汚らわしい手より、固い地面のほうがましだった。

人を殺す羽目になったのは、この人のせいだ。

ダンカンは彼女をなだめなかった。いまは安全を確保するのが先だ。彼は戦場から充分離れるまで馬の速度を緩めなかった。木立のなかに入ってようやく、手綱を引いて馬を止めた。ここなら静かで、危険もない。

彼女をあんな危険にさらした自分に腹が立って仕方がなかった。見ると、マデリンが涙を流している。彼は苛立たしげにうなり声を漏らした。

それから、彼女をなだめようとした。「泣くのはやめてくれないか、マデリン。死者のなかにきみの兄は見当たらなかった。だから、泣くのはやめるんだ」

マデリンは自分が泣いていたことにはじめて気づいた。そしてようやくいわれたことを理解すると、今度は彼が勘違いしているのがむしょうに腹立たしくなった。言葉も出てこない。なんてひどい人。

彼女は頬の涙を拭うと、深々と空気を吸いこみ、押し殺した声でいった。「今日まで、ほんとうの憎しみがどんなものか知らなかった。でも、あなたのおかげで、その忌まわしい言葉の意味がわかったわ。神に誓って、死ぬまであなたを憎みます。どうせならそうしたほうがいいわ。だって――」彼女はつづけた。「どのみち地獄に落ちるんだもの。それも、なにもかもあなたのせいで」マデリンが声をひそめてつぶやくので、ダンカンは彼女の額に自分の額がくっつくほど体をかがめて、聞き耳を立てなくてはならなかった。

わけのわからないことをいう。

「いまいったことを聞いていなかったのか？」同じくらい静かにいった。マデリンがいまにも取り乱してしまいそうだったので、優しくして落ち着かせてやりたかった。いつもの自分らしくもないが、きっと彼女に責任を感じているせいだ。「さっきもいったように、きみの兄は無事だ、マデリン。少なくとも当面のあいだは」慰めながら、嘘偽りのない状況を伝えることにした。

「話を聞いていないのはあなたのほうだわ」マデリンはまた涙を流したが、今度は拭わなかった。「あなたのせいで、わたしは人ひとりの命を奪ったのよ。重大な罪だし、わたしと同じ責めをあなたも負うべきだわ。あなたがわたしをここまで引っぱってこなければ、だれひとり殺さずにすんだんだもの」

「人を殺したから取り乱しているのか？」ダンカンは驚きを隠せなかったが、すぐにマデリンは女性なのだと思いなおした。この二日間で彼女の身に起こったことを思えば、なおさらだった。「わたしはもっと大勢殺している」マデリンの重荷を楽にしてやるつもりでいったが、それは間違いだった。

「あなたが敵軍をひとり残らず殺していようと、そんなことはどうでもいいの」マデリンはいった。「あなたには心がないから、何人殺そうと関係ないのよ」

ダンカンは答えを思いつけなかった。どうやら、マデリンといい合っても無駄らしい。いまの彼女は筋道立てて考えることができないし、間違いなく疲れきっている。気が動転しているせいで、声を荒らげることもできないようだった。

ダンカンはマデリンを抱きしめ、彼女があらがうのをやめるまでそのままじっとしていた。それから疲れたようにため息をついて、独り言のようにつぶやいた。「どうしたらいい？」

マデリンはそのつぶやきを聞きのがさずに、即座に答えた。「あなたになんとかしてもらわなくても結構よ」頭をぐいと反らして、ダンカンの右目のすぐ下にぎざぎざの切り傷があることに気づくと、流れる血を袖で拭った。だが、その優しい行為とは裏腹に、彼女の言葉は怒りに満ちていた。「わたしをここに置き去りにすればいいのよ。なんなら、殺されたってかまわない」彼女は傷口をなおも押さえた。「あなたがなにをしようと、なにも変わらないわ。わたしを連れてきたのがそもそも間違いだったのよ、ダンカン」

「ラウドンは、きみを追ってきた」ダンカンはいった。

「いいえ」マデリンはいった。「ラウドンが追ってきたのは、城を破壊されたからよ。わたしのことなどどうでもいいと思っているわ。もしあなたが聞く耳を持ってくれるなら、ほんとうのことを説明するのに。でも、あなたは石頭で、だれの話にも耳を傾けない。そんな人とは、話しても無駄なの。そう、まったくの無駄。あなたとは二度と口をきかないことにするわ」

マデリンは最後まで残っていた体力をそこで使い果たしたらしく、彼の傷口を拭い終わると、ぐったりと胸にもたれた。

マデリンは矛盾《むじゅん》した女性だとダンカンは思った。彼女が顔の傷に触れたときには、危うく自制心を失いそうになった。あのときマデリンは、自分がなにをしているのかもわかっていなかったのだろう。そこで不意に、ラウドンの城でマデリンがギラードにどんな態度で接していたか思い出した。そういえば、あのときの彼女も矛盾していた。苛立ちもあらわにどなりつけるギラードに落ち着き払って接していたが、その実ずっとこの手にしがみついていた。

そしてさっきは、怒りをあらわにしながら手当てをしていた。ダンカンはため息をつくと、マデリンの頭のてっぺんに顎を乗せて、こんな優しい女性がどうしてあんな悪魔と血のつながったきょうだいなのだろうと思った。

マデリンは麻痺《まひ》したような感覚が薄れていくのを感じていた。湧きあがる怒りがおさまるのと入れ替えに、今度は太腿の傷がずきずきと痛みだした。傷口はマントで隠れて見えない。ダンカンが傷に気づいていないと思うと、なぜかいい気分だった。どうしてそんなふうに思うのか、理由を考えているうちに、不意にどっと疲れを感じた。ひどくおなかが空いているし、傷も痛い。もうなにも考えられなかった。

ほどなく兵士たちが合流して、一行はウェクストンの城に向かって出発した。時間ほどたつと、マデリンが泣き言ひとついわないでいるのはかなりむずかしくなっていた。

ダンカンの手がなにかのはずみでけがをした太腿をかすめた。マントと服だけでは、少しもクッションにならない。悲鳴をあげたいのをこらえて彼の手を払いのけたが、焼けつくような痛みは耐えがたいまでに強まっていた。

気分が悪くて、このままでは戻してしまいそうだった。「少し休憩が必要だわ」ダンカンにいった。ほんとうは泣きわめきたかったが、かろうじて耐えているのを台なしにされることだけは避けようと心に誓っていた。

ダンカンには聞こえたはずだった。うなずいたのがその証拠だ。でも止まらずに、進みつづけている。しばらく待ってもそのままなので、こちらの要求を無視することにしたのだとわかった。

この人でなしのけだもの！　頭のなかで、ありとあらゆる罵詈雑言《ばりぞうごん》を並べ立てた。それで少しのあいだはすっきりしたが、こんなことをするのはダンカンのように下劣な人間のすることだと思いなおした。慎ましい女性のすることではない。

痛みと気持ちが悪いのはおさまりそうになかった。さっきは二度と口をきかないと誓ったけれど、やむをえない。彼女はいましがたの要求を繰り返した。「止まらないと、あなたの体じゅうに戻すわよ」

この脅しはたちまち功を奏した。ダンカンは片手をあげて止まるように合図し、馬からおりて、マデリンが身がまえる間もなく助けおろした。

「なんで止まるんだ?」ギラードが素早く馬からおりて走ってきた。「もうすぐじゃないか」

「マデリンだ」ダンカンの答えはそれだけだった。

マデリンはすでにひとりきりになれる木陰に向かってよろよろと歩きだしていたが、ギラードの言葉を聞きつけて立ち止まった。「そのままそこにいて、ギラード」

まるで命令口調だったので、ギラードは片眉をつりあげた。ダンカンは、険しい顔をしてマデリンを見ている。きっとマデリンの口のきき方に腹を立てているのだろうと、彼は思った。「今日は地獄を見たからな」兄がきついことをいわないように、急いで取りなした。

ダンカンはかぶりを振った。彼はマデリンが森に姿を消すまで目を離さなかった。「おかしい」彼は眉をひそめて考えこんだ。

ギラードがため息をついた。「気分が悪くなったんじゃないのか?」

「しかし、脅しまでするのは……」ダンカンは最後までいわずに、マデリンのあとを追おうとした。

ギラードは兄を押しとどめた。「ひとりきりにしてやったらどうだ、ダンカン。すぐに戻るだろう」彼はいった。「隠れるような場所があるわけじゃなし」

ダンカンは弟の腕を振り払った。さっき、マデリンの瞳には苦痛に耐えているような表情が浮かんでいたし、歩き方も妙にぎくしゃくしていた。なんとなくだが、気分が悪くなったから休憩をいいだしたのではないという気がする。それに、吐きそうになっていたのなら、森まで歩かずに走っていくはずだ。やはりおかしい。彼はその理由を突きとめることにした。

マデリンは節くれ立った樫の木にもたれ、うつむいていた。ダンカンはその場にいきなり踏みこむようなまねはしたくなかったので立ち止まった。マデリンはすすり泣きながら、マントをそろそろと脱いで地面に落とした。彼女が苦しそうにしていた真の理由がそれでわかった。服の左側が裾まで裂けて、血で染まっている。

マデリンが怯えた声を出してはじめて、ダンカンは自分がどうなっていたことに気づいた。マデリンには後ずさる力もなく、太腿を押さえていた手を彼が無理やりどかし、傍らに膝をついてもあらがわなかった。

ダンカンは傷口の具合を改《あらた》めにかかった。激しい怒りが込みあげて、裂けた布を持ちあげる手が震えた。血が乾いて、布が貼りついている。大きな手をそろそろと動かして、できるだけ優しく剥がそうとした。

傷口は深く、彼の上腕の長さほどもあった。しかも、泥がこびりついている。きれいに洗って、縫う必要があった。

「マデリン」ダンカンはしわがれた声でいった。「だれがこんなことを?」

気づかいに満ちた、優しい愛撫のような声だった。マデリンはこれ以上優しくされたら、また泣きだしてしまうと思った。いまにも気持ちが折れそうだ。ちょうどいまつかんでいる小枝のように。

でも、そういうわけにはいかない。「あなたの同情なんていらないわ、ダンカン」肩をそびやかして、冷ややかな表情を浮かべようとした。「その手をどけてちょうだい。失礼でしょう」

彼女が威厳たっぷりにいったので、ダンカンは思わずほほえみそうになった。燃えるような瞳でこちらを見おろしている。それでわかった。マデリンは誇り高く振る舞うことで身を守っているのだ。おまけに、自制することになにより価値があると思っている。

改めてけがを調べたダンカンは、この場でできることはほとんどないことを見てとると、ひとまずマデリンのやりたいようにさせることにした。

立ちあがって、わざとつっけんどんにいった。「同情はしないとも、マデリン。わたしは狼といわれる男だ。甘っちょろいやりとりにはがまんがならない」

マデリンは答えずに、目を丸くしていた。ダンカンはほほえんで、ふたたび膝をついた。

「放っておいて」

「だめだ」ダンカンは穏やかにいうと、短剣を抜いて、マデリンの服に切れ目を入れ、細長い切れ端を作った。

「服が台なしだわ」

「服ならとっくに台なしになっている」

彼は切れ端をできるかぎりそっと太腿に巻きつけた。端と端を結んでいると、マデリンに肩をぐいと押された。

「痛いわ」そんな弱音を吐くのは、マデリンの本意ではなかった。もう泣きそうだ。

「痛くはしていない」

マデリンはかっとして、泣きたかったのをきれいに忘れた。まったく頭にくる。よくもそんな！　痛がっているのはわたしなのに。

「この傷では縫わなきゃならない」ダンカンはいった。

マデリンは彼がすくめた肩を引っぱたいた。

「だれにも縫わせない」

「きみは矛盾した女性だな、マデリン」ダンカンはマントを拾いあげてマデリンの肩に掛けてやると、傷に触れないように気をつけながら彼女を抱きあげた。

マデリンは本能的に両腕を彼の首にからめた。手荒く扱われた仕返しに、目を引っかいてやりたかった。「矛盾しているのはあなたのほうよ、ダンカン。わたしは心優しい乙女なの。隙を見せたら、あなたにめちゃくちゃにされてしまうわ。それから神に誓って、あなたと言葉を交わすのはこれが最後ですからね」

「ああ、誇り高いきみのことだから、約束はけっして破らない。そうだろう?」兵士たちのところに戻りながら、彼はいった。

「そのとおりよ」マデリンは即座に答えると、目を閉じて彼の胸にもたれた。「いいこと、あなたの頭のなかには狼の脳みそが入っているの。そして、狼の脳みそはとても小さいのよ」

マデリンは疲れきっていて、彼がどんな顔をしているか見ることもできなかった。彼のぶっきらぼうな態度にはいらいらさせられるけれど、ほんとうは感謝しなくてはならないのだ。彼が怒らせてくれたおかげで、痛みを忘れることができた。それと同じように、同情してくれなかったおかげで、泣きださずにすんだ。赤んぼうみたいに泣きわめいていたら、さぞやみっともなかっただろう。ふだんの威厳や自尊心は、大切にしているマントのようにいつも羽織っていたいものだ。そのどちらかでもなくしたら、それは屈辱的に決まっている。彼女はダンカンに見えないのをいいことに、ちょっとほほえんだ。鈍い人だ。たったいま、ひとりの女性の自尊心を守ったのに、そのことに気づいてもいないのだから。

ダンカンはため息をついた。マデリンはもう、口をきかないという誓いを破っている。そのことを指摘しようとは思わないが、そう思うとおかしくて、にやにやしてしまう。

マデリンにもっと詳しい話を聞きたかった。どんなふうにしてけがを負ったのか、何者にやられたのか。ウェクストンの兵が傷つけたはずはなかった。だが、ラウドンの兵ならマデリンを守ろうとするはずじゃないか？

ダンカンはしばらく様子を見ることにした。まずは怒りを鎮めなくてはならない。そしてマデリンには、手当てと休息が必要だ。彼女がわっと泣きくずれる寸前なのはわかっていた。戦闘のことをふたたび持ちだしたら、一気に崩れてしまうだろう。

ふたたび行軍がはじまると、マデリンは痛みを忘れる方法を見つけた。ダンカンの胸に身を寄せ、彼の顎の下に顔をおさめるだけでいい。

そうすると心が安らいだが、そんなふうに感じる理由がわからなかった。こんなことは口が裂けてもいえないけれど、彼がラウドンと似ても似つかないことはもうわかっている。自分は捕虜で、兄をおびきだすための駒に過ぎない。でも、ラウドンに復讐しようとしている彼のことはそれほど憎く思えなくて、まるで板挟みになっている気がした。

そのうち逃げてやるから。そう思っただけのはずが、ダンカンのつぎの言葉でほんとうに口にしたのだとわかった。「そんなことにはならない」

「着いたぞ」ギラードが叫んだ。それはマデリンに向けられた言葉だった。ギラードから彼女の顔はほとんど隠れていたが、それでもとても穏やかな表情がちらりと見えたので、眠っているのかもしれないと彼は思った。そのほうがありがたい。ほんとうのところ、マデリンにどう接すればいいのかわからなかった。いまは気まずいことこのうえない。こちらが軽蔑するような態度で接していたのに、彼女はどうした？　こともあろうに、命を救ってくれたのだ。マデリンがなぜ助けにきてくれたのか、その理由を訊きたくてたまらなかったが、尋ねるつもりはなかった。きっと、気に入らない答えに決まっている。

行く手に城壁が見えてくると、ギラードは下の中庭に入るために、ダンカンの前に馬を進めた。ダンカンは、兵士たち全員が分厚い石壁のなかに入ってから最後に入ることにしている。兵士たちはこの儀式を気に入っていた。あるじがみずからの命より自分たちの命を大切にしていることを実感できるからだ。彼らはひとり残らず領主ダンカンに忠誠を誓っているし、召集があれば喜んで応じるが、あるじに保護されていることはだれもが自覚していた。

それは気さくな協力関係だった。その根本にあるのは誇りだ。兵士たちは一人ひとりが、ダンカンに選ばれたことを自慢の種にしていた。

イングランドじゅうを見渡しても、彼らほどよく訓練された兵士はいなかった。ダンカンは、並みの男にはとてもこなせない試練を課して兵士としての向き不向きを判断するようにしていた。精鋭といわれる彼らの正確な数は、六百近くにのぼる。そのだれもが、四十日間の軍役を果たすように召集された者たちだった。彼らの強さは人々の尊敬を集め、そのめざましい働きぶりは誇張せずとも生き生きと語られた。

兵士たちの能力は、あるじの能力を反映していた。ウェクストンの領主ダンカンは、立ち向かってくるだれよりもはるかに正確に剣を振るう恐るべき男だ。敵対する者はひとり残らず、彼の弱みを見つけることをあきらめている。たとえば彼は、俗っぽい贈り物に興味を示さず、同じ階級の者たちと違って、袖の下として金《きん》を受け取ったことは一度もない。アキレウスのかかとのような弱点のない、鋼の男。彼の不幸を願う者は、肩を落としてそう思った。ダンカンは人間らしい心のない、冷徹な戦士だと。

ダンカンの評判をほとんど知らなかったマデリンは、彼の腕にしっかりと抱かれて兵士たちの隊列が通りすぎるのを見送りながら、なぜ待っているのかしらと怪訝に思った。

それから、行く手にある城館に目を移した。巨大な建物が、目の慰みになるような木が一本もない不毛の丘の頂きに建っている。城館を囲む灰色の石壁は、端から端まで少なくとも七百フィートはあるだろう。こんなにも巨大な建造物を見るのははじめてだった。城壁のてっぺんは明るい月に届きそうだ。壁の内側から円形の塔の一部が突きだしているが、その頂きは垂れこめた雲に隠れて見えない。

跳ね橋までは、岩がちな道がくねくねとヘビのようにのぼっていた。最後の兵士が堀に渡された板を渡り終わると、ダンカンは馬を進めた。気の急《せ》いた馬がそわそわと跳びはねて、マデリンの太腿はまた痛みはじめた。マデリンは顔をゆがめて、無意識のうちにダンカンの腕を握りしめた。

ダンカンは彼女の憔悴《しょうすい》しきった表情を見て、眉をひそめた。

「すぐに休める。もうしばらくつかまっていてくれないか」彼は気づかわしげにささやいた。

マデリンはうなずいて目を閉じた。

下の中庭に到着すると、ダンカンは素早く馬をおり、マデリンを抱きあげた。そしてしっかりと彼女を抱きしめ、城館に向かった。

兵士たちが行く手に並んでいた。ギラードがふたりの兵士を従えて、城館の扉の前に立っている。マデリンは目を開けてギラードを見た。彼はなぜか、困惑した表情を浮かべてこちらを見ている。

もっと近づいてはじめて、ギラードが脚を見ていたのだとわかった。マデリンは下を見て、傷ついた脚をマントが隠していないことに気づいた。切り裂かれた服の切れ端が、ぼろぼろになった旗印のように垂れている。彼女の脚を覆っているのは、伝い流れる血だけだった。

ギラードは急いで扉を開けた。男性ですら小さく見える大きな両開きの扉だ。暖かい空気がどっと流れてきたと思うと、マデリンは狭い玄関の間のなかほどにいた。

そこは明らかに戦闘に備えた造りだった。玄関の間は細長く、床は木でできていて、右手に広間がある。左手の壁は回り階段が占めていて、幅広の踏み段が上階へとつづいていた。なにかがおかしいとマデリンは思ったが、なんなのかはわからなかった。ダンカンに抱きあげられて階段の途中まであがってはじめて、その理由がわかった。

「階段が違うほうにあるわ」マデリンは唐突にいった。

「いいや、マデリン。これでいいんだ」ダンカンは答えた。

まるで、おもしろがっているような口ぶりだった。「いいえ、階段はつねに右側の壁に造られるものよ。みんな知っていることだわ」威厳たっぷりに付けくわえた。

ダンカンが明らかな瑕疵《かし》を認めないのが、どういうわけかひどく気に障った。

「階段は右側に造られるものだが、あえて左側に造らせることもある」ダンカンは一語一語はっきりと発音した。まるで、のみこみの悪い子どもにいい聞かせるように。

なぜこの問題がこれほど重要なのか、マデリンにはわからなかった。けれども、とにかく重要なのだ。これで言い合いを終わりにするつもりでいった。「それは無知だこと」さらにじろりと見あげたが、彼がこちらを見ていなかったのでがっかりした。

「あなたって、頑固なのね」

「きみこそ頑固だ」ダンカンは愉快そうにほほえんだ。

兄のあとから階段をのぼっていたギラードは、心配でほほえむどころではなかった。エドモンドが待っているのはわかっていた。二番目の兄はきっと広間にいる。アデラもそこにいるかもしれない。ギラードはいまや、マデリンのことを気づかっていた。彼女が心優しい女性であることをエドモンドに説明できたらいいのだが。

ダンカンが二階に着いても広間に向かわなかったので、その心配は当面後まわしになった。ダンカンは広間に背を向けさらに階段をのぼって次の階に行き、廊下を通って塔に入った。塔の階段は狭くなり、曲がり方も急になって、すんなりとは進めなくなった。

塔のいちばん上にある部屋は、凍えるように寒かった。円形の壁の向かい側に暖炉があり、その右側に大きな窓がある。窓に取りつけてある木製の覆いが石壁に当たって、耳障りな音を立てていた。

壁際にはベッドが置いてあった。ダンカンは上掛けの上に、できるかぎり静かにマデリンを横たえた。それから暖炉に薪《まき》を積みあげながら、あとから入ってきたギラードになすべきことを指示した。「ガーティに食事を持ってくるようにいってくれ。それからエドモンドに薬を持ってくるように伝えてくれないか。縫ってもらうことになる」

「すんなりとはいかないぞ」ギラードがいった。

「それでもやってもらう」

「エドモンドというのは、だれなの？」

マデリンの静かな声がして、ダンカンとギラードは揃《そろ》って彼女を見た。なんとか起きあがろうとしているが、うまくいかないで顔をしかめている。しまいに寒さのせいで歯をガチガチ鳴らしながら、あきらめてぐったりと横たわった。

「エドモンドは、ダンカンとわたしのあいだに生まれた二番目の兄だ」ギラードが説明した。

「ウェクストン家の方は、何人いらっしゃるの？」マデリンは尋ねた。

「きょうだいは合わせて五人だ」ギラードが答えた。「キャスリンがいちばん上で、それからダンカン、エドモンド、わたし、最後がアデラになる」彼はほほえんで付けくわえた。

「エドモンドがけがの手当てをしてくれる。けがや病の癒し手なんだ。あっという間によくなる」

「どうして？」

ギラードは眉をひそめた。「なにが？」

「どうしてわたしによくなってほしいの？」マデリンは見るからに困惑していた。

ギラードもなんと答えていいのかわからなくて、ダンカンに答えてもらおうと兄を見た。

薪に火をつけ、窓の覆いを閉めていたダンカンは、振り返りもせずにいった。「ギラード、さっきいったようにしてくれ」

有無をいわさぬ口調だった。ギラードは察しよくドアに向かったが、ふたたびマデリンの言葉に立ち止まった。「お兄さまは連れてこないで。手伝っていただかなくても、手当てなら自分でできるわ」

「さあ行くんだ、ギラード」

ドアは音を立てて閉まった。

ダンカンはマデリンを振り向いた。「ここにいるかぎり、わたしの命令に逆らうんじゃない。わかったな？」

彼はゆっくりとベッドに近づいた。

「そんなこと、わたしにわかるわけがないでしょう？」マデリンはささやいた。「わたしはただの駒だもの。そういうことでしょう？」

それ以上彼ににらまれる前にマデリンは目を閉じ、冷えきった空気を寄せつけないように腕組みをした。

「どうか、心安らかに死なせてちょうだい」マデリンは大げさにいった。どなり返すだけの強さと勇気があればいいのに。いまはとてもみじめな気分だった。これ以上傷口に触れられたら、ますます痛みがひどくなってしまう。「あなたの弟に手当てしてもらう体力は残ってないの」

「いいや、残っている」

彼の声は優しかったが、マデリンは腹が立って仕方がなかった。「どうしてあなたは、わたしのいうことをことごとく否定するの？　致命的な欠点だわ」

ノックの音がした。ダンカンは大声で応じながらベッドから離れると、マデリンから目を離さずに炉棚にもたれた。

マデリンは好奇心から目を閉じていられなかった。ドアがギギイと音を立てて開き、年配の召使いが現れた。片手に木皿に盛った食べ物を、片手に水差しを持ち、脇には動物の毛皮を二枚挟んでいる。小太りで、茶色い瞳を心配そうに曇らせた女性だ。彼女はマデリンにちらりと目をやると、あるじに向かってぎこちなくお辞儀した。

マデリンは、召使いがダンカンを恐れているのだろうと思った。かわいそうに、手に持ったものの釣り合いを取りながら、膝を折って頭をさげている。

ダンカンは、そんな召使いを楽にしてやろうともせずに、短くうなずいただけで、マデリンのほうを指さした。ねぎらいや慰めの言葉ひとつかけない。

召使いのそれからの行動は素早かった。ダンカンから命令されたとたんに、二回ほどつまずきながらマデリンのベッドに駆けつけた。

彼女はマデリンの隣に木皿を置くと、水差しを差しだした。「あなたはなんという名前なの?」マデリンはダンカンに聞こえないように、声をひそめて尋ねた。

「ガーティと申します」召使いは答えた。

ガーティは毛皮を腕に挟んでいることを思い出して、木皿をベッド脇の櫃《ひつ》の上に置きなおすと、マデリンの体に毛皮を掛けた。

マデリンがほほえんで感謝の意を示すと、ガーティは安心して毛皮をマデリンの脚のまわりにたくしこんだ。「このままでは凍えて死んでしまいますから」彼女はささやいた。

ガーティはけがのことをなにも知らないのだろう。けがをしたところに毛皮を押しつけられて、マデリンはすっと息をのんで目をつぶった。

ダンカンはその様子を見て召使いを叱りつけようとしたが、やってしまったことは仕方がない。ガーティはもう、マデリンに木皿を渡していた。

「ありがとう、ガーティ」

マデリンが礼をいったので、彼はひそかに驚いた。それから彼女の穏やかな表情を見つめるうちに、自分が首を振っていたことに気づいた。マデリンは、召使いに文句をいわずにほめている。

ドアが勢いよく開いて、マデリンはぎょっとした。ドアは壁に二回当たって止まった。大柄な男が両手を腰に当て、ひどく不機嫌そうな顔をして戸口に立っている。マデリンはため息をついた。では、この人がエドモンドだ。

ガーティが彼の脇をすり抜けて急いで外に出るのと同時に、エドモンドがなかに入ってきた。そのあとから、水を張った鉢や、奇妙な形をした壺《つぼ》をのせた盆を召使いたちが運んでくる。召使いたちは盆をベッド脇の床に置くと、ダンカンにお辞儀をして部屋をさがった。みんな怯えきったウサギのようにびくびくしているけれど、そうなるのも無理はないとマデリンは思った。狼が二匹いるのだから、だれだって怖いに決まっている。

エドモンドは兄にまだひとことも声をかけていなかった。ダンカンは言い争いはしたくないと思った。口を開けば喧嘩《けんか》になる。マデリンを怯えさせたくないが、かといって引きさがるつもりもない。

「兄に挨拶しないのか、エドモンド?」ダンカンはいった。

この作戦はうまくいった。エドモンドは不意を突かれて、いくらか気勢をそがれたようだった。「ラウドンの妹を連れ帰ると、なぜあらかじめいってくれなかった? たったいま聞いたが、ギラードははじめから知っていたそうじゃないか」

「それも、得意げにしゃべったんだろうな」ダンカンは首を振った。

「たしかに」

「ギラードは大げさにいっているんだ、エドモンド。わたしの腹づもりは知らなかったはずだ」

「では、その計画を秘密にしておいた理由は?」エドモンドが尋ねた。

「おまえと言い合いになるからだ」ダンカンはそういってほほえんだ。まるで口論を楽しんでいるように見える。

マデリンはダンカンの態度の変化にすっかり驚いていた。ほほえむと、くたびれていても素敵な男性に見える。いまなら人間らしい。でも、彼の見てくれについて、これ以上考えるつもりはなかった。

「いつから言い合いに背を向けるようになった?」エドモンドはどなった。

その声で壁が揺れたのはたしかだった。マデリンは、エドモンドもギラードも、耳の聞こえ方に問題でもあるのかしらと思った。

エドモンドはダンカンほどの人男ではなかった。ただし、ふたりが近づかなければそうは見えない。そしてエドモンドは、ギラードよりずっとダンカンに似ていた。険しい表情はダンカンと同じくらい容赦ない感じだし、顔かたちは、眉のしかめ方に至るまでそっくり同じだ。けれども髪は焦茶色ではなく、耕されたばかりの畑のように明るい茶色で、ふさふさしている。その彼が振り向いたとき、マデリンは茶色の瞳に浮かんだほほえみが石のように冷たい光に変わるのを見た。

「そんな大声を出すなら、あなたの話を聞くわけにはいかないわ」マデリンはいった。

エドモンドは答えずに腕組みをして、険しいまなざしで彼女をじっと見返した。しまいにダンカンが、けがを見るようにいった。

エドモンドがベッドに近づくと、マデリンはふたたび恐怖に囚われた。「わたしに構わないでいただけるかしら」無理やり声を落ち着けていった。

「きみがどうしてもらいたいかは関係ない」エドモンドの声はもう、マデリンの声と同じくらい静かだった。

彼がけがしたほうの脚を見せるように身振りで合図したので、マデリンは負けを認めた。力ではエドモンドに勝てないし、この先の試練のために体力を取っておく必要もある。

掛けてあった毛皮を持ちあげても、エドモンドは表情を変えなかった。マデリンはけがをした場所以外は見えないように気を配った。慎み深い女性であることははじめにわかってもらったほうがいい。

ダンカンはベッドの反対側に来ると、エドモンドがマデリンの脚に触れるのを見て、むっとした表情を浮かべた。

「体を押さえてくれないか、ダンカン」エドモンドはもう、目先の仕事に集中していた。

「いやよ！」

マデリンの瞳には、抑えきれない動揺が現れていた。

「その必要はない」ダンカンは弟にいうと、マデリンを見て付けくわえた。「もし必要になったら押さえる」

マデリンはベッドにふたたびぐったり横たわると、うなずいて落ち着いた表情になった。

ダンカンは彼女を押さえつけなくてはならないことを承知していた。さもなければ、傷口を洗って縫い合わせる作業はできない。これから激しい傷みに耐えなくてはならないはずだが、その最中に泣きわめくのは、女性なら少しも恥ずかしいことではなかった。

道具が並べられて、準備は整った。エドモンドはダンカンに目をやり、彼がうなずくのを見て、マデリンに向きなおった。そして、彼女が少しも動じていないのを見て驚いた。大きな青い瞳は彼を信頼していて、みじんの恐怖もない。そしてギラードがいっていたように、彼女は並はずれて美しかった。

「はじめていいわよ、エドモンド」マデリンのささやきで、彼はわれに返った。

彼女がしびれを切らしたように手を振るのを見て、エドモンドは危うくほほえみそうになった。つぎに彼女がかすれた声でいった言葉も驚きだった。「焼けた短剣で傷口をふさいだほうが簡単じゃないかしら?」

エドモンドが答える前に、マデリンはさらにつづけた。「あなたに指図するつもりはないの。どうか気を悪くしないでちょうだい。でも、針と糸を使うなんて、野蛮じゃないかしら」

「野蛮?」

エドモンドはなにをいわれたのかわからないようだった。

マデリンはため息をついた。いまは説明する気力もない。「はじめていいわよ、エドモンド」もう一度繰り返した。「覚悟はできているわ」

「〝はじめていい〟だと?」エドモンドはダンカンを見あげた。

ダンカンはマデリンの言い草にほほえむどころではなく、厳しい顔をしていた。

「ずいぶんと偉そうな口をきくんだな」エドモンドは咎めるようにいいながらもほほえんで

いた。

「進めてくれ」ダンカンが小声でいった。「待たされるのはつらいはずだ」

エドモンドはうなずくと、必要なこと以外はすべて頭から締めだした。彼女に触れたとたんに悲鳴がはじまることはわかっていたので、心構えをして傷口を洗いはじめた。

マデリンはひとことも声を漏らさなかった。つらい試練の途中でダンカンがベッドに腰をおろすと、彼女は即座に彼の脇腹に顔を押しつけた。太腿に爪をめりこませていることには気づいていないようだった。

マデリンはもう長くは痛みに耐えられないと思った。どうしてそう思うのかわからないけれど、ダンカンがそばにいてくれるのがありがたかった。いまはなにも考えられない。ただ頼みの綱のように彼に必死でしがみついているという事実だけは自覚していた。彼がいなければ、とても持たなかっただろう。

とうとうわめき散らしてしまうと思ったちょうどそのとき、太腿に針が刺さるのを感じた。それと同時に甘い忘却のときが訪れ、なにも感じなくなってしまった。

ダンカンはマデリンが気絶したのを即座に感じとると、太腿からゆっくりと手を引きはがし、そろそろと顔を仰向けた。頬が涙で濡れていたので、そっと拭ってやった。

「わめいてもらったほうがよかった」エドモンドは傷口を縫い合わせながらつぶやいた。

「わめかれたところで、楽にはならなかったはずだ」ダンカンが応じた。彼はエドモンドが傷口を縫い終わると立ちあがって、マデリンの太腿に厚手の綿の布きれが巻かれるのを見守った。

「おそらく、高熱を出して死ぬことになる」エドモンドはむずかしい顔をしていった。

その言葉に、ダンカンはかっとした。「いいや！　そんなことは許さない」

エドモンドはダンカンの激しい口調に驚いた。「兄上に関係があるのか？」

「あるとも」ダンカンは答えた。

エドモンドはなにもいえずに、ダンカンが部屋を立ち去るのを見送った。

それから疲れたようにため息をつくと、兄のあとを追って部屋を出た。

ダンカンは城を出て、湖に向かった。身を刺すような寒い日なら、なおのこと歓迎だ。水浴びすれば、頭の片隅に引っかかっている疑問を忘れることができる。

夜の水浴は、頭と体の両方にとって必要なことだ。そう、それは不愉快なことに耐えられるようになるための一種の修行だった。夏だろうと冬だろうと、その儀式をためらったことは一度もない。

彼は服を脱ぐと、凍りつくような水にすっと飛びこんだ。頭を冷やして、マデリンのことをほんのいっときでも忘れたかった。

しばらくのち、ダンカンは夕食を食べたが、いつものようにひとりきりではなく、珍しくエドモンドとギラードが同席した。ふたりはいろいろな話をしたが、マデリンのこととなると、どちらもあえてダンカンに問いただそうとはしなかった。ダンカンが食事のあいだじゅう、ひとことも口をきかずに険しい顔をしていたからだ。

ダンカンはなにを食べたか憶えていなかった。しばらく休むつもりでいたが、しまいにベッドに入ると、今度はマデリンの姿が、いくら振り払っても頭に割りこんできた。マデリンが近くにいることに慣れてしまったせいだ、眠れないのはそのせいにほかならないと自分にいい聞かせたが、一時間がたち二時間がたっても、そわそわと寝返りを繰り返していた。

真夜中、ダンカンはとうとう負けを認めた。マデリンの様子を見て、死んでいないかたしかめるだけだといい聞かせながら塔の部屋へ向かった。

ドアの前にどれくらいいたたずんでいただろうか。しまいにマデリンの泣き声が聞こえて、引きこまれるようになかに入った。ドアを閉め、暖炉にさらに薪をくべて、ベッドに近づいた。

マデリンはけがをしていない側を下にして、太腿まで服をまくりあげたまま眠っていた。

ダンカンは手を伸ばして服をなおそうとしたがうまくいかず、いらいらして、このほうが楽なはずだと自分にいい聞かせながら、短剣でブリオーとシェーンズの両方を切り裂いた。

マデリンはもう、白いシュミーズしか身につけていなかった。胸の膨らみがのぞく深い襟ぐりに、細かい刺繍が施されている。赤と黄と緑の春の花々の繊細な刺繍が、いかにも女性の手仕事らしい。マデリンがそんな仕事に長い時間を費やしていることがわかって、ダンカンはうれしくなった。

マデリンはこの花々のように気品があって、女らしい。なんとたおやかな女性だろう。肌には染みひとつなく、暖炉の揺らめく炎が金色の模様を作りだしている。

彼女はほんとうに美しい。邪魔な下着がなければもっといいのだが。

マデリンが震えだしたので、彼はその隣に潜りこんだ。こわばっていた白分の両肩が、ゆっくりとほぐれていくのがわかる。マデリンがそばにいることに慣れてしまった。だからこそ、こんなにも満たされた気がするのだ。

ダンカンは上掛けを引っぱりあげた。そして彼女の腰に腕をまわして抱き寄せようとしたが、マデリンのほうが素早く動いて、お尻が彼の太腿の付け根にぴったりとおさまるまで、さっと体をずらした。

ダンカンはにんまりした。マデリンも、この体がそばにあることに慣れてしまったのだ。

しかも、そのことに気づいていない……いまのところは。

7

「穏やかな答えは怒りをとどめる」
――旧約聖書「箴言」十五章一節

マデリンは丸一日近く眠りつづけた。ようやく目を開けたときは黄昏時《たそがれどき》で、窓の覆いから数本の光の筋が差しこんでいるだけだった。なにもかも霞《かすみ》がかかったように見える。頭がぼんやりして、どこにいるのかも思い出せなかった。

起きあがろうとして、鋭い痛みに顔をしかめた。すべてを思い出したのはそのときだった。

ひどい気分だった。体じゅうの筋肉が痛む。だれかに棒で尻を打たれたか、焼けた鉄の棒が脚にくっついているよう。おなかが鳴っているけれど、なにも食べたくなかった。いいえ、喉がからからで、体が燃えるように熱い。とにかく着ているものを引き裂いて、開け放した窓の前に立ちたかった。

そう思うといても立ってもいられなくて、ベッドからおりて木の覆いを開けにいこうとした。でも体に力が入らなくて、上掛けを蹴ることもできない。なんとかしようともがくうちに、服を着ていないことに気づいた。だれかが服を脱がせたのだ。それだけならまだしも、脱がされたことをなにも憶えていないのは問題だった。

彼女はいま、白い綿のシャツのようなものを着ていた。膝がかろうじて隠れるくらいの丈しかない。でも、袖が長すぎる。その部分を折り曲げようとして、こんな服を以前にも見たことを思い出した。男物のシャツ。しかも、肩まわりの大きさからして、ダンカンのものだ。間違いない。まったく同じシャツを、ゆうべ天幕のなかで眠ったときに彼は着ていた……それとも、あれは二日前の夜かしら？　眠くて思い出せない。もうしばらくだけ休んで、それから思い出そう……。

それはこのうえなく安らかな夢だった。マデリンは十一で、大好きなおじのバートン神父と暮らしていた。そこには、グリンスティード伯モートンに拝謁し、おじのバートンに会うためにかの地を訪れていたロバート神父とサミュエル神父もいた。農民を除けば、狭い領内で年寄りでないのはマデリンしかいない。彼女は祖父ほども年を取った心優しく穏やかな人々に囲まれていた。グリンスティード伯はロバート神父とサミュエル神父を大いに気に入り、人の増えすぎたクレアモント修道院から来たふたりに終《つい》の住み処《か》を提供しようと申し出た。ふたりがチェスの名手であり、モートンが語る思い出話のよき聞き手でもあったからだ。老人たちは、彼女ほど賢い子どもはいないといって、みなでかわるがわる読み書きを教えてくれた。

マデリンは夢のなかで、あのときの平和な夜に思いを馳《は》せていた。テーブルに座り、自分で書き写した物語を〝おじ〟たちに読み聞かせている夢だ。暖炉の火はあかあかと燃え、室内は暖かく静かな空気で満たされていた。読んでいるのは、奇想天外な物語——お気に入りの英雄、オデュッセウスの冒険譚《たん》だ。夢のなかで、無敵の戦士はすぐ後ろにいて、長い旅のあいだに起こった世にも不思議な出来事を語る幼いマデリンをほほえんで見おろしていた。

もうしばらくだけ休もうと目を閉じてから、ほんとうにわずかな時間しか過ぎていないはずだった。目が覚めたマデリンは、何者かにきつく目隠しされて、目が開かないことに気づいた。「どうしてこんなことをするの？」声に出して、だれにともなく怒りをぶつけた。

目隠しは濡れていた。品のない悪態をついて、邪魔な布をむしり取る。なぜかだれかの笑い声がして、その声に耳をそばだてようとすると頭がくらくらした。別の濡れた布が額にぴしゃりとたたきつけられた。そんなはずはない。たったいまむしり取ったばかりなのに。わけがわからなくて、首を振った。

だれかが話しかけていたが、なんといわれているのかわからなかった。ろれつのまわらない言い方をやめてくれたら、ずっと聞きとりやすくなるのに。だれだか知らないけれど、なんて失礼な人――そうわめいてやった。

両肩に上掛けが掛けられて、体がひどく熱かったことを思い出した。窓辺に行って、冷たい空気を吸わなくては。この暑さから助かるには、そうするしかないのに。ああ、なにも知らなければ煉獄《れんごく》の炎に焼かれているのかと思ったかも。でも分別のある娘が、そんな目に遭うはずはない。そうよ、わたしはまっすぐ天国に行くに決まっている。

どうして目を開けられないの？　だれかが肩をぐいと引っぱって、かさかさに乾いた唇に冷たい水が触れた。ごくごく飲もうとしたら、ほんの少し口に入れたところで水は不意に消えてしまった。だれかが意地悪ないたずらをしているのだと思って、思いきり顔をしかめた。

突然、なにもかもはっきりした。ここは煉獄ではない。ハデスが支配する冥界《めいかい》で、オデュッセウスをたぶらかそうとしたあらゆる怪物や悪魔が、今度はわたしをたぶらかそうとしている。でも、そうはいくものですか。

怪物や悪魔がいようと、少しも怖くなかった。むしろその逆だ。いまは腹が立って仕方がない。おじたちは嘘をついていた。オデュッセウスの物語は架空の話でもなければ、何世代にもわたって語り継がれた伝説でもない。怪物はほんとうに存在するのだ。いまもまわりにいて、こちらが目を開けるのを待ち受けている。

オデュッセウスはどこ？　ひとりきりで、怪物どもと戦えというの？　なにをすべきか、オデュッセウスならわかっているはずでしょう？　それとも、自分の偉業をだれからも聞かされていないの？

だれかが太腿に触れて、混乱した考えごとは中断された。マデリンはまぶたを焼き焦がす布を払いのけると、ベッドの脇に顔を向け、そこに膝をついていた人物を見て悲鳴をあげた。ひとつ目のおぞましい巨人が、ゆがんだ顔でにたにた笑っている。そこでマデリンは、怯えているのでなく怒っていたことを思い出した。きっと、あの人食い巨人のキュクロプスだ。もしかしたら、彼らの長《おさ》で最も醜いポリュペモスかもしれない。なにもしなければ、このまま取って食われてしまう。

こぶしを固めて、巨人の鼻めがけて突きだしたが、狙いは少しはずれてしまった。さらにその動きで体力も使い果たし、力なくマットレスに倒れこんだが、それでも満足だった。ポリュペモスが悔しそうに吠えている。

太腿をつつく怪物を無視することにして、顔をそむけた。暖炉に目を向けると、彼がいた。炎のすぐ前にいるせいで、たくましい体全体から光が差しているように見える。想像していたよりはるかに大柄で、はるかに魅力的だ。そこで、彼は生身の人ではないのだと自分に言い聞かせた。なにしろ人間離れした体格だし、神秘的な光が、体全体から後光のように差している。「いったい、どこにいたの?」彼に気づいてもらえるように声を張りあげた。

神話の英雄が生身の人間と会話できるかどうかはさだかではないが、いま目の前にいる男性にかぎっていえば話せないのだろう——そのつもりもないのだろうと思った。その証拠に、彼はその場を動かずにこちらを見つめているだけで、さっきの問いかけにはひとことも答えない。

もう一度訊いてみようとして、声を出すのはひどく腹立たしい作業だということがわかった。いまいましいことに、ポリュペモスがまだすぐそばにいる。オデュッセウスは口がきけないけれど、なすべきことは見ればわかるはず。「さっさとやっつけて」傍らに膝をついている怪物を指さして訴えた。

彼は困った顔をして、その場に立ちつくしていた。体は大きくて力も強いけれど、あまり頭はよくないらしい。「いちいちわたしが戦わなくてはならないの?」首の筋肉が痛くなるまで声を張りあげた。悔し涙で視界がぼやけたが、そういわずにはいられなかった。オデュッセウスは光のなかに消えようとしている。なんて失礼な人。

このまま行かせるわけにはいかない。たとえ頭が鈍くても、頼みの綱は彼しかいないのだから。「ラウドンからずっと痛めつけられていたときになにもしてくれなかったことは許すわ。でも、いま置き去りにしたら許さない」

　オデュッセウスは許してもらわなくてもあまり困らないようだった。もうほとんど消えかけていて、行ってしまうのは時間の問題だ。少しでも助けてもらうには、もっと脅す必要がある。

「わたしを置き去りにしたら、オデュッセウス、人を差し向けて礼儀をたたきこませてやるから。そうよ――」ますます勢いこんでつづけた。「だれよりも恐ろしい戦士を差し向けるわ。いまなにもしなかったらどうなるか！　あいつを追い払わなかったら――」マデリンは言葉を切って、芝居がかった仕草でひとつ目の巨人を指さした。「ダンカンを差し向けてやるから」

　マデリンはいうだけいってしまうと、すっかり満足して目を閉じた。ダンカンを差し向けるふりをしたことで、さすがの英雄オデュッセウスも恐怖にすくみあがったに違いない。彼女はひとり悦に入って、見くだしたように鼻を鳴らした。

　それから、脅しがどれだけ効いたかたしかめようと、片目をちょっと開けて、勝利にほほえんだ。オデュッセウスが心配そうにしている。でも、それだけでは不充分だ。ひとつ目の巨人と戦うなら、鬼神のように怒りに駆られていなくてはならない。「ダンカンは本物の狼なの。わたしがそうしてといえば、あなたのことだってずたずたに引き裂くわ。わたしがいったことはなんでもしてくれるの」マデリンはつづけた。「ちょうどこんなふうに」そこで指をパチンと鳴らそうとしたが、うまくいかなかった。

マデリンは重要な戦いに勝利をおさめた気分で、ふたたび目を閉じた。それも、戦いに使ったのは言葉だけで、力ではなかった。「わたしは慎ましい女性なの！」彼女は叫んだ。「ほんとうにそうなんだから！」

マデリンは三日ものあいだ、ベッドの脇に現れて冥界に引きずりこもうとする神話の怪物と戦った。オデュッセウスはかならずそばにいて、怪物が襲ってくるたびに撃退してくれた。

頑固者の英雄は、時として彼女と言葉を交わすことがあった。よく訊かれたのが過去のことだ。マデリンは質問に素直に答えた。オデュッセウスはマデリンの子ども時代に興味を引かれたらしく、母親が亡くなってラウドンが庇護《ひご》者になってからのことをとりわけ知りたがった。

マデリンはそうした質問に答えたくなかった。話したいのはバートン神父と暮らした平和な日々の思い出だけだ。でもオデュッセウスを怒らせたくないし、置き去りにされるのもいやだったから、穏やかな尋問になんとか耐え忍んだ。

「あの人のことは話したくない！」

マデリンの激しい剣幕に、ダンカンはぎくりとして目を覚ました。今度はなにをわめいているのだろう。ベッドに駆け寄ってマデリンの横に腰をおろし、彼女を抱きしめた。「心配はいらない。眠るんだ、マデリン」

「バートン神父のところから呼び戻されたあとは、あの人のことがほんとうに恐ろしかった。夜ごとわたしの部屋に忍びこんで、ベッドの足元にただ立っているだけなの。こちらをじっと見ているのを感じるのよ。目を開けたらどうなるかと思うと……怖くてたまらなかった」

「いまはラウドンのことを考えるんじゃない」マデリンが泣きだしたので、ダンカンはベッドに横たわって彼女を抱き寄せた。

彼は感情をあらわにしないように気をつけていたが、心のなかでは激しい怒りに駆られていた。マデリンがうわごとをいっているおかげで、知りたいことはよくわかった。

彼になだめられてマデリンはふたたび眠りに落ちたが、平和なひとときは長くはつづかなかった。彼女は何度も目を覚まして、オデュッセウスが寝ずの番をしていることをたしかめた。彼がそばにいるときは怖くないのだ。オデュッセウスほどの戦士はいない。彼は強く、傲慢だがそこが魅力的で、そして善なる心の持ち主でもあった。

オデュッセウスはいたずら好きで、好んで見た目を変えるゲームをした。あんまり変わり身が素早いので、驚く間もないくらいだ。あるときダンカンだったかと思えば、つぎの瞬間にはふたたびオデュッセウスに戻っている。たとえばある日の真夜中、マデリンがひどく怯えきっていたときには、彼女の気を紛らすためにアキレウスのふりをし、彼には小さすぎる背もたれのまっすぐな椅子に座って、なんともいえない表情を浮かべて、マデリンをじっと見ていた。

アキレウスが素足でいるのを見て、マデリンはすぐさま、かかとをけがしないようにブーツを履いてといった。アキレウスは怪訝な顔をして、マデリンに神話を思い出させ、そのわけをいわせた。彼は、母親が頭からステュクス川（冥界を流れる川）の魔法の水に浸けて以来無敵になった。けれども逆巻く川にさらわれないように母親がかかとをつかんでいたせいで、そのわずかな部分だけは例外になってしまったのだと。

「あなたのかかとは川の水に浸からなかったの。だから、そこを狙われたらおしまいなのよ」マデリンは忠告した。「わたしのいうことがわかる?」

彼女はアキレウスがきょとんとしているのを見て、わかっていないのだと思った。もしかすると、母親からその話を聞かされていないのかもしれない。マデリンはため息をついて、気の毒そうに彼を見た。アキレウスの運命は知っているが、矢に当たらないようにしてという気にはなれなかった。きっとすぐに知ることになる。

マデリンがアキレウスの運命を思って涙を流そうとしたとき、彼が不意に立ちあがって近づいてきた。でも、もうアキレウスではない。抱きしめて、なだめているのはダンカンだ。不思議なことに、彼の優しい手つきはオデュッセウスのそれにとてもよく似ていた。

マデリンはダンカンをせっついて隣に横たわらせると、すぐさま彼の上になり、胸に肘をついて彼の瞳をのぞきこんだ。「わたしの髪はカーテンよ。わたし以外のすべての人からあなたの顔を見えなくする。あなたはどう思う、ダンカン?」

「では、またダンカンに戻ったんだな」ダンカンは応じた。「きみは自分がなにをいっているのかわかっていないんだ、マデリン。熱に浮かされているんだろう」

「そろそろ司祭を呼んで、死に際の秘跡を施してもらうつもり?」マデリンは自分が口走ったことに動揺して、目に涙を浮かべた。

「そうしてほしいのか?」ダンカンが尋ねた。

「いいえ!」マデリンはきっぱりと答えた。「まだ死ぬわけにはいかないわ。やり残したことが山ほどあるもの」

「なにをし残しているんだ?」ダンカンはマデリンの厳しい表情を見てほほえんだ。

マデリンは不意に頭をさげて、鼻の頭をダンカンの顎にすりつけはじめた。「あなたにキ

ように、無理強いはしなかった。ほんとうは、そんなふうに離れない彼女がいとしかった。

「一度だけキスしてくれたら眠るわ」彼が答える間もなく、マデリンは両手でぴしゃりと彼の頬を挟むと、顔を近づけた。

そしてキスをした。熱い唇を開いて、これでもかと誘ってくる。あまりになまめかしく情熱的に唇を求めてきたので、たまらず応じた。ゆっくりと腰に手をおろすと、温かな肌に触れた。またスカートがめくれあがっている。両手で柔らかな尻を撫でるうちに、自分の体まで燃えるように熱くなっていた。

キスしているときのマデリンは奔放で、まったく歯止めがきかなかった。唇を斜めに重ね、舌を差し入れて、息ができなくなるまでからませてくる。

「あなたにキスすると、やめたくなくなってしまうの。罪深いことよね」

そういいながら、マデリンはとくに後悔しているようには見えなかった。おそらく、高熱で自制心をなくしてしまったのだろう。「いまはわたしが上になってるわ、ダンカン。そうしたいと思えば、あなたを好きなようにできるのよ」

ダンカンはいらいらしてため息をついたが、マデリンが彼の手をさっとつかんで片方の乳房に押しつけたので、ため息はうなり声に変わった。

「だめだ、マデリン」ダンカンはつぶやいたが、手はどけなかった。なんと温かいのだろう。無意識のうちに親指で撫でたせいで、乳首が固くつぼまっている。彼はまたうなった。「いまは愛を交わすときじゃない。きみはいま、自分がなにをしているのかわかっていないんだ。そうだろう?」外で吹きすさぶ風のように荒々しい声を絞りだした。

マデリンは不意に泣きだした。「ダンカン? わたしのことを大切に思っているといって。嘘でもいいから、とにかくそういってちょうだい」

「ああ、マデリン、きみのことは大切に思っているとも」ダンカンは彼女の腰に両腕を巻きつけ、体からおろした。「ほんとうだ」

マデリンと少し距離を取らなくてはならないとわかっていた。さもなければ、甘い責め苦にあらがえなくなってしまう。それでも、もう一度キスせずにはいられなかった。

それでマデリンは落ち着いたようだった。ダンカンがふたたび震える息を吸いこむ前に、彼女は眠りに落ちていた。

高熱はマデリンの理性とダンカンの日常を支配した。ダンカンは彼女をギラードやエドモンドとふたりきりにしなかった。彼女の情熱的な部分が頭をもたげているときに、ふたりのどちらにもキスしてもらいたくない。マデリンが自由奔放に振る舞っているときになだめるのは、彼をおいてほかになかった。

悪魔がようやくマデリンから離れたのは、三日目の夜だった。四日目の朝、彼女は濡れた布のようにぐったりして目を覚ました。ダンカンが暖炉のそばで椅子に腰掛けているが、ひどく疲れた顔をしている。もしかすると、具合が悪いのかもしれない。マデリンがそのことを尋ねようとしたとき、彼女の視線に気づいて、ダンカンが狼のように素早くベッドの脇に飛んできた。どういうわけか、はっとした顔をしている。

「いままで、熱を出していたんだ」ダンカンの声はくぐもっていた。

「それで喉が痛いのね」マデリンは応じた。がらがらした声で、喉もひりひりする。

マデリンは室内を見まわして、周囲の散らかりように戸惑って首を振った。眠っているあいだに、この部屋でいくさでもあったのかしら？

ダンカンに尋ねようと目を戻して、彼が笑いをこらえていることに気づいた。

「喉が痛いのか？」

「喉が痛かったら、なにかおかしい？」

ダンカンが答えずに首を振ったので、マデリンは少しも納得できなかった。まだにやにやしている。

いまの彼は元気そうだった。今日は堅苦しい黒い服を着ているけれど、ほほえみを浮かべたときの灰色の瞳は冷たくも怖くもない。マデリンはそんな彼を見て、だれかに似ていると思った。だれとはいえないけれど、きっと以前に、ダンカンにどことなく似た人に会ったことがあるのだろう。だれなのか、はっきりとは思い出せないけれど……。

ダンカンの言葉で、彼女はわれに返った。「召使いを呼んで、世話をさせよう。すっかりよくなるまで、この部屋から出ないでもらう」

「わたし、ひどく具合が悪かったの?」マデリンが尋ねた。

「ああ、とても具合が悪かった」ダンカンは正直に答えると、彼女に背を向けてドアに向かった。

まるで急いで離れたがっているみたいだと、マデリンは思った。彼女は目にかかる髪を押しやると、ダンカンの背中にいった。「いまのわたしは、きっとモップみたいなありさまでしょうね」

「そのとおりだ」ダンカンが答えた。

彼がおかしそうにいったので、マデリンは眉をひそめていった。「ダンカン? わたしは何日寝こんでいたのかしら?」

「三日と少しだ、マデリン」彼が振り向くと、案の定、マデリンは目を丸くしていた。「なにも憶えていないんだろう？」

ダンカンがにやにやしていたので、マデリンはすっかり戸惑ってしまった。なにがおかしいのかしら？

「ダンカン？」

「なんだ？」

マデリンは彼の声にいらいらした響きを聞きとった。「三日間、あなたもずっとここにいたの？　わたしのところに？」

ダンカンはドアを閉めようとしていた。答えないつもりなのだとマデリンが思ったとき、彼の声がはっきりと聞こえた。

「そんなことはしていない」

正直にいったとは思えなかった。なにがあったか憶えていないけれど、彼がそばを離れなかったことは本能的にわかる。

どうして否定したの？　おかしくなってささやいた。「ほんとうに、矛盾した人なんだから」

8

「すべてのものを見分けて、良いものを守りなさい」
――新約聖書「テサロニケ人への第一の手紙」五章二十一節

マデリンはベッドの端に座って、両足に力を入れようとしていた。ダンカンが部屋を出て間もなく、遠慮がちにノックする音がして、返事をすると、召使いがひとり入ってきた。がりがりに痩せて背中を丸めた女性で、広い額に不安そうにしわを寄せている。ベッドに近づくにつれ、彼女の足取りは重くなった。

召使いはいまにも逃げだしそうな様子で、ドアのほうをちらちらと見ていた。もしかすると怖がっているのかもしれない。

マデリンは怪訝に思いながらも、召使いの不安をやわらげようとほほえんだ。

召使いは後ろにまわした手をそろそろと前に持ってきた。マデリンの鞄を持っている。召使いは思いきっていった。「荷物をお持ちしました、お嬢さま」

「わざわざありがとう」マデリンは礼を言った。

召使いはほっとしたようだった。もう心配そうな顔はしていない。ただ、少しばかり戸惑っているだけだ。

「どうしてそんなに怖がるのかしら」マデリンは問題に正面から取り組むことにした。「あなたを傷つけたりしないと約束するわ。そんなに怯えて、みなさんからどんな話を聞かされたの？」

あっさりいわれて、召使いは気が楽になったようだった。「そのようなお話はなにも伺っておりません、お嬢さま。ただ、耳は聞こえますから。わめき声がここから地下の食料貯蔵室まで響いてきまして……ほとんどがお嬢さまの声でした」

「わたしがわめいたですって？」マデリンは驚いた。そんなのは思い違いに決まっている。

「ほんとうです」召使いは何度か首を縦に振った。「お熱でうなされて、どうしようもなかったのは存じておりますので。ガーティがすぐに食べるものをお持ちします。わたしはお着替えをお手伝いしにまいりました。お嬢さまがそうしたければですが」

「おなかが空いたわ」マデリンは脚を曲げ伸ばしして力が入るかたしかめた。「赤んぼう並みに体力がなくなってしまったみたい。あなたの名前は？」

「モードと申します。妃殿下の御名、マティルダにちなんでつけていただきました。もちろん、亡くなられた妃殿下です。いまの陛下は、まだ妻をめとってらっしゃいませんから」

マデリンはほほえんだ。「モード、これから入浴できるかしら？　体がべたべたするの」

「お風呂でございますか？」モードは目を丸くした。「冬のさなかに？」

「これまで、毎日入浴するのを習慣にしていたものだから。最後に体を洗ってから、もう何年もたったような気が――」

「昼間にお風呂ですか？　いったい、なんのためにです？」

「ただ、さっぱりしたいだけよ」マデリンはモードをまじまじと見て、お風呂に入ればきれいになるのにと思ったが、親切な召使いの気を悪くしてはいけないと思ってなにもいわなかった。「こちらの領主さまは、そんな贅沢を許してくださるかしら？」

モードは肩をすくめた。「この部屋にいらっしゃるかぎり、なんでもお望みのままにいたします。旦那さまが、無理をして具合が悪くなってはいけないとおっしゃってました。深いたらいを探して、うちの人に運ばせましょう」

「家族がいるの、モード？」

「ええ、気のいい夫と、もうじき五つになる息子がひとりいます。これがやんちゃで」

モードはマデリンに肩を貸して立たせ、暖炉脇の椅子まで連れていった。「息子はウィリアムというんです」彼女はつづけた。「亡くなった国王陛下にちなんでつけたんですよ。いまこの国を仕切っているあの方でなく」

その言葉の途中でドアが開き、食べ物の木皿を持った別の召使いが足早に入ってきた。モードは彼女に声をかけた。「ガーティ、もうびくびくすることはないよ。このお嬢さまは正気をなくされたんじゃなかったんだ」

ガーティはにっこりした。「ここの料理番をしております」彼女はマデリンにいった。「おきれいな方ですね。でも、お体が痩せてらっしゃいます。それもかなり。どうぞ残さずお食べください。さもないと、強い風が吹いたとたんに吹き飛ばされちまいますから」

「お風呂に入りたいそうだよ、ガーティ」モードがいった。

ガーティは片眉をつりあげた。「では、そうしてくださいまし。ただし、凍えても文句はいわないでいただきますよ」

ふたりはマデリンの部屋を片づけながらおしゃべりをつづけた。仲良しらしいふたりが交わす噂話を、マデリンは心底楽しんだ。

ふたりは入浴するときも手伝ってくれた。たらいが片づけられるころには、マデリンはすっかりくたびれていた。髪を洗ったのはいいが、なかなか乾かないので、暖炉の前の柔らかな毛皮の上に腰をおろし、早く乾くように、腕が痛くなるまで長い髪を持ちあげて火にかざした。それからレディらしからぬあくびをして、ほんのしばらくのあいだだけといい聞かせながら、ふかふかの毛皮の上に体を伸ばした。身につけているものはシュミーズだけだったが、髪をすっかり乾かして編むまでは寝間着を着たくなかった。

ダンカンが部屋に入ってきたとき、マデリンはぐっすり眠っていた。暖炉の前で横になっている彼女の姿は、心を惑わす眺めだった。金色の脚が胸元に引き寄せられ、輝くような髪が顔のほとんどを覆っている。

ほほえまずにはいられなかった。こんなふうに体を丸めていると、子猫のように見える。ほんとうに愛らしい。そして、すぐになんとかしなければ、凍えて死んでしまう。

ダンカンに抱きあげられてベッドに運ばれたとき、マデリンは目も開けなかった。彼女が本能的に体をすり寄せてきたのがうれしかった。満足しきったようにため息をついている。そして、バラの香りも漂わせていた。

ベッドに彼女を横たえて、上掛けを掛けてやった。なるべく素っ気なく振る舞おうとしたが、なめらかな頬を撫でずにはいられなかった。

眠っているときのマデリンは、とても頼りなかった。だから去りたくなくなってしまう。彼女を守りたいという衝動にあらがえない。マデリンはあまりにも無垢《むく》で、疑うことを知らない女性だ。心のなかではわかっていた。ラウドンの元へ彼女を帰すつもりはない。マデリンという天使を、悪魔に二度と近づけるわけにはいかない。

これまでの決まりきった毎日が、すっかりひっくり返ってしまった。苛立たしげにうなりながら、彼はドアに向かった。まったく、どうしたというんだ？

マデリンの仕業だ――彼女自身は気づいているはずもないが。マデリンのせいで気が散ってしまう。彼女のそばに来ると、ろくに考えられなくなる。

この問題に折り合いをつけられるようになるまで、マデリンと距離を置くしかない――そう決めたとたんに、気持ちが暗くなった。ダンカンは悪態をつくと、身をひるがえして、静かにドアを閉めた。

マデリンはまだ体に力が入らなかったので、はじめは塔に隔離されていることもさほど気にしなかった。けれども、さらに二日たってもモードとガーティが時折来てくれるだけなので、いいかげんに牢屋《ろうや》にいるような気分になった。室内を歩きまわって部屋の形をそっくり憶え、召使いたちの仕事をやるといいはって部屋の床や壁も磨いたが、体を動かしても気分は晴れなかった。これではまるで、かごの鳥だ。そして彼女は、ダンカンが来てくれるのをずっと心待ちにしていた。

マデリンは、ダンカンに忘れられたも同然のいまの状況に感謝すべきなのだと自分にいい聞かせた。まったく、忘れられることには慣れていたはずなのに。

さらに二日が過ぎると、決まりきった日常にただ変化を加えたいと思うあまり、危うく窓から身を投げそうになった。退屈で、わめき散らしたかった。

窓辺に立ち、色あせていく夕陽を眺めながらダンカンを思った。

その思いが通じたのか、彼に会いたくてたまらないと思ったちょうどそのとき、まさにドアが開いて壁にぶつかり、彼が現れた。いかにも力強くて容赦なさそうな人なのに、どきどきするほど美男子で、夜じゅうでも見つめていたい。

「エドモンドがこれから来て、糸を抜き取る」

彼はそういうと、部屋に入ってきて暖炉の前に立った。腕組みをして、こんなことをするのは退屈でたまらないといわんばかりだ。

マデリンは彼の素っ気ない態度に内心傷ついたが、そんなことはぜったいに気取られたくなかったので、これ以上ないほど取り澄ました表情で彼を見返した。

ダンカンは彼女を見て、思わず目を奪われた。今日のマデリンは、クリーム色のシェーンズに、青いチュニックを着ている。ほっそりした腰に編んだ紐を巻いているせいで、女性らしい体の丸みが際立っていた。

髪はおろしたままで、胸の膨らみにかかっていた。ところどころに赤毛が混じっているものの、女王にもふさわしい、褐色の豊かな巻き毛だ。その柔らかでなめらかな感触も憶えている。

彼はマデリンに振りまわされることに苛立って、しかめ面をしていた。かといって、見つめるのをやめることもできない。そんなふうに考えるのはばかげたことだし、だれに打ち明けるわけにもいかないが、そばにいてほしいというなじみのない思いは、やはりちくちくと胸を刺していた。

マデリンは彼の色を身につけていたが、意識してそうしたのではないだろうと彼は思った。こんなにもキスしたくなるような女性でなければ、そのことを指摘しているところだ。

マデリンは、ダンカンを長く見ていることができなかった。どんなに会いたがっていたか悟られるのが――そして勝ち誇ったように笑われるのが怖かった。

「これから、わたしをどうするつもり？」彼がその質問をどう思ったか見るのが怖くて、床に目を落とした。そうでもしないと、考えていたことがすっかり消し飛んでしまいそうだった。

ダンカンがそばにいると、少しも集中できなくなる。なぜだかわからないけれど、とにかくそうなるのだ。彼はひとことも口をきかなくても、人を悩ませることができる。彼のせいで気持ちはざわつくし、混乱もしてしまう。彼が近くにいると、出ていってほしいと思う。それなのに、いなくなると恋しくなる。

マデリンはダンカンに背を向け、ふたたび窓の外を見た。「死ぬまでこの部屋に閉じこめておくつもり？」

ダンカンは彼女の心配そうな口調にほほえんだ。「マデリン、そこのドアにかんぬきは掛かっていない」

「冗談でしょう？」マデリンは振り向いて、信じられない思いで彼を見た。「つまり、この塔にまる一週間、閉じこめられていたのではなかったの？」わめき散らしたい気分だった。

「逃げようと思えば逃げられたというの？」

「いいや、逃げることはできなかった。ただ、この部屋からは出られたといっているんだ」ダンカンは答えた。

「そんなこと、信じるもんですか」マデリンは彼のまねをして腕組みをした。「わたしをばかにするために嘘をついているんだわ。そんなやり方は不公平よ。だってわたしは、けっして嘘をつかないもの。互角ではないわ」

そのとき、開いたままの戸口にエドモンドが現れた。いつものように眉をひそめているが、油断なくマデリンを窺《うかが》っている。彼は納得のいくまで様子を見てから、なかに入った。

「今回は押さえつけてもらう」彼はダンカンにいった。

マデリンは不安げにダンカンをちらりと見た。ダンカンはほほえみを浮かべている。「マデリンの熱ならもう引いたぞ、エドモンド。いまは生まれたばかりの子猫みたいにおとなしい」そういうと、マデリンにベッドに行くように合図した。

マデリンはうなずいた。なすべきことはわかっていたが、恥じらいがまさった。「ふたりとも部屋を出てくれたら、用意ができるんだけれど」

「なんの用意だ？」ダンカンが尋ねた。

「わたしは……レディなのよ」マデリンはしどろもどろになった。「あなたたちに、けがをしたところ以外は見せないわ。用意をするというのは、そういうことよ」

マデリンが赤くなっていたので、ダンカンは彼女が本気でいってることに気づいた。エドモンドは咳きこみはじめたが、ダンカンのため息のほうが大きかった。「いまは恥ずかしがっている場合じゃないんだ、マデリン。それに、きみの脚ならもう……見ている」

マデリンは肩をそびやかすと、彼をじろりとにらみつけ、ベッドに急いだ。途中で床に落ちていた毛皮を一枚さっとつかみ、ベッドに横たわると、体の上に掛けて、服を太腿の上までたくしあげた。

そして、包帯をゆっくりとほどく作業に取りかかった。

包帯をほどき終わるころには、エドモンドが傍らに膝をついていた。マデリンは、彼の左目の下が黒っぽくなっていることに気づいて、どうしてそんな痣ができたのだろうと思った。きっと、兄弟のうちのだれかの仕業だ。なんて乱暴な人たちだろうと思ったが、それでもエドモンドは、粘ついた糸くずを肌からはがすときはとても優しかった。

「つねられるよりましね、エドモンド」マデリンはほっとしていった。

ダンカンがベッドのそばに来た。マデリンが動いたら、いつでも押さえつけるつもりだった。

ふたりの男性に太腿をじっと見つめられるのは恥ずかしかった。マデリンはダンカンの気を逸らそうと、最初に頭に浮かんだことを口にした。「どうしてドアの内側と外側にかんぬきがついているの？」

「なんだって？」ダンカンは面くらって聞き返した。

「木の板を金属の輪に通してかんぬきにするんでしょう」マデリンは口早につづけた。「部屋の内側と外側の両方に輪が取りつけられているわ。どうしてなの？」くだらない話題に興味津々のふりをして尋ねた。

けれども、作戦はうまくいった。ダンカンは振り向いてドアをじっと見つめると、マデリンに目を戻した。いまはあらわになった太腿でなく顔を見ている。

「どうして？　ドアを取りつけるときに、どちらの側にかんぬきをつけるかも決められなかったの？」

「マデリン、それは階段を左側に造らせたのと同じ理由だ」ダンカンは瞳をきらめかせて答えた。いまの彼はほほえんでいて、少しも心配しているように見えない。

「どういう理由なの？」マデリンは思わずほほえんで尋ねた。

「わたしがそうしたいからだ」

「つまらない理由ね」

マデリンはなおもほほえんでいたが、そこで彼の手をつかんでいたことに気づいて、ぱっと手を離し、エドモンドに目を戻した。

エドモンドは立ちあがると、ダンカンにいった。「もう大丈夫だ」

マデリンは太腿に残るぎざぎざの醜い傷跡を見て顔をしかめたが、すぐにそんな上っ面を気にしたことを恥ずかしく思った。「ありがとう、エドモンド」毛皮を引っぱりおろしながらいった。

ダンカンは傷跡をよく見ていなかったので、かがんで毛皮をめくろうとした。マデリンはその手を押しのけて毛皮をベッドの端に押しつけた。「エドモンドが大丈夫だといったのよ、ダンカン」

自分の目でたしかめたいのか、彼がぐいと毛皮をめくったので、マデリンはあっと声を出した。服を引っぱりおろそうとしたが、ダンカンは彼女の両手をつかむと、太腿があらわにした。

なるまでシェーンズをたくしあげた。

「化膿《かのう》はしていない」ふたりのやりとりを見守っていたエドモンドが、ベッドの反対側からいった。

「たしかに、もう大丈夫らしい」ダンカンはうなずいた。

彼が手を離すと、マデリンは服をおろして尋ねた。「あなたは、自分の弟のいうことが信じられないの？」

ダンカンとエドモンドは、意味ありげに視線を交わした。「もちろん、信じていないんでしょうね」マデリンはつぶやくと、いかにも不愉快そうに付けくわえた。「大方、エドモンドの目の下に痣をつけたのもあなたなんでしょう。そんなことだろうと思ったわ」

ダンカンはむっとすると、彼女に背を向けて、大きなため息をつきながらドアに向かった。

エドモンドはしかめ面でマデリンを見おろしていたが、すぐに兄のあとを追った。

マデリンはもう一度礼をいった。「あなたが兄の命令で手当てしてくれたことはわかっているのよ、エドモンド。それでもお礼をいうわ」

気むずかしい彼にそんなことをいえば手厳しい言葉が返ってくるとわかっていたが、そうなったら、もう片方の頬もしおらしく差しだすつもりだった。

エドモンドがなにもいわなかったので、マデリンはがっかりした。その機会もないのに、どうしたら慎ましい女性だとわかってもらえるのだろう。

「もうしばらくしたら夕食の時間だ、マデリン。ギラードを迎えによこすから、きみも広間で食事したらいい」

ダンカンはそういって部屋を出たが、エドモンドはその場を動かず、なにやら決めかねているようにゆっくりと振り向いた。

「ポリュペモスというのは何者だ？」

マデリンは思ってもみなかったことを訊かれて、目を丸くした。「ポリュペモスは巨人よ。ホメロスの物語に出てくる、キュクロプスという巨人の頭《かしら》なの」彼女は説明した。「額の真ん中にひとつだけ目があるひどく醜い巨人で、オデュッセウスの兵士を夕食に食べてしまうのよ」ちょっと肩をすくめて、付けくわえた。

エドモンドはその答えが気に入らないようだった。「冗談じゃない《フォー・ゴッズ・セイク》」

「みだりに神の名を口にするものじゃないわ」マデリンは部屋を出る彼にさらに声をかけた。「でも、どうしてポリュペモスのことをわたしに訊くの？」

足音が遠のき、エドモンドは答えないつもりだとわかった。

マデリンはベッドから飛びおりて笑った。ようやくこの部屋から出られる。この一週間、ドアにかんぬきが掛けられていないとはちらりとも思わなかった。ダンカンはきっと、怒らせるためにそういったのだ。そう、そんなことを信じるほど自分は間抜けではない。

それから、見栄えのする服はないかと鞄のなかを探って、その愚かさに気づいた。自分は囚われの身で、招かれた客ではない。

身仕度はすぐに終わった。それから部屋のなかをしばらく歩きまわったあげく、ドアに近づき、どれくらいしっかりとかんぬきが掛かっているかたしかめることにした。ところがちょっと取っ手を引いただけでドアは勢いよく開き、マデリンは危うくひっくり返りそうになった。

きっと、からかうつもりでダンカンはかんぬきをはずしておいたのだ。そう思いたかった——そこで、ダンカンがエドモンドより先に部屋を出ていたことを思い出した。

吹き抜けの階段からあがってくる人声が聞こえて、マデリンは引き寄せられるように降り口に近づいた。手すりの上に身を乗りだして会話を聞きとろうとしたが、遠すぎてなにも聞き取れない。マデリンはしまいに部屋に戻ろうとして、石壁に長い木の板が立てかけてあることに気づいた。とっさにその板を取りあげ、部屋まで引きずって戻った。ベッドの下にその板を隠して、大胆なことをしたものだとひとりほくそ笑んだ。「あなたを締めだしてみようかしら、ダンカン。わたしが閉じこめられるのでなく」

きっと、あまりにも長いあいだこの部屋に閉じこめられていたせいだ。だから、こんなことにも楽しみを見いだしてしまう。

ギラードがいつまでたっても迎えにこないので、マデリンはダンカンが嘘をついたのだという結論に早々と飛びついた。ほんとうに意地悪な人。

しまいに足音が聞こえたので、マデリンはほっとして窓辺に駆け寄ると、服のしわを伸ばして髪を整え、物静かな表情を取りつくろった。

ギラードがしかめ面でないのは意外だった。今夜の彼は、新緑色の服を着て颯爽《さっそう》としていた。明るい緑色を身につけると、とても美男子に見える。

彼の声には優しさがこもっていた。「マデリン、下に行く前に話があるんだが」彼は挨拶のかわりにいった。

ギラードは落ち着かなげにマデリンをちらりと見ると、両手を後ろに組んで、彼女の目の前を行きつ戻りつしはじめた。

「妹のアデラもたぶん食事に同席するだろう。アデラはきみがここにいることを知っていて――」

「不愉快に思っている？」

「そうだな、だがそれだけじゃない。妹はなにもいわないが、あの目を見ると……」

「どうしてそんなことを教えてくれるの？」マデリンは尋ねた。

「きみに借りがあるからだ。心の準備をしておけるように、説明しておいたほうがいいと思った」

「どうしてそんなことを気にするの？　わたしに対する考えが、ずいぶん変わったようね。それは、兄とのいくさで、わたしがあなたを助けたから？」

「それは、もちろん」ギラードは口ごもった。

「残念な理由だわ」

「わたしの命を救ったのが残念だというのか？」ギラードが尋ねた。

「いいえ、ギラード。あなたを助けるために別の兵士の命を奪わなくてはならなかったことが残念なの」マデリンは説明した。「でも、あなたを助けたことは後悔していないわ」

「マデリン、きみの話はよくわからないんだが……」ギラードは見るからに困惑していた。

ギラードにわかるはずはないと、マデリンは思った。ギラードはダンカンと同じで、人を殺すことに慣れてしまっているから、同じことをしていたたまれなくなる気持ちがわかるはずはない。たぶん、あのとき武器を取って彼を助けたことも、英雄的な行為だと思われているのだ。「できたら、わたしの長所をなにか見つけて、それでわたしに対する見方を変えてくれたらよかったのだけれど」

「わからないな」ギラードは肩をすくめた。

「そうでしょうね」その言葉があまりに悲しげだったので、ギラードはマデリンを慰めたくなった。

「きみは変わった女性だ」

「そうならないようにしているつもりよ。でも、過去を考えるとむずかしいわ」

「わたしが〝変わっている〟といったら、それはほめ言葉のつもりなんだが」ギラードはマデリンの心もとない声にほほえんでいった。〝変わっている〟ことを欠点かなにかだと思っているのだろうか。

彼は首を振ると、先に立って階段をおりながら、足を滑らせそうになったら肩につかまるようにといった。階段はところどころ濡れていて、滑りやすい。

ギラードは途切れることなくしゃべりつづけたが、マデリンは不安で耳を傾けるどころではなかった。アデラに会うことを思うと、いてもたってもいられなくなる。

広間の入口に来たところで、ギラードは彼女の横に立ち、腕を差しだした。マデリンはギラードの変化が兄たちにどう思われるか心配だったので、わずかに首を振ると、両手を組み合わせて広間に向きなおった。そこは高さといい奥行きといい、途方もなく広い空間だった。真向かいの壁のかなりの部分を、石造りの巨大な暖炉が占めている。その右側の少し離れたところに、二十人は座れそうな広々としたテーブルが置いてあった。テーブルは木の壇の上に置いてあり、その左右に傷だらけの腰掛けが並べてあるが、ちゃんと置いてあるよりひっくり返っているほうが多い。

異様なにおいが鼻を突いて、マデリンは顔をしかめた。周囲を見まわすと、その原因がすぐにわかった。床に敷きつめてあるイグサが古くなって腐っている。それが暖炉で燃えさかる炎に温められて、ますますむっとしたにおいを放っているのだ。それだけならまだしも、さらに広間のなかほどで、体を洗っていなさそうな犬が一ダースほど、固まって眠っていた。

マデリンはそのありさまに内心ぎょっとしたが、顔には出さないようにした。この城の住人が動物のように暮らしたいなら、そうすればいい。他人が口出しすることではない。

ギラードに促されて、マデリンはテーブルのほうに踏みだした。すでにエドモンドが入口のほうを向いて座っているが、彼は立ちあがって迎えないどころか、マデリンがこの部屋のにおいを気にしないふりをしているように、マデリンに気づかないふりをしていた。

マデリンとギラードが席に着くと、階級も体格もさまざまの兵士たちがどやどやと入ってきて、マデリンの隣にある上座の椅子を除いて、すべての腰掛けに腰をおろした。空いている椅子はウェクストンの家長であるダンカンの席だろう。

ダンカンはいつ来るのかとギラードに尋ねようとしたとき、エドモンドの声が響きわたった。「ガーティ！」

右手の食料貯蔵室から、大きな声が聞こえた。「はい、ただいま！」

ガーティが片手に木皿の山を、片手に肉の載った大皿を持って出てきた。つづいて給仕係の娘がふたり、食べ物を山と盛った皿を持って出てくる。最後に四人目の召使いが、堅焼きパンを両手に持ち、両脇にも挟んで出てきた。

その後のきわめて不愉快な光景に、マデリンは言葉をなくした。ガーティがテーブルの真ん中に皿を乱暴に置き、ほかの召使いにも同じことをするように合図する。木皿が宙を飛びかってマデリンの周囲に着地し、エールの大きな水差しが音を立てて置かれた。エドモンドの合図で、男たちはすぐさま食べはじめた。

それが合図だったのだろう。眠っていた犬たちは飛び起きて走ってくると、テーブルの両側に陣取った。マデリンがそのわけを理解したのは、兵士が最初の食べ残しの骨を肩越しに放ったときだった。骨はグレイハウンドの二倍はありそうなひときわ大きな犬がぱっとくわえた。その犬がすさまじいうなり声をあげるなか、別の兵士がまた食べ残しを投げ、それがつぎつぎとつづいて、すべての犬が周囲の兵士たちと同様に大騒ぎしながら食べ物を平らげた。

マデリンは嫌悪を隠せなかったし、隠そうとも思わなかった。食欲はもうなくなっていた。

食事のあいだ、上品な言葉はひとことも交わされなかった。背後の犬たちの歯と歯がぶつかり合う音を除けば、食事を堪能している兵士たちの豚みたいなうなり声しか聞こえない。はじめは捕虜の気分を悪くするためのいたずらかと思った。だが、そんな光景がえんえんつづいて、しまいに兵たちが揃って満腹し、げっぷをするの見て、考えを改めなくてはならないことを悟った。

「食欲がなくなったわ」マデリンはささやいた。

ギラードがエールを一気にあおって、チュニックの袖で口を拭いていた。マデリンは目を閉じた。「教えてもらえないかしら、ギラード」やっとのことで尋ねた。「どうしてだれもダンカンを待たないの？　領主ならそうするように命じそうなものだけれど」

「ダンカンはいつも、わたしたちとは食事しないんだ」ギラードは長いパンをちぎると、ひとロマデリンに差しだした。マデリンは首を振った。

「いつも？」

「父が亡くなり、メアリーが病気になってからは一度も」ギラードは説明した。

「メアリーというのは、どなたなの？」

「いまはもういない。死んでしまった」ギラードはげっぷをしてつづけた。「ここの家政婦だった女性だ。死んでから、何年にもなる」マデリンが思うに、かなり素っ気ない口調で彼はつづけた。「われわれのだれよりも長生きしそうだと思ったんだが、そうはいかなかった。新しい家政婦を雇うことも考えたが、メアリーが傷つくからといってアデラが聞く耳を持たなかった。しまいにメアリーは目が悪くなって、しじゅうテーブルを探していた」

ギラードは肉をがぶりと噛みちぎった。彼が無造作に放った骨をよけたマデリンは、新たな怒りが込みあげてくるのを感じた。

「とにかく――」ギラードはつづけた。「ダンカンはこの館《やかた》のあるじで、家族とはできるかぎり離れて過ごしている。たぶん、ひとりで食べるのが好きなのもあるんだろう」

「そうでしょうね」マデリンはつぶやいた。

塔の部屋から出るのが、あれほど楽しみだったのに。「ここの兵士たちは毎度こんなふうに、食事中に大騒ぎするのかしら?」

ギラードはなにがいいたいのかとばかりに、怪訝そうに肩をすくめた。「丸一日働いたら、こんなものだろう」

マデリンがこれ以上見ていられないと思ったとき、試練は唐突に終わった。兵士たちがひとり、またひとりと立ちあがり、げっぷをし、暇乞《いとまご》いをして出ていく。こんなにも見苦しくなければ、愉快な儀式に思えたかもしれない。

犬たちものんびりとテーブルを離れ、今度は暖炉の前に折り重なって新たなピラミッドをつくった。マデリンは、犬たちのほうが主人たちよりまだしつけが行き届いていると思った。犬たちは、去りぎわにげっぷはしない。

「なにも食べてないじゃないか」ギラードがいった。「食べ物が口に合わなかったのか?」

声をひそめているのは、エドモンドに聞かれないためだろう。

「これが食事なの?」マデリンは声を抑えきれなかった。

「それなら、きみはなんというんだ?」エドモンドがこれ以上ないほど顔をしかめて口を挟んだ。

「わたしなら、〝餌やり〟というわ」

「なにがいいたいのか、よくわからないんだが」とエドモンド。

「それなら、喜んで説明させていただくわ」マデリンはいった。「犬の作法のほうが、まだましよ」彼女はうなずいてつづけた。「育ちのいい人は〝食事する〟ものなの、エドモンド。でも、さっきわたしが見たのは食事ではなかった。人間の服を着た動物の群れが、餌を食べていたわ。これでわかってもらえたかしら?」

エドモンドの顔はみるみる赤くなり、いますぐテーブルを飛び越えて、マデリンの首を絞めてやるといわんばかりの表情になった。マデリンは怒りを多少とも吐きだせて、すっきりしていた。

「いいたいことはよくわかった。そうだな、エドモンド?」

驚いたことに、ダンカンのよく響く声がした。それも、すぐ後ろから聞こえる。マデリンはわざわざ振り向かなかった。そんなことをしたら、せっかく奮い起こした勇気がしぼんでしまう。

少し肩をそびやかしただけで、肩胛骨《けんこうこつ》が彼の太腿に触れてしまった。彼の力強さがひしひしと伝わってくる。

彼を押しのけようと立ちあがりざまに振り向いたが、とてもそんなことはできなかった。体と体がくっつくほど近くにいるのに彼が一インチも譲らないので、仕方なくスカートをつかんで壇をおり、この館の野蛮な食事作法についていって思うところをいってやろうと振り向いたが、そこで彼の灰色の瞳を見あげるという過ちを犯してしまった。

彼の瞳には、あいにく不思議な力があるらしかった。もう、なにをいおうとしたのかも思い出せない。

マデリンは暇乞いもせずにくるりと背を向けて、ゆっくりと出口に向かった。できることなら走って逃げだしたい。それをこらえているのだから、歩いているだけでも立派な勝利だ。

広間のなかほどに来たところで、ダンカンの声がした。「マデリン、まだ部屋にさがっていいといっていない」彼はひとことずつはっきりと発音した。

マデリンは背中をこわばらせた。そして振り向くと、空々しい笑みを浮かべて、負けずにきっぱりといい返した。

「あなたの許可は求めていないわ」

彼が目を剝くのを見てふたたび背を向け、ぶつぶついいながら歩きだした。結局わたしは駒に過ぎない。でもただの駒なら、捕らえた人の命令には従わなくてもかまわないはず。そう、こんな扱いはひどすぎる。わたしはまっとうで慎ましいレディなのに……。

ぶつぶつつぶやくのに忙しくて、マデリンはダンカンが狼のように素早く動いた音に気づかなかった。

ダンカンはマデリンが止まるように両肩をつかんだが、その必要はなかった。彼女に触れたとたんに、彼女の体から力が抜けていくのがわかった。

マデリンはよろよろと彼にもたれかかった。おまけに震えている。そこで彼は、マデリンが後ろに少しも注意を払っていないことに気づいた。彼女の視線が釘付けになっている広間の入口には、アデラがいた。

9

「悪は退け、善に親しみなさい」

――新約聖書「ローマ人への手紙」十二章九節

マデリンは目の前にいる女性を見て、ぞっとした。ギラードの面影があったから、その女性がアデラであることはすぐにわかった。茶色の髪と茶色の瞳が兄と同じだ。ただ兄ほど背は高くなく、ずっと痩せている。顔色がよくないのは、具合が悪いせいだろうとマデリンは思った。

アデラが着ているのは、かつて淡いきれいな色だったと思われるドレスだが、いまは土埃と汚物にまみれて、ほんとうの色はわからなくなっていた。長い髪はぼさぼさで、ドレスと同じくらい汚い。そのなかには土埃以外にもなにかが住みついていそうだった。

最初の衝撃から立ちなおると、マデリンはアデラの外見を不快とは思わなかった。かわいそうに、なにかに取りつかれたようなまなざしで、瞳には苦しみと絶望が浮かんでいる。マデリンは泣きたくなった。ラウドンがしたのは、地獄で永遠の時を過ごすにふさわしい所業だ。

ダンカンはマデリンの肩に腕をまわすと、ぐいと抱き寄せた。マデリンは彼の真意をはかりかねたが、彼に抱きしめられて体の震えは止まった。

「その女を殺してやるわ、ダンカン」アデラがわめいた。

エドモンドが妹に駆け寄り、その腕をつかんだ。

アデラは兄に引かれてそろそろとテーブルに向かった。エドモンドがなにか話しかけているが、小声で聞き取れない。ただ、彼の言葉でアデラはたしかに落ち着いていた。ぎくしゃくした足取りは滑らかになり、兄の言葉に何度かうなずいている。

だがアデラはエドモンドの隣に座ると、いきなりまたわめいた。「わたしにはあの女を殺す権利があるのよ！」

マデリンはアデラの瞳に、激しい憎悪がありありと表れているのを見た。ダンカンにしっかりと押さえられていなければ、一歩後ずさっていたかもしれない。

アデラの脅しになんと応じたらいいのかわからなかった。マデリンは理解したことを伝えようとうなずいたが、それでは同意しているように見えるかもしれないと思いなおした。

「やれるものならやってみなさいよ、アデラ」

アデラは、立ちあがった拍子に椅子をひっくり返した。

「今度わたしに背を向けたら、そのときは――」

「もうやめるんだ」ダンカンの声が壁に反響した。その言葉にアデラは即座に反応して、それとわかるほどしゅんとした。

エドモンドは、ダンカンがそんなふうにどなりつけたのが気に入らないらしく、兄をにらみつけてから椅子を戻し、アデラを座らせた。

ダンカンはぶつぶつと悪態をつくと、マデリンの肩を離して手をつかみ、それから彼女を引っぱって広間を出た。マデリンは走らなくてはならなかった。

ダンカンは塔につづく狭い廊下に来るまで、歩く速度も手を握る力も緩めなかった。

「どうしてあんなふうに好き放題にさせておくの？」

「きみの兄のせいだ」ダンカンは答えた。

このままでは泣いてしまいそうだった。マデリンは肩をそびやかした。「もうくたくただわ、ダンカン。眠りたい」

彼があとをついてこないことを祈りながら、ゆっくりと部屋に入った。階段のほうに向かう足音が聞こえたので、彼がいなくなったことがわかった。

マデリンはドアを閉め、ベッドにたどり着いてすすり泣きはじめた。

ダンカンはすぐに広間に戻った。マデリンの今後について考えていることをふたりの弟に説明して、協力を求めるつもりだった。

エドモンドとギラードはエールの水差しを挟んで、まだテーブルに座っていた。ありがたいことに、アデラの姿はもうない。

ダンカンが椅子に座ると、ギラードが水差しを渡した。それと同時に、エドモンドが食ってかかった。「今度は自分たちの妹からラウドンの妹を守れというのか?」

「マデリンはアデラになにもしていない」ギラードがいい返した。「彼女はラウドンとは似ても似つかない女性だ。それはよくわかっているだろう、エドモンド。これまで屈辱的な扱いをしてきたのに、彼女はただのひとことも文句をいわないじゃないか」

「わたしの前で、マデリンの保護者ぶるんじゃない」エドモンドはいい返した。「たしかにマデリンは勇敢な女性だ」そういって、肩をすくめた。「戦いの最中にどんなふうに背後を守ってくれたか、さんざんおまえから聞かされたからな、ギラード。まったく、何度も繰り返し聞かされるものだから、空でいえるようになったくらいだ」ダンカンを見ていった。

「だが、問題はマデリンの人となりじゃない。彼女の存在がアデラを動転させるんだ」

「そうだな」ダンカンが口を開いた。「それがいいんだ」

「なに?」

「エドモンド、癇癪《かんしゃく》を起こす前に答えてくれないか。アデラが最後に言葉らしい言葉を口にしたのはいつだ?」

「ロンドンで、われわれが見つけたすぐあとだ」エドモンドは苛立たしげに答えた。

「ギラード、おまえはどうだ?」

「エドモンドと同じだ」ギラードは眉をひそめた。「なにをされたか話してくれたが、それきりだった。あの夜以来、アデラがだれとも口をきいていないことは、兄上も知っているはずだ」

「今夜まではそうだった」ダンカンがいった。「だが、アデラはマデリンを見て口をきいた」

「それが、いい兆しだというのか?」エドモンドは訝《いぶか》しげに尋ねた。「アデラがようやく口をきいたのはたしかだが、殺してやるといったんだぞ。あの愛らしかったアデラが、マデリンを殺すといったんだ。回復したとは思えない」

「アデラは元に戻りつつある」ダンカンはいった。「いまはほとんど激しい怒りしか感じていないだろうが、マデリンに助けてもらえば少しずつ回復するかもしれない」

エドモンドは首を振った。「ヤャサリンが訪ねてきても、アデラは顔を見ようともしなかった。実の姉でも助けられないのに、なぜマデリンなら力になれると思うんだ?」

ダンカンはうまく説明できなかった。そもそも、ふたりの弟たちと重要な問題を話し合うという習慣がない。これまでは命令を発したら、滞りなく実行されるのが当然だった。彼は父にならって、兵士たちに君臨するようにこの家に君臨していた。その聖なる決まりごとが破られるのは、兵士たちを訓練しているときだけだ。訓練のときは、技の指導を乞われる身でありながら、積極的に参加もしていた。

だが、この場合は例外だ。弟たちには、兄がなにを考えているのか知らせる必要がある。アデラは彼らの妹でもあるのだから、弟たちには意見する権利もある。

「キャサリンにもう一度来てもらったほうがいい」エドモンドは口元をこわばらせていった。

「その必要はない」ダンカンはいった。「マデリンがアデラの力になってくれる。われわれは、道を示すだけでいい」彼はかすかにほほえんで付けくわえた。「アデラの心のなかで起こっていることを理解しているのは、マデリンだけだ。いずれは彼女のほうを向いてくれる」

「ああ、たしかにアデラは〝兄上のマデリン〟のほうを向くだろう。ただし短剣を手に、殺意をみなぎらせているはずだ。用心に用心を重ねる必要がある」

「マデリンを危険にさらしたくない」ギラードがいった。「こんなことなら、ラウドンの城に置いてくればよかったんだ。そうしておけば、すぐにラウドンが見つけただろう。それに彼女は、〝兄上のマデリン〟じゃない。われわれ全員が、等しく責任を負うべき女性だ」

「マデリンはわたしのものだ、ギラード」ダンカンの声は穏やかだったが、肩を怒らせて弟をじろりとにらみつけるそのさまは、一歩も引かないことを示していた。

ギラードはしぶしぶうなずいた。ふたりのやりとりを見守っていたエドモンドは、ダンカンの強引な口調に少しも納得していなかった。

エドモンドはにわかに、ギラードと意見を同じくしていた。ふだんから、ありとあらゆることで対立しているふたりにしてみれば、珍しいことだ。「おそらく、マデリンは置いてくるべきだったんだろう――」彼はそれから、マデリンを返そうと提案するつもりでいた。

ダンカンがこぶしをテーブルにたたきつけ、エールの水差しが跳ねあがった。ギラードが即座に押さえつけなかったら、水差しはテーブルから落ちていただろう。

「マデリンはどこにもやらない、エドモンド。一度しか訊かないからはっきり答えてもらおう。この決定に不服か?」

長い沈黙が広がった。

「仕方ない」しまいにエドモンドがいった。

ダンカンはうなずいた。ギラードはふたりのやりとりに引っかかるものを感じたが、それがなんなのかはわからなかった。

「そう、仕方のないことだ」ダンカンがいった。「まだ逆らうつもりか？」

エドモンドはため息をついて、首を振った。「いいや、兄上の決定は支持する。ただ、その決定がもたらす問題について、ひとこと忠告しておきたい」

「わたしの考えは変わらないぞ、エドモンド」

ダンカンに説明するつもりはなさそうだった。ギラードはダンカンの別の言葉が気になっていたので、その意味を尋ねた。「ダンカン、さっきアデラを助ける仕事を委《ゆだ》ねられるのはマデリンだけだといっていたが、あれはどういう意味だ？」

ダンカンはしまいにギラードに向きなおった。エドモンドが同意してくれたので、彼の気持ちは軽くなっていた。「マデリンは、アデラの助けになりそうな経験をしている。なるべくなら、ふたりをできるかぎり一緒にしてやったほうがいい。エドモンド、毎晩アデラに付き添って夕食の席に連れてきてくれないか。ギラード、おまえはマデリンを連れてくる役だ。マデリンはおまえなら怖がらない」

「わたしのことは怖がっているというのか？」エドモンドが心外だとばかりに尋ねた。

ダンカンは横やりが入るのはがまんがならないというようにエドモンドをじろりとにらみつけると、質問を無視してつづけた。「アデラとマデリンはいやだというかもしれないが、そんなことは重要じゃない。必要なら引きずってでも連れてきてほしい。とにかく、一緒に食事させることだ」

「マデリンはやわだから、アデラの言葉に傷つけられるかもしれない」ギラードがたまらず口を挟んだ。「慎ましい女性だから、手に負えないかも――」

「その慎ましいマデリンは、冬に吹きおろす風より激しい気性の持ち主だ、ギラード」ダンカンは業を煮やしたようにいった。「われわれはただ、少しお手柔らかにというだけでいい」

「なんだって？」ギラードはわめかんばかりだった。「マデリンはやわな女性だ。それなのに、なぜ――」

エドモンドがいつものしかめ面でなくなっていた。それどころか、くっくっと笑っている。「たしかに、あの左手のこぶしもやわだぞ、ギラード。そして彼女が慎ましい女性であることは、われわれ全員がよく知っている。なにしろ、イングランドじゅうに聞こえるほどやかましい声でわめき散らすくらいだからな」

「あのときは、熱に浮かされていたんだ。髪を切って悪魔を追いだしたほうがいいといったろう、ダンカン。マデリンはわれを忘れていた。エドモンドの目の下に痣を作ったことも憶えてなかったじゃないか」

ダンカンは首を振った。「わたしの前で、マデリンをかばう必要はない」

「では、彼女をどうするつもりだ？」ギラードは、なおも食ってかかった。

「ここにいれば安全だろう、ギラード」ダンカンはそういって立ちあがった。

広間を出ようとする彼に、エドモンドが声をかけた。「アデラが正気を取り戻すまでは安全じゃないだろう。マデリンは大変な試練に耐えることになる」

「われわれ全員の試練だ」ダンカンはいい返した。「神の思し召しがあれば、早々に終わるだろう」

ダンカンは館を出て、泳ごうと湖に向かった。

マデリンのことが頭から離れなかった。真実はごまかしようがない。運命の皮肉で、マデリンはラウドンの邪悪さに汚されずにすんだ。彼女はただ者ではない女性だ。真の姿を、自分自身にも隠している。そう思うと、口元が緩んだ。自分は、彼女のほんとうの姿を垣間見る幸運に恵まれた。高熱にうなされなければ、あの情熱的な本性が表に出ることはなかっただろう。マデリンは奔放な女性だ。そして生に飢えている。そこのところに大いに惹かれた。

もしかすると、アデラもそれと気づかないうちに、マデリンが殻を破るのを手伝ってくれるかもしれない。

氷のような水に浸かって、ようやく考えごとをしばらく忘れることができた。ひとしきり泳いだら、マデリンのところに行こう。そう思っただけで、水浴の儀式にかける時間が短くなった。

マデリンは窓から外を見て、湖に向かうダンカンに気づいていた。こちらに背を向けていたので、彼が服をぜんぶ脱いで湖に飛びこむところまでしっかり見た。

服を着ていない彼を見ても、少しも恥ずかしいと思わなかった。マデリンが驚いたのは彼の裸体ではなく、彼がしようとしていることだった。それに、彼が背を向けているので、なにも気まずいことはない。

まさか水に飛びこみはしないだろうと思ったのに、彼はそれをやってのけた。一瞬のためらいもなく。

満月の明るい夜だったので、彼が湖の向こう岸まで泳ぎ、また戻ってくるのも見えた。マデリンは片時たりとも目を逸《そ》らさなかったが、彼が川岸にあがってくるときは慎み深く目を閉じ、もういいだろうと思うまで待って、ふたたび目を開いた。

ダンカンは下半身を覆って水際に立っていた。並はずれて堂々とした体つきが、復讐に燃えるゼウスの息子のように見える。

彼はまだチュニックを着ないで、ひょいと肩に掛けていた。寒くないのかしら？　マデリンはすでに、窓から入ってくる冷気に凍えそうになっていた。それなのに彼は、うららかな春の日差しのなかにいるように、のんびりと歩いて戻ってくる。

ダンカンが近くまでくると、マデリンはどきどきした。非のうちどころのない、ほんとうに均整の取れた体つきをしている。引き締まった腰に、並はずれて幅広い肩。上腕にみなぎる力やさざ波のように動く胸の筋肉が、月明かりのなかではっきりと見てとれる。こんなに離れていても感じる力強さに、マデリンは心惹かれると同時に不安になった。

ダンカンは不意に足を止め、塔を見あげてマデリンが見ていることに気づいた。マデリンは手をあげて挨拶しようとしてためらった。表情はわからないけれど、たぶんダンカンはしかめ面をしているはずだ。それがふだんの表情だから。

マデリンは慌てて窓に背を向け、覆いを閉めるのも忘れてベッドに戻った。

さっきの怒りはまだ残っていた。アデラのことを思い出すたびに、大声で叫びたくなる。けれども、そうするかわりにたっぷり泣きじゃくった。頬がすりむけて、まぶたが腫《は》れあがるまで。

かわいそうに、アデラは地獄の苦しみを味わっているのだ。

マデリンは、だれかにもてあそばれるのがどんな気持ちか理解していた。アデラの怒りならわかるし、気の毒だとも思う。

そして彼女は、ウェクストンの兄弟に激しい怒りを覚えていた。彼らがアデラをまともに扱わなかったせいで、状況はずっとまずいことになっている。

マデリンは、当面アデラの面倒を見ようと決めていた。自分の兄が彼女を痛めつけたから助けたいのではなかった。ラウドンの妹だからといって、後ろめたく思うつもりはない。アデラを助けたいのは、彼女があまりにも脆《もろ》くて、行き場を失っているからだった。

穏やかに優しく接すれば、アデラもきっといつかは受け入れてくれる。

マデリンはふたたび泣きはじめた。スコットランドとの国境も、いとこのエドウィーズの家もすぐ近くにあるのに、いまはまったく身動きが取れなかった。アデラが愛と導きを必要としているのに、野蛮人の兄たちはどうすればいいのかもわかっていない。そう、自分はここで必要とされているのだ。アデラが新たな力を身につけるまで。

室内は凍えるほど寒くなっていた。マデリンは上掛けの下で縮こまったが、ほどなく窓の覆いを開け放したままだったことを思い出し、毛皮を肩に掛けて急いで窓辺に近づいた。

雨が降りはじめていた。いまの気分に似つかわしい天気だ。彼女は湖を見おろしてダンカンがもういないことをたしかめると、城壁の向こうに見える低い丘の頂きになにげなく目をやった。

巨大な動物が見えたのはそのときだった。マデリンはぎょっとして、つま先立って窓から身を乗りだした。片時たりとも目は離さなかった。姿を見失いたくない。

その動物は、彼女を見ているようだった。マデリンは、アデラのようにどうかしてしまったのだと思った。けだものが、狼《おおかみ》そっくりに見える。それも、なんて大きいのかしら！

マデリンはうっとりと見つめたまま首を振った。狼が頭を反らした。遠吠えをするのかと思ったが、風と石壁に打ちつける雨の音に消されたのか、吠え声は聞こえなかった。

どれくらい見つめていたのだろう。目を閉じて、ふたたび開いてみたが、狼はやはりそこにいる。

「きっと、ただの野犬よ」マデリンは独りごちた。そう、あれは狼でなくて犬。「とても大きな犬なんだわ」

迷信深い人間なら、即座になにかの兆《きざ》しだと思っただろう。

彼女は窓に覆いをして、ベッドに戻った。

いましがた見た野獣のことばかり思いだして、なかなか眠りにつけなかった。最後に浮かんだのは、頑《かたく》なな考えだった。結局、狼なんて見なかったのだ。

寒い夜のさなかに、マデリンは震えて目を覚ました。ダンカンが腕を体にまわして、抱き寄せてくれた。

彼女は不思議な夢にほほえんで、ふたたび眠りに落ちた。

10

「そのころ、地上には巨人がいた」

――旧約聖書「創世記」六章四節

たとえこの先長生きすることになろうと、アデラの面倒を見ようと決めてからの一週間は忘れようにも忘れられないと、マデリンは思った。

それは、前代未聞の大事件だった。ノルマンディー公ウィリアムによるイングランド征服は例外かもしれないが、マデリン自身がその当時まだ生まれていなかったので、それは勘定に入れなくていいだろう。とにかくその一週間は、彼女が持って生まれた穏やかな気性と理性が、めちゃくちゃにされてもおかしくなかった。どちらが大切か決めかねたから、両方残っただけの話だ。

まったく、あの試練には、聖人さえ苛立《いらだ》ちをあらわにしただろう。その原因はもちろん、アデラと彼女の兄たちにあった。

マデリンは城内を自由に歩きまわることを許された。ただし護衛がひとり、影のようにぴったりと付き添うのが条件だ。それから、残り物を動物にやる許可もダンカンからもらい、それを聞いていた護衛のアンソニーが跳ね橋の番兵に話をつけてくれた。マデリンは家畜の肉と穀物を入れた麻袋を抱えて、城壁の外にある丘の頂きまでわざわざ歩いた。あの狼がなにを食べるか知らないが、これだけいろいろあれば寄ってくるはずだ。

彼女に影のように付き添うアンソニーという男前の兵士は、道すがらぶつぶつ文句をいっていた。馬で行ってはどうかと提案したところ、マデリンから却下されて一緒に歩く羽目になったからだ。マデリンは歩くほうが健康にいいのだと説明した。できれば、馬の乗り方を知らないことは隠しておきたい。

丘から戻ると、ダンカンがあまり機嫌がいいとはいえない顔で待っていた。「城壁の外に出ていいとはいわなかったはずだ」

アンソニーが進みでた。「動物に餌をやる許可は出されました」

「ええ、そのとおりよ」マデリンはにこやかにいった。

ダンカンはうなずいたが、表情は冷ややかだった。きっと厄介払いをしたくてたまらないのだろう。それなのに、どなりつけもしない。実際、彼はたいていのことでは声を荒らげなかった。その必要がないのだ。ダンカンほど体が大きければすぐに注目を集めるし、表情にしても、いまのように不機嫌そうにしているだけで、どなるのと同じくらい効果がある。

マデリンはもう彼を怖いと思わなかったが、そのことをまだ一日に何度か思い出さなくてはならなかった。そして、きみけわたしのものだと、彼がどういうつもりでいっていたのか、そのことを訊く勇気もなかった。ほんとうは彼の答えを聞くのが怖かった。

それに、自分の進む道を見きわめるなら、アデラの具合がよくなってからでも時間は充分にある。当面は、その問題が持ちあがるたびに取り組むつもりだった。

「丘の頂きまで散歩したかっただけよ」マデリンはしまいにいった。「わたしがロンドンに着くまで歩きつづけると思った？」

「なんのためにそこまで歩いたんだ？」ダンカンはマデリンの軽口を無視した。ばかばかしくて、付き合っていられない。

「わたしの狼に餌をやるためよ」

彼の反応を見て、マデリンは満足した。今回だけは感情を抑えきれずに、目を剝いている。マデリンはほほえんだ。

「笑いたいなら笑えばいいわ。でも、たしかに見たの。とても大きな犬か、野生の狼だった。それで、気候が暖かくなってまた狩りができるようになるまで、食べさせてあげるのはわたしの務めだと思ったの。もちろん、それをやるなら冬じゅう食べ物の世話をすることになるでしょう。でも来年の春が来て最初の暖かなそよ風が吹いたら、きっと自分で生きていけるようになるわ」

ダンカンはマデリンにくるりと背を向け、その場を去った。

マデリンは笑いたい気分だった。ダンカンは城壁の外へ行くなとはいわなかった。これはひそかに喜んでいい勝利だ。

ほんとうは、あの狼がまだあのあたりにいるとは思っていなかった。はじめて見かけた夜から毎晩外を見ているけれど、一度も姿を見かけない。夜中に上掛けのなかで丸くなっていると、ほんとうに見たのかしらと思うことがある。あれは、想像が生みだした幻だったのかもしれないと。

けれども、マデリンはそんなことはダンカンに打ち明けずに、跳ね橋を渡るたびにひねくれた喜びを味わっていた。前の日に置いておいた食べ物はいつもなくなっていたから、夜のうちに動物が食べたことはわかる。食べ物が無駄にならなかったことがわかるとうれしかった。そしてダンカンをいらいらさせるのはもっと楽しかった。

そう、こんなことをするのは、ダンカンを苛立たせるためだった。彼に避けられているところを見ると、作戦は成功しているのだろう。

昼間は楽しかったが、それは夕食の時間を気にしなければの話だった。夕食はマデリンの肩に重しとなってのしかかり、平和な毎日に緊張をもたらした。

彼女は雨が降ろうと寒かろうと、できるだけ野外で過ごした。ガーティがダンカンの姉キャサリンの着古しを探してきてくれたが、大きすぎたので、自分で縫い縮めてどうにか着られるようにもした。おしゃれでなくてもかまわなかった。色褪《いろあ》せてはいるが、清潔で、肌触りがいい。なにより、それを着ているほうが温かかった。

午後は、シレノスと名づけたダンカンの白馬に砂糖の塊をやるために、厩を訪れることにしていた。シレノスはマデリンの姿を見つけると、きまって木の小屋を壊さんばかりに大騒ぎをはじめるが、マデリンが話しかけるとたちまち静かになった。マデリンは馬が気を引きたがっていることをちゃんと理解していて、砂糖をやったあとはかならずほめてやる。シレノスと彼女はもう、特別な絆《きずな》のようなもので結ばれていた。

シレノスは大きな体をしているにもかかわらず、甘えんぼうになりつつあった。彼女の手をそっと鼻で押して頭を撫でてもらい、マデリンが撫でるのをやめて手すりに手を置くと――馬をじらすための策略だ――シレノスはすぐ手に鼻を押しつけて、また頭に乗せようとする。

厩頭《うまやがしら》はマデリンが来るのが気に入らず、そう思っていることを聞こえよがしに口にした。彼はまた、マデリンが馬を甘やかしていることをあるじに告げ口するといって彼女を脅かしたが、それはぜんぶはったりだった。厩頭はひそかに、マデリンがなんなく馬を扱うことに舌を巻いていた。あるじの馬に鞍をつけるときは自分でもまだ少しばかり緊張するのに、彼女は少しも怖がっているように見えない。

マデリンが厩を訪れるようになって三日目の午後、厩頭はマデリンに話しかけ、一週間たつころには、ふたりは親友になっていた。

厩頭はジェイムズといって、モードの夫だった。息子のウィリアムはまだ母親のスカートにくっついているが、いずれは自分の下で見習いになる。息子にはしきたりに従ってもらうと、ジェイムズはもったいぶっていった。

「シレノスなら、鞍なしでもお嬢さまを乗せますさあ」ジェイムズは厩をひとわたり案内すると、マデリンにいった。

マデリンはほほえんだ。ジェイムズは彼女がつけた名前を認めてくれたのだ。「鞍なしで馬に乗ったことなんてないわ」彼女はいった。「それどころか、馬にはほとんど乗ったことがないのよ」

「でしたら――」ジェイムズは人のいい笑みを浮かべていった。「雨が小止みになったら、ちゃんとした乗り方を教えて差しあげますよ」

マデリンはうなずいた。

「しかし、馬に乗らないで、いままでどうやって移動してたんです?」

「歩いていたわ」マデリンはジェイムズがあっけにとられるのを見て笑った。「正直に打ち明けるのは罪ではないはずよ」

「おとなしい牝馬がいますんで、その馬で練習しましょう」

「いいえ、それはまずいわ」マデリンはいった。「シレノスがおもしろくないでしょう。傷ついてしまうかも……。わたしたちがそんな思いをさせるわけにはいかないわ。そうでしょう?」

「わたしたち?」ジェイムズは戸惑った。

「シレノスならうまく乗れるはずなの」

「では……領主さまの馬に乗りたいとおっしゃるんで?」ジェイムズはいきなり息ができなくなったように、たどたどしくいった。

「シレノスがだれの馬かはわかっているわ」マデリンはいった。「馬の大きさは気にしないで大丈夫よ」目を剝いているジェイムズを楽にするつもりで付けくわえた。「シレノスには前に乗ったことがあるの」

「しかし、領主さまはお許しになったんですか?」

「許してくださるわ、ジェイムズ」

マデリンがほほえむのを見て、ジェイムズはいおうと思っていたことをすべて忘れた。あの澄みきった青い瞳を見て、信頼しきったまなざしでにっこりほほえまれたら、もろ手をあげて従うしかない。

マデリンが厩を出ると、護衛のアンソニーがそばについた。彼はマデリンやほかの人々に彼女が招かれた客でないことを思い出させる役目を果たしていたが、その態度ははじめのころに比べるとかなり和らいでいた。いまでは少しもいやそうに見えない。

アンソニーは体格と年齢のわりに子どもっぽい笑みを浮かべる、人好きのする男性だった。彼がほかの兵士たちから挨拶されるのを見て、人気者なのだろうと思っていたマデリンは、アンソニーが実は兵士たちをまとめる司令だったと聞いて驚いた。その人が、なぜ捕虜の娘の護衛に？　こんなのんびりした任務には、もっと地位の低い、ダンカンの従者のアンセルのような者がふさわしいのに。

気になって仕方がなかったので、しまいにアンソニーに訊いてみることにした。「あなたは、領主さまの機嫌を損ねるようなことをなにかしたの？」

アンソニーはきょとんとした。

「兵士たちが戻ってくるのを見て、あなたはうらやましそうにしていたわ、アンソニー。わたしに付き添ってあちこち歩きまわるより、みんなと訓練に参加したいんでしょう」

「そのようなことはありません」アンソニーはいいはった。

「それにしても、司令のあなたがこんな役目を仰せつかる理由がわからないわ。ダンカンの機嫌を損ねたとしか思えない」

「けがをして、もうしばらくおとなしくしていなくてはならないんです」アンソニーは説明したが、その口ぶりは恥ずかしそうだった。顔もゆっくりと赤くなっている。

恥ずかしがるなんておかしな話だと、マデリンは思った。彼の気を楽にしたくて、さらにいった。「わたしもけがをしたの。それもひどいけがを」自慢しているような口ぶりになったが、アンソニーの気持ちを楽にしてやりたかった。「危うく命を落とすところだったけれど、エドモンドが手当てをしてくれて助かったの。いまも太腿《ふともも》にひどい傷跡が残っているのよ」

アンソニーはなおも居心地悪そうにしていたので尋ねた。「兵士は、戦闘で負ったけがを誇りに思わないの？」

「誇りに思いますよ」アンソニーは答えると、両手を後ろに組んで歩みを速めた。

マデリンはそこで思い当たった。もしかすると、けがをした場所が恥ずかしいのかもしれない。アンソニーは、腕と脚にはなんの問題もないように見える。残るは胸と、それから……。

「この話は二度としないことにするわ」マデリンは思わずいって、顔を赤くした。とたんにアンソニーの歩みが遅くなったので、思ったとおりだとわかった。口にするのがはばかられる場所をけがしたのだ。

アンソニーに尋ねたことはないが、マデリンは毎日長時間にわたって戦闘訓練が行なわれるのを不思議に思っていた。きっと敵が大勢いるからだろう。マデリンはそれを早合点とは思わなかった。ダンカンはすんなり好きになれる人ではないし、人付き合いや駆け引きに長けているわけでもない。ウィリアム二世の宮中では、友人より敵のほうが多そうだった。

あいにくマデリンには、考える時間がたっぷりあった。予定がなにもない生活にはまったくなじみがない。そこでアンソニーと外に出かけていないときは、ダンカンの館をもっと快適にするための手だてをあれこれと考えては、ガーティとモードを捕まえて提案した。

モードはガーティほど用心深くなく、自分の仕事はそっちのけでマデリンの元を訪れてくれた。モードの四つの息子ウィリーは、マデリンが親指をしゃぶるのをやめさせることに成功すると、母親と同じくらいおしゃべりなことがわかった。

けれども日が翳《かげ》りだすと、マデリンの胃は締めつけられ、頭はずきずきと痛みだした。そうなるのも無理はない。なにしろ、ダンカンのきょうだいと過ごす夕べは、オデュッセウスですら背を向けたくなるようながまん比べの時間なのだから。

でも、逃げるわけにはいかない。ダンカンの前でひざまずかんばかりにして、部屋で食事させてほしいと頼みこみもしたが、却下されてしまった。彼はみなと一緒に食事するようにマデリンに釘を刺すと、不愉快きわまりない試練を抜け抜けと自分だけ避けてひとりで食事をすませ、兵士たちの食べ残しが片づけられてようやく、ちょっとだけテーブルに顔を出すことにしていた。

夕食は退屈するどころではなかった。男たちが肩越しに骨を投げる一方で、アデラは汚い言葉をつぎつぎとマデリンに投げつけた。

この苦行にそう長く耐えられるとは思えなかった。無理やり貼りつけた笑顔も、乾いた羊皮紙のようにたやすくひび割れてしまいそうだ。

七日目の夜、マデリンはとうとう爆発した。それも、すさまじい剣幕だったので、その場に居合わせた者は口も挟めなかった。

ダンカンの許可が出たので、マデリンは立ちあがっておやすみの挨拶をし、出口に向かった。頭がずきずきしていたので、後から来るアデラを先に行かせるために大きく脇によけることしか考えられなかった。わめかれるのはもうがまんできない。

振り返ってアデラに警戒のまなざしを向けた彼女は、厨房の入口からウィリーが覗いていることに気づいた。ウィリーが彼女を見てにっこりしたので、マデリンは立ち止まって声をかけようとした。

マデリンがほほえむのを見て、ウィリーは彼女のほうに走ってきた。アデラがいつものようにマデリンに罵詈雑言を浴びせようとして、さっと片手をあげたのはそのときだった。アデラの手の甲がウィリーの頬にぶつかり、ウィリーはひっくり返った。

ウィリーは泣きだし、ギラードが怒鳴り、マデリンは耳をつんざくような声をあげた。その怒りの叫びは、アデラも含めて広間にいた全員をたじろがせた。アデラは一歩後ずさったが、彼女がマデリンの前で引いたのはそれがはじめてだった。

立ちあがりかけたギラードの腕を、ダンカンが押さえた。ギラードはダンカンに食ってかかろうとしたが、兄の目を見て黙りこんだ。

マデリンはウィリーに駆け寄ると、小声で話しかけ、頭のてっぺんにキスをしてなだめて、母親のところに行くようにいった。そこへ息子の泣き声を聞きつけたモードが、ガーティと一緒に広間の入口に現れた。

それから、マデリンはアデラのほうに向きなおった。アデラが多少とも後ろめたそうにしていたら、怒りを抑えられたかもしれない。だがアデラは少しも反省するそぶりを見せずに、ウィリーのことを邪魔者呼ばわりした。マデリンのたががはずれたのはそのときだった。

アデラがウィリーを〝くそがき〟呼ばわりしたつぎの瞬間、マデリンは彼女に駆け寄って、いちばんぶつのにふさわしいところ――口元を右手で引っぱたいた。アデラは不意を突かれてよろよろと膝をついた。

アデラが立ちあがる前に、マデリンは彼女の髪をつかんで後ろにねじりあげ、無防備な体勢にした。そしてアデラの頭をぐいと上向かせていった。「いまので汚い言葉を口にするのは最後よ、アデラ。わかった？」

だれもがふたりを凝視していた。最初にわれに返ったのはエドモンドだった。「その手を離すんだ、マデリン！」

マデリンはアデラから目を離さずにどなり返した。「よけいな口だしはしないで、エドモンド。あなたは、妹の身にあったことの責任をわたしに取らせようとしているわね。それなら、このめちゃくちゃな状態を止すのに、いまこそわたしが手を貸すときだと思うの。いま、このときから」

ダンカンはひとこともいわなかった。「きみに責任を取らせようとは思っていない」エドモンドが叫んだ。「アデラを離すんだ。アデラは――」

「アデラは、すっかりきれいにしてやる必要があるわ、エドモンド」

マデリンはアデラの髪をつかんだ手を緩めずに、入口に立ちすくんでいるギードとガーティに向きなおった。「このみじめな人をきれいにしたいの。たらいをふたつ用意してもらえるかしら、ガーティ。それからモード、清潔な着替えを持ってきてちょうだい」

「これからお風呂に入られるんですか、お嬢さま?」ガーティが尋ねた。

「アデラが入浴するのよ」マデリンはアデラをにらみつけていった。「今度レディらしくない言葉を吐いたら、その都度石鹸で口を洗ってやるから」

マデリンはアデラの髪を放すと、手を引っぱって立たせた。アデラは手を引き抜こうとしたが、マデリンは怒りのあまり、ヘラクレス並みに力が強くなっていた。「あなたはわたしより背が高いけれど、わたしのほうが力は強いわ。そして、あなたには想像もつかないほど無慈悲な人間なの。塔の部屋まであなたをずっと蹴飛ばさなくてはならないのなら、そうするつもりよ」彼女はアデラの腕をつかむと、出口に引っぱりながら、三人の兄たちに聞こえるほど大きな声でいった。「あなたを蹴飛ばせると思うと、うれしくて仕方がないわ」

アデラはわあわあ泣きだしたが、マデリンは容赦なかった。アデラにこれ以上の情けは無用だ。エドモンドとギラードのふたりが、これまでさんざん気を遣ってきたから。ふたりはそれと気づかないうちに、同情と憐れみで妹を傷つけていた。いま必要なのは、毅然《きぜん》とした態度だ。そしてマデリンは、一歩も引かないつもりだった。奇妙なことに、頭痛はきれいになおっていた。

「泣きたいだけ泣きなさいよ、アデラ。泣いてもなんにもならないわ。あなた、よくもウィリーに向かって〝くそがき〟だなんていったわね。その呼び方がふさわしいのは、あなたのほうなのに。そうよ、あなたこそ〝くそがき〟だわ。でも、それはいまから変わるの。ほんとうよ」

マデリンは塔の部屋に戻るまで、ずっとしゃべりつづけた。アデラを蹴飛ばす必要は一度もなかった。

ふたつのたらいがお湯で満たされるころには、アデラは戦意をなくしていた。ガーティとモードがとどまって、アデラの服を脱がせるのを手伝ってくれた。「燃やしてちょうだい」マデリンは悪臭を放つ服をガーティに渡していった。

ひとつ目のたらいにアデラを押しこんだマデリンは、彼女が聖書に出てくるロトの妻（滅亡したソドムから逃れる際に石の柱になった）のまねをしているのかと思った。アデラは石像のように体をこわばらせて、遠くを見つめている。だがその瞳は違った。怒りの炎が燃えさかっているのが一目瞭然だ。

「どうしてたらいがふたつも必要なんです？」モードが両手を揉み絞りながら尋ねた。アデラは戦略を変えて、マデリンの髪をつかんだところだった。いまにもその髪をむしり取ってしまいそうな顔をしている。

お返しに、モードがこれまで優しくて慎ましいレディだと思っていたマデリンは、アデラの顔を湯に突っこんだ。領主の妹を溺《おぼ》れさせるつもりだ。

「それでは、アデラさまは息ができませんが」モードはいった。

「そうね、わたしにつばを吐くこともできないわ」マデリンはつっけんどんにいった。

「ああ、大変……」ガーティはあえぐようにいうと、くるりと背を向け、走って出ていった。

なにか事件が持ちあがると、真っ先にみんなに知らせるのはいつもガーティだった。きっと領主さまは、なにが起こっているのか知りたがるだろう。

モードはガーティのあとを追って出ていけたらいいのにと思った。怖くてたまらない。こんなふうに激しく怒る人は見たことがなかった。けれども、息子のウィリーのために立ち向かってくれた人だ。だからとどまって、必要とされるかぎりは手を貸すことにした。

「たらいがふたつ必要なのは、アデラが汚すぎて、二度洗いしなくてはならないからよ」

モードはマデリンのいっていることがあまり聞き取れなかった。アデラが蹴ったり引っかいたりと、暴れはじめたからだ。そこらじゅうびしょびしょだった。とりわけ、マデリンはひどい。

「石鹸を取ってちょうだい」マデリンは命令した。

それからの一時間は、来年の春まで繰り返し語られるにふさわしい、すさまじい試練だった。ガーティがときどき顔を出して様子をたしかめ、急いで下階に戻ってエドモンドとギラードに報告した。

騒ぎが終わると、ガーティは少しがっかりした。レディ・アデラは暖炉の前におとなしく腰掛け、レディ・マデリンがその髪を梳《と》かしている。あるじの妹の闘志は消え、苦行は終わった。

たらいの水が捨てられて運びだされると、モードとガーティはさがった。

アデラとマデリンはどちらも、礼儀にかなった言葉は口にしなかった。しばらくして、モードが戸口に戻ってきた。「息子を助けていただいたお礼を申しあげていませんでした」

マデリンが口を開こうとすると、モードはさらにつづけた。「その、アデラさまのことは恨んでません。アデラさまはご自分を変えようがないんですから。ただ、マデリンさまはわざわざ息子をなだめてくださいました。もったいないことです」

「――あの子を引っぱたくつもりはなかった」

そういったのはアデラだった。彼女がはじめてまっとうな言葉を口にするのを聞いて、マデリンとモードはほほえんで顔を見合わせた。

モードが後ろ手でドアを閉めるとすぐに、マデリンはアデラの向かいに椅子を持ってきて腰をおろした。

アデラはマデリンを見ようとしなかった。膝の上で組んだ手を一心に見つめている。

マデリンはたっぷりと時間をかけてアデラを観察した。実際のところ、アデラはとても美しい娘だった。大きな茶色の瞳。茶色の髪が金色がかっていたのは意外だった。汚れが取れると、金色の部分がひときわ目を引く。

ダンカンにはあまり似ていないが、頑固な性格は通じるものがありそうだった。マデリンは忍耐が必要だと、腹をくくった。

永遠とも思える時間がたったころ、アデラがようやく顔をあげてマデリンを見た。「わたしにどうしろというの？」

「なにがあったか話してもらえないかしら」

アデラの顔がかっと赤くなった。「一部始終を知りたいの、マデリン？　それで楽しい？」そういって、ナイトガウンの袖をねじりはじめた。

「いいえ、楽しくないわ」マデリンはつらそうにいった。「でも、あなたは話す必要があるの。あなたのなかは膿《う》んでいる。その膿《うみ》をださなくてはならないのよ。話したらすっきりするわ、ほんとうよ。お兄さまたちの前で幼稚なまねもしなくてすむようになるわ」

「どうして……」アデラは自分のしていたことを見透かされて、目を見開いた。

マデリンはほほえんだ。「あなたがわたしを憎んでいないことは、どんなにぼんやりした人でもわかるわ。ふだん鉢合わせしたときは、わたしに向かって一度もわめかなかったでしょう。アデラ、あなたはとてもわざとらしかった」

「あなたのことは、たしかに憎いわ」

「いいえ、そんなことない」マデリンはいった。「憎む理由がないわ。わたしはあなたに危害を加えていないもの。わたしたちはふたりとも無垢で、兄たちの諍《いさか》いに巻きこまれただけなの。そう、わたしたちはふたりとも無垢なのよ」

「わたしはもう、無垢じゃない」アデラはいった。「それに、ダンカンが毎晩あなたのベッドを訪れていたから、あなたも無垢ではないはずよ」

その言葉は、マデリンにとっては寝耳に水だった。どうしてダンカンが毎夜この部屋に来ていると思うの？　もちろん、誤解に決まっている。でも、いまはアデラの問題に集中するときだと、自分にいい聞かせた。弁解は後まわしでいい。

「できることなら、あなたの兄を殺してやりたい」アデラはいった。「どうして放っておいてくれないの？　ひとり静かに死にたいわ」

「そんな罪深いことを考えてはだめよ」マデリンはいい返した。「アデラ、なにか困ったことがあるなら、力に――」

「どうして？　どうしてわたしを助けたいと思うの？　あなたはラウドンの妹でしょう」

「兄に忠実でいようとは思わない。そんな気持ちはずっと昔に踏みにじられてしまったわ。いつラウドンに会ったの？」いかにもなんでもないことのように、素っ気なく尋ねた。

「ロンドンで会ったの」アデラは答えた。「あなたに話せるのはそれだけよ」

「どんなにつらくても、ふたりでその話をしましょう。ここだけの話よ、アデラ。秘密は守るわ」

「秘密？　秘密なんてひとつもないわ、マデリン。わたしの身になにがあったか、みんな知っているもの」

「ほんとうのことをあなたの口から聞かせてもらうわ」マデリンはきっぱりといった。「このままひと晩じゅうにらみ合わなくてはならないとしても、わたしは結構よ」

アデラは踏ん切りをつけようとして、マデリンをじっと見つめた。洗いざらい吐きだす準備はできていた。もう自分を偽りたくない。それに、いまのままではたとえようもなく孤独だった。「ラウドンのところに戻ったら、一言一句あの男に伝えるつもり？」その声はひどくかすれていた。

「ラウドンのところには、二度と戻らないつもりよ」マデリンは苛立たしげにいった。「そもそも、いとこのところに行って、そこで暮らすつもりだったの。行き方は知らないけれど、必要なら歩いてでもスコットランドに行くつもりよ」

「ラウドンに話さないというのは信じるわ。でも、ダンカンには？　ダンカンには話すつもり？」

「あなたがいいといわないかぎり、だれにも話さないわ」マデリンは請け合った。

「あなたの兄に会ったのは宮廷だった」アデラはささやいた。「素敵な人だと思ったわ。その人が、愛している、わたしはきみのものだといったの」

アデラは泣きだした。彼女が落ち着きを取り戻すまでしばらくかかった。

「わたしにはすでに、ジェラルドという婚約者がいたの。十歳のときに決まったことよ。わたしのほうに不満はなかった――ラウドンに会うまでは。ジェラルドには子どものころに会ったきりなの。いま顔を合わせても、その人だとわかるかどうか……。ダンカンは、わたしがエドモンドとギラードと一緒に宮廷に行くことを許可してくれたわ。ジェラルドは宮廷にいるはずだったし、来年の夏には結婚式が執りおこなわれることになっていたから、未来の夫と顔合わせしておいたほうがいいと思ったのよ。ダンカンは、ラウドンが陛下と一緒にノルマンディーに行っているものと思っていたわ。さもなければ、わたしを宮廷に近づけるようなことはけっしてしないはずだった」

アデラは深々と息を吸いこんでつづけた。「ジェラルドは宮廷にはいなかった。それには、もっともな理由があったの。家臣の砦《とりで》が攻撃を受けて、報復しなくてはならなかったのよ。でもわたしは、がっかりしてしまった」

アデラは肩をすくめた。マデリンは手を伸ばして、アデラの両手を包みこんだ。「わたしがあなただったら、やはりがっかりしたと思うわ」

「なにもかもがあっという間だったの、マデリン。わたしたちがロンドンにいたのは、たった二週間だった。わたしはダンカンがラウドンを毛嫌いしていることは知っていたけれど、なぜかは知らなかった。わたしたちは秘密の逢い引きを重ねたの。ラウドンはいつも優しくて、わたしのことを思いやってくれたわ。その気づかいがうれしかった。逢い引きの約束をするのは簡単だったわ。ダンカンがそばにいなかったから」

「ラウドンなら、なにかしら手だてを見つけたはずよ」マデリンはいった。「ダンカンを苦しめるためにあなたを利用したんだわ。あなたはとてもきれいだけれど、ラウドンは愛していなかったはずよ。自分以外は、だれも愛せない人だから。いまならそれがわかるの」

「ラウドンは、わたしに触れなかった」

その言葉は、水を打ったような沈黙をもたらした。マデリンは驚いたが、顔には出さないように自分を抑えた。「つづけてちょうだい」

「前の日に、ラウドンが見つけた宮殿の空き部屋で会うことにしたの。ほかの人々がいるところからかなり離れた、遠くにある部屋だった。わたしは自分がなにをしているか承知していたわ、マデリン。そしてラウドンの誘いに乗ってしてしまった。あなたの兄を愛していると思っていたから。過《あやま》ちだとわかっていたけれど、そのときはどうしようもなかった。とても素敵な人だと思っていたの。ほんとうのことを知ったら、ダンカンはわたしを殺すでしょうね」

「自分を責めないで、アデラ。あなたが話さないかぎり、ダンカンに知られることはないわ」

「逢い引きの場所に、ラウドンは現れたわ」アデラはつづけた。「でも、ひとりではなかった。知り合いが一緒で……わたしを辱《はずかし》めたのは、その男だった」

感情を隠す訓練を積んできたのが、いまになって幸いしていた。マデリンは予想だにしなかった告白にも顔色を変えなかった。

アデラはマデリンをじっと見ていた。嫌悪をあらわにするのを待っているのだ。「同情の余地は――」

「最後まで話して」マデリンはささやいた。

忌《い》まわしい出来事の一部始終が、はじめはたどたどしく、しだいに速さを増して、アデラの口から語られた。話が終わると、マデリンはアデラを落ち着かせるためにしばらく間を置いた。

「ラウドンが連れてきた男はだれだったの？　名前を教えてちょうだい」

「モーカーよ」

「その男なら知っているわ」マデリンが激しい怒りをあらわにしたので、アデラは怯《おび》えた表情を浮かべた。マデリンは懸命に気持ちを落ち着けて尋ねた。「なぜダンカンになにもかも打ち明けなかったの？　もちろん、ラウドンと進んで逢い引きしたことは話せないわ。でも、モーカーが関わっていたことは話せたはずよ」

「話せなかった」アデラは答えた。「恥ずかしくて、わたしにはとても……。それに、めちゃくちゃに殴られて、ほんとうに死んでしまうと思ったの。ラウドンも同罪よ……でも、どういうわけか、ラウドンの名前を出したとたんに、ギラードとエドモンドはそれ以上聞く耳を持たなくなってしまったの」

アデラがすすり泣きはじめたので、マデリンはすぐさまなだめた。「わかったわ」つとめてこともなげにいった。「それじゃ、よく聞いてちょうだい。あなたの罪は、間違った相手に恋をしてしまったことだけなの。モーカーのこともダンカンに話せたらよかったけれど、それはわたしではなく、あなたが決めることよ。あなたが話してもいいといわないかぎり、秘密は守るわ」

「あなたを信じるわ」アデラは応じた。「この一週間ずっと見てきたけれど、あなたはラウドンとは大違いね。顔立ちも似ていない」

「そのことでは、ほんとうによかったと思っているわ」マデリンがしみじみとつぶやいたので、アデラはほほえんだ。

「もうひとつだけ教えてもらえるかしら、アデラ」マデリンはいった。「どうしてあんなふうに正気をなくしたように振る舞っていたの？　なにもかもお兄さまたちに当てつけるためだったの？」

アデラはうなずいた。「どうして？」マデリンは困惑した。

「うちに戻ると、今度はモーカーの子どもを身ごもったんじゃないかと心配になったの。そうなれば、兄は強引に結婚させようと――」

「まさか、ダンカンがあなたとラウドンを結婚させると思ってるんじゃないでしょうね」マデリンは口を挟んだ。

「いいえ」アデラはいった。「兄はほかのだれかを見つけるわ。わたしを助けることしか考えないはずだから」

「それで、あなたは身ごもっているの？」マデリンは胃の縮むような思いでたずねた。

「わからないわ。月のものはひと月遅れているけれど、とくに体調が変わった感じはしないし、これまでも月のものが規則正しかったためしは一度もなかったから」アデラは顔を赤くした。

「もうしばらく待たなくてはなんともいえないわね」マデリンはいった。「でも、もし身ごもっていたら、どうやって隠しとおすつもり？　ダンカンは頑なかもしれないけれど、そんなことにいつまでも気づかないほど目は節穴ではないわ」

「手遅れになるまで部屋に閉じこもっているつもりだった。いま思うとばかみたい。きっとろくに考えていなかったのね。とにかく、これだけはいえるわ。だれかと結婚させられるくらいなら、死んだほうがましよ」

「ジェラルドはどうしたの？」マデリンは尋ねた。

「婚約は破談になったわ」アデラは答えた。「わたしはもう、生娘ではないから」

マデリンはため息をついた。「ジェラルドは、そのことを表沙汰にしているの？」

「いいえ。でもダンカンは、もう約束を守ってもらう義理はないといっているわ」

マデリンはうなずいた。「いまのところ、いちばん心配なのは、ダンカンに結婚を無理強いされるかもしれないということかしら？」

「そうね」

「それなら、まずはそのことをなんとかしましょう。ふたりで計画を立てるのよ」

「計画？」

マデリンはアデラの声に意気込みを感じ、その目に希望の光を見て、ますます決意を固くした。それ以上じっとしていられなくて、さっと立ちあがって椅子のまわりをそわそわと歩きまわった。「だれかと結婚しろと妹のあなたに迫るほど、ダンカンが無慈悲だとは思わないわ」アデラがなにかいおうとしたので、マデリンは片手をあげて制した。「でも、わたしがどう思うかは重要じゃないの。なにがあろうと、この場所にいたいだけいられるとしたら？　そうしてかまわないとダンカンに約束を取りつけたら、あなたはどう思う？　少しは気が楽になるかしら、アデラ？」

「それなら、ダンカンにありのままを話さなくてはならないでしょう？　わたしが身ごもっているかもしれないと」

マデリンはすぐには答えずに、なおも歩きまわった。そもそも、どうしたらダンカン相手に約束を取りつけられるというの？

「もちろん、そんなことは話さないわよ」マデリンはアデラの正面で立ち止まると、ほほえんで見おろした。「まずは約束を取りつけるの。どうせすぐにわかることだもの。そうでしょう？」

アデラはほほえんだ。「あなたも狡賢《ずるがしこ》い人ね、マデリン。それでわかったわ。ダンカンは一度約束したらけっして反故《ほご》にしない。でも、だまされたと知ったら……」アデラの笑顔は翳った。

「ダンカンなら、しじゅうわたしに癇癪を起こしているわよ」マデリンは肩をすくめた。「あの人を怖いとは思わないわ、アデラ。雷みたいに怒鳴りつけるけれど、根は優しい人だもの。ほんとうよ」マデリンは、そのとおりであることを祈った。「さあ、身ごもっているかどうか心配するのはもうやめると約束してちょうだい。あなたはとてもつらい思いをしたの。もしかすると、月のものが遅れているのはそのせいかもしれない」彼女はつづけた。「わたし自身、こういうことには詳しいの。というのも、以前に召使いの幼い息子が井戸に落ちて、しばらく出られなくなったことがあって……。その子は無事だったけれど、それから二カ月して、母親のフリーダが月のものがないと別の召使いにいっていたのよ。するとその召使いは、あんな恐ろしい思いをしたんだから無理もないといってなだめたの。その召使いの名前を憶えていたらあなたにも教えられるんだけれど……。結局、そのとおりだった。翌月、フリーダにはちゃんと月のものが来たわ」

アデラがうなずくのを見て、マデリンはいった。「もし赤んぼうがおなかのなかにいたら、ふたりで面倒を見ましょうよ。子どもは嫌いではないでしょう、アデラ?」つい不安な声になった。「あなたと同じように、赤んぼうには罪がないのよ」

「きっと父親と同じ、黒い魂を持っているわ」アデラがいった。「血を分けた親子なら、そうなるわよ」

「それがほんとうなら、わたしもラウドンと同じ人でなしのはずだわ。そうでしょう？」

「いいえ、あなたはラウドンには似ていないわ」

「そしてあなたの子どもも、モーカーとは似ても似つかない。あなたがそんな人間に育てるのよ」マデリンはいった。

「どうやって？」

「赤んぼうを愛して、物心ついたらその子が正しい道を選べるように手助けしてあげるの」

　マデリンはため息をついて、首を振った。「そうはいっても身ごもっていないかもしれないんだから、その話はひとまず置いておきましょう。ずいぶん疲れた顔をしているわね。あなたの部屋はまだ眠れるような状態ではないでしょうから、今夜はわたしのベッドを使うといいわ。わたしは別の場所を探すから」

　アデラはマデリンについてベッドに近づき、新しい友人が上掛けをめくるのを見た。「ダンカンにいつ約束してもらうつもりなの？」

　マデリンはアデラがベッドに入るのを待って答えた。「明日話してみるわ。あなたにとって運命の分かれ目だもの。忘れないわよ」

「もう二度と男性には触れられたくない」アデラは吐き捨てるようにいった。

マデリンは彼女がまた取り乱すのではないかと心配になって、アデラのまわりに上掛けをたくしこみながらなだめた。「いまは体を休めて。なにもかもうまくいくわ」

マデリンが母親のように振る舞うのを見て、アデラはほほえんだ。「マデリン、これまであなたにしたことをお詫《わ》びするわ。あなたのお役に立てるのなら、エドモンドに頼んで、あなたをスコットランドまで送り届けてもらえるようにダンカンにお願いしてもらうけれど」

マデリンはアデラがダンカンに直接いわずに、エドモンドに話そうとしていることに気づいた。やはりいちばん上の兄が怖いのだ。

アデラはため息をついてつづけた。「でも、いますぐはどこにも行ってほしくない。これまで、とても寂しかったの。こんなことを打ち明けるのは身勝手かしら?」

「自分に正直になっているだけよ」マデリンは答えた。「正直に行動することは、人としていちばん大切なことだと思うわ。わたし自身、嘘をついたことが一度もないの」

「一度も?」

マデリンはアデラがくすくす笑いだしたのでほほえんだ。「物心ついたころから一度もよ」彼女はいった。「そしてあなたが必要とするかぎり、いつまでもここにいると約束するわ。こんな寒いお天気の日に、旅なんてしたくないもの」

「それに、あなたも名誉を汚されてしまったから、きっと噂《うわさ》に――」

「そんなくだらないことをいって」マデリンはいった。「わたしたちはふたりとも、自分の身に起こったことにはなんの咎《とが》もないの。中身は清らかなままだわ。肝心なのはそれだけよ」

「あなたって、ほんとうに変わった人ね」アデラはいった。「てっきり、わたしたち全員を憎んでいるものと思っていたのに」

「たしかに、あなたのお兄さまたちはすんなりとは好きになれない方々だわ」マデリンは正直にいった。「でも、嫌いではないのよ。ここに来てわたしがほっとしていることを、あなたは知っていたかしら？　意外でしょう？　捕虜になってほっとしているのよ。まったく、真実には驚かされるわ」

マデリンは自分でいったことに驚いて、眉をひそめて独りごちた。「そのことを、もう少し考えてみる必要があるわね」

彼女は親しみを込めてアデラの腕を軽くたたくと、背を向けてドアに向かった。

「モーカーに早まったことをするつもりじゃないでしょうね、マデリン？」アデラがいった。

「どうしてそんなことを訊くの？」

「あの人の名を口にしたときに、あなたがすさまじい表情を浮かべたからよ」アデラは答えた。「なにもしないわね？」

アデラがふたたび不安をあらわにしたので、マデリンはなだめた。「ずいぶん大げさに考えるのね。それもあなたとわたしの共通点だわ」といって、モーカーの話題は巧妙に避けた。

作戦はうまくいって、アデラはほほえんだ。「今夜は怖い夢を見ないと思うわ。もうくたくたよ。あなたもすぐに寝たほうがいいわ、マデリン。ダンカンと話をするなら、体力を貯えておかないと」

「あの人と顔を合わせて、わたしが太刀打ちできないと思う？」

「いいえ」アデラは答えた。「あなたなら、ダンカンからどんな約束でも引きだせるわ」

信じきった答えに、マデリンはいたたまれない気分になった。

「ダンカンがあなたを見る目は特別よ。それにあなたは、ギラードの命の恩人でしょう。ギラードがエドモンドに話すのを聞いたの。その話を出せば、ダンカンも拒むわけにはいかないはずよ」

「もう眠りなさい、アデラ」

マデリンがドアを閉めようとしたとき、アデラの最後の声が聞こえた。「ダンカンはレディ・エレナに、あなたを見るようなまなざしはけっして向けないと思うわ」

マデリンは好奇心にあらがえなかった。「レディ・エレナって?」つとめて興味がないように尋ねたが、振り向くとアデラがほほえんでいた。

「ダンカンが結婚を考えている女性よ」

マデリンは少しも顔色を変えずにうなずいた。「その方がお気の毒でならないわ。きっとあなたのお兄さまに振りまわされるでしょうから。気を悪くしないでね、アデラ。でも、あなたのお兄さまは傲慢《ごうまん》すぎるわ」

「わたしは、兄が結婚を考えている女性といったのよ、マデリン。でも結婚はしないわ」

マデリンは答えずに、後ろ手にドアを閉めた。それまでかろうじてこらえていた涙は、階段の手前で一気にあふれだした。

11

「かの者はもっとも厳しい訓練で鍛えられた最強の戦士だ」
——スパルタの王、アルキダモス二世

マデリンは泣いているのをだれにも見られたくなかった。寝室から出たものの、これといった行くあてがあるわけではない。いまはただ、気持ちの整理をつけられるように静かな場所を見つけたかった。

最初に頭に浮かんだのは広間だったが、入口に近づくとギラードの話し声が聞こえた。さらに階段をおりて、兵士たちの控えの間の近くに掛けてあった厚手のマントを羽織り、玄関の重たい扉を苦労して押して、ようやくできた隙間をどうにか通り抜けた。

外は身震いするほど寒かった。マデリンはマントを体に巻きつけて先を急いだ。月が明るいので、歩くのに不自由はない。城壁まで行き、石の壁にもたれて赤んぼうのように泣きじゃくった。わあわあと節操なく泣きわめいたが、少しも気分がよくならない。胸が痛くて頬がひりひりするうえに、何度もしゃくりあげて、すっかり疲れてしまった。

怒りはおさまらなかった。

アデラはいったん話しだすと、なにひとつ隠さずに一部始終を打ち明けてくれた。マデリンは少しも顔色を変えなかったが、ほんとうはつらくて心臓が破れそうだった。モーカー！ラウドンと同じくらい罪深いのに、あの男が関わっていたことをだれも知らないなんて。

「こんなところで、なにをしている？」

マデリンはぎょっとした。いつの間にかダンカンが現れて、隣に立っていた。

とっさに背を向けようとしたが、ダンカンが許さなかった。彼はマデリンの顎《あご》をつかんで、自分のほうに向けた。

そこまでしたら、泣いていたことに気づかないわけがない。マデリンは言い訳しようと思ったが、彼に触れられたとたんにふたたびすすり泣いていた。

ダンカンは彼女を抱き寄せたが、落ち着かせるだけで満足しているようだった。頭から腰までびしょ濡れなので、湖で泳いできたばかりなのだろうが、彼女のせいで体を乾かすどころではなかった。彼の胸の柔らかな毛に顔をうずめて、マデリンはしゃくりあげて泣きつづけた。

「そんな格好で歩きまわっていたら、凍え死んでしまうわ」マデリンは泣きながらいった。

「今度は足を温めてあげないから」

ダンカンが答えたとしても、マデリンは聞いていなかった。彼女はダンカンの肩に顔を押しつけ、胸を撫でていた。なにをしているのか、自分でもわかっていないのだろうとダンカンは思った。そんなことをしたら男がどうなるかも。

マデリンは不意に彼を押しのけようとして顎に頭をぶつけ、ごめんなさいとつぶやいたが、そこで彼を見あげてしまった。すぐそこにある彼の唇を見つめると、あの夜天幕のなかで大胆にキスされたときの感触をありありと思い出さずにはいられなかった。

またキスしたい。

その思いを見透かされたのだろう、彼がゆっくりと唇を近づけてきた。

ダンカンはそっとキスして終わりにするつもりだった。慰めるだけだ。だがマデリンが両腕を首にからめて唇を開くと、すかさず舌を差し入れ、彼女の舌にからめていた。

たまらなくいい味だった。マデリンが相手だと、こんなにも早く、こんなにも熱くなって、優しくすることもできない。彼女が喉の奥から漏らす声を聞くうちに、慰めようと思っていたことなどきれいさっぱり忘れてしまった。

マデリンが震えだしたのを感じて、われに返ってしぶしぶ体を離した。きっとマデリンは不満をあらわにするはずだ。そうなったら、求められる前にまたキスするつもりだった。

彼のせいで、マデリンの体は燃えるように熱くなっていた。途中でやめられるとは思えない。そのとき、彼の手が乳房の横をかすめてはっとした。たとえようもなく気持ちいい。そこでもっと触れてほしいと思っていることに気づいて、自分から離れた。

「氷の塊になってしまう前に、なかに戻ったほうがいいわ」マデリンは疲れた声でいった。

ダンカンはため息をついた。マデリンはまた指図しようとしている。彼はマデリンをさっと抱きあげると、抗議の声を無視して館に向かって歩きはじめた。「アデラはなにかあったか話してくれたか？」ダンカンは頭が冷えたところで尋ねた。

「話してくれたわ」マデリンは答えた。「でも、どんなにあなたからせっつかれても、ひとことも話さないつもりよ。拷問したければそうしたらいいわ。でも、わたしは――」

「マデリン」ダンカンが長々とため息を漏らしていったので、マデリンは黙りこんだが、しばらくして口を開いた。

「だれにも――とりわけあなたにはなにもいわないと、アデラに約束したの。アデラはあなたを怖がっているわ、ダンカン。残念だけれど」

ダンカンが怒るものと思っていたマデリンは、彼がうなずいたので驚いた。「それでいいんだ」彼は肩をすくめた。「わたしは兄であると同時に領主でもある。領主であることが優先されるのは当然のことだ」

「それは違うわ」マデリンはいい返した。「家族は身近な存在のはずよ。いつも食事を一緒に食べて、喧嘩もしないの。家族は——」

「家族がどうあるべきかなどということが、どうしてきみにわかるんだ？　きみはおじと一緒に暮らしていたんだろう」ダンカンは苛立たしげに首を振った。

「それでも、家族同士がどんなふうに振る舞うべきかということはわかるわ」マデリンはいいはった。

「マデリン、わたしのやり方に逆らうんじゃない」ダンカンは低くうなるようにいうと、素早く話題を変えた。「さっきはなぜ泣いていたんだ？」

「アデラがされたことを思って、いたたまれなくなったの」マデリンはささやくと、ダンカンの肩に顔をうずめた。「兄はきっと、地獄の業火に永遠に焼かれるわ」

「そうだな」

「兄は息の根を止めなくてはならない人よ。だから、あなたが兄を殺そうとしているからといって、責める気にはなれない」

ダンカンは首を振った。「わたしを責めないですむほうが気が楽か？」

どことなくおもしろがっているような言い方だとマデリンは思った。「場合によっては、人を殺さなくてはならないのだと、考えが変わったの。さっきはそのことで泣いていたのよ」彼女はささやいた。「そして、これからしなくてはならないことでも」

彼が館の扉を少しもたじろがずに開けたので、マデリンは彼の力に改めて目を瞠《みは》った。さっきひとりで扉を開こうとしたときは、両手を使ってようやくお尻が引っかからない程度に扉を開けることができたのに、ダンカンは眉ひとつ動かさない。

「なにをしなくてはならないんだ？」

「ある人を殺すの」

扉がバタンと閉まるのと同時に、ダンカンはマデリンがささやくのを聞いた。ダンカンは聞き違えたのかと思ったが、自分の寝室に入るまで問いただすのは待つことにした。

彼はマデリンが自分で歩けるからといいはるのを無視して階段をのぼった。広間の階を過ぎてもさらにのぼりつづけるので、マデリンは塔の部屋まで連れていかれるのだろうと思った。しまいに塔の入口がある階まで来ると、ダンカンは反対側を向いて、暗い廊下を進んだ。真っ暗で、行く手は見えない。

そんな廊下があることすら知らなかったので、マデリンは興味津々だった。廊下の突き当たりまで来ると、ダンカンはドアを開いて、彼女を抱いたままなかに入った。きっと彼の寝室だ。マデリンは、彼が寝室を譲るつもりなのだろうと思った。

寝室のなかは暖かくて居心地がよかった。暖炉に火が燃えさかっていて、飾り気のない部屋をぬくもりと温かな光で満たしている。向かい側の壁に毛皮で覆われた窓があり、暖炉の横には石壁のほとんどを占めるほど大きなベッドと櫃がひとつ置いてあった。

そのベッドと櫃が唯一の家具だった。それ以外になにもないのを見て、マデリンはほほえんだ。なぜだかわからないが、ダンカンが自分と同じようにごちゃごちゃした部屋を嫌うことがわかってうれしかった。

それならなぜ、広間をあそこまでほったらかしにしているのかしら？ ダンカンの部屋を見て、マデリンは首をかしげた。今度ダンカンの機嫌のよさそうなときに訊いてみよう。そこでおかしくなって、思わずほほえんだ。ダンカンの機嫌がよくなるような、そんなめざましい変化が目に見えて表れるころには、こちらが年寄りになっているかもしれない。

ダンカンはすぐには彼女をおろさなかった。そして急に痒《かゆ》くなったのか、暖炉に近づいて炉棚に背中をすりつけはじめた。マデリンはずり落ちないように、必死で彼につかまった。ああ、シャツ一枚でも着ていてくれたらよかったのに。これでは慎み深いとはいえない――彼の温かい肌に触れるのが心地よくてたまらなかった。肩につかまっていると、手の下でさざ波のように筋肉が動くのがわかる。

こんな気持ちになるわけを知りたかった。心臓がまたどきどきしている。ちらりと見あげると、ダンカンがじっと見おろしていた。なんて素敵な人……。これが醜い人ならよかったのに。「夜じゅう、わたしを抱いているつもり?」不機嫌そのものの口調でいった。

ダンカンは肩をすくめて、危うくマデリンを落としそうになった。マデリンはふたたび彼につかまったが、彼がにやにやしていたので、つかまらせるためにわざとそうしたのだとわかった。

「こちらの質問に答えてくれたらおろそう」ダンカンがいった。

「ええ、答えるわ」

「さっき、人を殺すといったか?」

「ええ」マデリンは彼の顎を見つめて答えた。

それから、ダンカンがなにかいうのをじっと待った。大方、人を殺すほどきみけ強くないと説教されるに決まっている。

けれども、笑われるとは予想もしていなかった。彼の胸の奥でごろごろとなにか音がしたかと思うと、つぎの瞬間には高らかな笑い声が響きわたった。咳きこみそうになりながら、彼は心底楽しそうに笑いつづけた。

ダンカンは、マデリンがさっきいったことをちゃんと聞きとっていた。マデリンはたしかに〝殺す〟といったが、あんまり突飛な台詞《せりふ》だったのでそのときは冗談だと思ったのだ。だがマデリンの真剣な表情からして、本気らしい。

マデリンはむっとしていたが、笑いが止まらなかった。それ以上抱いていられなくなって彼女を床におろし、逃げださないように両手を肩に置いた。「それで、きみが殺す予定の不幸な男はだれだ?」ようやく尋ねた。「もしかすると、ウェクストンの人間か?」

マデリンは彼の手を振りほどいた。「もちろん、ウェクストンの人じゃないわ。もっとも、わたしが邪悪な魂の持ち主だったら、殺す順番はあなたが最初になるでしょうけれど」

「ほう」ダンカンはなおもにやにやしていた。「では心優しく慎ましいレディに伺おう。きみが殺したいのがわたしたちのだれかでないなら、だれの息の根を止めたいんだ?」

「わたしが心優しく慎ましいレディなのはほんとうよ、ダンカン。そろそろそのことをわかってもらうときね」その声はもうあまり優しいとはいえなかった。

マデリンはベッドに近づいて腰をおろした。それからたっぷりと時間をかけてスカートのしわを伸ばし、膝の上で両手を組み合わせた。人を殺すと、いとも簡単に口にできたことが意外だった。でも、あの男はたしかに息の根を止める必要がある。そうでしょう?

「その男の名は言えないわ、ダンカン。これはあなたでなく、わたしの問題なの」

ダンカンは同意する気になれなかったが、その場は聞き流すことにした。

「では、その男を殺したら、きみはまた具合が悪くなって胃袋を空っぽにするのか?」

マデリンは答えなかった。ダンカンは彼女が、自分の愚かさに気づいたのかもしれないと思って尋ねた。「そしてまた泣くのか?」彼はマデリンがギラードに襲いかかった兵士を殺したときのことを思い出していった。

「その男を殺す前は、なにも食べないようにするわ。殺したあとで泣きたくなったら、だれにも見られない場所を見つけるまでよ。それで満足?」

マデリンは深々と息を吸いこんで、平静を装おうとした。ああ、もう罪を犯した気分。

「命は軽々しく奪うものではないけれど――」彼女はいった。「でも、正義もないがしろにされるべきではないわ」

ダンカンがふたたび笑いだしたので、マデリンはかっとした。「もう寝るから、出ていってちょうだい」

「わたしに自分の部屋を出ろというつもりじゃないだろうな?」

ダンカンはもう笑っていなかった。マデリンに彼を見あげる勇気はなかった。

「わたしはそのつもりだったわ」正直にいった。「こんなことをいって、失礼だったらごめんなさい。でも、あなたも知ってのとおり、わたしは嘘をつけないたちなの。ひと晩ベッドを譲ってもらえたら、心から感謝するわ。明日、アデラの部屋がきれいになったら塔の部屋に戻るから」

そこまでいい終わるころには、息が苦しくなっていた。

「きみは、清々しいほど正直だな」

「おかげで、ときどき困ったことになるの」マデリンはため息をついて、両手を見つめたまま、ダンカンが早く出ていってくれますようにと祈った。床に柔らかなものが落ちたのはそのときだった。その音でマデリンが目をあげると、ちょうどダンカンがもう片方のブーツを脱いで床に落としているところだった。

「シャツも着ないでわたしの前に立つのはやめてもらえないかしら」マデリンはいった。「おまけに、部屋を出る前に身につけているものをまた脱ぐの？　あなたはそうやってレディ・エレナに自分を見せつけるの？」

顔が赤くなるのがわかった。もうダンカンのことは無視しよう。半裸のまま気取って歩きまわりたいなら、目を閉じるまで。おやすみの挨拶もしない。

ダンカンの意図に気づくのが、少し遅かった。マデリンはうつむいたまま、目の隅で彼が暖炉の前に膝をついて、大きな丸太をくべるのを見た。危うく礼をいいそうになったが、彼を無視しようと決めたことを思い出して口をつぐんだ。まったく、ダンカンといると、なにを考えていたのかも忘れてしまう。

ダンカンは立ちあがってドアに向かった。そしてなにをしようとしているのかマデリンが考える間もなく、厚い板のかんぬきを金属の輪に通した。

マデリンは目を丸くした。この部屋に閉じこめられてしまったが、ほんとうの問題は見てのとおり、ダンカンがドアのこちら側にいることにある。その意味は、どんなに心優しくて慎ましいレディだろうと取り違えようがなかった。

マデリンははっとあえぐと、ベッドから飛びおりてドアに走った。目的はただひとつ。この部屋から出て、ダンカンから離れなくては。

ダンカンはマデリンがかんぬきを動かそうと悪戦苦闘するのをしばらく見守った。そして彼女が板の下にある風変わりな鍵にいつまでたっても気づかないのを見て満足し、ベッドに近づいた。彼女の気持ちを尊重して、ズボンは穿《は》いたままでいることにした。マデリンはいまにも癇癪を爆発させそうだ。

「こっちに来るんだ、マデリン」ダンカンは上掛けの上に体を伸ばしながらいった。

「あなたの隣では……寝ないわ」マデリンはしどろもどろにいい返した。

「これまでも一緒に――」

「天幕のなかで、一度だけよ、ダンカン。それも、必要に迫られて。ふたりでたがいを温め合っただけでしょう」

「いいや、マデリン。わたしはあれから毎晩、きみの隣で寝ている」

マデリンはさっと振り向いて彼をにらみつけた。「ばかなことをいわないで！」

「いいや、たしかだ」彼はにやにやしていた。

「どうしてそんな白々しい嘘がつけるの？」マデリンは彼に答える間を与えずに、ふたたびドアに向きなおってかんぬきを動かそうとした。

その努力の見返りに、親指の柔らかな皮膚の下に棘《とげ》が刺さって、マデリンは怒りの声をあげた。「こんないまいましい棘が刺さったのも、あなたのせいよ」ぶつぶついいながら、棘を抜こうと下を見た。

ダンカンは大げさにため息をついた。その音は聞こえたが、彼が動いた音は聞こえなかった。後ろから不意に手首をつかまれてぎょっとした彼女は、飛びあがった拍子に彼の顎に頭をぶつけた。「まるで狼ね」明るい暖炉の前に引っぱられながら、マデリンはいった。「これはほめ言葉でもなんでもないのよ、ダンカン。だからにやにやするのはやめてちょうだい」

ダンカンはマデリンがぶつくさいうのを無視して炉棚に手を伸ばすと、先端が針先のように鋭くとがった短剣を取りあげた。マデリンはちくりと痛みを感じるまで目を閉じていたが、それからまぶたを開いた。しっかり見張っておかなければ、親指ごと切り取られてしまうかもしれない。彼女は親指にじっと目を凝らして、ダンカンの視界をさえぎった。

ダンカンは明るいところでよく見ようと、彼女の手をさらに持ちあげた。そして頭をかがめて棘を探すうちに、ふたりの額はくっついていた。マデリンも彼も動かなかった。

棘は取りのぞかれたが、マデリンはひとことも言わずに、信じきった表情を浮かべたまま彼を見あげていた。ダンカンはいらいらして眉をひそめた。そんなふうに見あげられると、抱き寄せてキスすることしか考えられなくなる。それが腹立たしかった。マデリンに見あげられるだけで、彼女とベッドを共にしたくなる。

ダンカンは炉棚に短剣を放ると、手を離さずにマデリンを引きずりながらベッドに戻った。「棘ひとつ抜けないくせに、大の男を殺そうともくろむとはな」

「あなたと一緒には寝ないわよ」マデリンはきっぱりというと、一歩も譲らない覚悟でベッドの傍らに立ち止まった。「あなたほど傲慢で頑固な人は見たことがないわ。いいかげんにして！　もうがまんできない」

マデリンはそこで、彼に近づきすぎたことに気づいた。ダンカンは文字どおり彼女を持ちあげ、ベッドに仰向けに倒れながらどさりと自分の上に落とすと、脇におろした。手首はまだ離さない。

それから、彼女のことを頭から追いだそうとするように目を閉じた。マデリンは彼に向きなおった。

「あなたは、隣では眠れないほどわたしを憎んでいるはずよ。さっきは嘘をいったんでしょう、ダンカン？　わたしたちは一緒になんか眠ってない。ちゃんと憶えているわ」

「きみは戦いのさなかでも眠れる」ダンカンは目を閉じたままほほえんでいた。「それに、きみのことは憎んでいない、マデリン」

「いいえ、憎んでいるはずだわ」マデリンはいいはった。「いまさらしらを切らないで」

マデリンはじっと待ったが、彼がひとこともいわないので、ふたたび口を開いた。「わたしたちをめぐり合わせたのは、兄の卑劣な行為だった。わたしはあなたの命を救ったけれど、それでどんなお返しがあったかしら？　あなたはこんな人里離れたところにわたしを引きずってきて、お人好しのわたしをしじゅう傷つけているわ。わたしがギラードの命を救ったことも、都合よく忘れてしまっているんじゃないかしら」

マデリンは彼が目を開けてくれたらいいのにと思った。これではどう思われているかもわからない。「わたしはいま、アデラの面倒まで引き受けているわ。でも、もしかしたらあなたは、はじめからこうなるように仕組んでいたんじゃないかしら」

マデリンは眉をひそめてつづけた。「あなたのもくろみにわたしがひとつも手を貸していないことを認めるべきよ。不当な扱いを受けているのは、わたしのほうなの。だって、これまでわたしが受けた仕打ちを考えたら――」

ダンカンのいびきで、マデリンは口をつぐんだ。不意にめらめらと怒りが湧きあがった。彼の耳元でわめき散らす勇気があればいいのに。

「わたしのほうこそあなたを憎んで当然なのよ」彼女はつぶやくと、服をなおして仰向けになった。「自分なりに納得のいく計画を考えていたからよかったようなものの、そうでなければあなたにされたことを恨んでいたでしょう。わたしはもう、ふさわしい結婚をすることもできない。それは確実よ。でも、そうなったら、損をするのはわたしでなくラウドンだわ。ラウドンはいちばん高値をつけた人にわたしを売るつもりだった。少なくとも、当人はそういっていたわ。でもいまは、もし近づけるならわたしを殺すでしょうね。それも、なにもかもあなたのせいで」力を込めて付けくわえた。

いうだけいってしまうと、どっと疲れが出た。「どうしたらあなたに約束を取りつけられるのかしら？　かわいそうなアデラに請け合ってしまったわ」あくびしながらいった。

ダンカンが動いたのはそのときだった。マデリンは不意を突かれて、のしかかられる前に目を開けるのがやっとだった。彼の顔がすぐそばに来て、温かくて甘い息が頬にかかっている。重たい太腿に押さえつけられて、身動きが取れなかった。

仰向けで、どうすることもできない。

「わたしを慰み者にしたら、あなたのレディ・エレナにいいつけるわよ」マデリンは声を絞りだした。

ダンカンはうんざりして顔をしかめた。「マデリン、そんなことばかり――」

マデリンは彼の口に手のひらをたたきつけて押さえた。「それ以上いわないで！　それに、下心がないなら、どうしてわたしの体に毛布みたいにかぶさっているのかしら」彼がさっきしたように大げさにため息をついた。「あなたといると、どうかしてしまいそうだわ」

「もう、どうかしている」ダンカンがいった。

「わたしの体からおりてちょうだい。この館の入口の扉くらい重たいわ」

ダンカンは体をずらして、肘で体を支えるようにした。胯間《こかん》がマデリンの両脚の付け根に乗っている。温かい。

「なんの約束を取りつけたいんだ？」

マデリンはいきなりいわれて混乱したようだった。「アデラに請け合ったんだろう」ダンカンはさらにいった。

「ああ、そのこと」マデリンは息を切らしていた。「アデラのことは、明日話そうと思っていたの。あなたと一緒に寝ることになるとは思っていなかったものだから。それに、あなたの機嫌がもっといいときのほうが――」

「マデリン」彼は長々と発音してうなるようにいった。苛立たしげに歯も食いしばっている様子を見て、マデリンは彼の忍耐がここまでなのを悟った。

「アデラはここに、いたいだけいていいと……なにがあろうとあの人に結婚は無理強いしないと、約束してほしいの。これだけいえば充分かしら?」

ダンカンは眉をひそめた。「明日、アデラと話してみよう」

「アデラはあなたのことをひどく怖がっていて、自分の気持ちを素直に話せないの。でも約束してくれたら、きっと見違えるように変わるわ。いまのアデラは不安に押しつぶされそうなのよ。その重荷を軽くしてやれるなら、ずっと気が楽になると思うわ」

ダンカンは笑いたくなった。思ったとおり、マデリンはアデラの母親役を引き受けている。作戦がうまくいって、このうえなくいい気分だった。「わかった。アデラに約束すると伝えてくれないか。ジェラルドにも話しておこう」

「ジェラルドには、ほかのお相手を探していただかないと……。アデラは婚約は破談になったものと思っているわ。それにその方だって、無垢な女性が望みでしょう。そう思うと、とてもおさまらない気分だけれど」

「きみはジェラルドに一度も会っていないじゃないか」ダンカンがむっとしていった。「なぜそんなふうに人を簡単に判断するんだ?」

マデリンは眉をひそめた。ダンカンのいうとおりだ。そのことを彼に認めるのは、癪だけれど。「ジェラルドはアデラの身になにがあったか、ひととおり知っているの?」

「いまとなっては、イングランドで知らない者はない。ラウドンが確実に噂を広めたはずだ」

「兄は人でなしだわ」

「きみのおじのバートンも、ラウドンを同じように思っているのか？」

「どうしておじの名を知っているの？」

「きみの口から聞いた」ダンカンはマデリンが目を丸くするのを見てほほえんだ。

「いつ？　わたしは忘れっぽいほうではないけれど、あなたの前でおじの名を口にした憶えはないわ」

「熱に浮かされていたとき、そのおじのことをいろいろと話してくれた」

「話したとしても憶えていないわ。わたしがなにかいったにしろ、それに聞き耳を立てるなんて失礼よ」

「どうしたって聞こえるんだから仕方がない」ダンカンは思い出してにやりとした。「きみはあらゆることを大声でわめいていた」

マデリンを不安にさせるために、大げさにいった。マデリンはふとしたときに、このうえなく無邪気な表情を見せることがある。

「ほかになにを話したかいってみて」マデリンは疑わしげにいった。

「いろいろだ。あえていうなら、〝すべて〟だな」

「すべて？」マデリンはぞっとした。恥ずかしくてたまらなかった。もし、あなたのキスがたまらなく好きよと口走っていたら？

ダンカンの瞳がきらめいているところを見ると、からかっているだけかもしれない。まずは、そのにやにや笑いを引っこめさせることにした。「それなら、これまでベッドに連れこんだ男性の名前もぜんぶ口にしたんでしょうね。万事休すだわ」ため息をついていった。

「万事休したのは、わたしたちが出会ったときだ」ダンカンは静かにいった。

マデリンは愛撫するように甘い声だと思ったが、どう返したらいいのかわからなかった。

「どういう意味？」

ダンカンはほほえんだ。「きみはいろいろしゃべりすぎる。その欠点も、なんとかしたほうがいい」

「まさか」マデリンはいい返した。「この一週間、あなたとはめったに口をきかなかったし、あなたからも無視されていたのよ。それなのに、よくも人をおしゃべりみたいにいえたものだわ」彼の肩を小突いていった。

「みたいにじゃない。事実をいっている」ダンカンはマデリンをじっと見つめて、青い瞳に炎がひらめくのを見た。

マデリンをからかうのは簡単だった。そろそろやめどきだとわかっているが、ガミガミ女になった彼女の反応が楽しくて仕方がない。とくに害があるわけでなし。

「わたしが思ったことを口にしたら、不愉快かしら?」

ダンカンはうなずいた。

マデリンは彼を見て、どこを取っても悪党そのものだと思った。焦茶色の巻き毛が額にかかって、おまけににやにやにやにたついている。まったく、この人を相手にしたら、聖人でもいらいらして悪態をつくだろう。「それなら、あなたと言葉を交わすのはやめることにするわ。もう二度とあなたとは口をきかないから。それで満足?」

ダンカンはうなずいたが、今度はさっきよりずいぶんゆっくりだった。マデリンは深々と息を吸いこんで、彼の態度がどんなに失礼かいい聞かせようとしたが、ダンカンがそうはさせなかった。彼が頭をかがめてかすめるようにキスをしたせいで、マデリンはたちまち無力になった。

ほとんど経験がないのに、彼の舌にせっつかれて、マデリンは唇を開いていた。彼はゆっくりと、舌でマデリンを愛した。彼女が燃えあがっているのを感じながら顔を両手で挟み、つややかな髪に指を差し入れた。

マデリンがほしくてたまらなかった。キスはすぐさま、優しい愛撫から激しいやりとりに変わった。舌と舌を何度もからみ合わせていると、欲望でわれを忘れそうになる。やめないとまずい。そう思って唇を離そうとしたとき、マデリンの両手が背中に触れるのを感じた。おずおずと手を這《は》わせて、蝶《ちょう》のように軽く。だが彼がうなってさらに唇を貪《むさぼ》ると、マデリンの愛撫は力強くなった。ふたりの唇は熱く濡れてなかなか離れなかった。

ダンカンが未練がましくそっと唇を離すと、マデリンは身震いして、かすれた声でうめいた。

マデリンの瞳は陶然とし、唇は赤く腫れて、もう一度味わってと誘っていた。歯止めがきかないことをはじめるべきではなかった。下半身が欲望で疼《うず》いている。マデリンから離れるには、あらんかぎりの意志の力が必要だった。

それから、苛立ちを吐きだすようにうなってごろりと横向きになると、マデリンの腰に腕をまわして抱き寄せた。

マデリンは泣きたい気分だった。どうしていつもキスを許してしまうのだろう。なにより、この人とキスするとやめられなくなる。まるでふしだらな女。

彼に触れられただけで、自制心を失ってしまう。心臓がどきどきして、手のひらが熱くなり、もっとほしくてじっとしていられない気分になる。

あくびの音が聞こえた。きっと彼にとって、いまのキスにたいした意味はなかったのだ。

いらいらして仕方がなかった。ダンカンとは距離を置こうと決心したのに、彼の曲線に自分の体をなじませている自分がいた。けれどもようやく満足のいく場所に落ち着こうとしたところで、ダンカンがうなり声をあげて腰を押さえつけた。

どこまで言葉とは裏腹なの？ 散歩用の服を着たままで寝るのがどんなにおかしなことかわからないのかしら？ また動くと、今度は彼が身震いした。もしかすると、噛《か》みつかれるかもしれない。

もうくたくたで、彼の機嫌の良し悪しを心配する余裕はなかった。マデリンはあくびをして、眠りに落ちた。

ダンカンは歯を食いしばっていた。間違いなく、これまでくぐり抜けたなかでもっとも困難な試練だ。マデリンがあと一度でも尻を動かしたら、張りつめた糸が切れてしまう。

マデリンほどものにしたいと思った女性はなかった。目を閉じて深々と震える息を吸いこんだが、そこでマデリンがふたたびもぞもぞ動きはじめた。彼は十まで数えることにして、その魔法の数まで数えたらもっと自制がきくようになるのだといい聞かせた。

そんなことはなにも知らずに寄り添って眠っている女性は、身の危険などちらりとも考えていないらしかった。こちらは彼女の尻に、まる一週間も気を散らされているのに。彼はマデリンが優雅に腰を揺らして城内を歩きまわるさまを思い浮かべた。

マデリンのせいで、ほかの男たちもこんなふうになっているのだろうか？　ダンカンはいっとき考えて、そのはずだと腹立たしく思った。そう、マデリンがあらぬほうを見ているときに兵士たちが彼女に向けるまなざしには気づいている。だれよりも信頼して護衛をまかせている司令のアンソニーでさえ、マデリンに対する態度を変えているくらいだ。今週のはじめはしかめ面で無口だったのが、週の終わりには彼女と普通にしゃべっていた。それにアンソニーは、もうマデリンのあとをつけずに、すぐそばにくっついて歩いている。

ちょうど、いまの自分がそうしたいように。

マデリンのとりこになったからといって、アンソニーの弱さを責めるわけにはいかない。だが、ギラードは違う。ギラードもマデリンにのぼせているようだが、そのことは問題になるかもしれない。

マデリンがまたもじもじしはじめて、ダンカンは焼けつくような疼きを感じた。くるおしい欲望にのみこまれそうになって、うなり声をあげて上掛けを剝《は》ぎ、ベッドを出た。マデリンは体ががくりと動いたのに目を覚まさない。「まったく、赤んぼうみたいに眠って……」

ダンカンはドアに向かった。

また湖に行こう。彼は頭をぶるっと振った。湖で泳げば、すっきりするはずだ。

ダンカンは辛抱強いたちではなかった。マデリンを自分のものだとはっきりさせる前に、問題を解決したい。おそらく、これからは湖でもっとひんぱんに泳ぐことになるだろう。だが、いまはつらいとは思わなかった。下半身で燃えさかる炎をそれで解き放てる。

彼は不機嫌なつぶやきを漏らして、ドアを閉めた。

12

「棘のなかの花、茨のなかの天使……」

「それからアデラ、スパルタでは、産まれた赤んぼうにそれとわかるような欠点があったら、父親がその赤んぼうを手近な窓か近くの崖から放り投げたんですって。ぞっとするわね。でも、おじのバートンは昔の話をしていただけで、わたしをおもしろがらせるために大げさな話をしたわけではなかったの。正確に語るのはおじの務めだったのよ」

「スパルタの女性はどんなふうだったのかしら？　バートンおじさまは話してくださったの？」アデラは身を乗りだして尋ねた。マデリンが寝室の模様替えをしているあいだ、彼女は邪魔にならないようにベッドの端に腰掛けていた。召使いのように働くなんてとんでもないといっても無駄だった。新しい話し相手は頑固で、いいだしたら聞かない。

アデラがマデリンに引き合わされてから、三週間がたっていた。つらい出来事を話せば心が軽くなるとマデリンがいっていたのはほんとうだった。マデリンはその話を聞いても少しも動じていないようだったが、そのことはどういうわけか、真実を話すのと同じくらい効き目があった。マデリンは同情はしても、憐れみはしない。

アデラはどうするのがいちばんなのか、マデリンなら知っていると信じて、彼女のいうように、過去を変えられないことを受け入れて気持ちを切り替えようとしていた。もちろん、口でいうほど簡単なことではない。だが、マデリンの惜しみない友情が、過去を忘れる手助けをしてくれた。そしてとうとう、一週間前に月のものが再開し、心配ごとがひとつ減った。

マデリンは不思議な物語を語って、彼女に新しい世界を教えてくれた。アデラはマデリンの記憶力に驚き、新しい話を毎日心待ちにするようになった。

そしていま、アデラはほほえみを浮かべてマデリンを見守っていた。今日のマデリンはちょっとした見物《みもの》だ。鼻筋に土埃《つちぼこり》がつき、髪を束ねている青いリボンがほどけかかっている。マデリンは部屋の隅を掃く手を止めて、箒《ほうき》の柄にもたれた。「スパルタの話に興味を引かれたようね」彼女は顔にかかる巻き毛を押しやって額にも染みをつくり、さらに話しつづけた。「わたしはこう思うの。スパルタの女性は、淑《しと》やかにはほど遠かったんじゃないかしら。とにかく、男性と同じくらい無慈悲にならなくてはならなかった。さもなければ、うまくやっていけるはずがないわ」

アデラがくっくっと笑いだしたので、マデリンの心は和んだ。アデラの変化はうれしいかぎりだ。いまでは瞳もきらめいているし、よく笑っている。

「新しい神父さまがいらしたんだから、お耳に入るところでそんな話はしないようにしなくてはね」アデラが声をひそめた。

「まだお会いしていないの」マデリンはいった。「でも、楽しみだわ。そろそろウェクストンの兄弟が告解して、神父さまに魂を救っていただく頃合いだもの」

「しばらく前までそうしていたのよ」アデラはいった。「でも、ジョン神父が亡くなられて、教会も燃えてしまってからは、だれもそんなことを気にしなくなってしまったの」彼女は肩をすくめてつづけた。「スパルタ人のことをもっと話してちょうだい、マデリン」

「そうね、たぶん女性はひとり残らず、十二かそこらの年には大人のような豊満な体つきになっていたんじゃないかしら——これはおじから聞かされた話ではなくて、あくまでわたしの推測なんだけれど。でも、スパルタの女性が複数の男性を相手にしていたのはたしかよ」

アデラは息をのみ、マデリンは彼女の驚きように満足してうなずいた。「一度に、複数の男性と？」アデラはささやいて、恥ずかしくなって顔を赤くした。

マデリンは唇を噛んでその可能性を考えた。

「それはどうかしら」しまいにいった。彼女はドアに背を向け、アデラはマデリンを一心に見ていた。ふたりとも、ダンカンが開いた戸口にたたずんでいることには気づかなかった。

ダンカンが自分の存在を知らせようと口を開いたとき、マデリンがふたたびいった。

「だって、仰向けになったまま一度に複数の男性を相手にできるとは思えないもの」

アデラはくすくす笑いだし、マデリンは肩をすくめた。ダンカンはマデリンの説を聞いて、あきれて天を仰いだ。

マデリンは箒を壁に立てかけると、アデラの櫃の前に膝をついた。「櫃を動かすなら、なかを空にしないと……」

「それより、スパルタの話を最後まで聞かせてちょうだい」アデラはせがんだ。「思いもよらない話ばかりなんだもの」

ダンカンはふたたび口を開きかけたが、途中で思いなおした。ほんとうのところ、彼も好奇心をかき立てられていた。

「スパルタでは、独り身でいることが許されなかったの。結婚しないことは犯罪と見なされたわ。未婚の女性たちは、通りに出て未婚の男性を探しては襲ったそうよ」

「襲った？」アデラは聞き返した。

「ええ、気の毒な男性をね」マデリンは櫃のなかに頭を突っこんでいたので声を張りあげ

「ほんとうのことよ」た。「ほかには?」アデラは尋ねた。

「若者が真っ暗な部屋に顔も知らない女性と一緒に閉じこめられたり……まあ、あとはわかるわね」

マデリンは櫃のなかの埃を吸いこんでくしゃみした。「なかには、夫の顔を見る前に身ごもる女性もいたそうよ」体を起こした拍子に、櫃の蓋《ふた》に頭をぶつけた。それから、髪を束ねていたリボンをさっと抜き取った。

「ぞっとするわね。でもあなたの兄ダンカンに会ったら、レディ・エレナは真っ暗な部屋に入りたがるんじゃないかしら」

マデリンが冗談のつもりでいったとき、アデラは戸口にダンカンがもたれていることに気づいて、はっと息をのんだ。

マデリンはその反応を取り違えて、すぐさま謝った。「ただのたとえ話よ」彼女はいった。「ダンカンはここのあるじで、あなたの兄でもある。わたしがからかうのは筋違いだったわ。ごめんなさい」

「謝罪は受け入れよう」

ダンカンの声にマデリンはぎょっとして、振り向きざまにまた櫃の蓋に頭をぶつけた。

「いつからそこにいたの?」マデリンは顔を赤くして立ちあがり、彼に向きなおった。

ダンカンがなにも答えないので、マデリンは不安になった。服のしわを伸ばすうちにおなかに大きな染みを見つけて、すぐに両手で隠した。左目に巻き毛がかかったが、髪を押しやったら染みを見られてしまう。

マデリンは自分が囚《とら》われの身で、ダンカンがここのあるじであることを思い出さなくてはならなかった。髪の毛が乱れていようと、それがなんだというの? 目にかかる髪をふっと吹き飛ばして、平静を装おうとした。

その試みはまったくうまくいかなかった。ダンカンは彼女の胸の内を読み取ってほほえんだ。マデリンがなかなか感情を隠せなくなりつつあることが、彼女のこんな格好を見られたことと同じくらいうれしかった。

マデリンは、みっともない格好をしているので笑われたのだろうと思った。彼がじろじろ見ているのがその証拠だ。頭のてっぺんから、靴についた埃まで見ている。そしてますますにっこりして、魅力的なえくぼを頬に浮かべた。

「自分の部屋に行ってくれないか、マデリン。わたしが呼ぶまでそこにいてくれ」

「先にここの仕事を終わらせてかまわないかしら?」マデリンはつとめて遠慮がちにいった。

「いいや、だめだ」

「ダンカン、アデラは自分の部屋を模様替えして、もっと……」彼女は、アデラが自分の部屋を塔の部屋のように居心地のいい場所にしたがっているのだといおうとして口をつぐんだ。そんなことをいったら、塔の部屋が変わったことに気づかれてしまう。

振り向くと、アデラは両手をぎゅっと組み合わせて、床を見つめていた。「アデラ、まだお兄さまにちゃんと挨拶してないわよ」マデリンは声をかけた。

「おはようございます、領主さま」アデラは小声でいったが、ダンカンのほうは見なかった。

「ダンカンでしょう。領主であろうとなかろうと、この方はあなたのお兄さまなのよ」マデリンは、ダンカンをきっとにらみつけて、妹を傷つけるようなことをいわないように釘を刺した。

ダンカンは片眉をつりあげた。さらにマデリンがぐいとアデラのほうに顎をしゃくったので、肩をすくめた。いったい、なにがいいたいんだ？

「ちょっと、自分の妹に挨拶しないの、ダンカン？」マデリンがいった。

ダンカンは部屋じゅうに響きわたるようなため息をついた。「わたしに指図する気か？」

マデリンは肩をすくめた。「アデラを怖がらせるようなまねはしないでもらうわ」

ダンカンは笑いたくなった。ではたしかに、ギラードとエドモンドのいうとおりだったのだ。臆病なマデリンは、アデラの保護者になった。子猫がほかの子猫を守ろうとするようなものだと——ただしマデリンの振る舞いは、いまや雌トラのようだが。瞳に青い炎をめらめらと燃やしながら、怒りを懸命に隠そうとしている。

彼はマデリンに、いまの台詞をどう思っているかまなざしで伝えると、妹に向きなおった。「おはよう、アデラ。具合はいいか?」

アデラはうなずくと、目をあげて兄にほほえんだ。ダンカンもうなずいた。いまのような簡単な挨拶で妹の態度が変わったのは意外だった。

それから、ふたりに背を向けて出ていこうとした。いまの気持ちをマデリンに少しでも見透かされないうちに、傷つきやすい妹からできるだけ離れたかった。

「できたら、マデリンにもうしばらくいてもらっても——」

「アデラ、お願い。お兄さまの命令に口答えしないで」マデリンはダンカンがいつ癇癪を爆発させるかとひやひやしていた。彼女はスカートをつかんで急いでダンカンを追いかけながら、肩越しにいった。「お兄さまにはお兄さまの理由があるのよ」

ダンカンに追いつくのに、走らなくてはならなかった。「どうして塔に戻らなくてはならないの?」アデラに聞こえないところまで来ると、彼女は尋ねた。

階段の降り口で、ダンカンは振り返った。体を揺さぶって思い知らせてやりたかったが、そこでマデリンの鼻の頭に土埃がついていることに気づいた。彼は親指で汚れを拭った。

「顔が埃だらけだぞ、マデリン。欠点があるとわかった以上、その辺の窓から放りだすべきかな?」

マデリンが彼の言葉を理解するのに、しばらくかかった。「スパルタ人は、捕虜を窓から放りだしたりしなかったわ」彼女はいい返した。

「彼らは完全に管理することで支配していた」ダンカンは親指をゆっくりとマデリンの下唇に這わせた。唇を撫でずにはいられなかった。「情けは無用だった」

マデリンは一歩も動けずに、いまいわれたことを考えながら、ダンカンの瞳を見あげた。

「情けは無用?」

「そうとも。指導者はそうして支配するものだ」

「それは違うわ」マデリンはささやいた。

ダンカンはかぶりを振った。「スパルタの戦士は無敵だった」

「あなたはスパルタ人に会ったことがあるの、ダンカン?」

ダンカンは肩をすくめたが、ばかばかしい質問にほほえまずにはいられなかった。

「たしかに無敵だったかもしれないけれど、みんなもう死んでいるわ」

声が震える理由を、マデリンは充分自覚していた。ダンカンは彼女をじっと見て、ゆっくりと抱き寄せた。

キスはしてくれなかった。

マデリンはがっかりしてため息をついた。

「マデリン、わたしはいつまでも耐えるつもりはない」ダンカンは頭をかがめてささやいた。彼の唇がほんの数インチのところにある。

「耐えるつもりはない？」マデリンはまた苦しくなった。

「そうとも」ダンカンは怒っているようにいった。マデリンは困惑して首を振った。

「ダンカン、いまならキスしてもかまわないわ」マデリンはいった。「がまんすることはないのよ」

ダンカンはそのかわりに彼女の手をつかんで、塔につづく階段をのぼった。

「きみはほどなく、囚われの身ではなくなる」ダンカンがいった。

「それじゃ、わたしをここに連れてきたのは過ちだったのね？」

ダンカンはその声に不安を聞きとった。「わたしはけっして過ちを犯さない、マデリン」

振り向きもせずにいうと、マデリンの部屋の前に来るまで口をきかなかった。彼がドアの取っ手に手をかけたところで、マデリンはドアにもたれて彼の行く手をふさいだ。「自分の部屋のドアぐらい自分で開けるわよ」彼女はいった。「あなたは、間違いなく過ちを犯しているわ。わたしを捕虜にするという、最大の過ちを」

ほんとうは、そんな言い方をするつもりはなかった。まったく、これでは自分自身をおとしめているようなものだ。

ダンカンはマデリンがうっかり口走ったことにほほえむと、彼女をどかしてドアを開けた。マデリンは素早くなかに滑りこんでドアを閉めようとしたが、ダンカンがそうはさせなかった。

マデリンは身がまえた。

ダンカンは目を疑った。殺風景だった場所が、居心地のよさそうな部屋にすっかり様変わりしている。壁は洗われて、向かいには薄茶色の大きな壁掛け《タペストリー》が掛けてあった。その絵が語るのは、ウィリアム一世によるノルマン征服の最後の戦いだ。兵士たちの姿が赤と青の糸で、色鮮やかに刺繍《ししゅう》されている。簡素な絵柄だが、なかなかいい。

ベッドは青いキルトで覆われていた。その向かいの暖炉の前には、赤いクッション付きの大きな椅子が二脚と、足載せ台が置いてある。その片方にはまだ作りかけのタペストリーが置いてあり、茶色い糸が床に垂れていた。絵柄がわかるほど刺繍が進んでいる。マデリンがいっていた、架空の狼だ。

マデリンは彼の顎の筋肉がぴくつくのを見た。それも二回。その意味はわからないが、とにかくダンカンがどなりはじめたら精いっぱいやり返そうと身がまえた。

ダンカンはひとこともいわずに、くるりと背を向け、後ろ手にドアを閉めた。

階段をおりる彼のあとから、バラのにおいがついてきた。彼は広間の入口に来るまで、怒りを抑えた。ギラードが彼を見つけて、若者らしい熱っぽい口調で尋ねた。「いま、マデリンを訪ねてもかまわないだろうか？」

ダンカンの返事は塔の上まで届いた。

ギラードは目を剝《む》いた。これまで、ダンカンがそんなふうにどなったことは一度もない。そこへちょうどエドモンドが現れ、ダンカンが出ていくのを見送った。

「なんにかっかしてるんだ？」ギラードが尋ねた。

「〝なんに〟じゃない、ギラード。〝だれに〟だ」エドモンドが答えた。

「わけがわからない」

エドモンドはにやりとして、弟の肩を勢いよくたたいた。「ダンカンも同じだ。だが、すぐにわかる」

13

「足の速い者が競走に勝つのではなく、強い者が戦に勝つのでもない」
――旧約聖書「伝道の書」九章十一節

マデリンはタペストリー作りに励んだが、心は仕事に向かずに、ダンカンの言葉を繰り返し考えていた。〝きみはほどなく、囚われの身ではなくなる〟というのは、どういう意味だったのかしら？

じき彼を問いたださなくてはならないことはわかっていた。これまで臆病に振る舞っていたが、真実は認めるつもりだった。ほんとうは、彼の答えを聞くのが怖かったのだ。

ドアがいきなり開いて、アデラが駆けこんできた。ひどく動揺して、いまにも泣きそうな顔をしている。

マデリンはさっと立ちあがった。「どうしたの？」そういったものの、すでにダンカンのせいだという結論に飛びついていた。

アデラはわっと泣きだした。マデリンは急いでドアを閉めると、アデラを抱き寄せ、椅子のほうに連れていった。「座って、気持ちを落ち着けてちょうだい。泣き騒ぐほどのことではないはずよ」そうであることを祈った。「どうしてそんなに泣いているのか、教えてちょうだい。わたしがなんとかするわ」

アデラはうなずいたが、目をあげてマデリンを見たとたんにまた泣きだした。マデリンはアデラの向かいの椅子に腰をおろして、辛抱強く待った。

「あなたのお兄さまが使者をよこして、あなたを返せといってきたの、マデリン。ダンカンは使者を館に入れたわ。だからあのとき、部屋に戻れといわれたのよ。あなたの姿を見られたくないから」

「どうして？　わたしが囚われの身であることはみんな知っていることでしょう。ラウドンは――」

「そうじゃないの」アデラはさえぎった。「エドモンドがギラードに話していたわ。ダンカンはあなたが丁重に扱われていることを知られたくないんだろうって」アデラは服の袖を目に押しあてた。「丁重に扱われていると思うでしょう、マデリン？」

「まあ、そんなことで泣いていたの？」マデリンはいった。「もちろん、そう思うわ。ほら、まわりを見て、アデラ」ほほえんで付けくわえた。「これなら、充分居心地がよさそうに見えない？」

「使者がダンカンに話していることを聞かなければよかった。ギラードもエドモンドもその場にいて、一言一句聞いていたわ。ダンカンがそうさせたの。わたしが聞いていることはだれも気づかなかったわ、マデリン」

「使者は陛下が遣わしたの？　それとも兄がよこしたのかしら？」マデリンも、心のなかではひどく動揺していた。でも、アデラを失望させるわけにはいかないから、隠さなくてはならない。

「どなたの使者かはわからない。わたしが聞いたのは、使者の言葉だけ」

「なんといっていたの？」

「あなたを、ただちに宮廷に連れていかなくてはならないと……。たとえあなたが……汚されていても……」アデラは喉を詰まらせて、いったん口をつぐんだ。マデリンは下唇を噛み、アデラの肩をつかんで、早くぜんぶ話してと揺さぶりたい衝動をこらえた。

「そしてロンドンに到着次第、あなたは結婚させられるそうよ」

「そうだったの……」マデリンはささやいた。「こうなることはわかっていたわ、アデラ。ラウドンがおとなしくしているはずはないもの。それで、結婚相手の名前は聞いたの？」

アデラはうなずいた。「モーカーよ」そういうと、両手で顔を覆ってむせび泣いた。

マデリンはもう感情を隠さなかった。むかむかして、戻してしまいそうだった。「ダンカンはどうしたの、アデラ?」どうにか尋ねた。「ダンカンは、使者になんて? 同意したのかしら?」

「兄はなにもいわなかった。使者はことづてを伝えると、城壁の外で待機しているラウドンの兵士たちのところに戻っていったわ」

「ラウドンはどれくらいの兵をよこしたのかしら?」

「さあ……」アデラはささやいた。「エドモンドとギラードは使者がいなくなるとどなり合っていたけれど、ダンカンはひとことも口をきかなかった。後ろで両手を組んだまま、暖炉の前でたたずんでいたわ」

「ダンカンは迷っているのよ」マデリンはいった。

「どういうこと?」

「ダンカンのここでの立場はふたつあるの、アデラ。彼は領主であり、兄でもある。エドモンドとギラードがなにをいい争そっていたのか、わたしにはわかるわ。エドモンドはできるだけ早くわたしをラウドンに引き渡したいんでしょう。でもギラードは、わたしをここに置いておくために戦おうというはずよ」

アデラはマデリンが最後までいい終わる前に首を振った。「いいえ、エドモンドはあなたをラウドンに渡したりしないわ」

「エドモンドはわたしの味方になってくれるの？」

「そうよ」アデラはいった。「それからエドモンドは、姉のキャサリンのところにしばらくわたしを行かせたらどうかといっていたわ。今回のことが、わたしには耐えられないだろうからといって……。でも、わたしはどこにも行きたくない。キャリリンはずっと年上だし、キャサリンの夫はひどく変わった人で……」

マデリンは立ちあがってゆっくりと窓辺に向かい、窓の覆いを開けて外を見た。ふつふつと湧きあがる怒りを鎮めなくてはならない。「あなたに話したかしら、アデラ？　スパルタの子どもは幼いときに母親から引き離されて、兵士たちと一緒に暮らすようになるの。子どもは盗みを教わるのよ。腕のいい泥棒は、頭がいいと見なされる」

「マデリン、なにがいいたいの？　こんなときにそんな話をして」

マデリンは振り向いた。涙が頬を伝っている。彼女が泣いているのを、アデラははじめて見た。

「昔話を思い出すと、心が安らぐのよ、アデラ。そうすると気持ちが落ち着いて、考えが浮かぶようになる。そして、なすべきことを決められるの」

アデラはマデリンの瞳に浮かぶ苦悩に打ちのめされて、こくりとうなずいた。

マデリンは窓の外に目を戻し、低い丘の頂きに目を向けた。自分がいなくなったら、だれが狼に餌をやるだろう。そう思うと、奇妙なことに、ダンカンの顔が頭に浮かんだ。いつの間にか、彼と狼を一緒くたにしている。きっと、ダンカンも狼と同じくらい気づかってやらなくてはならないのだ。たぶん、狼よりもっと。

ダンカンの殺伐《さつばつ》とした人生をどうにかしたいと考えるのも妙な話だけれど。

「おじとわたしは、毎晩暖炉の前で過ごしたの。わたしは箱琴《プサルテリー》の弾き方を覚えて、おじは疲れていないとき、五弦琴《ヴィエール》を一緒に爪弾いてくれたものよ。あれほど平和な日々はなかった」

「そこに若い人はいなかったの、マデリン？　あなたの思い出話に出てくるのはきまって、ご高齢の方ばかりだけれど」

「おじはグリンスティードの城内で暮らしていたの。グリスティード伯のモートンさまはとてもお年を召した方だった。そこへロバート神父とサミュエル神父も加わって、みんなで仲良く暮らしていたわ。でも、モートンさまのチェスの相手をするのはわたしだけだった。そのモートンさまが、ひどいいかさまをするの。おじは、罪にはならない、モートンさまはお年のせいで少々意固地になられているだけだといっていたけれど」

マデリンはそれからしばらく口をきかなかった。アデラは暖炉の炎を見つめ、マデリンは夜の景色を眺めた。

今日は自分を抑えようとしても、うまくいきそうにないとマデリンは思った。心がどんどんかき乱されて、激しい怒りがふつふつと湧きあがってくる。

「あなたを守ってくださる方を見つけないと……」アデラがささやいた。

「ラウドンの元に返されたら、これまでの計画が台なしになってしまうわ。わたしはもともと、スコットランドに行くつもりだったの。いとこのエドウィーズなら快くわたしを迎えてくれるでしょうから」

「マデリン、スコットランドには——」アデラはキャサリンがスコットランドに住んでいて、その夫はスコットランドの国王のいとこなのだといおうとした。

けれども、マデリンはさえぎった。「どうしていまさらそんな計画を気にするのかしら？ラウドンはわたしを殺すか、モーカーにやるつもりよ。ラウドンが殺さなくても、モーカーがわたしを殺すでしょう」マデリンが震える声で笑うのを聞いて、アデラはぞっとした。

「ラウドンはどうして、いまだにわたしにこだわるのかしら。城を破壊されてあの人があとを追ってきたときは、ダンカンだけを殺すつもりだと思った。それがいま、わたしを連れ戻そうと使いをよこしている」マデリンは首を振った。「わけがわからないわ」

アデラが言葉をかける間もなく、マデリンはさっと踵《きびす》を返してドアに向かった。「マデリン、あなたはここにいなくてはならないのよ。ダンカンが部屋を出ていいとは——」

「わたしを守ってくれる人を探さなくてはならないの。そうでしょう?」マデリンは肩越しにいい返した。「そうね、ダンカンなら適任だわ」

「どうするつもり?」

「ダンカンはラウドンの兵を追い返すつもりでいるわ。そのことで、いまからしてほしいことをいいにいくの」

アデラが引きとめる間もなく、彼女はドアを開けて階段に走った。アデラは急いで追いかけた。「マデリン、まさか兄に指図するつもりなの?」

「そうよ」マデリンは叫び返した。

アデラはマデリンの剣幕に驚いて、階段にへなへなと座りこんだ。マデリンはどうかしてしまったのだ。アデラはマデリンが髪をなびかせて回り階段をおりていくのを見守った。そして下の階にマデリンが姿を消したところで、彼女を助けなくてはならないことにやっと気づいた。どんなに怖くても、マデリンの味方をしてダンカンに立ち向かおう。勇気を出せば、いいたいことだっていえるかもしれない。

マデリンは広間の入口で立ち止まると、呼吸を整えた。エドモンドとギラードがテーブルを挟んで腰掛けている。ダンカンは入口に背を向け、燃えさかる炎の前にたたずんでいた。ちょうどエドモンドがふたりに意見をいい終わったところで、マデリンにはその最後の言葉だけが聞こえた。「――では、決まりだな。ダンカンが彼女を連れて――」

マデリンはその言葉で、ラウドンの兵に引き渡されることになったのだと思った。

「わたしはどこにも行かないわ!」

彼女の声に、ダンカンがゆっくりと振り向いた。マデリンは彼をじっとにらみつけると、ふたりの弟に目を向けた。ギラードはあろうことか、にやにやしている。エドモンドは気むずかしい性格そのままに、顔をしかめていた。

ダンカンが無反応だったので、マデリンはスカートをつかんでゆっくりと近づき、彼の前で止まった。「あなたはわたしを捕らえた。それはあなたが決めたことよ」彼女はいった。「今度は、わたしが決めたことをいわせてもらうわ。わたしは囚われの身のまま、ここにいる。わかった?」

ダンカンの目に、驚いた表情が浮かんだ。たしかに、一語一句聞こえたはずだ。面と向かっていったのだから。

彼がなおもじっと見返しているので、脅すつもりかしらと思った。でも、もうその手には乗らない。「わたしを勝手に放りだしたら許さないわよ、ダンカン」いまいましいことに、声が震えた。

エドモンドが立ちあがった拍子に椅子がひっくり返って、マデリンはそちらに気を取られた。彼女はゆっくりとテーブルに近づくと、両手を腰に当てていった。「しかめ面をするのはやめたほうがいいわ、エドモンド。さもないと、引っぱたくわよ」

ギラードは彼女を見て、こんなに怒ったマデリンを見るのははじめてだと思った。ダンカンがラウドンに送り返すと、本気で思っているのか？　そう思うと、おかしくて仕方がなかった。気の毒に、ダンカンのことをよく知らないのだ。マデリンは自分が重要な存在であることにも気づかないまま、かっかしている。小柄で慎ましい女性だが、彼女がダンカンに逆らうのは、これで何度目だろう。そうしたところを見たことがなければ、とても信じられないところだ。ギラードはとうとう笑いだした。

マデリンはその声を聞きつけ、さっと振り向いて彼をにらみつけた。「なにかおかしい、ギラード？」

ギラードは、ついうなずいてしまった。目をあげると、ちょうどマデリンがエールの水差しを彼の頭めがけて投げたところだった。ギラードはひょいと頭をかがめて水差しをよけ、マデリンが新たにつかんだ水差しをエドモンドが後ろから取りあげた。マデリンはすかさず、エドモンドをお尻で突き飛ばした。

脚が椅子に引っかからなければ、エドモンドは倒れずにすんだかもしれない。彼が尻もちをつくのを見て、マデリンは噛みつくようにいった。「二度とわたしを見て笑わないで」

「マデリン、ここに来るんだ」ダンカンの声がした。炉棚にもたれて、眠りこんでしまいそうなほどつまらなそうな顔をしている。

マデリンはなにも考えずに歩きだしたが、途中で自分のしていることに気づいて、立ち止まって首を振った。「あなたの命令にはもう従わないわ、ダンカン。そんな筋合いはないもの。わたしはただの駒なんでしょう。殺したければ殺しなさいよ。ラウドンのところに送り返されるくらいなら、死んだほうがましだわ」

マデリンは手の爪が食いこむほどこぶしを握りしめていた。両のこぶしがぶるぶる震えているけれど、どうしようもない。

ダンカンは彼女から片時も目を逸らさずにいった。「エドモンド、ギラード、ふたりきりにしてくれないか」静かな声だったが、有無をいわさぬ口調だった。「アデラも連れていくんだ」

広間の入口の陰に身を潜めていたアデラは、ダンカンの声を聞いて走りでた。「わたしもここにいたいわ、ダンカン。マデリンにはわたしが必要かもしれないもの」

「エドモンドたちと一緒に行くんだ」冷ややかにいわれて、アデラはそれ以上なにもいえなかった。

ギラードがアデラの腕を取った。「わたしにいてほしいなら、マデリン――」

「お兄さまに逆らわないで」マデリンはぴしりとさえぎった。そんなつもりはなかったが、きつい口調になってしまった。

アデラが泣きだしたので、マデリンはいっそう苛立った。手を伸ばしてアデラの肩をなだめるようにたたいたが、作り笑いはできなかった。「モーカーとは結婚しないわ。それをいうなら、だれとも結婚しないから」

「いいや、結婚はしてもらう」ダンカンがそういいながら笑顔を浮かべた。

マデリンは平手で打たれたように愕然《がくぜん》とした。一歩さがって、首を振った。

「モーカーとは結婚しない」

「そう、あの男とは結婚しない」

ダンカンの答えにマデリンは困惑した。

彼はマデリンから目を逸らして、弟たちがアデラを連れて出口に向かうのを見守った。三人は靴底に重たい金属を打ちつけられたように、のろのろと歩いている。マデリンとの会話を聞けるだけ聞きたいのだろう。三人が急に言うことを聞かなくなったのは、ひとえにマデリンのせいだと彼は思った。彼女がここに来る前は、三人とも従順そのものだった。

だが、マデリンがこの館に足を踏み入れたその瞬間から、なにもかもがひっくり返った。気に入らないと、ダンカンは独りごちた。はじめは、きっと受けつけない者がいる――とりわけギラードは拒むだろうと思った。ところがいまでは、ギラードはマデリンのいちばんの味方になっている。ダンカンはため息をついた。家族同士のごたごたより、死力を尽くした戦いのほうがずっといい。

「エドモンド、新しい司祭を見つけて、連れてきてくれないか」ダンカンは藪《やぶ》から棒にいった。

エドモンドが怪訝《けげん》そうに振り向くのを見て、ダンカンは一喝した。「すぐにだ！」

彼の冷ややかな口調に、マデリンは震えあがった。彼女はエドモンドに向きなおったが、ダンカンの次の言葉で口をつぐんだ。「わたしに逆らうなと、エドモンドに指図するんじゃない。よけいなことをしたら、その赤い髪で口をぐるぐる巻きにするぞ」

マデリンが目を丸くするのを見て、ダンカンは満足した。少々手荒だが、これで思い知っただろう。あとは従順になってくれればいい。これからはじまることに備えて、マデリンにはおとなしくなってもらいたかった。

だが、マデリンが殺気をみなぎらせてつかつかと近づいてきたので、脅しはたいして効かなかったことがわかった。それどころか、少しもおとなしくなっていない。「よくも侮辱したわね！　わたしの髪が赤くないのは、あなただってよくわかっているはずよ。これは茶色というの！」彼女はどなった。『赤毛でなくておあいにくさまだったわね」

ダンカンは耳を疑った。以前にも増して、わけのわからないことをいう。

マデリンは彼の目と鼻の先で立ち止まった。わけなく捕まえられる距離だと、ダンカンは思った。

マデリンは勇敢だが、世間を知らない。彼女の言い分に対していえるのはそれだけだった。城壁の外はラウドンの兵が百人ほどいて、明日の朝までにマデリンを差しださなければ攻撃すると威嚇《いかく》している。怒るならその状況に腹を立ててしかるべきなのに、マデリンは髪の毛の色のことで文句をいっているのだ。それに実際、マデリンの髪は茶色というより赤に近い。どうしてそのことがわからないのだろう。

「どこまでわたしを侮辱すれば気がすむのかしら」マデリンはそういって泣きはじめた。もう彼をにらみつけることもできない。その様子を見て、ダンカンは彼女を抱き寄せた。

「きみはラウドンのところには戻らない、マデリン」ダンカンはしわがれた声でいった。

「それなら、春までここにいるわ」

エドモンドが新しい司祭をともなって入口に現れた。「ロレンス神父のお越しだ」彼はダンカンに声をかけた。

マデリンはダンカンから離れると、振り向いて、新しい司祭がとても若いことに驚いた。それに、どことなく見覚えがあるような気がする。若い司祭がおじを訪ねてくることは、めったになかったはずだけれど。

マデリンはかぶりを振った。以前に会ったはずはない。やにわに、ダンカンの隣に引っぱられた。ふたりのいる場所があまりにも火に近かったので、マデリンは司祭のことより、服に火がつかないか心配になった。マデリンが火から離れようとすると、ダンカンが肩にまわした腕に力を込めて押さえつけた。どういうわけか、彼がそばにいるおかげで気持ちは落ち着き、両手を前で組んで平静を装うことができた。

新しい司祭はそわそわしていた。あばたがあって、あまり人好きのする顔とはいえない。おまけに、身なりもだらしなかった。

ギラードが広間に駆けこんできた。まるで、これからいくさに出かけるといわんばかりの顔をしている。エドモンドがほほえみ、ギラードが険《けわ》しい顔をしているのが、ふだんとあべこべだった。

「ダンカン、わたしがマデリンと結婚する。喜んでこの身を犠牲にしよう」ギラードは顔を赤くしていった。〝犠牲〟という言葉をあえて使ったのは、マデリンに対する気持ちが真剣であることを悟られないようにするためだった。「マデリンには命も救ってもらった」ダンカンがすぐに返事をしなかったので、彼は付けくわえた。

ダンカンには、弟の考えていることが手に取るようにわかった。マデリンを愛していると思いこんでいるのだろう。「逆らうんじゃない、ギラード。わたしが決めたことは尊重してもらう。わかったな?」

　ダンカンの声は穏やかだったが、有無をいわせぬ凄《すご》みがあった。ギラードは苛立たしげにため息をつくと、ゆっくりとうなずいた。「ああ、異議なしだ」

「結婚?」マデリンはそのひとことを、罰当たりな言葉であるかのように繰り返した。

　それから、わめいた。「犠牲ですって?」

14

「大たる者よ。妻を自分よりも弱い器であることを認めて、尊びなさい」
――新約聖書「ペテロの第一の手紙」三章七節

「だれとも結婚するもんですか」マデリンはどなったつもりだったが、喉を締めつけられたような声しか出なかった。ギラードが異議を唱えなくても、彼女はきっぱり異議を唱えるつもりだった。

ダンカンはもう心を決めているようだった。彼はマデリンが逃げようともがくのを無視して、婚礼の儀をはじめるよう司祭に合図した。

ロレンス神父はあたふたして、決まりきった文句さえほとんど思い出せずにいたが、マデリンは怒りでそれどころではなかった。絞め殺しそうな勢いで体を押さえつけている男性に向かって、わめき散らすので精いっぱいだった。

ダンカンが彼女を妻にすると誓うのを聞いて、マデリンはかぶりを振った。そしてロレンス神父から、ダンカンを夫にするかと訊《き》かれて、マデリンは即座に答えた。「いいえ、いやです」

するといっそうきつく締めつけられて、マデリンは骨が砕けてしまうと思った。

ダンカンは彼女の髪をつかむと、後ろにねじって自分のほうを向かせた。「もう一度答えるんだ、マデリン」

彼のまなざしを見て、マデリンは危うく心変わりしそうになった。「その前に、手を離して」

ダンカンは彼女が従うものと思って手を離すと、ふたたび肩に手をまわした。「もう一度訊いてくれないか」くたくたになっている神父にいった。

ロレンス神父はいまにも気絶しそうだったが、しどろもどろに質問を繰り返した。

マデリンははいともいいえともいわずに黙りこんだ。ここにいる面々なら、朝まで立たせておけばいい。こんないんちきな結婚を無理強いされるつもりはなかった。

ギラードの行動は予想外だった。ダンカンを殺しそうな顔をしている。彼が剣の柄《つか》に手をかけて一歩前に出るのを見て、マデリンははっとした。どうしよう、ダンカンに異議を申し立てるつもりだ。「あなたを夫とします、ダンカン」彼女はギラードの瞳に迷いを見て、さらにいった。「心から誓います」

ギラードの両手がだらりと垂れて、マデリンはほっと胸を撫でおろした。

アデラがエドモンドとギラードの後ろに来て、マデリンにほほえみかけた。エドモンドもにこにこしているのを見て、マデリンはふたりをどなりつけたくなったが、ギラードの激しいまなざしを見て口をつぐんだ。

ロレンス神父はそれから大急ぎで式を進め、最後にもごもごと祝福の言葉を述べると、暇乞いをして、逃げるように広間から出ていった。真っ青になっていたから、きっとダンカンが怖かったのだろう。マデリンは無理もないと思った。

ダンカンがようやく体を離したので、マデリンは彼に食ってかかった。「こんなの嘘っぱちだわ」ギラードに聞こえないように声を押し殺した。「司祭はまっとうな祝福も与えてくれなかったじゃないの」

ダンカンがほほえんでいるのを見て、マデリンはさらにいった。「あなたはけっして過ちを犯さないといったわね、ダンカン。今度ばかりは違うわ。あなたは自分の人生を台なしにした――なんのために？　わたしの兄に永遠に復讐《ふくしゅう》するためよ。そうでしょう？」

「マデリン、この結婚は本物だ。わたしの部屋に行って、待っていてくれないか、妻よ。すぐ行く」

ダンカンが〝妻〟とわざと強調したので、マデリンは驚いて彼を見あげた。瞳に温かな光が宿っている。〝わたしの部屋〟ですって？

アデラの手が肩に触れて、マデリンは飛びあがった。なにもかも大丈夫よとなだめてくれたが、言葉でいうのは簡単だ。狼につかまったのは、彼女ではないのだから。

とにかく、この場を離れなくてはならない。考えることがたくさんある。マデリンはスカートを持ちあげると、のろのろと広間の出口に向かった。

出口まで来たところで、エドモンドに引きとめられた。彼はマデリンの腕に手を置いていった。「きみを家族の一員として歓迎する」

エドモンドが真剣な顔をしていたので、マデリンはまたかっとした。しかめ面のほうがずっといい。「わたしに笑顔を見せないで、エドモンド。さもないと、ほんとうに引っぱたくわよ」

エドモンドが目を剝いたので、マデリンは満足した。

「たしか、まったく逆の理由で引っぱたくと脅かされたような気がするが、マデリン」

マデリンは彼がなにをいっているのかさっぱりわからなかった。わかりたいとも思わない。頭のなかは、もっと重要なことでいっぱいだった。マデリンは手を引き抜くと、夕食を喉に詰まらせればいいんだわとつぶやいて広間を出た。

ギラードがあとを追おうとしたが、エドモンドに引きとめられた。「マデリンはもう兄上の奥方だ、ギラード。そのことを尊重しなくてはな」ダンカンに聞かれないように、低い声でいった。ダンカンはふたたび彼らに背を向け、暖炉の火を見つめている。

「わたしならマデリンを幸せにできたはずだ、エドモンド。マデリンはこれまで、さんざんつらい思いをしてきた。彼女には満ち足りた日々を過ごす権利がある」

「おまえの目は節穴か？　マデリンがダンカンをどんな目で見ているか……そしてダンカンが彼女をどんな目で見ているか、気づいていないのか？　ふたりは愛し合っている」

「それは思い過ごしだ」ギラードはいいはった。「マデリンはダンカンを憎んでいる」

「マデリンはだれも憎んでいない。憎むことができないんだ」エドモンドはギラードにほほえんだ。「おまえはただ、ほんとうのことを認めたくないんだ。なぜわたしがマデリンにあれほど腹を立てていたと思う？　最初から彼女の魅力に気づいていたからさ。彼女が寝こんでいたとき、ダンカンは片時もそばを離れなかったじゃないか」

「あれはただ、責任を感じていたからだ」ギラードはなおもいった。

ギラードは必死で食いさがったが、エドモンドの考えにしだいに傾いていった。

「ダンカンはマデリンと結婚したいからそうするんだ。おまえならわかるだろう、ギラード、ダンカンが恋をして結婚するのがどんなに素晴らしいことか。いまの時代にはめったにないことだ。どこの土地も手に入らないし、ただ陛下の不興を買うだけなのに」

「ダンカンはマデリンを愛していない」ギラードはつぶやいた。

「いいや、愛しているとも」エドモンドはいった。「そのことにまだ気づいていないだけだ」

ダンカンはふたりの弟にはまったく注意を払わずに、明日のことをもう一度考えていた。使者は、マデリンを引き渡さなければ夜明けと共に攻撃するとほのめかしていたが、どうせはったりだろう。それが残念だった。ラウドンに忠誠を誓っている者たちと、もう一度戦いたくて仕方がない。だが、城壁の外で凍えているお粗末な集団は、あるじの考えに異議を唱えて戦うほど間抜けではないだろう。彼らは数のうえでも、戦闘技術でもまさっていると思いこんでいるが、ラウドンはおそらく、王を煩《わずら》わせることなく妹の奪還を試みたと、王の前で胸を張りたいだけだ。

ダンカンはその結論に納得して、これからの人生に思いを馳せた。

ウェクストンの領主が夫であることを、マデリンはそう簡単には受け入れないだろう。だがどれほど長くかかってもかまわないと、彼は自分にいい聞かせた。もっとも、平和な日々を過ごしたいなら、新しい生活に折り合いをつけるのは早ければ早いほどいいが。

マデリンのことは、名誉にかけて守るつもりだった。勇気と信頼をくれた彼女に背を向けることはできない。それに彼女をラウドンのところに帰すのは、ライオンの檻《おり》に子どもを入れるようなものだ。

「くそっ」小声でつぶやいた。はじめてマデリンに触れたときからわかっていた。この女性を二度と離さないと。

マデリンはほんとうに楽しませてくれる。彼女に口だしされるようになってはじめて、いかに頑なな人生だったかわかった。あの無邪気なまなざしで見あげられただけで体が反応する。彼女の首を絞めることを考えていないときは、キスすることばかり考えてしまう。ラウドンが彼女の兄だろうと関係ない。マデリンはあの男と違って、黒い魂は持っていない。無垢な心の持ち主で、こちらの斜に構えた考えをことごとく揺さぶるほど愛にあふれた女性だ。

ダンカンはほほえんだ。部屋に行ったら、マデリンはどんな顔をしているだろう。怯えているだろうか？　それとも、いつもの落ち着き払った表情に戻っているだろうか？　花嫁は子猫だろうか、雌トラだろうか？

彼は広間を出て、アンソニーを見つけた。アンソニーから結婚を祝福されると、彼は夜間の見張りについてさらに指示を与えた。

それから、いつものように湖で泳いだ。マデリンに心の準備をさせるためだ。彼女がかっかして広間を飛びだしてから、かなりの時間がたっていた。

そろそろ頃合いだった。彼は階段を一段おきにのぼった。夫婦の契《ちぎ》りを結ぼうとマデリンを説得するのは簡単ではないだろう。だが、どんなに忍耐を強いられようと、力ずくでそうするつもりはなかった。時間はかかるだろうが、マデリンは進んでみずからを捧げてくれるはずだ。

癇癪を起こさないと心に誓っていたが、その誓いは、自分の部屋にだれもいないとわかったときにさっそく破れそうになった。苛立ち混じりにため息をついて、すぐさま塔の部屋に向かった。

本気で隠れようと思っているのか？　そう思うとおかしくなって、笑みがこぼれた。だがマデリンの部屋のドアにかんぬきが掛かっていることがわかると、笑顔は引っこんだ。

マデリンはまだ不安におののいていた。取り乱す一歩手前の状態で自分の部屋に戻ったが、それからモードたちが入浴の準備をはじめたので、深いたらいがお湯で満たされるまでしばらく待たなくてはならなかった。ふだんどおりに夜の仕事をはじめているモードにマデリンは感謝しているように振る舞おうとしたが、モードとふたりの従僕がお湯の入った桶《おけ》を運ぶ作業は、いつ終わるともしれないほど時間がかかった。これでは、かんぬきを掛ける前にダンカンに見つかってしまう。

かんぬきに使う板は、隠したときのままベッドの下にあった。その重たい板を金属の輪に滑りこませてようやく、マデリンはほっとため息をついた。

両肩の筋肉がずきずきと痛んでいた。緊張して、気分も悪い。そしてどんなに考えても、納得のいく理由がひとつも思い浮かばなかった。ダンカンは、ラウドンを怒らせるためにわたしと結婚したの？　レディ・エレナはどうなるの？

マデリンはゆっくりと時間をかけて入浴した。髪はゆうべ洗ったから、今日は洗わなくていい。波打つ髪をリボンで頭のてっぺんにまとめたが、たらいから出るころにはほとんど肩にこぼれていた。

入浴しても、少しも穏やかな気分にならなかった。心配で仕方がない。怒りでわめき散らしたかった。屈辱でむせび泣きたい。そうしない理由はひとえに、どちらにするか心を決められないからだった。

たらいから出たちょうどそのとき、ダンカンが階段をのぼってくる足音が聞こえた。ローブを取ろうとして手が震えたが、ただ寒いからだと自分にいい聞かせた。

足音が止まった。ダンカンがドアのすぐ外にいる。マデリンはにわかに新たな恐怖に襲われ、情けないことにドアからいちばん遠い部屋の片隅に走った。そして子どものようにぶるぶる震えながら、木の板を透かしてこちらが見えるはずはないといい聞かせて、大急ぎでローブの紐を結んだ。そんなふうに怯える必要は少しもないのに。

「マデリン、ドアから離れろ」

妙に穏やかな声なのが意外だった。マデリンは眉をひそめて、彼がドアを開けろと凄むのを待った。どうしてドアから離れてほしいのかしら？

ものすごい音がした。マデリンは飛びすさった拍子に石壁に頭をぶつけ、かんぬきの板が小枝のように折れるのを見て、あっと声をあげた。しっかりと組み合わせた両手をほどけるものなら、十字も切っていただろう。

扉板を、彼はいともたやすくばらばらにした。

彼はマデリンを自分の部屋に引きずっていくことしか考えていなかったが、彼女が部屋の片隅で縮こまっているのを見て怒りを和らげた。それに、近づく前にマデリンが窓から身を投げる恐れもあった。いまの彼女は、そんなことをやりかねないほど怯えきった顔をしている。

彼はわざと長々とため息をつくと、さりげなく戸口にもたれた。そしてマデリンにほほえみ、彼女が落ち着きを取り戻すのを待った。

穏やかな言葉で説得して、マデリンのほうから来てもらいたかった。

「ノックぐらいしたらどうなの、ダンカン」

彼女の態度は瞬く間にがらりと変わった。マデリンはもう片隅で縮こまらずに、万にひとつも身投げなどしそうにないまなざしでにらみつけていた。むしろ、こちらを突き落としかねない。

彼は笑いたいのをこらえた。マデリンの自尊心を傷つけないようにするのは、ふたりにとって重要なことだ。彼女には後ずさらないでもらいたかった。「では妻よ、ノックしたらドアを開けてくれたのか？」なだめるようにいった。

「妻と呼ばないで、ダンカン。あの誓いは無理やりいわされたのよ。それに、わたしのドアになんてことをしてくれたのかしら。気の利かないあなたのせいで、隙間風がヒュウヒュウ吹きこむところで眠ることになるわ」

「ほう、それならノックしたら開けてくれたのか？」ダンカンはマデリンがかっかするのを心底楽しんでいた。エドモンドのいうとおりだ。マデリンは偉そうなことこのうえない。まったく、〝わたしの〟ドアだと。

マデリンの姿はほんとうに見ていて飽きなかった。肩の下まで波打つ巻き毛が、暖炉の炎に照らされて深みを帯びた赤い色に輝いている。両手を腰に当て、背筋をしゃんと伸ばしているが、ローブの合わせ目が腰のあたりまで開いて、胸の谷間を惜しみなく見せていた。

マデリンが隙だらけの状況に気づくまで、どれくらいかかるだろう。大きめのローブの前がさらにはだけかけているが、その下になにも身につけていないことはもうわかっている。ローブの合わせ目からは、膝ものぞいていた。

ダンカンの顔からほほえみがゆっくりと消え、瞳も暗くなった。神経が研ぎすまされて、マデリンに触れることしか考えられなくなった。

マデリンは彼の表情が変わるのを見て、どうしたのだろうと訝った。いま着ているチュニックのように表情が暗くなっている。ああ、こんなにも素敵な人でなければいいのに。

「もちろんドアは開けないわ、ダンカン。それでもノックはすべきでしょう」ばかみたいだと思いながら、わかりきったことを答えた。こんな目で見つめるのさえやめてくれたら……。

「嘘をついたことが一度もないといったな？」ダンカンは彼女の目に恐怖が戻るのを見ていった。

その問いでマデリンがいっとき警戒を緩めた隙に、彼はゆっくりと部屋に入った。

「わたしはいつだって真実を口にしてきたわ。それがどんなにつらいことでも」マデリンは答えた。「そのことはもう、あなたもよく知っているはずだけれど」不愉快そうに顔をしかめて、もっといってやろうと彼のほうに踏みだした。ロープが長すぎるのと、通り道にちょうどたらいが置いてあるのを忘れていなければ、実際そうしていただろう。だが彼女はローブの裾を踏んでつまずき、つま先をたらいにぶつけた。ダンカンが体を捕まえてくれなければ、たらいのなかに倒れこんでいた。

彼に腰をつかまれたまま、マデリンは痛むつま先をさすった。「あなたに近づこうとするたびに、どこかしらけがをしてしまうんだから」

マデリンはぶつぶつつぶやいたが、ダンカンにはぜんぶ聞こえていた。彼はすぐに反論した。「わたしが傷つけたことはない」

「あら、傷つけるといって脅かしたことならあるわ」マデリンは立ちあがって、彼に腰をつかまれていることに気づいた。「離してちょうだい」

「わたしの部屋まで、きみを麻袋のように担いでいこうか？　それとも、新妻らしくわたしに付き添って歩いてくれるか？」

彼はゆっくりとマデリンの体をまわして、自分のほうを向かせた。

マデリンは彼の胸を見つめていた。ダンカンはその顎をそっと押しあげた。「どうして放っておいてくれないの？」しまいに目が合うと、マデリンがいった。

「そうしようとしたんだ、マデリン」

マデリンは彼の声にそっと体を撫でられたような気がした。夏のそよ風のように優しい。

彼は親指でゆっくりと顎をなぞっていた。こんなさりげない愛撫に、どうしてこんなにも心がかき乱されてしまうのだろう。「わたしを惑わそうとしてるんでしょう」彼の親指が敏感な下唇に動いたが、マデリンは身を引かなかった。

「惑わせているのはきみのほうだ」彼はかすれた声でいわれて、マデリンは鼓動が早まるのを感じた。息をするのがやっとだ。舌先が、彼の親指に触れていた。いま許せるのはここまで。それでも、ささやかな快感に両脚がぞくぞくする。わたしが惑わしているですって？それは、彼にキスされるのと同じくらいうれしい言葉だった。いまここでキスしてほしい。一度だけ。それから、部屋に帰ってもらおう。

ダンカンはひと晩じゅう立ったままでもかまわないようだった。マデリンはしびれを切らして腰から彼の手をどけ、つま先立って、顎にさっとキスした。

彼がなんの反応も示さなかったので、マデリンは少し大胆になって両肩に手を置いたが、彼の体がこわばるのを感じてためらった。「これからするのは、おやすみのキスよ」自分の声とは思えなかった。「たしかにあなたにキスしたいわ、ダンカン。でも、わたしが許すのはそれだけよ」

彼は動かなかった。息をしているかどうかもわからない。さっきの台詞で怒っているのか喜んでいるのかもわからなかったが、唇が触れてわかった。ダンカンも同じくらいキスするのが好きなのだ。

マデリンは満足のため息を漏らした。

ダンカンは苛立たしげにうなった。

彼はマデリンが舌で求めてくるまで応じなかった。そうなってはじめて、自分も舌を深々と差し入れて主導権を取った。

マデリンはキスをやめたくないことに気づいて、唇を離した。

彼は逆らわずに、彼女の次の動きをじっと待った。まるで予測がつかない。

マデリンは目をあげることができないようだった。頬を真っ赤にしているところを見ると、恥ずかしいのだろう。

彼はいきなりマデリンをひょいと抱きあげて、ローブの合わせ目から膝がのぞくのを慌てて隠そうとしている彼女にほほえんだ。けがで寝こんでいたとき付き添っていたことを思えば、そんな気づかいは見当違いだといいたかったが、マデリンが身を固くしていたので、そのことには触れないことにした。

階段を途中までおりたところで、マデリンは彼と夜を過ごす準備がなにもできていないことに気づいた。「ナイトガウンを置いてきたわ」おずおずといった。「昼間の格好のまま寝るわけではないけれど、このローブはぶかぶかで――」

「なにもいらない」ダンカンはさえぎった。

「いいえ、必要よ」マデリンはつぶやいた。

ダンカンはなにもいわなかった。彼の寝室のドアがバタンと閉まって、マデリンは言い合いに負けたことを悟った。もう彼の部屋のなかにいる。

彼はマデリンをベッドにおろすと、ドアに戻って、金属の輪に木の板を通した。それから振り向いてゆっくりと腕組みをし、ほほえみを浮かべた。

彼の頰に、ふたたび魅力的なくぼみができた。普通ならえくぼといいたいところだが、彼のように大柄な無敵の戦士にはふさわしくないとマデリンは思った。戦士にえくぼはないだろう。

頭がぼうっとして、うまく考えがまとまらなかった。もちろん、彼のせいだ。そんなふうにただじっと見つめられると、飢えた狼に追いつめられたネズミのような気分になる。

「わざと怖がらせようとしているの？」マデリンの声は怯えていた。

ダンカンは首を振った。どうやら、作り笑顔を見せてもなんの助けにもならないらしい。

「いいや、そんなつもりはない」

彼はマデリンのほうに踏みだしてなだめようとした。「できれば怖がらないでほしいが、処女が初夜を怖がる気持ちはわかる」

マデリンがベッドから飛びおりたので、うまくいかなかったのがわかった。「初夜ですって？　ダンカン、そんなことになるものですか！」

「わたしはそのつもりだ」

「並んで寝るのは仕方がないわ。でも、今夜はそれだけよ！」

「マデリン、わたしたちはもう夫婦だ。はじめての夜に妻と交わるのは当たり前のことだろう」

「女性に結婚を強いるのも当たり前のことなの？」

　ダンカンはわざと肩をすくめた。マデリンが泣きそうな顔をしていたので、また怒らせることにした。そのほうが涙を見るよりいい。「必要なことだ」

「必要？　急場しのぎのつもりだったんでしょう？　答えて、ダンカン。今夜わたしを無理やりものにすることも必要なことなの？」

　マデリンは彼が答える間もなくつづけた。「あなたは結婚した理由を説明することすらしなかった。それは許しがたいことだわ」

「わたしがそんなことまで説明すると、本気で思っていたのか？」声を荒らげて、すぐに後悔した。マデリンはベッドの際まで後ずさって、両手を揉《も》み絞っている。

　ダンカンは気持ちを鎮めようと暖炉の前まで来ると、意識してゆっくりと、チュニックの胸元の紐をほどきはじめた。いましていることを見てほしくて、マデリンから片時たりとも目を離さなかった。

　マデリンは彼のほうを見まいとしたが、彼という圧倒的な存在を無視することはできなかった。日焼けした肌が暖炉の炎を受けて金色に光っている。筋肉の動きで、彼がこれからかがんでブーツを脱ぐのもわかった。

彼に触れたかった。そう思うとたまらなくなって、マデリンは首を振った。触れるだなんて。いまはこの部屋から出ていってもらいたい。でも――彼女はほうっとため息を漏らした――ほんとうの気持ちは違った。

「わたしのことを、ふしだらな商売女だと思っているんでしょう」マデリンは唐突にいった。「そうよ、〝聖職を剝奪《はくだつ》された司祭〟と暮らしていたんですもの……あなたがそういったのよ、ダンカン。そんな女とは契《ちぎ》りを結びたくないはずだわ」

そして、そのとおりであることを祈った。

ダンカンが笑みを浮かべたので、マデリンは彼の体を揺さぶってやりたくなった。

「商売女なら、うぶな処女にはない強みがあるはずだ、マデリン。わたしのいっている意味はわかるな」

いいえ、ちっともわからないと、マデリンは思った。でも、そんなことをいえるわけがないでしょう？　ごまかしがだんだんきかなくなってきた。

「強みなんてないわよ」マデリンは小声でいった。

「それは、自分も含めてという意味か？」

マデリンは降参した。自分は商売女ではないし、彼もそのことは承知している。

ダンカンはいった。「商売女なら、男を喜ばせるあらゆる手だてを知っているものだ、マデリン」

「わたしは商売女じゃない。それはあなたも知っているはずよ」

ダンカンはにっこりした。こんなふうに正直なところがとてもいい。裏切りには慣れているが、マデリンならこれからもけっして嘘をつかないとわかる。

ダンカンは服をぜんぶ脱いでしまうと、ベッドのそばに来た。マデリンは立ったまま背を向けている。彼が上掛けをぱっとめくってベッドに横たわると、マデリンはそれとわかるほど肩をこわばらせた。彼は振り向いてろうそくを消し、大きなあくびを漏らした。マデリンがこちらを見ていたら、真っ赤な嘘だと気づいただろう。臆病な彼女のようにうぶな女性にもはっきりとわかるほど、彼は昂《たか》ぶっていた。今夜は長い夜になる。

「マデリン」

苛立っている彼からそんなふうに名前を呼ばれるのが、マデリンは嫌いだった。いつも語尾を引き延ばすので、ただ〝レイン〟と聞こえる。

「わたしの名はレインじゃない」

「ベッドに入るんだ」

「疲れてないの」ばかげた言い訳だとマデリンは思ったが、いまは怖くて、気の利いた理由を思いつけなかった。マルタの話をもっとちゃんと聞いておけばよかった。でも、もう遅い。ああ、気分が悪くなりそう。そう思うと、胃がむかむかしてますます不安になった。

「どうしたらいいの？」

苦しげなささやきは、ダンカンの胸に刺さった。「マデリン、天幕で過ごした最初の夜を憶えているか？」

かすれた声を聞いて、マデリンは彼がなだめようとしているのだと思った。

「あの夜、約束したはずだ。けっして無理強いはしないと。これまで、わたしが約束を破ったことが一度でもあったか？」

「そんなこと、わかるわけがないでしょう」マデリンはいい返した。「これまで、なにかを約束してくれたことなんて一度もないくせに」彼に捕まらないように気をつけなくてはと振り返ったのが間違いだった。ダンカンは体になにも掛けていない。狼のように素裸だ。マデリンは毛布をつかんで、彼の上に放った。「体を隠して、ダンカン。慎みがないわよ。そんなふうに……脚を見せるなんて」

マデリンはまた赤くなっていた。ダンカンは何気ないふりをあとどれくらいつづけられるだろうと思った。「きみがほしい、マデリン。だが、きみにもその気になってもらいたいんだ。たとえひと晩じゅうかかろうとも、きみのほうから懇願するようにしてやる」

「懇願なんてしないわ」

「するさ」

マデリンはダンカンの瞳をのぞきこんで、ふざけていっているのか見きわめようとした。けれども、彼の表情からはなにも読みとれない。やきもきしたあげく、しまいに尋ねた。

「約束する？　ほんとうに無理強いしないのね？」

ダンカンはわざわざむっとした表情を見せつけてうなずいた。今夜は大目に見るが、そんなふうに何度も念を押すものじゃないと、明日になったらいい聞かせよう。

「あなたを信じるわ」マデリンはささやいた。「不思議ね。あなたのことはいつも信じていたのよ」

「わかっている」

その傲慢な言葉に、マデリンはほほえんだ。そしてふたたび安らかな気持ちになって、ほっとため息をついた。「ナイトガウンを持ってこさせてくれないなら、あなたのシャツを着させてもらうわ」

マデリンは彼の返事を待たずに櫃に近づくと、蓋を開けてなかをかきまわし、シャツを見つけた。ダンカンが見ているかわからなかったので、彼に背を向けたままローブを脱いでシャツをかぶった。

服は膝まで隠れるほど大きかった。マデリンはさっと毛布の下に潜りこんで、ダンカンにぶつかってしまった。

それから、たっぷりと時間をかけて毛布を整えた。彼に触れるわけにはいかないけれど、少しは近づいてぬくもりを感じたい。さんざんもぞもぞ動いたあげく、ようやく落ち着いてため息を漏らした。ダンカンが、もうくたびれていたらいいのに。ほんとうは、彼の上に引っぱりあげてもらいたかった。体をつかまれて引っぱりあげられるのには慣れているし、正直いってちょっぴり好きだった。しまいにはいつも安らかな気持ちになって……まるで愛されているような気分になる。もちろん独りよがりの妄想だけれど、それだけなら罪にはならないでしょう？

ダンカンはマデリンがなにを考えているのか計りかねていた。ベッドに入らせるだけで、気が遠くなるほど時間がかかっている。身を切るような湖水で泳ぐ日課も、いま耐えている試練に比べればどうということはなかった。だが、それだけの価値はあるはずだ。そう思って肘をついて体を起こし、隣を見た。毛布の下に隠れているものと思っていたのに、マデリンがこちらを見あげていた。「おやすみなさい、ダンカン」彼女はほほえんでささやいた。

ダンカンはそれだけでは足りなかった。とても足りない。「おやすみのキスをするんだ」

傲慢な口調だったが、マデリンは不愉快には思わなかった。「おやすみのキスならもうしたわ」優しくいった。「もう忘れてしまうなんて、そんなにどうでもいいことだったのかしら?」

からかっているのか? 彼は、マデリンが安心しているから――そして満ち足りているからそんなことをいうのだろうと思った。夫を信頼しているのだ。そのことはうれしかったが、下半身が疼いて集中するのがますますむずかしくなっていた。マデリンの口から目を逸らせなくて、そろそろと引き寄せられるように唇を近づけずにはいられなかった。彼女が逃げようとしても動けないように、片腕を腰にまわした。キスを無理強いはしないと、自分にいい聞かせる。マデリンが納得するようなやり方が見つかるまで、ただ隣に引きとめておくだけだ。

どんな頑なな心でもとろかすつもりで唇を重ね、舌を差し入れて貪欲《どんよく》に交わろうとした。喜びを与えたいという思いは、マデリンの舌が触れ、彼女の手がそっと頬を撫でたときに報われた。

彼はマデリンのため息をとらえて、じっくりとキスした。彼女の首筋に手を這わせ、激しく脈打つ部分を親指でものうげに愛撫した。

マデリンは彼のぬくもりにもう少し近づきたかった。彼にキスするのが、このうえなく正しいことのような気がする。両手を首筋に滑らせると、彼が低いうなり声を漏らして喜びを示したので、唇を重ねたままほほえみを浮かべた。

彼は頭をあげてマデリンを見た。満足しきった表情を浮かべている。赤くなった唇を濡らし、瞳をきらめかせている彼女がいとしくて、気がつくとほほえみ返していた。それから指先でおずおずとうなじを撫でられて、またキスせずにはいられなかった。下唇を甘嚙みして、マデリンの体を自分の上に引っぱりあげる。マデリンは楽しそうに笑ったが、彼はじれてうなり声を漏らした。

キスはさらに熱く、激しくなった。彼は両手でマデリンの顔を挟み、彼女がキスに応じはじめると欲望を剝きだしにした。

マデリンはうめいて体をすりつけると、つま先で彼の脛《すね》に生えた毛をさすりはじめた。ダンカンは太腿で彼女の足を挟みこんでその動きをやめさせた。唇は片時も離さない。マデリンが差しだしている甘い口のなかを舌で探って、じっくりと堪能した。

いくら味わっても足りなくて、キスは荒々しい奪い合いになった。彼の手は口と同じように奔放に動いて、肩から腰にいたる温かい道筋をざわつかせ、なだめながら上下に動いた。気の遠くなるような快感に、マデリンの体はさらに震えた。なにも考えられない。このままではわれを忘れて、抜けだせなくなってしまう。彼女の頭は、はじめて味わうそのなまめかしい感覚にすっかり支配されていた。

彼の腕のなかで身もだえした。体が熱いものを求めている。そのとき、太腿の付け根にいきり立ったものを感じてぎょっとした。思わず離れようとしたが、彼の熱いキスがあらゆる不安を押しやってくれた。信じられないくらい熱い。頭のなかの理性的な部分は親密な営みを拒んでいたが、体は本能的に彼を捕らえて、太腿のあいだに挟みこんでいた。はじめはその熱をじっと感じているだけだった。そのうち彼が腰を動かして自分自身をすりつけはじめたので、押しやって止めようとしたが、彼が動くほど抵抗は弱々しくなった。絶え間なく愛撫されて、体の奥底に眠っていた欲望に火がついている。ほどなく彼にしがみつき、離すまいと彼の背に爪を突き立てていた。

ダンカンは彼女が高まる欲望に怯えていることを感じ取って、彼女の尻を乱暴につかみ、抱きあげて体にぴったりと沿わせた。彼の喉の奥深くから聞こえる妖《あや》しく誘うような音に促されて、マデリンはわれを忘れ、本能のおもむくままにキスを返した。

彼女の奔放な反応にダンカンは理性を失いそうになった。唇を無理やり離し、首筋に熱いキスを降らせて冷静さを取り戻そうとしたが、自制するのは並大抵のことではなかった。いまはもう、彼女のなかに入って身も心もすっかり満たすことしか考えられない。だが、まだ早すぎる。肩の力を抜け、彼女にもう少し時間を与えろと自分にいい聞かせたが、口と手がいうことを聞かなかった。マデリンに触れずにはいられない。彼女のにおいで、気を逸らされてばかりだ。これほど激しい情熱に駆られるのははじめてだった。試練がまだつづくことを思うと、爆発しそうになる。

ダンカンの腰にしっかりと両腕を巻きつけていたマデリンは、彼の振る舞いを止めようと深々と息を吸いこみ、必死で自制心を取り戻そうとした。けれども、口と舌でじらすように首筋を責められ、耳元で大胆な言葉をささやかれたのでは、ろくに考えることもできなかった。

彼は美しいといってくれた。なにがしたいか、みだらな言葉でささやいてくる。きみがほしくて、どうかしてしまいそうだと……。額にキスしようと、顔にかかる髪を押しやった彼の手が震えていたので、ほんとうにそう思っているのだとわかった。

どんなに抵抗しようと、彼ならたやすく押さえこめることはわかっていた。けれども、いまはその強さが怖くない。やめてほしいなら、ただそういうだけでいいのに、彼は無理強いしない。一緒にいるとき、触れるときはいつも、彼は力を抑えている。花嫁と愛を交わすのに、込みいったやり方でその気にさせようとしている。優しい愛撫と、甘く秘密めいた約束で。

少しでも距離を置くことができたら、もう一度落ち着いて考えられるかもしれない。そう思って、マデリンはごろりと転がって離れようとした。

彼は離れなかった。気がつくと毛布がなくなっていて、体のほとんどを彼が覆っていた。むきだしの足をからみ合わせたいま、彼女の純潔を守るのは薄いシャツだけだった。

彼はその裾をそろそろと胸の上まであげ、マデリンがやめてという間もなくシャツを脱がせた。拒むどころか、協力したかもしれない。

そして彼の胸が乳房に触れた瞬間、用心や慎ましさといった考えはすべて消し飛んでしまった。

密生した胸毛に乳首を撫でられて、快感のあまり声が出た。そして彼の息づかいが、愛撫と同じくらい欲望をかき立てた。彼の呼吸も同じくらい荒く、不規則になっている。

彼が頭を持ちあげた。暗く、陶然《とうぜん》とした目をしている。

「わたしにキスするのは好き？」

ダンカンは不意をつかれて、いっとき間を置いて答えた。「ああ、マデリン、きみにキスするのは好きだ」彼はほほえんだ。「きみがわたしにキスするのと同じくらいに」

「ええ、わたしも好きよ」マデリンは身震いして、自分の下唇を舌の先でそろそろと舐《な》めた。ダンカンはそれを見てうなり声を漏らすと、少しのあいだ目を閉じ、ふたたび開いた。

このままではどうかしてしまいそうだった。マデリンがほしい。いますぐ。だが、彼女の準備がまだ整っていないことはわかっている。この試練には、もうしばらく耐えつづけなければならない——たとえ死ぬことになろうと。実際、死んでしまうかもしれない。

大きく息を吸いこんで、マデリンの美しく弧を描く眉にキスした。それから、鼻筋のそばかすにも——そこが魅力的だといったら、マデリンはおそらく否定するだろうが。

マデリンは息を止めて、唇にキスされるのを待った。けれどもダンカンの唇が首筋に動いたので、キスしてほしい場所に戻そうとした。

「もう一度キスしたいわ、ダンカン」彼女はささやいた。

恥じらいをなくしているのはわかっていた。まるで禁断の炎と戯《たわむ》れているよう。ここまで大それたことができるのは、これまでなんの知識もなかったからだと自分にいい聞かせた。男女の営みがどんなふうか、説明してくれた人はひとりもいなかった。強烈な快感だから用心するようにと注意を促してくれた人もいない。いまやその快感が、理性とせめぎ合っていた。

不意にわかった。心のなかのせめぎ合いは、勝手なでっちあげに過ぎない。自分は、ダンカンのせいで判断力が奪われたことにしようとしている。そうなれば、この行為は彼ひとりのせいで、自分は無理やり罠《わな》にはめられた無垢な女性のままでいられるから。

真実に気づいて、恥ずかしくなった。ダンカンは少しも無理強いしていない。「わたしは臆病者だわ」マデリンはささやいた。

「怖がることはない」彼の声には優しさがあふれていた。

マデリンは説明しようとした。どんなに彼がほしいか、あらゆる言葉を駆使して。今夜だけは彼のものになりたい。愛してもらえるとは思えないけれど、この夢のような夜だけは、彼の約束がほんとうになったふりをしたい。すべてを捧げてもらえなくても、それで充分だった。

「わたしの首に両腕をまわすんだ、マデリン」ダンカンは押し殺した声でいったが、両の乳房に触れる彼の手つきは優しかった。

手のひらで乳房をすっかり包みこまれると、耐えがたいほど気持ちよくて、おのずと体が弓なりになった。

ダンカンはマデリンがあえぐのを無視して乳首を親指で愛撫し、体を下にずらして、固くつぼまったその片方を口に含んだ。ベルベットのような舌で責められ、さらに吸われて、マデリンはなにもわからなくなった。彼の両肩をつかんだまま、身をよじってうめいた。

もう片方の乳首も同じように責められて、両の乳房が腫れあがったような気がした。彼はふたたび体をずらして唇を重ね、長く焼けつくようなキスをしてさらにかき立てた。

ダンカンはそれ以上待てなかった。ほんとうはマデリンがまだ許していないことに気づいていた。彼は顔をあげて、マデリンの瞳に涙が光っているのを見た。「やめてほしいか？」そうはいったものの、そんな離れ業が果たしてできるとは思えなかった。

「どうして泣いているのかいってくれないか、マデリン」マデリンの瞳から最初にあふれた涙を、親指で拭《ぬぐ》った。

マデリンは答えなかった。ダンカンは彼女の髪に手を差し入れ、絹のような巻き毛に指をからめた。「正直に聞かせてくれ。瞳を見れば、きみが燃えあがっているのはわかる。さあいうんだ、マデリン」

その言葉は彼の欲望と同じくらい強引だった。ダンカンはマデリンの体がかっとほてっているのを感じた。落ち着かなげに体を動かしている。

「あなたがほしいと思うのは間違ったことだわ。でも、そうなの」マデリンはささやいた。「あなたがほしくてたまらない。じっとしていられないほど」

「きみはもうわたしの妻だ、マデリン」ダンカンの声はしわがれていた。「わたしたちがしているのは間違ったことじゃない」彼は頭をかがめてふたたびキスした。すべてをさらけだした、焼けつくようなキス。マデリンも熱っぽく応じた。彼女の爪が肩胛骨に食いこむと、ダンカンは不意に体を離した。

「なかに入ってほしいといってくれ。いますぐ。さあ、マデリン」ダンカンはマデリンの瞳を見つめたまま、太腿でそろそろと彼女の脚を開いた。そしてマデリンが気づく前に最も敏感な部分に手を滑りこませ、彼女の情熱的な反応を余すところなく見届けながら、熱く濡れるまで優しく愛撫した。

蜜壺をゆっくりと指で貫くと、マデリンは本能的に体を弓なりに反らした。奔放に乱れる姿がいとしくて、自分まで昇天してしまいそうだとダンカンは思った。信じられないほど熱い。それが、自分のものになるのだ。

「もうやめて、ダンカン。早く来て」

ダンカンはうめいてマデリンの唇をふたたび奪った。滑らかな太腿のあいだにゆっくりと体を入れ、彼女の腰を持ちあげてそろそろと自分自身を沈めた。マデリンは身をよじって、さらに受け入れた。

彼女の純潔を示す壁を感じて、動くのをやめた。「両脚を巻きつけてくれないか……」マデリンの首筋に顔をうずめ、彼女がいわれたとおりにするのを感じて、さらに進んだ。マデリンが痛みに声をあげ、身を引こうとした。「大丈夫だ、いとしい人。痛みはすぐにおさまる。ほんとうだ」

体がなじむまで待ちたかったが、体の疼きにとうとう耐えられなくなって動きはじめた。はじめはゆっくりと、それから欲望に駆り立てられるままに力強く。彼はふたりのあいだに手を入れ、指先でマデリンを燃えあがらせた。

マデリンはすぐに痛みを忘れた。自分のなかに、彼がすっかりおさまっている。彼の動きに合わせ、体を反らしてさらに深く受け入れると、なにもかもが一変した。

彼の力が解き放たれ、マデリンを包みこみ、貫いていた。マデリンはその力を賛美し、柔らかい鞘《さや》になろうとした。ふたりはたがいの一部となり、それぞれの身も心も、魂までもが相手のものになっていた。

マデリンは自制を忘れ、手が届きそうで届かない未知の喜びを得ようと大胆に求めた。夫――愛する人に身を委ねたのはひとえに、彼がその身を委ねてくれたからだった。

彼は耳元であからさまな言葉をささやいていたが、うねるような快感の荒波に翻弄されるうちに、なにをいわれているのかわからなくなった。引き寄せ、なだめ、求める力を感じるだけで、なにも考えられない。

絶頂は強烈だった。マデリンは彼の名を叫んだ。怖くて、心もとなくて、でも守られている気がした。そして、こんなにも求められている。

それに応じるように、ダンカンもみずからを激しく解き放って、荒々しくうなった。マデリンの名を呼び、彼女をのみこんでしまいそうな勢いでひしと抱きしめる。それからぐったりと力を抜いて、心底満足そうに彼女の名をつぶやいた。

ふたりとも汗で濡れていた。愛の営みの麝香《じゃこう》のようなにおいが漂い、情熱の靄《もや》がふたりを取り巻いている。マデリンが彼の肩をそっと舐めると、塩辛い味がした。

ダンカンには、彼女から体を離す力も残っていなかった。

こんなに満足したことはなかった。しばらくして、ようやくまともに考えられるようになってはじめて、肘をついてマデリンを見た。頬を染め、目を閉じている。ふたたび臆病な子猫に戻ったのを見て、彼はほほえんだ。まったく、あれほど奔放に応じていたくせに、なにをいまになってはにかむのだろう。マデリンに引っかかれた肩の傷は、少なくとも一週間は残りそうだった。

「痛かったか？」

「ええ」マデリンはおずおずと答えた。

「とても？」心配になって尋ねた。

「少しだけ」

「気持ちよかったか？」

マデリンは彼を見あげて、彼が傲慢な笑みを浮かべていることに気づいた。「ええ」

「少しだけ？」

ほほえんで首を振ったマデリンは、不意に気づいた。ダンカンが満足したか自分が知りたいのと同じくらい、彼も妻がどんなに満足したか知りたいのだ。「とてもよかったわ、ダンカン」

ダンカンは大いに満足してうなずいた。マデリンが満たされたことはわかっていたが、彼女が自分を偽らなかったことで、喜びはいっそう深まっていた。「きみは情熱的な女性だ、マデリン。少しも恥ずかしがることはない」彼はじっくりとキスをし、彼女がもうおどおどしていないのを見てうれしくなった。マデリンの瞳の色が濃い青に変わっている。それだけで、ふたたびわれを忘れて彼女に溺れてしまいそうだった。

彼は不意に、無防備になった気がした。どうしてそんなふうに感じるのかはわからない。自分には理解のおよばない、なじみのない感覚。マデリンから身を守らなければ、サムソン（旧約聖書に登場する古代イスラエルの英雄。愛人デリラの策謀で命を落とす）にされてしまう。マデリンはデリラより魅力的だ。うかうかしていると、骨抜きにされてしまうのではないだろうか。

ダンカンは眉をひそめてごろりと横に転がると、マデリンの髪をいくらか巻きこみながら頭の下で両手を組んだ。マデリンが自由になろうともがくのをよそに、彼はしばらく天井を見つめた。

彼は目の前に突きつけられた真実と折り合いをつけようとしていた。これまできちんと向き合わなかった時間が長すぎた。自分自身に正直になれるのは、マデリンに触れているときだけだ。そんなときはどれほど力を振りしぼろうと抑えがきかなくなる。マデリンは、いまや欠かせない存在になってしまった。彼女の力にはほんとうに不安になる。ふだんはこんな心もとない気持ちになることはないのに。

マデリンは毛布を顎まで引っぱりあげて仰向けに横たわったが、夫がひどく顔をしかめていることに気づいて、たちまち不安になった。がっかりさせてしまったのかしら？　自分が少々引っこみ思案で臆病なのはわかっていた。「後悔しているの、ダンカン？」

彼のほうを見る勇気がなかった。マデリンはいたたまれない気持ちを悟られまいと目を閉じた。

「少しも」

噛みつくようにいわれて、マデリンは安心するどころか傷ついてしまった。愛の営みの満ち足りた余韻は消え、みじめな挫折感《ざせつ》が取ってかわった。彼女は泣きだした。

ダンカンはマデリンにあまり注意を払っていなかった。

彼はたったいま受け入れた真実にたじろいでいた。なにかというと盾突き、いまや死人も起きだすほどやかましく泣きじゃくっている気まぐれなこの女性が、いきなり心のなかに飛びこんできたのだ。

不意に、マデリンが前に話してくれた英雄アキレウスのように弱みをさらけだした気がした。アキレウスはかかとが弱点だとわかって、あまりいい顔をしなかったろう。たぶん、いまの自分が腹を立てているように、アキレウスも腹を立てたはずだ。

どうすればマデリンから自分を守れるのか、さっぱりわからなかった。この状況を考えるには、時間だけでなく、距離もとる必要がある。なぜなら、マデリンがそばにいるときはなにひとつ考えられなくなるからだ。そう思うと、なおさら腹が立った。

ダンカンは長々とため息をついた。マデリンがいま望んでいること——夫にしてもらいたいことはわかっている。彼は苛立たしげにうめくと、毛布をぱっとめくってマデリンを抱き寄せた。そして泣くんじゃないと声をかけたが、マデリンはかまわず泣きつづけて、彼の首を涙でぐっしょり濡らした。

マデリンは彼に、あなたなんか嫌いよといってやるつもりだった。二度と口をきくもんですか、あなたほど無神経でがまんのならない男性は見たこともないと……。けれども、まずは泣きやむのが先だ。さもないと、怒っているとは思われずに、ただのみじめな繰り言だと思われてしまう。

「いまになって後悔しているのか、マデリン？」ダンカンは泣き声をがまんしきれなくなって尋ねた。

マデリンはうなずいて、彼の顎に頭をぶつけた。「ええ。だって、あなたの期待を裏切って、喜ばせることができなかったのよ。そんなに顔をしかめて嚙みつくように返事をされたんだもの、そうとしか思えない」

ダンカンにしてみれば、寝耳に水の言葉だった。マデリンは、夫を満足させられなかったと思って泣いていたのだ。彼はおかしくなって笑みをこぼした。

マデリンはやにわに彼の腕を振りほどいて、ふたたび頭をぶつけた。「二度と触れないで」

一糸まとわぬ姿であることをすっかり忘れているマデリンを見て、彼の体はすぐに反応した。マデリンは斜め座りするように両脚を曲げ、こちらを向いて横たわっている。彼女のふっくらとした豊かな乳房とバラ色の乳首にはあらがえなかった。彼は手を伸ばして、片方の乳首をさっと親指で撫でた。マデリンが手を払いのける前に、乳首は固くつぼまっていた。

マデリンは毛布で胸を隠そうとしたが、彼はやすやすと毛布を奪い取って床に落とした。マデリンは毛布を拾いにいこうとしたが、腕をつかまれて、彼の胸の上にぐいと引っぱりあげられた。

彼はマデリンの両手をつかんでにんまりしたが、両脚のあいだの無防備な場所を膝で探りあてられて笑顔を引っこめた。

マデリンの脚を自分の脚で押さえつけて、うまい具合に抵抗を封じた。それから彼女の両手を離して、ゆっくりと頭を抱き寄せた。マデリンの心臓が脈打っているのがわかる。彼女の怒りをキスでなだめたくてたまらなかったが、あと少しで唇が触れ合うというところで、彼は動きを止めた。「いいか、きみは不器用じゃない。ただうぶなだけだ。それに、きみがこんなに喜ばせてくれるとは思いもよらなかった」

マデリンは彼をじっと見つめていたが、しまいに目に涙を浮かべた。「ほんとうに、ダンカン？　たしかにあなたを喜ばせたの？」

ダンカンはうんざりしてうなずいた。そんなふうに念を押すものじゃないと、明日の朝いちばんにいい聞かせようと誓ったが、そこでさっきもそう誓ったことを思い出した。

マデリンはほっとしたようだった。「あなたも喜ばせてくれたわ」小さな声でいった。

「わかっている」彼はマデリンの頬を伝う涙を拭ったが、その顔に不満げな表情が浮かぶのを見てため息をついた。「わたしに向かって、しかめ面をするんじゃない」

「どうしてわたしを喜ばせたとわかるの？」

「きみがわたしの名を叫んで、お願いと――」

「わたしはお願いなんていっていないわ、ダンカン」マデリンはさえぎった。「大げさにいってるんでしょう」

ダンカンはこれ以上ないほど傲慢な笑みを浮かべた。マデリンはそのことをいおうとしたが、彼に唇をふさがれてなにもいい返せなかった。

熱っぽいキスだった。マデリンは彼の昂ぶったものが押しつけられるのを感じてもどかしげに、そして誘うように腰を動かし、彼をさらに昂ぶらせた。

ダンカンはそっと体を離した。「もう眠ったほうがいい。二度もするのは痛いはずだ」

マデリンはキスで彼の口をふさいだ。こうしてあなたの上になるのが好き――恥じらいながら、そう伝えた。

ダンカンはほほえんだが、なおも眠るようにいった。

「眠りたくない」マデリンは彼の首筋を甘噛みしながら、新たな欲望に身震いした。「いいにおいだわ」それから耳たぶを舌でもてあそんで、彼の気を逸らしつづけた。

ダンカンは歯止めが利かなくなる前にゲームを終わらせようとした。マデリンを傷つけたくない。彼女はうぶだからわからないのだ。

痛いことをわかってもらう必要がある。

彼はそのつもりで、ふたりのあいだに手を滑りこませた。なかに指を入れると、マデリンはうめいて彼の肩に爪を突き立てた。「さあ、これでもほしいか？」欲望でざらついた声になった。

マデリンはゆっくりと体を起こした。痛みと快感がまざりあっている。乳房を彼の胸にすりつけてささやいた。「あなたがほしいわ、ダンカン」

ダンカンは不意に、しがらみが消えてなくなったような感覚を覚えた。いまなら世界を征服できそうな気がする。マデリンが仰向けになろうとしたので、彼は首を振った。

「ほんとうに、お願いといわせるつもり？」マデリンの問いかけは、彼には命令のように聞こえた。彼と同じくらい欲望に駆られて、声が震えている。

マデリンのしかめた眉にキスをして、ゆっくりと彼女のなかに入った。

彼の腰にまたがる形になって、マデリンは満足のうめき声を漏らした。最後に頭をよぎったのは新たな知識だった。仰向けになる必要はないのだ。

15

「あなたたちの宝のあるところには、心もあるだろう」
――新約聖書「ルカによる福音書」十二章三十四節

ダンカンは自分のことを、つねに合理的な人間だと思っていた。さらに頑固で、自分のやり方にこだわるたちだとも思っていたが、そのどちらについても欠点とは考えておらず、型どおりの日課が繰り返されることを好み、決まりきった日々に安らかで快適な生活があると思っていた。大所帯のあるじとして、秩序と規律は維持する必要がある。うまく予定が組まれていなければ、混乱した毎日になってしまうからだ。

〝混乱〟か、とダンカンは思った。慎ましい小柄な妻を連想させる言葉だ。彼自身は口にこそ出さないが、マデリンはその言葉に新たな意味を与えた。彼女と結婚すると決めたときから、毎日がどれほど混乱して、予測のつかないものになったことか。これまで生きてきたなかで、不合理な決断をしたのはこの結婚がはじめてだった。

結婚してからも、いつもどおりの生活を邪魔されることなくつづけられると本気で信じていた。そして、夫婦の誓いをかわす前にそうしていたように、マデリンを無視できるものと思っていた。しかし、どちらもとんでもない思い違いだった。

マデリンは思っていたよりはるかに頑固だ。妻が夫の意思をあからさまにないがしろにする理由として、思いつけるのはそれくらいだった。

彼は変化を嫌った。内心では、マデリンもそのことを承知していると思っていたが、しじゅう出しゃばって、自分なりのやり方で平然となにかを変えようとするのをやめるようにい い聞かせても、無邪気な顔で見返されるだけだった。

たしかにマデリンは、夫の前では臆病そうに振る舞っていた――少なくとも、そうするふりをしていた。たとえば、じっと見つめるだけで、すぐに顔を赤くする。彼は怪訝に思ったが、そんなふうに恥ずかしがる理由は尋ねなかった。だが彼が見ていないところでは、マデリンはなんでも自分の納得のいくようにした。

彼女がもたらした変化は、ささやかなものではなかった。なかでもいちばん文句のつけようがなかったのは、見違えるほど変わった広間だ。マデリンはテーブルが置いてあったぐらぐらする壇を、彼の許可を得ずに運びださせた。傷だらけの年代物のテーブルは兵士たちの部屋におさまり、かわりに彼女自身がもちろん許可を得ずに大工に作らせた、染みひとつない、前より小さめのテーブルが置かれた。

マデリンは、召使いたち曰《いわ》く〝お掃除病の発作〟で、彼らをさんざん振りまわした。召使いたちはあるじの前ではなにもいわないが、おそらく女主人はどうかしているのだと思っているはずだ。その一方で彼は、召使いたち全員がマデリンの命令に即座に従っていることにも気づいていた。まるで、女主人を喜ばせることにだれもが生きがいを感じているような具合だ。

床は磨かれ、壁には色が塗られて、飾りつけが施された。バラのようなにおいのするイグサも床に敷きつめられている。暖炉の上には、ロイヤルブルーの布地に堂々たる紋章が白い糸で刺繍された巨大な旗印が飾られ、その前に背もたれの高い椅子が二脚置かれた。いってみれば、塔の部屋を模した感じだ。マデリンはまた、椅子とテーブルをほかにも配置して、やたらと広かった空間にくつろげる場所を何カ所か作った。なぜ広間でくつろがせようと思うのか、ダンカンには知る由《よし》もなかった。広間はただ食事をするための場所だ。せいぜい、燃えさかる炎の前でしばらく暖を取るくらいで、だれひとりここでだらだら過ごしていいことにはなっていない。だがマデリンはそんな簡単なことも理解できないらしく、広間を怠ける者を増やす部屋に変えてしまった。

それから、兵士たちが広間に入る前にブーツをきれいにするようになったが、そのこと自体も喜んでいいのかわからなかった。兵士たちでさえ、マデリンの命令に従っているということだ。

マデリンにとって最大の難問は犬たちだった。何度下階に引っぱっていっても戻ってくるのだ。だが、マデリンはどの犬が親玉か見きわめると、鼻先に羊肉をちらつかせて下階に導き、それ以降はすべての犬たちに下で食べさせることに成功した。

肩越しに骨を投げる者は、もうひとりもいなかった。ギラードの話では、マデリンはテーブルの上座に立ち、兵士たちに向かって、まっとうな人間らしく食べなければ食事はないとにこやかに説明したという。兵士たちは文句をいわなかった。彼らも召使いたちと同じくらい、せっせとマデリンを喜ばせようとしているようだった。

いまでは、マデリンは子猫というより雌トラだった。召使いのうちのだれかが一族の者に少しでも無礼な態度を取ると、こんこんと説教して聞かせる。

ダンカンはそこで、自分もマデリンから説教されていることに気づいた。彼女は夫の前ではいくぶん控えめになるが、それでもいいたいことをひんぱんに口にしている。

マデリンは、夫の考えにしじゅう異を唱えた。たとえば昨日、国王ウィリアム二世とその兄弟、ロベールとヘンリーについてギラードと話したときのことだ。マデリンはこちらの話にじっと耳を傾けていたが、ギラードが広間を出るやいなや、王の兄弟が心配だ、どちらもないがしろにされていると、もったいぶっていいだした。ふたりとも不当な扱いに不満をつのらせて、いずれ問題を起こすはずだという。

もちろん、マデリンはなにをいっているのか、自分でもわかっていないのだ。女性に政治のなにがわかる？　彼は時間をかけて、いちばん上の兄ロベールは、イングランドよりはるかに価値のあるノルマンディーを与えられていると辛抱強く説明した。それなのに、その土地を担保に弟から金を借りて十字軍の遠征に参加するなど、責任感のなさを露呈している。

マデリンは彼の説明を無視して、彼自身もウィリアム二世とまさに同じことをしているといった。ふたりの弟を自分の家来扱いして、なんの権利も与えていない。このままではエドモンドとギラードはふたりとも、じきに国王の兄弟と同じように不満を感じるようになってしまう。

ダンカンはしまいに彼女を捕まえてキスをした。その問題からマデリンの気を逸らすためには、そうすることしか思いつかなかった。それに、このやり方なら文句なしに満足できる。

毎日がそんな調子で、家庭内の取るに足りない問題に関わっている暇はないと、一日に少なくとも十回は自分にいい聞かせなくてはならなかった。自分にははるかに重要な仕事がある。平凡な男を無敵の兵士に鍛えあげるという仕事が。

だからこそ、弟たちや妹、とりわけ頑固で反抗的な妻とは距離を置くようにしていた。しかし、家庭内の雑事から遠ざかることはできても、マデリンを取り巻く問題から離れるわけにはいかなかった。マデリンの命がしじゅう危険にさらされていたからだ。

実際、兵士たち全員がかわるがわるにマデリンの命を救っていた。マデリンはだれにも感謝の言葉をかけなかったが、それは彼女が礼儀知らずだからではなかった。事実ははるかに深刻で、命の危険にさらされるほど衝撃的な行動をとっていることに当人が気づいていないせいだった。

たとえばある日の午後、マデリンは厩に急いで行こうとするあまり、兵士たちが弓矢の訓練をしているさなかに駆けこんでしまった。彼女の頭のすぐ後ろを矢がヒュンと通りすぎるのを見て、矢を射た気の毒な兵士はへなへなと膝をついてしまい、その日はもう矢を的に当てることができなくなってしまった。マデリンはそんなことがあったとは露《つゆ》知らず、自分が引き起こした騒ぎにも気づかない様子で、そのまま走って通りすぎた。

そんな危うい事故が、何度起こっただろう。いままでは、護衛役のアンソニーからその日の報告を受けるのにびくびくしていなくてはならなかった。アンソニーはげっそりやつれて、不平こそ口にしないが、マデリンのあとをついて歩くくらいなら、激戦に身を投じたほうがましだと思っているに違いなかった。

だがしまいに、マデリンが不注意かつ遠慮なしに行動する理由に思い当たった。マデリンは、ようやく安心して暮らせるようになったからあんな行動に出るのだ。高熱でうなされているときに、うわごとでいっていた。マデリンは、ふだんからできるだけ目立たないようにしているおとなしい子どもだった。父親と兄から守ってくれた母親が亡くなって、兄とふたりきりで暮らさなくてはならなかった二年間は、つらく恐ろしい日々だったらしい。マデリンはほどなく、笑いもせず、泣きもしないことを学んだ。生き生きと振る舞ったり、怒りをあらわにしたりすれば、兄の目に留まることになるからだ。

おじのバートン神父と暮らした日々は幸せだったようだが、マデリンが普通の女の子のように振る舞っていたかどうかは怪しいものだ。おじと生活を共にするなら、さらに自分を抑える必要があっただろう。姪《めい》に頼られるより頼るほうが多いはずのひ弱な老人相手に、いたずらしたとは思えない。

マデリンはおじから、自制することを学んだ。おじはマデリンがすぐに兄の元へ連れ戻されるのを見越して、感情を隠して生きのびるすべを教えた。マデリンもおじも、彼女の滞在が何年もつづくとは思っていなかった。だからマデリンは、ラウドンがいつ連れ戻しに来るかと、しじゅうびくびくして暮らさなくてはならなかった。

それがいまは安心して、思う存分羽を伸ばしている。

ダンカンは、マデリン自身より当人を理解していた。彼女はぼんやりと危険に足を踏み入れているように見えるが、ほんとうは、人生に追いついてあらゆることを満喫しようと急ぐあまり、用心する暇がないだけなのだ。その役目は、夫である自分が果たさなくてはならない。マデリンは、よろよろと立ちあがった子馬だ。見ていて飽きないし、守ってやりたくもなる。

わからないのは、マデリンに対する自分の気持ちだった。ラウドンの城に行ったのは、マデリンを拉致《らち》して復讐するためだった。目には目を。それが理由だ。

だがその気持ちは、マデリンに足を温められたときに変わった。

なにもかもが変わった瞬間だった。あのときからふたりが固い絆で結ばれていることは否定のしようがない。もう二度とマデリンを離さないつもりだった。

彼女と結婚した日の翌朝、マデリンを差しださなければ攻めこむといっていたラウドンの軍勢は、ウェクストンの土地から撤退した。

ダンカンは来る日も来る日も、マデリンと結婚するという思いがけない決断をした理由を新たに探した。自分のなかにある論理的な部分で、そのときの気持ちに説明をつけたかった。

月曜日は、マデリンに安全な隠れ場所を与えるために結婚したのだと自分にいい聞かせた。身の危険も顧みずにギラードの命を救おうとした彼女の勇気ある行為には、それくらいの見返りはあってしかるべきだ。

火曜日は、マデリンをものにしたいから結婚したのだといい聞かせた。そう、欲望は充分な理由になる。

水曜日は考えなおして、マデリンが弱く、自分が強いから結婚したのだといい聞かせた。領主としてそうせずにはいられなかった。マデリンは家来と同じだ。膝をついて忠誠を誓ったわけではないが、自分には彼女を守る義務がある。つまり、慈悲心から結婚した。

木曜日になると、また別の理由を思いついた。マデリンと結婚したのは、彼女を守るためだけでなく、彼女がどんなに価値のある人間か示すためだ。マデリンがラウドンと過ごした年月は、ほんとうにみじめな日々だった。おまえは取るに足りない人間だと教えこまれて、マデリンは自分にはなんの価値もないと信じこんでしまった。ラウドンは二年にわたって妹を手ひどく虐待し、それからおじの元へ追いやった。あの男が妹の存在を忘れていたのは間違いない。彼女が年老いた司祭と十年近くも暮らしていた理由は、そうとしか思えなかった。

だがあいにく、その思いつきも一日と持たなかった。

彼は、頑なに真実を無視した。夜ごと激しく愛し合っても、昼間はマデリンを忘れられると――そうするのが合理的だと思っていた。なにしろ、家族とのあいだにも巧みに一線を引いているくらいなのだ。自分は領主であり兄でもあるが、その務めが矛盾することはない。マデリンは心のなかに踏みこんできたが、だからといって生き方にまで彼女が影響をおよぼすはずはなかった。

真実は一週間ものあいだずっと頭の片隅に引っかかったまま、遠くで鳴りはじめた雷のように彼を苛立たせた。そしてマデリンと結婚してちょうど二週間目の金曜の午後、嵐が襲来した。

上の中庭に戻ってきたダンカンは、エドモンドの叫び声に気づいた。見ると、厩の扉が大きく開け放たれて、シレノスがマデリンのほうに全速力で走っている。巨大な馬は頭をさげ、蹄《ひづめ》を轟《とどろ》かせて、厩に向かっているマデリンを踏みにじろうとしていた。

厩頭が手綱をぶらさげて馬を追いかけていた。アンソニーがすぐ後ろにいる。ふたりともマデリンに危ないとどなっているが、蹄の音で聞こえないのだろう。マデリンは周囲を見まわしもしない。

このままでは間違いなく死ぬ。

「やめろ!」ダンカンは魂の奥底から叫んだ。胸が張り裂けそうだった。マデリンのところに駆けつけて、彼女を守ることしか考えられなかった。

マデリンを救おうと、だれもが彼女のほうに走った。

だが、その必要はまったくなかった。

マデリンはシレノスに気づくと、周囲の騒ぎを気にもとめずに馬を見つめた。お楽しみの砂糖の塊を持ってきたので、待ちきれずに途中まで出てきたのだろうと思った。

シレノスは彼女を踏み殺す寸前で、土埃を立てて止まった。もうもうと舞いあがる土埃を払おうとマデリンが顔の前で手を振ると、シレノスはすかさずその手を鼻で押した。砂糖を探しているのだ。

だれもがあっけにとられて立ちすくんでいた。巨大な牡馬《ぼば》が前脚で地面を掻き、マデリンを鼻で押している。マデリンは楽しそうに笑うと、しまいに手のひらを開いて砂糖を舐めさせた。

シレノスが砂糖を舐めおわると、マデリンは鼻面を優しくたたいてやった。そこで馬から少し離れたところに、厩番のジェイムズとアンソニーがいることに気づいた。アンソニーはジェイムズにぐったりともたれていた。

マデリンはふたりにほほえんだ。「けがしたところが痛むの、アンソニー？　ちょっと顔色が悪いようだけれど」

アンソニーは乱暴に首を振った。マデリンは呆然としているジェイムズに向きなおった。

「わたしの子羊がとうとう扉を破ったのね？　ずいぶん前からそうしようとしていたのよ」

ジェイムズが答えないのを見て、マデリンはシレノスが彼を怖がらせたのだろうと思った。「行きましょう、シレノス。きっとジェイムズをびっくりさせてしまったのよ」彼女はゆっくりと馬をまわりこんで厩に向かった。おとなしくなったシレノスも向きを変えて、跳ねるように厩に戻った。マデリンの優しく歌うような声におとなしく従っている。

ダンカンもマデリンのあとを追いたかった。死ぬほど恐ろしい思いをさせた彼女を殺してやりたいが、まだ両足がいうことを聞かない。

いまいましいことに、壁に寄りかからなくてはならなかった。体に力が入らない。老人になって心臓が弱ったらこんな感じだろうか。見ると、エドモンドも似たような有様だった。地面に膝をついているが、進んでそうしたわけではないだろう。

落ち着きを取り戻しているのは、アンソニーだけのようだった。小さく口笛を吹きながらこちらに近づいてくる彼を見て、ダンカンは殺してやりたくなった。

アンソニーはあるじの肩に手を置いた。おそらく同情していることを伝えたいのだろうが、マデリンと結婚したことで同情されているのだろうか？　それとも、たったいま目の当たりにしたことで同情されているのか？　どちらだろうと、その仕草は気に入らなかった。

「ひとつ申しあげてもよろしいでしょうか」

アンソニーの声は穏やかだったが、ダンカンはいつもとは違う響きを感じ取った。彼は顔をしかめて司令を振り向いた。「なんだ?」

「奥さまはシレノスに乗るおつもりです」

「わたしの目の黒いうちは、そんなことはさせない!」

腹立たしいことに、アンソニーはにんまりすると、あるじのこぶしを避けるように体をかわした。「奥方をお守りするのは大仕事です。奥方がこうと決めたら、お止めする手だてはありません」

「わたしの忠実な馬を役立たずにした!」

「はい」アンソニーは笑いを嚙み殺そうとしたが、うまくいかなかった。「たしかに」

ダンカンは首を振った。「さっきは、死んでしまったかと……」声がかすれたが、両手がまだ震えているのを見て、ふたたび怒りがめらめらと込みあげた。「この手で殺してやる。なんなら、おまえも立ち会ってかまわない」

ダンカンはまたどなっていたが、アンソニーはひるまなかった。彼は壁にもたれて尋ねた。「なぜです?」

「気分がましになるからだ」

アンソニーは笑った。「そういう意味でお尋ねしたのではありません。なぜ奥さまを殺したいのかと思ったんです」

アンソニーの笑い声は、ダンカンの神経を逆なでした。「水汲み係に配置換えするか？何度も桶を抱えて往復するのは楽しいだろうな？　やりがいのある仕事だろう、アンソニー？」

ダンカンはアンソニーがすぐさま不敬な態度を改めるだろうと思ったが、アンソニーは少しも反省していないようだった。「この仕事は危険な任務です。どれほど危険か、アンセルにお尋ねになればわかりますよ」

「どういう意味だ？」

「アンセルは一昨日、危うく溺れそうになりました。雨水を溜めておく大桶の階段をのぼりきったところで、肩に球がまともに当たったんです。もちろん、よろめいて――」

ダンカンは片手をあげて制した。それ以上聞きたくない。しまいまで聞いていないが、慎ましい妻が従者の災難に一枚嚙んでいることはわかる。マデリンは昨日の午後、棒でボールを打つ新しいゲームを子どもたちに教えていた。

エドモンドがそこへ加わった。「なにがそんなにおかしいんだ、アンソニー？」エドモンドはいましがたの衝撃から立ちなおれなくて、まだ笑う気分ではなかった。

「領主さまが、奥さまを殺すとおっしゃるんです」

エドモンドはやれやれといわんばかりにいった。「まったく……」それから、ゆっくりとほほえみを浮かべて、彼はつづけた。「いまのダンカンには、子羊も殺せない」

ダンカンは面目丸つぶれだった。エドモンドはマデリンが彼の馬を子羊と呼ぶのを聞いたのだ。ほかの連中も聞いただろう。聞こえていなくても、エドモンドがいいふらすに決まっている。

「アンソニー、どうやら狩人のほうが狩られたらしい」エドモンドがいった。

「いまはなぞなぞを解く気分じゃないんだ、エドモンド」ダンカンがつぶやいた。

「それに、マデリンを愛していることを認める気分でもないんだな。自分の体たらくを見てみたらいい。真実に気づくはずだ」

エドモンドは首を振って、ゆっくりと立ち去った。

「奥方はだれからも愛される方です」ふたたびふたりきりになると、アンソニーがいった。

「だれからも？　とんでもない」

むしろ夫婦の相性は最悪だろう。こちらは古い木の切り株のように頑なだが、マデリンは風のように気まぐれだ。

それなのに、はなから勝ち目はなかった……マデリンがこの足に触れたときから。ようやくわかった。ああ、マデリンを愛している。

「わたしの人生に混乱はいらない」ダンカンはむきになっていった。「おそらく、いずれはなにもかも落ち着いて——」

「そうなるのは、マデリンが年を取ってベッドから出られなくなったときだ」ダンカンはさえぎった。「それでようやく、平穏が訪れる」

「そうなったら退屈かもしれませんよ」アンソニーはにこにこしていった。「奥方はこの城に、新しい息吹《いぶき》を吹きこんだんです」

アンソニーはあるじをなだめようとしたが、あるじの不機嫌はなおらなかった。もしかしてあるじは、妻がどれほど大切な存在か、いまになって気づいたのだろうか。だとしても、そのことを少しも喜んでいないらしい。

彼はあるじをそっとしておくことにして、暇乞《いとまご》いをして立ち去った。

ダンカンはひとりになってほっとした。巨大な馬が華奢《きゃしゃ》な妻に向かって駆けてくる光景が頭から消えない。あのとき味わった恐怖は、死ぬまで忘れないだろう。

マデリンは夫をとりこにしたのと同じように、あの馬をとりこにした。マデリンがなし遂げたことに気づいて、彼はようやくほほえみを浮かべた。エドモンドのいったとおりだ。狩られたはずのマデリンのほうが狩人になった。この心はもう、彼女のものだ。

それは、意外なほどたしかな事実だった。彼は不意に、四十日間の断食を終えたような気分になった。もうマデリンを無視する必要はない。これからは思う存分彼女を愛せるのだ。

彼は妻を追って歩きだした。まずはしばらく説教してから、キスしよう。まだ腹の虫がおさまらないのは、もちろんマデリンのせいだ。あのときは心臓が口から飛びだすかと思った。それに自分は、愛することにも慣れていない。まだ、立ちなおるのに時間がかかるだろう。そして、そんな生活に慣れるのにも時間がかかる。

また叫び声が聞こえた。城壁で南の見張りに当たっていた兵士が、何者かが城に近づいていると警告を発している。そよ風になびく旗印から、近づいてくるのは親しい友人の領主ジェラルドとその手勢と知れた。

今日一日の気分を真っ暗にするには、それで充分だった。ジェラルドには使者を送って、アデラの状況を細大漏らさず説明してある。そうすれば婚約の無効に同意する使者を送り返してくるものと思っていたのだが、遠いところからわざわざジェラルド本人が来るということは、婚約を破棄する前にまだ解決しなくてはならない問題があるらしい。

となると、慎重に対応しなくてはならないだろう。それに、いいなずけが来たと聞いたら、アデラがまた以前の状態に戻る可能性もある。

だが、もしかすると早とちりかもしれない。ジェラルドは古い友人だ。その彼がここまで来る理由ならいくらでもある。まったく、心配性のマデリンの影響が、思った以上におよんでいるらしい。

マデリンには、人の気を逸らす天賦の才もある。たとえばほんの二日前、兵士たちに重要な命令を伝えているさなかに、マデリンが視界に入ってきたことがあったが、とたんに彼女の緩やかな腰の動きに気を取られて、気がつくと兵士たちにいうべきことをきれいさっぱり忘れてしまった。

そのときのことを思い出して、彼は口元をほころばせた。兵士たちが次の言葉を待ち受けているのに、なにを話していたのかちらりとも思い出せないのは、とんでもなく間抜けに見えただろう。ギラードが進みでて、なにを話していたのか教えてくれたのは幸いだった。

考えごとは、見張りの新たな叫び声で中断した。彼はただちに、ジェラルドをなかに通すよう命じた。

マデリンは厩から出てきたところでダンカンに呼びとめられた。挨拶もなしに、彼は単刀直入にいった。

「アデラは館にいる。行って、ジェラルドが来たと伝えてくれないか。夕食の席で引き合わせる」

マデリンは目を見開いた。「どうしてここに？　来てもらうようにお願いしたの？」

「いいや」ダンカンは、マデリンがすぐさまスカートをつかんで駆けださないので苛立った。キスができるほど目の前に彼女がいるせいで、まるで集中できない。『さあ、いまいったとおりにするんだ』

「わたしはいつも、あなたにいわれたとおりにしているわ」マデリンはにこやかに応じると、彼に背を向け、館に向かって歩きだした。「あなたにいっておくわ。またあとでね、ダンカン」肩越しにいった。

挨拶しなかったことを当てこすっているのだ。礼を失した言葉をいましめてやりたかったが、あいにくその時間はない。

「マデリン」

マデリンは即座に足を止めたが、彼がさらに命令するまで振り向かなかった。「ここに来るんだ」

ダンカンの声が妙に優しかったので、マデリンは怪訝に思いながら従った。「ええ、なにかしら？」

ダンカンは咳払いすると、しかつめらしい顔になっていった。「またあとで」

そんなことはいわないつもりじゃなかったのか？　彼はマデリンがほほえむのを見て、ますます顔をしかめた。そして、やにわに彼女を抱き寄せてキスをした。

マデリンはびっくりして、しばらく反応できなかった。ダンカンが昼間触れてくれたのははじめてだった。昼間は決まって無視されていたのに。でも、いまは違った。むしろ、彼のほうからキスしてくる——通りかかる人たちから丸見えなのに。

キスは優しいどころか、激しく刺激的だった。やめさせようとすると、ダンカンは体を離した。

彼はほほえんでいった。「わたしの馬を二度と子羊と呼ぶんじゃない。いいな?」

マデリンは戸惑って顔を赤くすると、彼を見あげた。

彼女がなにかいう前に、ダンカンはその場を離れた。マデリンはスカートをつかんで追いすがり、彼の手に触れた。振り向いた彼は、なおも笑顔を浮かべていた。

「具合でも悪いの?」マデリンは不安をにじませてたずねた。

「いいや」

「それなら、なぜほほえんでいるの?」

ダンカンは首を振った。「マデリン、お願いだ。アデラのところに行って、ジェラルドが到着したと伝えてくれないか」

「お願い?」マデリンはあっけにとられた。「いま、〝お願い〟と——」

「マデリン、わたしがいったとおりにするんだ」

マデリンはうなずいたが、その場を動かずに、ただダンカンが立ち去るのを見守った。頭がしびれたようになって、彼の後につづけない。これまでのダンカンは、いつも簡単に予想がつく人だった。それがいま、変わろうとしている。マデリンは両手を揉み絞って考えた。暑い夏の日に外にいすぎて、太陽に頭を焼かれたのかしら？　いいえ、いまは一月で、冷えこみも厳しい。しばらく頭をひねっても、ダンカンの態度が一変したまっとうな理由は思いつけなかった。

じっくり考える時間が必要だった。マデリンはため息をついて、夫の奇妙な言動を頭から締めだそうとした。ひとまず、急いでアデラを探しにいくことにした。

アデラは塔の部屋で、ベッドの端に腰をおろして髪を編んでいた。

「お客さまがお見えになったわ」マデリンは慎重に言葉を選んでいった。

アデラはマデリンに会えてうれしそうにしていたが、客の名を聞いて青くなった。「ジェラルドが帰るまで、この部屋にずっといるわ！」アデラはわめいた。「ダンカンは約束したのよ。それなのに、あの方を招くなんて……」

マデリンは、アデラがひどく怯えていることに気づいた。両手をだらりと垂らして、肩を落としている。

「ダンカンが招いたわけじゃないの。取り乱さないで、アデラ。お兄さまが約束をけっして破らないことは、あなたもよく知っているはずよ。ほんとうは、わたしのいうとおりだとわかっているんでしょう？」

アデラはうなずいた。「たぶん、あなたがはじめてここに来たときのように振る舞えば、すぐに愛想を尽かされて――」

「そんなのばかげてるわ」マデリンはさえぎって、はやり立つアデラを抑えた。「ジェラルドは、あなたのことをとても気の毒に思っているだけでしょう。あの事件から、まだ立ちなおっていないかもしれないと……」彼女はつづけた。「だから、あなたがきれいに装ってきちんと敬意を表したら、きっとまともだと思うはずよ。あなたはただ、結婚したくないだけなのだと……。それに、ジェラルドとやりとりするのはあなたでなく、ダンカンでしょう」

「でも、あの方と顔を合わせるなんてとても耐えられないわ」アデラは泣き声でいった。

「だって、わたしがなにをされたか知っているのよ。そんな人に会うくらいなら、死んだほうがましだわ」

「ばかなことをいわないで」マデリンは心を痛めながら、あえて叱咤《しった》するようにいった。

「あのときあったことは、あなたのせいではないの。ジェラルドもそれはわかっているはずよ」

アデラが安心したように見えなかったので、マデリンは少し話題を変えることにした。

「ジェラルドのことで、憶えていることを話してもらえないかしら。どんな方なの？」

「黒髪で、瞳はしばみ色だったと思うわ」アデラは肩をすくめた。

「お会いしたとき、素敵な方だと思った？」

「わからない」

「優しい方かしら？」

「領主だもの、きっと優しくないわよ」

「どうして？」マデリンはアデラに近づいて、髪を編みなおしはじめた。

「優しくする必要がないもの」アデラは答えた。「ジェラルドがどんなに素敵か、わかったところでなんの関係があるというの？」彼女は身をよじってマデリンを見あげようとした。

「じっとして。編み目がゆがんでしまうわ」マデリンはいった。「ただ、どんな方かと思って」

「下には行けないわ」

アデラはそういって、泣きだした。マデリンはどうしたらいいのかわからなかった。「あなたがしたくないことは、なにひとつしなくていいのよ、アデラ。ただ、ダンカンはあなたに結婚を無理強いしないと、たしかに約束してくれたわ。それなら感謝のしるしとして、ダンカンのそばで、ジェラルドを大切なお客さまとしてもてなすくらいのことはしてもいいんじゃないかしら」

マデリンはしばらく説得をつづけたあげく、とうとうアデラの決心をぐらつかせるところまできた。「広間まで一緒に来てもらえるかしら？　そばにいてくれる？」アデラがいった。「もちろんよ」マデリンは約束した。「前にも話したでしょう。一緒ならどんな困難にも立ち向かえるって」

アデラはうなずいた。マデリンは彼女の気持ちを明るくしようとした。「申し訳ないけれど、せっかく編んだのに、耳にかぶさってしまったわ」彼女はいった。「自分で編みなおして、着替えてもらえるかしら。わたしは夕食の仕度を監督してから、着替えることにするわ」マデリンはアデラの肩をそっとたたいた。その手が震えていたのは、アデラが新たな試練を前にひどく動転しているからだった。

マデリンは笑顔を浮かべたままドアを閉めると、はじめて心配そうに顔を曇らせた。そして、奇跡に等しいことを――勇気を授かるように祈りはじめた。

16

「愛はすべてを征服する。われわれも愛に屈服しよう」

——ウェルギリウス「牧歌　第十歌」


マデリンは夕食の仕度についてきぱきと指示すると、塔の部屋にあがった。

ダンカンがそのドアを破ってから二週間、そして新しいドアが取りつけられてから一週間が過ぎていた。だが、新しいドアにはかんぬきがない。マデリンはそのことに気づくたびにほほえみを浮かべた。ふたたび締めだされることのないように、ダンカンがそう命じたに違いない。

マデリンは迷ったあげく、ロイヤルブルーのブリオーを着ることにした。新しく仕立てたくるぶし丈のその服は体にぴったりするし、象牙色で膝丈のシェーンズの上に着ると、とても引き立つ。それがウェクストンの色であることを、マデリンは承知していた。ダンカンの妻であり、領主ジェラルドをもてなす女主人として、夫に誇らしく思ってもらいたかった。

それから時間をかけて髪を梳《と》かし、胸にかかるように巻き毛を垂らした。時間はまだ充分にあったので、ベッドに腰をおろし、青いリボンを三本使って美しい編み紐を作って、それを腰の丸みにかかるくらい緩く巻きつけた。おしゃれにはるかに詳しいアデラによると、それが最新の流行なのだという。仕上げに、苦労して編み紐で輪を作り、肉を食べるときに使う小さな短剣をそこに差し入れた。

鏡があればどんな格好かたしかめられるのにと思ったが、なくても困らないものをほしがるのは贅沢《ぜいたく》だと考えなおした。

アデラの部屋に向かう途中で、不意に心配になって立ち止まった。ジェラルドはわたしを、ダンカンの妻として扱うかしら？　それとも、ラウドンの妹？　ラウドンは、ジェラルドとアデラの未来を台なしにした。そのラウドンの妹なら、ジェラルドに食ってかかられても不思議はない。

頭のなかに、おぞましい光景がつぎつぎと思い浮かんだ。ジェラルドに首をつかまれる場面が頭をよぎったところで、意識して気持ちを落ち着けようとした。たしかに怖い。けれども、そう思うことでかえって気持ちは落ち着き、どうにか静かな表情を浮かべることができた。

これよりはるかにひどい目に遭ったこともある。そう思うと、力が湧いた。それに、ジェラルドからどんなにあしざまにいわれようと、ダンカンがいれば手荒なまねをされることはない。

　マデリンがしまいにノックしたとき、アデラの仕度はもう整っていた。バラ色のブリオーを、それより淡いピンクのシェーンズに重ね、髪は編んで、頭の上に巻きつけてある。とてもきれいだと、マデリンは思った。「小鳩のアデラ、素敵よ」

　アデラはほほえんだ。「そんなおかしなあだ名で呼ぶなんて、まるでわたしのほうが年下みたい。知ってのとおり、ほんとうはあなたよりふたつ年上なのに」

「せっかくほめているのに、それはないでしょう」マデリンはアデラの言葉を聞き流した。たしかにアデラは年上かもしれないけれど、自分のほうがはるかに世慣れている。アデラほどやわではないし、結婚もしている。

「あなたにほめられてうれしいわ」アデラはいった。「マデリン、あなたのほうこそ、いつにも増してきれいよ。今夜はダンカンの色をまとっているのね。兄の目はきっと、あなたに釘付けだわ」

「ダンカンなら、わたしが同じ部屋にいることにも気づかないわよ」

「まさか。気づくにきまってるわ」アデラはほほえんだ。「まだ兄のことを怒っているの？」

　アデラはまだ時間はたっぷりあるとばかりにベッドに座ろうとしたが、マデリンはその手を取ってドアに引っぱった。「あなたのお兄さまのことをどう考えたらいいのか、まだわからないの」アデラと並んで歩きながら、彼女はいった。「この結婚がふたりにとって満足のいくものになるかと思えば、次の瞬間にはダンカンがわたしを追いだしたがっているとしか思えなくなる。わたしだって間抜けじゃないのよ、アデラ。ダンカンがわたしと結婚した理由ならわかっているわ」

「あなたの兄に報復するため？」アデラは眉をひそめた。

「ね？　あなたも気づいているくらいだもの」

マデリンは、アデラの言葉が問いかけだったことを無視した。アデラは兄が復讐のためにそんなことをするとはとても思えなかったので反論しようとしたが、その前にマデリンがふたたび口を開いた。「ダンカンがいずれわたしとの生活に慣れてくれると、虫のいいことを期待するほうがおかしかったのよ。それに、この結婚はどのみち一時的なものでしょう。陛下が教会に命じて、結婚を無効にさせるに決まっているもの」

その可能性なら、アデラも考えていた。「ギラードの話では、陛下は反乱を鎮めるために、またノルマンディーに向かわれたそうよ」

「その話ならわたしも聞いたわ」マデリンは応じた。

「マデリン、さっき、ダンカンがいずれ慣れてくれると、虫のいいことを期待していたといったわね。あれはどういう意味でいったの?」

「ダンカンは、自分を犠牲にしてわたしと結婚したの。レディ・エレナをあきらめたのよ。このまま不幸せにならなければいいのだけれど……」

「まだそんなふうに思っているの?」アデラはいった。「わたしたち全員にとって、あなたがどんなに欠かせない存在になっているか気づかない?」

マデリンが答えなかったので、アデラはさらにいった。「兄を愛してる?」

「わたしはそこまでばかじゃない」マデリンは答えた。「これまで愛した人たちは、みんなわたしから引き離されたの。それに、狼に愛を捧げるつもりはないわ。ただ、夫婦でいるあいだは心静かに暮らしたいだけよ」

アデラはほほえんだ。「ダンカンは狼じゃないわ、マデリン。人間よ。それに、あなたが本心をいっているとは思えない」

「わたしはいつだってほんとうのことを話しているわ」マデリンは驚いていいはった。

「それじゃ、嘘をついていることに、自分で気づいていないのよ」アデラはいった。「ダンカンを失ったときに傷つかないようにしているつもりかもしれないけれど、あなたはやはり兄を愛しかけている。さもなければ、わたしの質問にそんなに戸惑うはずがないもの」

「戸惑ってなんかいないわ」思わずきつい口調になって、マデリンはすぐさま後悔した。

「ああ、アデラ、人生って簡単にはいかないものね。ダンカンが気の毒なくらいよ。あの人は復讐するために未来を変えて、わたしという妻を背負いこんでしまった。いまでは、早まった行動に出たことを後悔しているはずだわ。頑固な人だから、自分では認めないけれど」

「ダンカンが早まった行動に出たことなんて一度もないわ」アデラはいい返した。

「どんなことにも最初はあるものよ」マデリンは肩をすくめた。

「モードが外で、兄があなたにキスするのを見たといっていたわ」アデラはささやいた。

「すぐに告げ口するのね」

「当然よ」アデラは笑った。「最新の噂話をどちらが先に仕入れるかで、モードとガーティはいつも張り合っているもの」

「あれは不思議だったわ、アデラ。みんなの前でキスされたの」マデリンは立ち止まってため息をついた。「風邪で具合が悪いのかと思ったくらいよ」

ふたりは階段をおりきって広間の手前まで来た。アデラは足を止めた。「どうしましょう、怖くてたまらないわ、マデリン」

「わたしもよ、アデラ」マデリンは正直にいった。

「あなたが？　少しも怯えているようには見えないけれど」アデラは驚いて、恐怖を忘れた。「どうして怖いの？」

「ジェラルドは、わたしを憎んでいるに決まっているもの。わたしは、ラウドンの妹なのよ。夕食はたぶん、試練の場になるわ」

「ダンカンが手だしはさせないわ、マデリン。あなたはもう、兄の奥方なんだから」

マデリンはうなずいたが、すっかり納得したわけではなかった。アデラが彼女の手を取り、そっと握りしめた。

ふたりは入口でもう一度立ち止まった。マデリンの手を、アデラは痛いほど握りしめた。その理由は一目瞭然だった。ダンカンとジェラルドが暖炉の前にいて、ふたりを見ている。マデリンは、ふたりともどういうわけか、少し驚いているようだと思った。怒っているようには見えない。

マデリンはジェラルドにほほえむと、すぐさま夫に目を移した。ダンカンはにこりともせずに妻をじっと見返している。マデリンは顔がほてるのを感じた。ダンカンはキスしたあとに、よくあんな表情を浮かべる。

ぎこちない空気が流れるなか、最初になすべきことを思い出したのはマデリンだった。膝を少し曲げて軽くお辞儀し、アデラにも同じことをするように促して、ゆっくりと広間に入った。アデラも彼女につづいた。

マデリンがぐいと頭を反らし、取り澄まして近づいてくるのを見て、ダンカンはすぐにおかしいと思った。彼は広間のなかほどまで進みでると、チュニックが彼女の腕に触れそうなほど近づいて迎えた。「なにを怯えている?」頭をかがめて尋ねた。あんまり低い声だったので、マデリンはつま先立って耳をそばだてなくてはならなかった。

怯えているのをダンカンに見抜かれて、マデリンは驚いた。「ジェラルドは、わたしがラウドンの妹だと知っているの?」不安をにじませてささやいた。

ダンカンは彼女が怯えている原因を理解した。彼は答えるかわりにうなずくと、マデリンの肩に腕をまわして、ジェラルドに紹介した。

ジェラルドは少しも気分を害しているように見えなかった。それどころか、嘘偽りのない親しげな笑みを浮かべて、マデリンにお辞儀を返した。

彼は眉目秀麗《びもくしゅうれい》な男性だったが、マデリンはとくに魅力を感じなかった。なにしろ、ダンカンがこれほどすぐ近くにいる。ダンカンのほうがずっと魅力的だ。それをいうなら、イングランドじゅうのどの男性も、彼に比べれば見劣りする。

マデリンは夫を見あげた。アデラを助けてあげてと、ジェラルドに聞かれないように小声で頼むつもりだったが、彼がこんなにも近くにいると頭がぼうっとして、ただ見つめ返すことしかできなかった。銀色の斑点《はんてん》が散った美しい灰色の彼の瞳を。

「なぜそんなふうに見つめるんだ?」ダンカンの鼻は彼女の鼻に触れそうだった。いまにもキスをしてしまいそうなほど近い。

「どんなふうに……見つめているの？」マデリンは尋ねた。

マデリンが顔を赤くして切れ切れにいったので、彼女が考えていることを読み取るのはたやすかった。彼は不意に、妻を抱きあげて上階に行きたい衝動に駆られた。明日までずっと愛を交わしていたい。

妻の顔から取り澄ました表情が消え去ったのを見て、ダンカンは満足してほほえんだ。

エドモンドが広間に入ってきたとき、ダンカンはちょうど妻にキスしようとしていた。その傍らでアデラが床を見つめ、ジェラルドがアデラを見つめている。そしてマデリンは、夫にうっとりと見とれていた。

「――遅くなった」エドモンドの声が静かな広間に響いた。

だれもが同時に動いた。マデリンは飛びあがってダンカンの鼻にぶつかった。ダンカンは一歩さがり、マデリンが倒れないようにさっと体をつかんだ。アデラはエドモンドを振り向き、無理やりほほえみを浮かべた。ジェラルドはうなずいて挨拶した。

「楽しい夜になりそうだな、ダンカン？　ジェラルド、最後に会ってから、ずいぶん年を取ったんじゃないか？」エドモンドは愉快そうに声をかけた。

その言葉でダンカンはわれに返った。妻を抱きあげて広間をあとにしたいのは山々だが、夕食をまず終わらせるだけの自制心は取り戻せた。「夕食にしよう」彼はマデリンの腕を取ると、テーブルに導いた。

上座にダンカンが、彼の左側にマデリンが座った。すると右側にアンセルが現れて給仕をはじめたので、ダンカンは驚いた。通常なら従者はあるじの身のまわりの世話をするものだが、アンセルにはあるじを守ることしか教えていなかったはずだ。

もちろん、これもマデリンが許可なしに指示したのだろう。ダンカンはやれやれと首を振ると、アンセルにうなずき、妻をにらみつけた。

マデリンは厚かましくも、にっこりした。「気づいていたかしら？　あなたと夕食を共にするのは、今夜がはじめてなのよ」従者から彼の気を逸らそうとささやいた。

彼は答える気にはなれなかった。それどころか、夕食がはじまってもほとんど口をきかず、ギラードが遅れて現れると、ますます眉をしかめた。さすがにジェラルドの前では叱責しなかったが。

ロレンス神父は夕食に姿を見せなかったが、マデリンはそのことを意外に思わなかった。神父は具合が悪くなったというエドモンドの話も信じていなかった。ほんとうのところ、神父はダンカンが怖いのだ。でも、責めるわけにはいかない。あんな若い神父に、神や教会についてダンカンに助言しろというほうが無理だろう。

エドモンドとギラードはかわるがわる口を開いて、ジェラルドにこの一年の出来事を尋ねていた。それほど長く顔を合わせていなかったのなら、話も弾んで当然だ。

マデリンは、三人の気さくなやりとりに聞き入っていた。たがいのことをこきおろし合っているが、それが彼らなりの親愛の表現なのだとわかるのに、たいして時間はかからなかった。

ジェラルドはウェクストンの兄弟とは気の置けない仲らしく、よく笑っていた。エドモンドが彼のことを腰抜け呼ばわりして、大事な戦いのさなかに剣を置き忘れてきた話を持ちだすと、ジェラルドが笑って、エドモンドが役立たずだとわかった話をはじめる。

アデラはマデリンの向かいでテーブルをじっと見つめていたが、マデリンは彼女がテーブルの上を飛びから軽口に何度かほほえんだのを見逃さなかった。

ジェラルドがはじめてアデラに話しかけたのは、夕食が終わったときだった。ふたりのあいだにエドモンドが座っているせいで、ジェラルドはアデラを見るのに首を伸ばさなくてはならなかった。あの様子では、きっとしばらく首の筋が痛むだろうと、マデリンは思った。

エドモンドがようやく気を利かせて立ちあがり、エールの水差しを取ろうとさりげなくテーブルの向こう側にまわったが、その意図はだれが見ても——とりわけアデラには、一目瞭然だった。エールの水差しなら、エドモンドの木皿のすぐ近くにもある。

「久しぶりだな、アデラ」ジェラルドが穏やかに話しかけた。「そばにいられなくてすまなかった。その、きみが……」

ジェラルドはうっかり口を滑らせて顔を赤くしたが、かわいそうなアデラほどではなかった。

気まずい沈黙がテーブルに広がった。ダンカンはため息をついていった。「アデラはロンドンできみに会えなくて残念がっていた。アデラ、ジェラルドが久しぶりだといっているぞ」

ダンカンの声は穏やかで、思いやりに満ちているとマデリンは思った。ああ、ダンカンは愛される人になりつつある。だれもが愛さずにはいられない人に。わたしは、彼に恋をしているのかしら？　それを頑なに認めないでいるの？

マデリンはたちまち不安になり、レディらしからぬため息をついて、すぐに後悔した。すると、ダンカンがこちらを向いてにっこりした。彼がさらにゆっくりと、からかうように片目をつぶったので、マデリンはどぎまぎして不安を忘れた。

「お久しぶりです、ジェラルド」アデラが口を開いた。

「元気そうだ」

「おかげさまで」

マデリンはダンカンがあきれたように天井を仰ぐのを見た。決まりきったやりとりにがまんがならないのだ。

「マデリン、こんな素晴らしい食事をいただいたのははじめてだ」ジェラルドからほめられて、マデリンは夫から彼に目を向けた。

「ありがとう、ジェラルド」

「おかげで、すっかり食べ過ぎてしまった」彼はアデラに向きなおった。「あとで中庭を散歩しないか、アデラ?」彼はダンカンをちらりと見て、急いで付けくわえた。「もちろん、兄上が許してくれたらの話だが」

アデラが誘いをことわる前に、ダンカンが許可した。アデラは即座に、助けを求めてマデリンを見た。

マデリンはどうしたらいいのかわからなくて、ダンカンを見た。つま先で彼の足をつついたが、ダンカンがこちらを見もしないので、もう一度、今度はさっきより強く強くつついた。

ダンカンがなおも見てくれないので、とうとうしびれを切らして蹴飛ばした。結果は、テーブルの下に靴を落としただけだった。

ダンカンはなおも無視するふりをしながら、テーブルの下に手を伸ばして彼女の足をつかみ、自分の膝の上に引っぱりあげた。

妙な格好だった。マデリンはさらに土踏まずを撫でられて、思わずテーブルの端につかまったが、幸いだれにも気づかれなかった。彼の手から足を引き抜こうとして、体勢を崩して腰掛けから落ちそうになった。

その拍子に、隣に座っていたギラードにぶつかった。ギラードは怪訝そうに彼女を見ると、腕をつかんで、座りなおすのに手を貸してくれた。

顔が赤くなっているのはわかっていた。アデラが助けを求めて、なおもこちらをじっと見ている。このまま手をこまぬいているわけにはいかない。「夕食のあとで散歩するなんて、素敵な思いつきね」

マデリンはダンカンを見て、彼が眉をひそめたのを見た。彼女は勝ちを確信してほほえんだ。「ダンカンとわたしが喜んでお供するわ。ねえ、あなた?」

客人の前では断らないだろうと思って、アデラに向きなおってほほえんだ。アデラはほっとしていた。

「いいや、だめだ」ダンカンは一同を見渡して、穏やかにいった。

その言葉に、マデリンとアデラはふたりとも顔をしかめた。「どうしてだめなの?」ジェラルドが見ていたので、マデリンはダンカンに笑顔を浮かべようとした。

ダンカンはほほえみ返したが、彼の目は違った。たぶん、できることなら窓から放りだしてやりたいと思っている目だ。ダンカンはこうと決めたことに口を差しはさまれるのを好まない。気に入らない欠点だけれど、考えてみたら気の毒なのはダンカンのほうだ。なぜなら彼の妻は、これからも質問したくなったらいつでも質問するに決まっているから。

「どうしてだと？　それは夕食のあとで、わたし自身、きみにいいたいことがあるからだ」

「なんの話かしら？」マデリンは不満げに尋ねた。

「人間と馬の話だ」ダンカンがむすっとして答えた。

エドモンドが鼻を鳴らし、ギラードがあからさまに笑ったので、マデリンはふたりをきっとにらみつけてダンカンに目を戻した。そんなたわごとは、ダンカンの弟たちと同じくらい信じない。〝人間と馬の話〟ですって？　その意味は、わざわざ説明されるまでもなくわかる。あるじに刃向かったかどで、首を絞めるつもりだ。なにかいい返そうと思ったが、うまい言葉がひとつも思い浮かばなかった。それに、あまり挑発すると、また困るようなことをいわれるかもしれない。

ダンカンは、マデリンがこの話を終わりにしようとしていることに気づいて、もう少しで口元を緩めそうになった。ジェラルドもマデリンのゲームを見抜いたらしく、笑いをこらえている。

「ダンカンが許してくれたら、きみに贈り物を受け取ってもらいたいんだが、アデラ」ジェラルドがいった。

「わたしに?」アデラは驚いた。「……あなたからなにかをいただくわけにはいかないわ、ジェラルド。わざわざ持参してくださったのはうれしいけれど……」

「なにを持ってきたんだ?」ギラードが無遠慮に尋ねたが、ジェラルドはとくに気にしていないらしく、にっこりして首を振った。

「うん?」ギラードはさらにせっついた。

「楽器だよ」ジェラルドは答えた。「箱琴《プサルテリー》だ」

「それならキャサリンが持っていたぞ」ギラードはマデリンに説明した。「だが姉は、その楽器をうまく弾けるようにはならなかった。結婚したときに持っていってくれてよかった」にやりとして付けくわえた。「キャサリンが一曲演奏するだけで、みんな耳をふさいでいたものだ」

ギラードはジェラルドに向きなおった。「心づかいはありがたいが、ジェラルド、ここでは埃をかぶるだけだぞ。アデラは弾き方を知らないし、万が一キャサリンが来て教えだしたら大ごとになる」

「マデリンが知っているわ」アデラは思わずいった。マデリンが毎晩おじのためにプサルテリーを弾いていたことを憶えていたのだ。ジェラルドの贈り物が兄にこきおろされて、彼女は心を痛めていた。「だから、マデリンが教えてくれるわよ。そうよね、マデリン?」

「もちろん、喜んで」マデリンは応じた。「アデラに心のこもった贈り物をありがとう。わたしからもお礼を申しあげるわ」

「わたしもうれしいわ」アデラも熱っぽくいった。「ありがとう、ジェラルド」

「では、かまわないだろうか?」ジェラルドはダンカンに尋ねた。

ダンカンがうなずくのを見て、ジェラルドはにっこりし、アデラもうれしそうにほほえんだ。マデリンはほっとため息をついた。「ちょっと席を外して、取ってこよう」ジェラルドは立ちあがって出口に向かったが、途中で肩越しに振り返った。「散歩に行く前に、マデリンに一曲か二曲弾いてもらいたいものだな、アデラ。ダンカンの〝人間と馬の話〟があとまわしでもかまわなければだが」

ジェラルドはダンカンの笑い声を聞きながら広間をあとにした。

ギラードも立ちあがった。「どうした?」エドモンドが尋ねた。

「マデリンに別の椅子を持ってくる。いま座っている椅子は、具合がよくないらしい。何度も椅子から落ちそうになるんだ」

マデリンはダンカンを横目でにらみつけた。彼がひとことでもいったら、窓から放りだしてやるつもりだった。

マデリンにプサルテリーを弾いてもらうという提案に、アデラは飛びついた。ジェラルドとの散歩を先延ばしにしてくれるものなら、なんでも大歓迎だ。彼女はマデリンに、みんなのために弾いてくれるようにせがんだ。

「でもアデラ、今夜でなくても――」

「そんなにわたしとふたりきりになりたいのか?」ダンカンが小声でいった。

マデリンがじろりと夫をにらみつけると、彼はとろけそうなほど素敵な笑顔で応えた。えくぼがまた浮かんでいる。そして彼は、みんなが見ている前でまた片目をつぶった。

ダンカンが両手でパンを半分にちぎるのをぼんやり見ていた彼女は、彼にもう足をつかまれていないことに気づいた。

即座に彼の膝から足をおろした。「わたしがカエルみたいな声で歌ったら、あなたが恥をかくでしょう?」

「そんなことはけっしてない」ダンカンは答えた。

思いやりのある言葉が返ってきて、マデリンは言葉に詰まった。からかっているのかしら? それとも、本気でいっているの?「きみはわたしの妻だ、マデリン。なにをしようと、恥をかくことはない」

「どうして？」マデリンはだれにも聞かれないように、彼に顔を近づけて尋ねた。

「わたしがきみを選んだからだ」ダンカンも顔を近づけた。「わかりきったことだろう。どんな——」

「わたしのことを間抜け呼ばわりしたら、アデラの贈り物を取りあげて、あなたの頭にたたきつけるわよ」

脅しの言葉が飛びだして、ダンカンよりそれを口にしたマデリンのほうが驚いた。ダンカンは彼女の手をぐいとつかんで引き寄せた。「触らないで」マデリンはささやいた。

アデラとエドモンドは、ギラードの愉快な話に聞き入っている。

「ことわる」

マデリンは彼に目を戻した。『わたしがいやなの』

「いいや、触られるのは好きなはずだ。わたしの腕のなかにいるときは、なにをしても喜ぶじゃないか。うめいて、せがんで——」

マデリンは彼の口を手でふさいで、暖炉の火と同じくらい真っ赤になった。ダンカンは、広間じゅうが温まりそうな声で笑った。エドモンドとギラードがわけを知りたがったので、祈るような思いで息を止めた。

ダンカンが肩をすくめただけで話題を変えたので、彼女はほうっと息をついた。

それから、アデラが落ち着かなげに服の袖を伸ばし、髪を撫でつけていることに気づいた。

それでぴんときた——われながら、なんて鈍感だったのだろう。アデラはジェラルドに、よく思われたいのだ。おしゃれに気を遣って、そわそわしている様子を見れば、そうとしか思えない。

考えてみると、ジェラルドはいまもアデラに惹《ひ》かれているようだった。アデラを見る彼のまなざしを見ればわかる。

ジェラルドがまだアデラを望んでいるかもしれないと思うと、胸がぽっと温かくなった。いまでは彼に、とても親しみを感じる。

でも、すぐ心配になった。アデラは家族と一緒にここにとどまると決めていて、ダンカンもそうしてかまわないと約束している。このままでは厄介なことになりそうだった。

「そんな顔をしてどうした、マデリン？」ギラードの声がした。

「考えごとをしていただけよ。年を取ると、人生はどうしてややこしくなるのかしらと思って」マデリンは答えた。

「だれしも、子どものままではいられない」エドモンドがいつものように肩をすくめたのがおかしくて、マデリンはほほえんだ。そんなふうに仕草に癖のあるところが、おじのパートンに似ている。

「きっとあなたは、子どものころからしかめ面ばかりしていたんでしょう」マデリンはからかった。

エドモンドは思わず顔をしかめようとして気づいた。マデリンは笑った。

「子どものころのことなど、ほとんど憶えていないな」エドモンドはいった。「だが、ギラードのことならよく憶えている。弟は、しじゅういたずらばかりしていた」

「マデリン、きみもお転婆だったのか?」ギラードが口を挟んだのは、自分がしでかした恥ずかしいいたずらから話題を逸らすためだった。そんなやんちゃな一面があったことを知られたら、マデリンから軽蔑されてしまうかもしれない。

マデリンはかぶりを振った。「いいえ、いたずらなんて一度もしたことがないわ、ギラード。わたしはとてもおとなしい子どもだったの。いけないことはなにひとつしなかった」

ダンカンが弟たちと同じくらい大笑いするのを見てマデリンはむっとしたが、すぐに自分を聖人のように語っていたことに気づいて、急いで付けくわえた。「もちろん……欠点はあったけれど……」

「きみが? おとなしい?」エドモンドはにやにやしていた。

マデリンは赤くなった。どういう意味? エドモンドの笑みには慣れつつあったが、彼のことはまだすっかり信じられなかった。マデリンはダンカンを見た。

「マデリンを困らせるんじゃない」ダンカンは弟を諫《いさ》めた。

「どんな欠点だったの?」アデラが笑顔で促した。

「きっと信じてもらえないわ。ほんとうに、だれよりもおどおどして、不器用な子どもだったのよ」

その言葉は、だれにも信じてもらえなかった。ダンカンは首を振って、いまにも吹きだしそうなギラードを黙らせた。エールを飲みかけていたエドモンドはむせ、アデラはくすくす笑いながら兄の背中をたたいている。

エドモンドの咳がおさまったころ、ジェラルドが戻ってきてテーブルの上にプサルテリーを置いた。三角形をしたその楽器は白木の板でできていて、弦の数は十二本。マデリンは弦に触れるアデラを羨望《せんぼう》のまなざしで見つめた。

「ロレンス神父にこの楽器を祝福していただかなくてはね」アデラがいった。

「ああ、明日の礼拝のときにお願いしよう」ギラードがいった。「礼拝堂の修復が終わるまで、毎朝広間で礼拝をやるように神父にいっておいた」

ダンカンはうなずくと、立ちあがって、夕食が終わったことを無言で伝えた。

マデリンは全員が暖炉の前に置かれた椅子に向かうのを待って、膝をついてテーブルの下に落とした靴を探した。

ダンカンが背後から彼女の腰をつかんで抱きあげ、目の前に靴をぶらさげた。

マデリンは靴を取ろうとした。

「なぜしかめ面をしているんだ?」ダンカンはマデリンをテーブルの端に座らせると、靴を履かせてやった。

「そんなこと、自分でするわ」マデリンは小声でいった。「しかめ面の理由は、あなたがからかったからよ。そういうのは嫌いなの」

「なぜ?」ダンカンは彼女を床におろしたが、彼がそのまま手を離さないので、マデリンは必要以上にどぎまぎした。

「なぜって?」なにをいおうとしたのか思い出せなかった。こんなふうにいまにもキスしそうなまなざしで見つめられたら、キスを返すこと以外なにも考えられなくなってしまう。

「なぜ、わたしにからかわれるのがいやなんだ?」ダンカンは上を向いたマデリンに顔を近づけた。

「からかっているときのあなたは、なにをしでかすか予想がつかないからよ」マデリンは答えた。「ふだんのあなたは、まるで、冬の草みたい。冷たくて、硬くて。そう、頑ななの」

一歩さがろうとしたが、ダンカンは彼女の腰を捕まえている手にさらに力を込めて引き寄せた。「でも、いまのあなたは夏草のよう。こちら側に曲がって、それから――」

マデリンがひどくうろたえていたので、ダンカンは笑えなかった。「草の葉にたとえられたのははじめてだ」彼はいった。「さあ、たとえ話はなしにして、ほんとうのことをいってくれないか。頼む」

「頼む?」マデリンは彼の言葉に戸惑った。「ダンカン、あなたにからかわれるのがいやなのは、優しくされているような気分になるからよ。あなたには、いつものように不機嫌でいてほしいの」彼女はつぶやいた。「それから、こんなふうにあなたをいつまでも見あげていたら、首の骨が折れてしまうわ」

まるでわからないことをダンカンは思った。妻というのは、思ったより理解するのがむずかしいらしい。「わたしに、優しくしてほしくないのか?」

「ええ」マデリンはきっぱり答えた。

「なぜだ?」ダンカンは家族と客がいることを忘れて、声もひそめずにいった。頭のなかには、このへそ曲がりの女性を抱き寄せて、愛を交わすことしかなかった。

「ちゃんと答えるまで、ひと晩じゅう、ここに立っていることになるぞ」

「笑われるに決まっているわ」

「マデリン、さっきは草にたとえられても笑わなかったんだ。なんといわれようと笑わないさ」

「わかったわ」マデリンはいった。「優しくされると、あなたを愛したくなるからよ。さあ、これで満足?」

ダンカンは文句なしに満足した。マデリンが顔をあげたら、彼がどんなに悦に入っていたかわかっただろう。

マデリンは不意に泣きたくなって、深々と息を吸いこんで彼の胸をじっと見つめた。「そんなことになったら、いずれ傷ついてしまうでしょう?」

「わたしがそうはさせない」ダンカンがいった。

その口ぶりがひどく傲慢に聞こえて、マデリンはむっとして彼を見あげた。ダンカンはそれ以上がまんできなかった。マデリンの唇がこんなにもすぐ近くにある。彼は頭をかがめて、熱っぽく唇を奪った。

「――おい、ダンカン、マデリンがプサルテリーを弾いてくれるのをみんな待っているんだぞ」エドモンドが不機嫌そうにいうのが聞こえた。

ダンカンは妻の口にため息をついて体を離した。そして、親指で彼女の下唇をゆっくりと撫でながら、にやりとしていった。「ほかにも人がいることを忘れていた」

「わたしもよ」マデリンは顔を赤くしたまま、息を弾ませてささやいた。

ダンカンは彼女の腕を手に取ると、空いている椅子に導いた。「これはあなたが座る椅子よ。背もたれがいちばん高いでしょう」マデリンがいった。

彼がそこに座るまで演奏がはじまりそうになかったので、ダンカンはマデリンの指示に従った。笑顔さえ浮かべながら。

エドモンドが別の椅子をマデリンのほうに押しやった。「この椅子のほうが座り心地がいい」

マデリンは礼をいって腰をおろし、ジェラルドからプサルテリーを受けとった。楽器を膝の上に置くと、緊張して手が震えた。注目を集めるのは昔から嫌いだった。目立たないでいるほうが気持ちが安らぐ。

ジェラルドはアデラの椅子の後ろに立ち、背もたれに腕を掛けていた。ギラードとエドモンドはそれぞれ暖炉の左右にもたれている。だれもがマデリンを見つめていた。

「久しぶりだわ」マデリンはプサルテリーに目を落としたままいった。「それに、おじと、おじの友人の前でしか歌ったことがないのよ……。きちんと手ほどきを受けたことは一度もないの」

「きっとおじさまたちは、喜んで聴いてくださったはずよ」アデラはマデリンの手が震えていることに気づいて励まそうとした。

「ええ、そのとおりよ」マデリンはアデラにほほえんだ。「でもそれは、みなさんそろって耳が遠かったからなの」

ダンカンがすぐさま身を乗りだし、だれも笑ってはいけないと、無言で一同に釘を刺した。

ジェラルドが咳払いし、ギラードが背を向けて炎を見つめた。マデリンは彼が待ちくたびれたのだろうと思った。

「復活祭のころに歌うラテン語の聖歌ならいくつか歌えるけれど……」

「草の葉の歌は知らないのか？」ダンカンが口を開いた。

マデリンはきょとんとしたが、すぐににっこりした。

「冬の草は踏みつけたら折れてしまうわ。夏の草も、ブーツで踏みつけたら、つぶれて枯れてしまうかも」

「なんの話だ？」ギラードが怪訝そうに口を挟んだ。

「悲しい歌の話だ」ダンカンがいった。

「ある人の運命にまつわる歌よ」マデリンが同時に答えた。

「できたら、ポリュペモスの歌を歌ってほしいんだが」エドモンドがいった。

「ポリュペモスとは？」ジェラルドが尋ねた。

「ひとつ目の巨人だ」エドモンドはマデリンを見て、ひねくれた笑みを浮かべた。

「キュクロプスという巨人族の長《おさ》よ」マデリンはそういうと、エドモンドに尋ねた。「オデュッセウスの物語を知っているの？」

「飛び飛びにだが」エドモンドは、ぜんぶマデリンが高熱でうなされていたときに知ったことだとはいわなかった。

「ジェラルド、マデリンの話って、それはもうおもしろいのよ」アデラは熱心になるあまり、ジェラルドの手に触れていった。

「オデュッセウスというのは聞いたことがないな。なぜだろう？」ジェラルドはオデュッセウスを知らなかったことが不本意らしく、だれのせいなのかと考えているようだった。

「知らなくても、少しも恥じることはないわ」マデリンはいった。「もしかして、オーリヤックのジェルベールはご存じかしら？」

「修道士の？」

マデリンはうなずくと、アデラに向きなおった。アデラはジェルベールを知らないはずだ。「ジェルベールは昔の人よ、アデラ。たぶん、百年くらい前じゃないかしら。フランスの修道院にいたんだけれど、スペインで学んで、戻ってからランスの町に学校を作ったの。そこで教え子の学生たちに、みずから翻訳したいにしえの物語を教えたそうよ。ホメロスという人が書いた、無敵の戦士オデュッセウスの物語を。ジェルベールはギリシャ語のその話を、ラテン語に翻訳したの」

「ホメロスとジェルベールは知り合いだったの？」アデラが尋ねた。

「いいえ」マデリンは答えた。「ホメロスは古代ギリシャの人よ。ジェルベールが生まれる何百年も前に亡くなっているわ。ホメロスが残した物語は修道院に保管されていたの。なかには教会が眉をひそめるような話もあったんだけれど、わたしはその話を繰り返しても神を冒瀆《ぼうとく》しているとは思わないわ。そもそも荒唐無稽《こうとうむけい》で、現実にあったこととは思えないもの」

だれもがその話に興味を引かれたようだった。ダンカンがうなずいたので、マデリンはプサルテリーを奏ではじめた。

はじめのほうこそ手が震えて顔をしかめるような間違いを何度かしたが、プサルテリーを見つめ、バートンおじがそばにいるつもりで奏でていると、しだいに歌声は力強く澄みわたって、戦士の物語が生き生きと甦《よみがえ》った。マデリンはいつしか、オデュッセウスとひとつ目の巨人のバラッドに一心に集中していた。

彼女が紡ぎだす物語に、だれもが引きこまれた。ダンカンは彼女の歌声に聞きほれながら、これこそ、わが妻となった慎ましやかな女性の真の姿だと思った。

まるで、その場にいる全員が魔法をかけられたようだった。ダンカンは背もたれにもたれて、満足そうにほほえみを浮かべた。

物語はエドモンドの希望どおり、オデュッセウスと家来たちがひとつ目の巨人ポリュペモスに囚われたところからはじまった。ポリュペモスはオデュッセウスたちをひとり残らず食べることにして、洞窟《どうくつ》の入口を大岩でふさいで彼らを閉じこめた。ポリュペモスは飼っている羊の群れを毎晩洞窟に入れ、朝になると洞窟から出して草地に放していたので、その都度入口の岩を動かさなくてはならない。オデュッセウスは巨人の目を潰《つぶ》し、家来たちに羊の下にもぐって腹につかまるようにいった。ポリュペモスは羊たちを洞窟から出すときに背に触れてたしかめたが、腹には触れなかったので、一行はまんまと逃げおおせた。

マデリンが演奏を終えると、だれもがもう一曲聴きたがった。

そして、いまの曲のここがいいと、口々にいい合った。

「ポリュペモスから名前を訊かれて、とっさに〝だれでもない〟とオデュッセウスが答えるところがいい」ギラードがいった。

「そう」ジェラルドが応じた。「ポリュペモスがオデュッセウスに目を潰されてわめいているときに、心配したほかのキュクロプスが、だれに痛めつけられたのか名前をいえというところだ」

エドモンドも笑いに加わった。「すると、ポリュペモスが〝だれでもない〟と答えたものだから、ほかの巨人たちは彼を放っておくことにした」

だれもが物語に夢中になっていたので、マデリンはほほえんだ。ダンカンも、満足そうな笑みを浮かべて暖炉をじっと見つめている。

ダンカンの横顔は美しかった。彼を見つめていたマデリンは、ふと体じゅうが温かい光で満たされるのを感じた。ダンカンを見ているとだれを思い出すのか、ようやくわかった。オデュッセウス――そう、ダンカンは子どものころに夢見た無敵の戦士にそっくりだ。あのころ空想したオデュッセウスは、幼かったマデリンの聴罪司祭であり、友達であり、相談相手でもあった。いつの日か、ひとりぼっちで怯えているときは、彼に心の不安を洗いざらい聞いてもらったものだ。オデュッセウスがどこからともなく現れて、遠くに連れていってくれることを想像するのが好きだった。オデュッセウスならマデリンのために戦い、ラウドンから守ってくれる。そして、愛してくれる。

成長するにつれて、子どものころの夢は色褪《いろあ》せてしまった。そしていまこの瞬間まで、心の片隅に残っていた夢を忘れていた。

マデリンは夫を見つめて、その夢が叶ったことに気づいた。ダンカンはまさにオデュッセウスだ。恋人であり、守り手であり、兄から救いだしてくれた人でもある。

マデリンは彼に恋をした。

17

「知恵の価値は紅玉《ルビー》にまさる」

——旧約聖書「ヨブ記」二十八章十八節

「マデリン、いったいどうしたの？　具合が悪くなったの？」アデラが飛びあがってマデリンに駆け寄った。マデリンの顔は蒼白《そうはく》で、いまにも気絶しそうだった。アデラが間に合わなければ、美しいプサルテリーは床に落ちていただろう。

マデリンはかぶりを振って立ちあがろうとしたが、足に力が入らなかった。さっき頭にひらめいたことで、体が震えていた。ダンカンに恋をしてしまったのだ。「大丈夫よ、アデラ。ちょっと疲れただけ。どうか大げさにしないで」

「もう一曲歌って大丈夫かしら？」アデラはそういってすぐに後悔した。

マデリンはアデラが時間稼ぎをしていることに気づいて気の毒に思ったが、彼女がジェラルドと散歩をしないですむような名案はひとつも思いつけなかった。

アデラの傍らにジェラルドが来たので、マデリンはいった。「いい楽器だわ。見る目があるのね、ジェラルド」

ジェラルドはほほえんだ。「ダンカンもそうらしい」

マデリンにはその意味がわからなかった。それから、エドモンドとギラードから演奏をほめられて、たちまち恥ずかしくなった。実際、そんなふうにほめられるのには慣れていない。マデリンにしてみれば、ここにいる人々はこのうえなく変わっていた。ほめ言葉を気軽に口にするけれど、それが相手の価値を損なうとは少しも思っていない。

彼らに出会うまで、美しいといわれたことは一度もなかった。けれども、ここにいる人々はひとり残らず、少なくとも一度はそういってくれたことがある。それも、ほんとうにそう思っているようなのだ。「そんなふうにいつまでもほめられたら、うぬぼれてしまうわ」マデリンははにかんだ。

けれども、ダンカンがひとこともいわないことにも気づいていた。もしかして、喜んでもらえなかったのかしら。

ダンカンは、いつもの彼らしくなかった。みんなの前で抱き寄せてキスをしたのもありえないことだったし、夕食の最中にからかいの言葉を口にしたのも不思議だった。彼をよく知らなければ、ふざけるのが好きな人だと思ったかもしれない。もちろん、そんなはずはなかった。

マデリンはジェラルドがアデラの手を取って広間から連れだすのを見守った。アデラは助けを求めるように何度も振り返っている。

「あまり外に長居しないでね、アデラ」マデリンは声を張りあげた。「体が冷えてしまうわ」

彼女にできるのはそこまでだった。アデラは感謝を込めてうなずくと、ジェラルドに手を引かれて見えなくなった。

ギラードとエドモンドも暇乞いをして、ダンカンとマデリンはふたりきりになった。

マデリンは手持ちぶさたになって、服のしわを伸ばした。塔の部屋に行ってしばらくひとりきりになりたかった。考えることや、決めなくてはならないことがたくさんある。

ダンカンに見つめられているのを感じて、彼女はいった。「〝人間と馬の話〟をしてもらえるかしら、ダンカン？　湖に泳ぎに行く前に」

「なんだって？」ダンカンはきょとんとした。

「わたしに、〝人間と馬の話〟をするといったでしょう」マデリンは答えた。「憶えていないの？」

「ああ、そのことか」ダンカンは優しく応じた。「もっと近くに来てくれないか。きみにいっておきたいことがある」

もう充分近くにいたので、マデリンは怪訝に思いながら、立ちあがって彼のすぐそばまで行った。「今夜のあなたはとても変だわ、ダンカン。それに、とても気さくに振る舞うのね。少しもあなたらしくないわ」

マデリンは椅子に座っている犬をじっと見つめていたが、やにわに手を伸ばして額に手を当てた。「熱はないわね」

まるで残念がっているような口ぶりだった。眉までひそめている。彼はマデリンの体を捕まえて、膝の上に乗せた。

マデリンは服をなおし、両手を組み合わせて、できるだけ行儀よく座った。

「なにか心配ごとでもあるのか？」ダンカンは親指で、彼女の下唇を撫でた。

もちろん心配だった。ダンカンはまるで、見ず知らずの人のように振る舞っている。妻なら不安になって当然でしょう？　マデリンはため息をついた。目にかかる巻き毛をさっと押しやった拍子に、肘を彼の顎にぶつけた。

いきなりぶざまなことをしたのが恥ずかしくて、彼に謝った。

ダンカンはうなずいた。

「きみの声は、カエルとは違った」

マデリンは、これ以上のほめ言葉はないと思った。「ありがとう、ダンカン。さあ、人間と馬の関係について、わたしにいいたいことがあるんでしょう」

彼はうなずいた。それから、腰から肩へとゆっくりと彼の手が這いあがるのを感じて、マデリンはぞくりとした。気がつくと、彼の胸に抱かれていた。

「われわれ人間は、馬に特別な装具をつけた」彼の声は暖炉の炎と同じくらい温かかった。マデリンは少しだけ体をすり寄せ、あくびをして目を閉じた。

「人間は馬が命令どおりに動くことを当てにしている。戦士が馬の扱いに時間を取られているようでは、存分に戦えない。戦いが激しいときに馬がいうことを聞かなければ、命にかかわるからだ」

ダンカンはさらに説明をつづけた。「きみはわたしの馬を誘惑してわたしから奪った。そのことでは激昂《げきこう》してしかるべきだし、いまも思い出して腹が立っている」忠実な馬を失ったことを思い出して、彼は苦笑いを浮かべた。「そう、きみはシレノスを役立たずにした。シレノスがほしかったのならそういってかまわない。だが、あの馬はもうきみにやることにした。だから、まずはわたしの馬を役立たずにしたことを謝ってもらいたい。それから、贈り物に感謝してほしい」

マデリンは謝りもしなければ、礼もいわなかった。ダンカンは彼女の頑なな態度に眉をひそめ、顔を上向けた。

マデリンはぐっすりと眠っていた。おそらく、いまの話はひとことも聞いていないだろう。ここはきっちりと叱りつけるべきだった。少なくとも、間違いなく失礼だ。けれども彼は、マデリンを起こすかわりにキスをした。マデリンはさらに体をすりつけ、両手を彼の首に伸ばした。

二度目のキスをマデリンの額にしたちょうどそのとき、エドモンドが広間に戻ってきた。

「眠ってしまったのか？」エドモンドは尋ねた。

「わたしの説教が、意識をなくすほど怖かったものと見える」

エドモンドは笑ったが、マデリンが眠っているのを思い出して声をひそめた。

「気を遣うことはない、エドモンド。満腹した子猫みたいにぐっすり眠りこんでいる」

「マデリンにとっては長い一日だったろう。夕食の料理が上出来だったのも、マデリンが厨房の召使いたちを手足のように使って万全を期したおかげだ。わたし自身、タルトを四つも食べてしまった。あのレシピは、マデリンがガーティに教えたんだろうか？」

「手足のようにだと？」

「そうとも。召使いたちは、いまではマデリンの指示に忠実に従っている」

「おまえはどうなんだ、エドモンド？　マデリンに忠実に従うのか？」

「マデリンはもうわたしの姉だぞ、ダンカン。彼女を守るためなら命を捧げる」

「おまえを疑いはしない」エドモンドがむきになったので、ダンカンはなだめた。

「それなら、なぜそんなことを訊いたんだ?」エドモンドはダンカンの向かいに椅子を持ってきて腰をおろした。「ジェラルドがマデリンのことで、なにか新しい知らせを持ってきたのか?」

ダンカンはうなずこうとしたが、頭を少し持ちあげただけでマデリンが顎の下にさらに入りこんだのでほほえんだ。「たしかに、ジェラルドはある知らせを持ってきた。陛下はまだノルマンディーにいるが、ラウドンが兵を集めている。もちろん、ジェラルドはわれわれの側《がわ》につく」

「わたしは、ちょうどあと三週間でラインホールドさまのところに戻ることになっている」エドモンドはいった。「あの方には臣下の誓いを立てているが、わたしはまず第一にイングランド国王の臣下であり、第二に兄上、あなたの臣下であって、第三にラインホールドさまの臣下だ。必要ならここにとどまることを許してくださるはずだ」

「いざとなれば、ラインホールドもジェラルドと共にわれわれの側についてラウドンと戦ってくれるだろう。合わせて、千人以上は集まる」

「スコットランド人と同盟を結んでいることを忘れているぞ」エドモンドがいった。「キャサリンの夫なら八百か、それ以上の兵を集められるだろう」

「忘れたわけではないが、キャリリンの一族をこの争いに巻きこみたくない」

「陛下がラウドンの側についたらどうする？」

「それはない」

「どうしてそういいきれるんだ？」

「陛下についてはあまたの誤解があるんだ。おそばで何度となく戦ったからわかる。陛下は癇癪《かんしゃく》を起こされるとわれを忘れて怒りくるうと思われているが、そうじゃない。たとえばある戦いで、兵士のひとりがうっかり陛下にぶつかって倒してしまったことがあった。護衛の兵士たちは不注意な輩《やから》を制裁すると口々に叫んだが、陛下は笑い飛ばし、自分にぶつかった兵士の肩をたたいて、馬に乗って守りを固めるように命じた」

エドモンドはじっと考えた。「ラウドンは尋常でないやり方で陛下の心を支配していると聞くが」

「陛下がだれかに心を支配されるとは思えない」

「そのとおりであることを祈ろう」

「もうひとつ、おまえに話があるんだが、エドモンド。ファルコンランドのことだ」

「それがどうした？」エドモンドは怪訝そうに尋ねた。ファルコンランドは未開の地だが、人の手が入れば豊かな農地になると考えられている。場所は、ウェクストンの領地のいちばん南端だった。

「おまえにあの土地をまかせたいんだ、エドモンド。城を造ってかまわない。できることなら正式に譲渡したいが、なにか陛下を喜ばせる手だてが見つからないかぎり、認められないだろうから」

ダンカンは複雑な問題に思いを馳《は》せて、いっとき口をつぐんだ。

エドモンドは目を見開いた。「そんな計画は……寝耳に水だ」生まれてはじめて、エドモンドは狼狽《ろうばい》していた。胸の奥に、希望の灯火《ともしび》がぽっとともっている。そんなことはけっしてないと思っていたのに、自分の土地を所有し、あるじとして統治しろというのだ。とてもいちどきには受け入れられなかった。

「なぜわたしにファルコンランドを?」エドモンドは尋ねた。

「マデリンだ」

「どういうことだ」

「ギラードとわたしが陛下の兄弟について話をしていたときのことだ。ギラードが広間を出ると、やりとりに耳を傾けていたマデリンが、ふたりのご兄弟は苛立っているに違いないといいだした。おふたりとも充分な権利を与えられていないと」

「そんなことはない。ロベールさまはノルマンディーを与えられているじゃないか」エドモンドが口を挟んだ。

「そうだな」ダンカンはほほえんだ。「だが、弟のヘンリーさまは金《きん》と、取るに足りない小さな領地を父王から与えられただけで、苛立っているのがわたしにもわかるくらいだ。生まれながらの統治者なのに、弟というだけで支配する権利を認められずにいる」

「それのどこにわれわれとの類似点があるというんだ？」

「マデリンにいわれて考えた。おまえは、わたしやラインホールドにとっては臣下で、その義務は尊重されなくてはならないが、それでも陛下の許可をいただけるなら、ファルコンランドのあるじとなってあの土地を豊かにできるんじゃないだろうか。なにしろ、おまえにはコイン一枚を十枚にできる頭がある」

エドモンドが笑顔になるのを見て、ダンカンはさらにつづけた。「陛下の許可がおりなくても、わたしの代理人としてあそこに住めばいい。王は新たに十分の一税を徴収できれば、兄弟のだれがおさめようと気にしないだろう」

「うまい計画だ」エドモンドはいった。

「ギラードはじきにソーモントの城に戻って四十日間の軍役を果たすことになっている」ダンカンはいった。

「ギラードには統率力があるから、じきにソーモントの司令になるだろう。ちょうど、アンソニーがここの司令になったように」エドモンドはいった。

「その前に、かっとしないようにするすべを学ばなくてはな」エドモンドはうなずいた。「ところで、マデリンのことでジェラルドがどんな知らせを持ってきたのか、まだ聞いていないが」

「ジェラルドは、陛下の弟のヘンリーさまが騒ぎを起こすのは確実だとにらんでいる。最近、ヘンリーさまから呼びだしを受けたそうだ」

「いつ？　どこで？」

「近いうちに、ヘンリーさまは領主クレアの城に滞在される。いつかは知らないが、そのときだ」

「陛下に忠誠を尽くすか、ジェラルドに問いただすおつもりだろうか？」エドモンドが尋ねた。「兄上はどうなんだ？　やはりその会合に招かれているのか？」

「いいや。わたしは陛下の側につくと思われている」ダンカンは答えた。

「ヘンリーさまは反乱を起こすつもりなのか？」

「それが確実なら、わたしは陛下の元で戦い、命を捧げるつもりだ。わたしには、陛下を守る義務がある」

エドモンドが満足そうにうなずくのを見て、ダンカンはいった。「ジェラルドの話では、陛下に不満を抱いている者が増えているそうだ。亡き者にしようというたくらみもひとつやふたつではないとか。だが、そんなのは珍しいことじゃない。先の王にも同じくらい敵がいた」

エドモンドがなにもいわないので、ダンカンはつづけた。「ジェラルドは、わたしと親しいからその会合に招かれたと思っている。陛下が亡くなったときにわたしがヘンリーさまを国王として認めるか知りたいらしい」

「その会合の結果、どうなるのか、いまは様子見というわけか」

「そう、いまは様子見だ」

エドモンドはむずかしい顔になった。「考えることが山ほどありそうだな」

「ところで、エドモンド」ダンカンは話題を変えた。「ギラードはまだマデリンに恋をしているんだろうか？」

エドモンドは肩をすくめた。「兄上がマデリンと結婚したことを受け入れられるようになるまではつらかったようだ」彼は正直にいった。「だが、いまでは冷静になっていると思う。マデリンのことは大好きだが、マデリンはギラードをいつも弟扱いしているから、のぼせあがるようなことはないだろう。しかし、よくギラードの気持ちに気づいたな」

「ギラードが考えていることは顔を見ればわかる」ダンカンはいった。「わたしがマデリンと無理やり結婚したのだと思って、結婚式の最中にギラードが剣の柄に手を伸ばしたのを見たか？」

「結婚はたしかに強引だった」エドモンドはにやりとした。「ギラードの様子にも気づいていたとも。マデリンもだ。渋っていた彼女が兄上を夫にすることに唐突に同意した理由は、それだけだった」

ダンカンはゆっくりと笑った。「そのとおりだ、エドモンド。マデリンは自分より弱い者をいつも守ろうとする。あのときは、わたしがギラードを殺してしまうと思ったんだろう」

彼がマデリンの背中を撫ではじめたのを見て、エドモンドは無意識のうちにそうしているのだろうと思った。「マデリンはわれわれがいなくなることを望んでいるんだろうか？」

「いいや、そんなことになったら、マデリンは驚いてわたしを責めるだろう」ダンカンは答えた。「おまえがラインホールドにも忠誠を誓っていることを、マデリンはまだ知らないんだ」

エドモンドがうなずくのを見て、ダンカンはつづけた。「おそらくマデリンは、わたしがおまえとギラードを一生縛りつけるつもりじゃないかと心配しているんだ」

「妙な考え方をするものだな」エドモンドはいった。「だが、その女性が兄上の人生を変えてしまった。そうだろう？　それに、われわれの人生もだ。兄上とこんなに長く話し合ったのははじめてだぞ。きっとマデリンが家族の絆を強くしてくれたんだ」

ダンカンはそのことについてはなにもいわなかった。エドモンドは立ちあがって、出口に向かった。「残念だな」彼は肩越しにいった。

「なにが残念なんだ？」

「先にマデリンを捕まえられなかったことがだ」

ダンカンはほほえんだ。「いいや、エドモンド。運がよかったんだ。もしおまえが先に捕まえていたら、わたしが奪い取っていた」

彼がそういったとき、マデリンが目を覚ました。彼女はどうにか体を起こして、恥ずかしそうに夫にほほえんだ。「なにを弟から奪い取ろうというの？」かすれた声で尋ねた。それから髪をなおそうとしたので、ダンカンはぶつからないように体を離した。

「きみの知ったことじゃない、マデリン」

「兄弟なら、持ちものは仲良く共有するべきよ」マデリンがいった。

その台詞はエドモンドにも届いた。彼は笑い声を残して立ち去ろうとした。

だがそれより早く、アデラが広間に駆けこんできた。彼女はマデリンを見るなり、わっと泣きだした。「ジェラルドが、いまも婚約は有効だというの、マデリン。どうしたらいいのかしら？　まだわたしと結婚したいなんて」

マデリンがダンカンの膝からおりるのと同時に、アデラが彼女の腕のなかに飛びこんだ。

ダンカンは立ちあがると、妹の取り乱しようにため息をついた。

「そういうことはわたしに訊くものだ、アデラ」彼はつっけんどんにいうと、妹がマデリンにしがみついているのを無視して妻の腕を取り、出口に向かって歩きだした。

「こんな状態のままアデラを置いていくわけにはいかないわ」マデリンは抗議した。まるで、引っぱりっこの縄になったような気分だ。

つづいてジェラルドが広間に駆けこんできたせいで、マデリンを寝室に連れていき、アデラのことは明日の朝なんとかしようというもくろみは失敗に終わった。彼はいま、長々と話し合う気分ではなかったので、すぐさま片をつけることにした。

ジェラルドが口を開く前に、彼は尋ねた「まだアデラと結婚したいのか?」

「そのとおりだ」ジェラルドは挑むようにいった。「アデラはわたしの妻になる」

「わたしはアデラに、いつまでもこの城にいていいと約束した」ジェラルドが怒りをあらわにするのを見て、ダンカンはどなりたくなった。「だが、そんな約束をしたのは間違いだった」これまで一度も過ちを認めたことのない彼の告白に、全員がぽかんと口を開けて固まった。

ダンカンはマデリンに向きなおってささやいた。「ほんとうのことをいわずにはいられないきみのこだわりが移ったらしい。さあ、その口を閉じるんだ、いとしい人。なにもかもうまくいく」

マデリンはゆっくりとうなずくと、ほほえみを浮かべて彼を信頼していることを伝えた。ジェラルドはダンカンはそれがうれしくて、ジェラルドに向きなおったときもまだ笑顔でいた。ジェラルドはダンカンをよく知っていたから、ひととおり説明してもらうまではあからさまに食ってかからないことにした。

「アデラ」ダンカンが口を開いた。「泣くのはやめて、わたしが約束したことをジェラルドに正確にいうんだ」

有無をいわせぬ口調でいわれて、アデラはマデリンから離れた。「お兄さまは、そうしたければ死ぬまでここにいていいといったわ」

ジェラルドはアデラのほうに一歩踏みだしたが、ダンカンは目で制した。

「では、ジェラルド、わたしはきみにどんな約束をした？」

ダンカンの声は穏やかで、どうかすると退屈しているように聞こえた。マデリンは彼の手を握りしめた。

ジェラルドは答えをどなった。「王の祝福と共に、アデラをわたしの妻にすることに同意したはずだ！」

エドモンドはそれ以上黙っていられなかった。「いったい、どうやってふたつの約束を守るつもりだ？」

「ジェラルド」ダンカンは弟を無視した。「アデラに対する約束は、ここにとどまりたいというアデラの意志次第だ。それを変える仕事はきみにまかせる」

「つまり――」

「必要ならいつまででも、客人としてここにとどまってかまわない」

ジェラルドはしばらく言葉を失っていたが、やがてこのうえなくふてぶてしい笑みを浮かべた。「アデラ、きみがここを離れないなら、わたしがとどまろう」

「なんですって？」

アデラはまた悲鳴のような声をあげたが、マデリンが見るかぎり、彼女の瞳には驚きと怒りしかなかった。

「きみの兄上がいったように、必要なだけここにいさせてもらう。わたしが本気だということをわかってもらうためだ！」ジェラルドはいった。「聞こえたか、アデラ？」

もちろん聞こえていた。南側の城壁の見張りにも間違いなく聞こえたはずだ。

マデリンはジェラルドの怒りからアデラを守ろうと一歩踏みだしたが、ダンカンにまた手をつかまれ、ぐいと引っぱられた。文句をいおうとしたが、さらにしっかりと手を握りしめられて口をつぐんだ。

アデラは怒りで、しばらく口もきけなかった。彼女はスカートをつかんでジェラルドに駆け寄った。「わたしの気が変わるまで待っていたら、白髪でしわくちゃのおじいさんになるわよ、ジェラルド」

ジェラルドはアデラにほほえんだ。「わたしを侮《あなど》っているな、アデラ」

「あなたほど頑固な人はいないわ」アデラはいい返した。「なんて……なんて粗野な人《プリビーアン》」そしてジェラルドに背を向け、広間を走りでた。

なにもかもうまくいくと、マデリンは心で感じた。アデラはひどく怒っていたけれど、怯えてはいない。

「〝プリビーアン〟とはなんだ？」ジェラルドはエドモンドに尋ねた。

エドモンドは肩をすくめてマデリンを見た。「きみが教えたのか？」

「ええ」マデリンは正直に認めた。

「ポリュペモスと同じくらい、好ましくないたとえなのか？」

マデリンは首を振った。

「少なくとも、ジェラルド、アデラのきみに対する評価は、マデリンがわたしとはじめて出会ったときに下した評価よりはましらしい」エドモンドはいった。

マデリンがその意味を尋ねる前に、ダンカンはみんなにおやすみといい、マデリンを引っぱって広間を出た。

ダンカンの寝室に着くまで、ふたりとも口をきかなかった。寝室に入り、室内をひと目見たマデリンは、アデラやエドモンドのことで訊こうと思っていたことを忘れた。ダンカンは塔の部屋から、彼女の持ち物をここに移させていた。二脚の椅子が暖炉の前に向かい合わせに置いてある。マデリンのベッドに掛けてあったカバーが彼の巨大なベッドを覆い、彼女が刺繍《ししゅう》したタペストリーが暖炉の上に掛けてあった。

ちょうど部屋をさがろうとしていたモードが、マデリンの入浴の仕度ができたことをあるじに報告した。

モードがドアを閉めるとすぐに、マデリンはいった。「あなたの前で入浴なんてできないわ。どうか湖に泳ぎにいってちょうだい。そのあいだに――」

「きみの一糸まとわぬ姿なら何度も見ている」ダンカンは彼女が腰に巻いた編み紐をほどくと、椅子の上に放り投げ、ブリオーとシェーンズを脱がせにかかった。

「でも、いつもはベッドのなかでしょう。毛布の下で……」マデリンの声はしだいに小さくなった。

ダンカンは低い声で笑った。「さっさと入浴するんだ。湯が冷めてしまう」

「あなたは凍りつくような湖で泳いできて」マデリンはなおもいった。ダンカンは彼女のシュミーズをそろそろと肩の上まで持ちあげた。「どうしてこんなことをするの？」マデリンは頬がほてるのを感じた。「冷え込みの厳しい夜に泳ぐのは好きでしょう？」

マデリンは彼の気を逸らそうとしたが、ダンカンは答えるのも脱がせるのも同時にできるようだった。

「とくに好きでやっているわけじゃない」ダンカンは妻の美しい体を隠しているものを早く取り去りたくて、手早く下着を脱がせた。膝をついてストッキングと靴を脱がせると、熱い指先を腰までゆっくりと這わせた。

マデリンは喜びのため息を漏らした。

「それなら、どうして泳ぐの？」

「心と体を鍛えるためだ」

ダンカンが手を離したので、マデリンは少しがっかりした。「体を鍛えたいなら、もっと簡単なやり方があるはずよ」マデリンの声はかすれていた。

髪を前におろして胸を隠そうとしたが、長さが足りないことに気づいて、かわりに髪をねじって彼の視線から胸を隠した。

ダンカンは立ちあがると、マデリンの両手をそっとどかした。両手で乳房を包みこみ、親指でピンク色の乳首をゆっくりと円を描くように撫でる。マデリンは快感に足の指を丸め、もっと触れてもらいたくて、無意識のうちに身を乗りだした。

「いまキスしたら、入浴できなくなってしまう。きみも燃えているんだろう。目を見ればわかる。わたしがどれだけきみをほしがっているか、わかるか?」彼は愛撫するように滑らかな声でささやいた。

マデリンはゆっくりとうなずいた。「わたしも、いつもあなたがほしいと思っているわ」それから意識して彼に背を向け、湯を入れたたらいに向かった。

ダンカンは妻を見ないようにした。今夜はじっくり味わおうと心に誓っている。マデリンをベッドに放って荒々しくものにしたい衝動にどんなに駆られようと、急がずに愛を交わそうと決めていた。

優しい言葉でマデリンをなだめすかすつもりだった。どんなに夫を愛しているか、いわせたい。愛しているとわかった以上、彼女からもその言葉を聞かなくては気持ちがおさまらなかった。

今夜はマデリンに愛してもらおうと決めていた。そうしてくれといえば、マデリンはなにも否定できないはずだ。

ダンカンはほほえんだ。ほんとうのことをいわずにはいられないマデリンのこだわりを利用しよう。彼はチュニックを脱ぐと、暖炉に薪《まき》をくわえた。

マデリンは、ダンカンに見られるのではないかと気にしながら手早く体を洗ったが、そのうちそんなふうに気にしていることがおかしくなって、ぷっと吹きだした。

ダンカンがたらいのそばまで来て、腰に手を当て、なにがおかしいのかと尋ねた。

彼がもうシャツを着ていなかったので、マデリンの鼓動は早まり、呼吸も苦しくなった。こんなにも簡単に昂ぶってしまうのが不思議だった。「毎晩、一糸まとわぬ姿になってあなたの隣で眠っているんだもの、恥ずかしがるほうがおかしいわ。それがおかしかったの」最後に肩をすくめた拍子に滑って、深いたらいのなかで溺《おぼ》れそうになった。

それから立ちあがって彼のほうを向き、恥ずかしがっていないことを示した。

肌についた水滴が光っていた。巻き毛が濡れて、肌に貼りついている。いたずらっぽい表情を浮かべている彼女を見て、ダンカンは頭をかがめて額に、それから鼻の頭にキスした。そうせずにはいられない。恥じらいを見せまいとしている彼女は、神々しいばかりに美しかった。

マデリンがぶるっと震えたので、あらかじめ椅子に置いてあった布で体をくるみ、たらいから抱きあげて暖炉の前におろした。

暖炉に背を向けたマデリンは、ダンカンの胸が乳房に触れるのを感じて目を閉じた。炎の熱が肩を、ダンカンの優しいまなざしが心を温めてくれる。

大切にされていることをしみじみと感じた。彼が体を拭きだしても、いやとは思わなかった。はじめのうち、彼は濡れた体に布を巻きつけて拭いていたが、背中を拭き終わると、今度は布の両端をぐいと引いて、自分の胸に妻の体を押しつけた。それから唇をふさいで燃えるようなキスをし、マデリンが差しだしたものを舌で堪能した。彼は布を落としてマデリンの尻を包みこむようにつかみ、抱きあげて、信じがたいほど熱くなったものに押しつけた。

マデリンは彼の口に喜びの声を漏らし、みずからの舌で彼の舌を愛撫した。さらに両手で背中を撫でたが、ズボンに手を伸ばそうとしたところで、彼はすっと体を離した。

「ベッドに連れていって」マデリンはもう一度唇を捕らえようとしたが、彼はわざとかわした。

「いずれそうする」彼はかすれた声でささやくと、顎にキスして、そろそろと彼女の胸に唇を這わせた。「きみはとても美しい」

彼はマデリンのすべてを味わおうとしていた。乳房を片手で愛撫しながら、もう片方の乳房に唇を滑らせ、乳首を吸って固いつぼみにした。

彼の舌は熱いベルベットのようで、とても立っていられなかった。彼が膝をついて熱いキスをおなかに降らせはじめると、すっと息を吸いこんだきり吐くのを忘れた。彼の両手が太《ふと》腿《もも》を撫であげ、そのあいだに入ってきたときは、われを忘れそうになった。彼は太腿の傷跡をキスでたどりながら、いちばん熱い部分を甘く責めてくる。

腰をつかまれて太腿のあいだの柔らかな茂みにキスされると、膝から力が抜けてくずおれそうになった。

彼はマデリンが動くことを許さずに、蜂蜜のように甘く、上質のワインのように酔わせる熱く濡れた部分を、口と舌で味わった。

マデリンはめくるめく快感に翻弄《ほんろう》され、彼の肩胛骨《けんこうこつ》に爪を突き立て、柔らかなすすり泣きを漏らした。その太古から変わらないみだらな声が、ダンカンをくるおしいほどかき立てた。

彼はマデリンをゆっくりと床に横たえると、唇で彼女を求めながら、濡れたきつい鞘を指で貫き、さらに責め立てた。マデリンは体を弓なりにしてのぼりつめ、彼の名を叫んだ。限界まで高まったものがはじけて、まばゆいほどの快感がつぎからつぎへと押し寄せてくる。そのあいだじゅう、彼は抱きしめて愛の言葉をささやいてくれた。

彼の腕のなかで、マデリンは金色の液体になった気がした。どんなに気持ちよかったか伝えたいけれど、彼にキスするのをやめられない。

ダンカンは体を離して手早く服を脱ぐと、隣に仰向けに横たわって、マデリンを自分の上に引っぱりあげた。

もうじき自制が効かなくなるのはわかっていた。彼はマデリンの両脚を乱暴にならないように広げてまたがらせ、ふたたび愛撫で激しく乱れさせた。マデリンは彼の名を苦しげに口にし、この責め苦を早く終わらせるように手と唇でせがんだ。

マデリンの腰を持ちあげ、ひと思いに貫いた。彼女の準備は充分すぎるほど整っていた。信じられないほど熱く濡れて、きつく締めつけてくる。

そのときになってようやく、マデリンに身を委《ゆだ》ねた。マデリンは体を反らして彼のすべてを包みこむと、ゆっくりと、本能に身をまかせて動きだし、彼を駆り立てた。

彼は少年のように弱く、軍神のように猛々《たけだけ》しかった。マデリンの腰を両手でつかみ、さらに激しく動くように求めた。

絶頂はマデリンより早く訪れたが、みずからを解き放った彼のうなり声と最後のひと突きで、マデリンも屈服し、至福のときを迎えた。

マデリンは満足して、彼の胸にどさりと倒れこんだ。ダンカンのうめく声が聞こえたが、いまは消耗しきって、とても謝れない。

ふたりが口をきけるようになるまで、かなり時間がかかった。マデリンは指先でダンカンの胸を撫でていた。硬い胸毛の感触や、滑らかな熱い肌、彼のにおいが好きだった。

ダンカンはそのままゆっくりと転がって、マデリンの上になった。それから横向きになって片肘をつき、重い太腿を彼女の脚に無造作に乗せた。

マデリンは、これほど傲慢な彼は見たことがないと思った。どうだといわんばかりの表情でこちらを見ている。

髪の毛がひと房、額に垂れていた。マデリンが手を伸ばしてその髪をなおそうとしたとき、ダンカンが口を開いた。「愛している、マデリン」

マデリンの手が空中で止まった。

その目が大きく見開かれるのを見てはじめて、ダンカンは自分がなにを口走ったのか気づいた。

そんなつもりではなかった。マデリンに、愛しているといわせるつもりだった。彼はみずからの失態にほほえみながら、妻が落ち着きを取り戻して、どんなに愛しているか告白してくれるのを辛抱強く待った。

マデリンはたったいま耳にした言葉が信じられなかった。彼の生真面目な表情を見れば、本気で口にしたことはわかる。

彼女が泣きはじめたので、ダンカンは戸惑った。「愛しているといったから泣いているのか？」

マデリンはかぶりを振った。「いいえ」

「それならなぜ、そんなに取り乱すんだ？　たったいま、満足させたばかりだろう？」

彼が本気で心配していたので、マデリンは涙を拭おうとして彼の顎に手をぶつけた。「たしかに満足させてくれたわ」彼女は答えた。「でも、怖くてたまらないのよ、ダンカン。わたしを愛するなんて間違っているもの」

ダンカンはため息をついた。納得の行く説明を引きだすまで、もうしばらく待つことになりそうだった。マデリンは、まともに話せないほどひどく震えている。

急《せ》かしたいのをこらえて、マデリンをベッドに運んだ。だが毛布の下に潜りこむと、マデリンはなにもいわずに、後ろ向きに体をすり寄せてきた。

「なぜ怖がるんだ？」彼は尋ねた。「わたしに愛されるのは、そんなに恐ろしいのか？」

彼の声がひどく気づかわしげだったので、マデリンはまた泣きだした。

「わたしたちに希望なんてないのよ、ダンカン。きっと陛下は――」

「祝福してくださるさ。陛下はこの結婚を認めざるをえないはずだ」

彼が自信たっぷりにいいきったので、マデリンは少し慰められた。「どうして陛下があなたの味方になってくださるのか、わかるように説明してもらえないかしら。怖い思いはしたくないの」

ダンカンはため息をついた。「陛下とわたしは、子どものころから親しかった。陛下は欠点こそ多いが、君主としての力量はたしかな方だ。きみが陛下を嫌っているのは、おじ上からいろいろな話を聞かされたからだろう。だが、おじ上の話は教会に関連することにかぎられる。陛下は修道院の財産を奪って、聖職者たちに愛想を尽かされてしまったし、カンタベリー大司教が亡くなられたときも後継者をなかなか指名されなかった。だから聖職者たちは、思いどおりにならない陛下を軽んじるようになってしまった」

「でも、どうしてあなたは――」

「わたしが説明しているときに口を挟むんじゃない」ダンカンは言葉を和らげるかわりに、マデリンをそっと抱きしめた。「自慢するつもりはないが、わたしは陛下を助けてスコットランド人をひとつにまとめ、彼らと平和的に共存する道を築いてきた。陛下はわたしの価値をご承知だ。熟練した手勢を率いて、必要とあらばいつでも召集に応じるわたしを、陛下は頼りにしていらっしゃる。わたしがけっして裏切らないこともご存じだ」

「でも、ラウドンは陛下と特別な関係にあるんでしょう」マデリンはいった。「マルタがそういっていたわ。それに、おじの友人たちから噂を聞いたこともある」

「マルタというのは？」

「おじの家に来ていた下働きの女性よ」マデリンは答えた。

「ほう、ではそのマルタの言葉は、教皇さまの言葉と同じくらいたしかなわけだ」ダンカンはいった。「きみはそういうものの見方をするのか？」

「もちろん、違うわ」マデリンは口ごもって振り向こうとしたが、彼がそうさせなかったので肩にもたれた。「でも兄は、陛下を思いのままに操れるとまでいっていたのよ」

「教えてくれないか。さっき〝特別な関係〟といったが、どういう意味でその言葉を使ったんだ？」

マデリンは激しく首を振った。「そんなこと、口に出せないわ。そうするだけで罪深いことだもの」

ダンカンはうんざりしてため息をついた。王の嗜好《しこう》については充分承知しているし、ラウドンが王にとって単なる補佐役以上の存在らしいということも何年も前から気づいている。だが、うぶな妻がそんなことまで知っていたのは驚きだった。

「このことでは、わたしのいうことを信じてもらうわ。とにかく、兄と陛下は罪深い関係にあるの」

「それでもかまわない」ダンカンはいった。「きみを恥ずかしがらせるようだから、この話はもうしないことにしよう。きみのいう〝特別〟の意味ならわかっている。だが、陛下は臣下の領主を裏切るようなまねはなさらない。この争いでは、名誉はわたしのほうにある」

「その〝名誉〟とやらはもしかして、あなたがラウドンの城で杭《くい》に縛りつけられることになったのと同じ〝名誉〟かしら？」マデリンは尋ねた。「あなたはとても名誉を重んじる人だから、ラウドンが一時的な休戦の約束を守るものと思っていたんでしょう？」

「あれは、綿密に練られた計画だった」彼の声がマデリンの耳元で響いた。「わたし自身、ラウドンを信頼したことは一度もない」

「もしかしたら、味方が城内に入ってくる前に、殺されていたかもしれないのよ」マデリンはいい返した。「それをいうなら、凍えて死んでもおかしくなかった。わたしが助けたからよかったようなものの……。名誉なんてほとんど関係なかった」

ダンカンは反論しなかった。マデリンは思い違いをしているが、わざわざそれを正す必要はない。

「ラウドンはわたしをだしにして、あなたを破滅させようとしているのよ」

その意見は、まったく筋がとおらない。「マデリン、イングランドの領土で、アデラのことを耳にしなかった領主はひとりもいない。もし陛下がそのことに背を向けるなら、それは陛下がはじめて愚かな過ちを犯したということだ。わたしの味方につく領主はほかにもいる。われわれはみな、君主のために義務を果たさなくてはならないが、君主もわれわれひとりひとりに対して、名誉ある行動を取ることが求められるんだ。さもなければ、われわれの忠誠の誓いになんの意味もなくなってしまう。だから、わたしを信じてくれないか、マデリン。ラウドンがこの戦いで勝つことはない。わたしを信じて、あとのことはまかせるんだ」

マデリンはしばらくじっと考えていたが、しまいに口を開いた。「わたしはずっと、あなたを信じてきたわ。天幕で一緒に眠ったあの夜から……。あなたは、眠っているときは触れないと約束して、わたしはその言葉を信じた」

ダンカンはそのときのことを思い出してほほえんだ。「眠っているときにわたしに手ごめにされるんじゃないかと思うのがどんなにばかげた考えか、いまならわかるな？」

マデリンはうなずいた。「わたしは、とても眠りが深いたちなの」ふざけていった。

「マデリン、このまま知らんぷりをさせるわけにはいかない。ついいましがた、わたしはきみへの愛を誓った。お返しにいうことはないのか？」

「ありがとう、あなた」

「ありがとう？」ダンカンはとうとう癇癪を起こした。ここはどんなに夫を愛しているか伝えるところだ。なぜそれがわからない？

気がつくと、マデリンは不意に仰向けになってのしかかられていた。彼の顎の両側がぴくぴく小刻みに動いているのは、正真正銘、怒っているしるしだ。まるで、これからいくさに臨むような顔をしている。

でも、少しも怖いと思わなかった。彼の肩を優しくさすって、腕のほうに撫でおろした。硬くこわばった体に触れると、鋼《はがね》の力を感じる。彼の目から一度も目を逸《そ》らさずに愛撫をつづけるうちに、そんな強さを感じる一方で、弱さも見た。これまで一度も見たことがない表情だけれど、それでもわかる。たくましい人なのに、不安そうに見える。

マデリンがやさしいほほえみで応えたので、ダンカンはほっとして肩の力を抜いた。彼女の瞳がおかしそうにきらめいている。

「からっているのか?」

「いいえ」マデリンは答えた。「たったいま、これ以上ないほど素晴らしい贈り物をもらって、感動しているの」

ダンカンはつづきを待った。

「愛しているといってくれた男性は、あなたがはじめてよ」マデリンはささやいた。「そんなあなたを、愛せないわけがないでしょう?」

まるで、たったいまそのことに気づいたような口ぶりだった。ダンカンは、マデリンの髪がふたつに分かれるほど大きなため息をついた。「つまり、ギラードに先を越されて告白されなかったのは、とんでもなく幸運だったというわけか」

「ギラードのほうが先だったわ」マデリンはダンカンの驚いた顔を見てほほえんだ。「でも、愛の告白とは思わなかった。だって、あなたも知ってのとおり、あれはギラードの本心ではなかったから。あなたの弟は、しばらくのあいだのぼせていただけだった」

マデリンはやにわに伸びあがってキスをすると、彼の腰に腕をまわして、ぎゅっと抱きしめた。「ああ、ダンカン、ずっと前からあなたを愛していたわ。そのことに、どうしてもっと早く気づかなかったのかしら。正直に告白するけれど、今夜、みんなで暖炉の前に座っているときだったのよ――あなたを愛していることにはじめて気づいたのは。あなたはわたしに、人としての価値を与えてくれた。わたしという人間が、あなたにとって欠かせない存在なのだと」

ダンカンはかぶりを振った。「きみはこれまでも価値のある人間だった。いつも変わらず」

マデリンの目に涙があふれた。「あなたに愛されるなんて、奇跡のようだわ。だって、あなたは兄に復讐するためにわたしを捕らえたんだもの。そうでしょう?」

「そのとおりだ」ダンカンは正直に認めた。

「わたしと結婚したのもそのためだった」マデリンは不意に、訝《いぶか》しげに彼を見あげた。「あのとき、わたしを愛していたの?」

「あのときは欲望に駆られているせいだと思った」ダンカンは答えた。「きみをものにしたかった」彼はにやりとした。

「復讐と欲望だなんて」マデリンはいった。「どんなにひいき目に見ても残念な理由だわ」

「きみは〝同情〟を忘れている」

「同情？　わたしを憐《あわ》れんでいたというの？」マデリンは苛立ちをあらわにした。「あきれた。憐れみからわたしを愛したというの？」

「いとしい人、たったいまきみは、わたしが挙げた理由を並べたばかりじゃないか」

マデリンは笑われてむっとした。「あなたの愛が、欲望と、憐れみと、復讐から生まれたのなら――」

「マデリン」ダンカンは急いで彼女をなだめようとした。「きみの兄の城を離れるとき、わたしがなんといったか憶えているか？」

「〝目には目を〟といったわ」マデリンは答えた。

「きみは、自分もラウドンのものかと尋ねた。その問いになんとわたしが答えたか、憶えているか？」

「ええ。意味はよくわからなかったけれど」マデリンはいった。「〝きみはわたしのものだ〟といったわね」

「あの言葉は真実だった」ダンカンは、疑わしげにしている妻を安心させるためにキスした。

「まだわからないわ」

「わたしもだ」ダンカンはいった。「きみをしばらく手元に置いておこうとは思っていたが、結婚まで考えたのはもっとあとになってからだった。ほんとうのことをいうと、マデリン、運命を決めたのは、きみの思いやりだった」

「そうだったの？」ダンカンの愛と優しさにあふれたまなざしを見て、マデリンの目にふたたび涙が浮かんだ。

「きみがわたしの足を温めた瞬間に運命は決まった。もっとも、真実に気づくのにしばらく時間がかかったが」

「あなたから、愚かだといわれたわね」マデリンは思い出してほほえんだ。彼女の瞳にきらめきが戻って、もう怒っていないのだとわかった。ダンカンはいまの言葉に怒っているふりをした。「きみに向かって愚かだといったことは一度もない。いったとしたらほかのだれかだろう。だれだかわかるなら、ただではおかない」

マデリンはぷっと吹きだした。「たしかにあなたよ、ダンカン。でも、もう許したわ。それに、わたしだってひどいことをいろいろいったもの」

「きみが？　なにも憶えていないが」ダンカンはいった。「いつそんなことをいった？」

「もちろん、あなたが背を向けているときよ」

マデリンは無邪気そのものだった。ダンカンは笑顔になっていった。「ほんとうのことをいわずにはいられないその性格は、いつか仇《あだ》になるぞ」彼はふたたびキスしてつづけた。「だが、わたしが守ってやる」

「わたしだって、あなたを守るつもりよ」マデリンはいった。「妻として、当然の務めだわ」

ダンカンの正気かといわんばかりの表情を見て、彼女は笑った。「そんな顔をされても、わたしは平気よ。愛されるようになった以上、あなたのことは、怖くないもの」

「そうらしいな」

それがいかにも悲しそうな口ぶりだったので、マデリンは笑った。

「もう一度、愛しているといってもらおう」ダンカンがいった。

「傲慢な言い方をするのね」マデリンはささやいた。「心から愛しているわ、ダンカン」彼の顎にキスした。「あなたは一生を共に過ごす相手よ」舌先で彼の下唇を舐めてつづけた。

「愛しているわ。いつまでも」

ダンカンは満足のうなり声を漏らすと、甘い愛の営みにゆっくりと取りかかった。


「ダンカン？」

「うん？」

「いつわたしを愛していることに気づいたの?」

「もう寝るんだ、マデリン。もうじき夜が明ける」

マデリンは眠りたくなかった。夢のような夜を終わりにしたくない。わざと彼のおなかにお尻を押しつけ、足の指を彼の脚の上で丸めた。「お願いよ。いつだったか教えて」

ダンカンはため息をついた。答えるまで妻が口を閉じないことはわかっている。「今日だ」

「まあ!」

「まあ、なんだ?」

「どういうことか、ようやくわかってきたわ」マデリンがいった。

「さっぱりわからない」とダンカン。

「しじゅう予想のつかない行動を取るのは、あなたのほうだったのよ。ほんとうのことをいうと、あなたのせいで少し不安だったの。今日の、いつ?」

「いつって?」

「正確にはいつだったの? わたしを愛していることに気づいたのは」

「きみがわたしの馬に殺されると思ったときだ」

「シレノスのこと? シレノスがわたしを傷つけると思ったの?」

信じられないといわんばかりだったので、彼はマデリンの頭に唇をつけたままほほえんだ。あのとき夫がどれほどの恐怖を味わったか、いまだにわかっていないらしい。

「ダンカン？」

なにかを聞きだそうとして、そうやって名前をささやかれるのが好きだった。優しくなだめるような声がたまらない。「きみは、わたしの馬を甘やかして役立たずにした。きみが膝の上で眠ってしまったとき、その話をしていたんだ」

「甘やかしてはいないわ」マデリンはむきになった。「優しくしてあげただけよ。愛情を示したからといって、毒にはならないはずだわ」

「この調子で休ませてくれなかったら、きみとの生活は死を招きかねない」ダンカンはあくびしながらいうと、わざとらしくため息をついた。「体力をきみに奪われてしまう」

「それはどうも」

「シレノスはきみの馬にしてかまわない」

「シレノスを？　わたしの馬に？」マデリンは子どものように声を弾ませた。

「あの馬はもう、きみになついている。あれほどの牡馬が、きみのせいで子羊になってしまうとは……。いつまでたっても忘れられそうにない」

「なにを忘れられないの？」

ダンカンはその問いかけを無視すると、マデリンを自分のほうに向かせて、じっと見つめた。「いいか、よく聞くんだ。わたしがちゃんとした乗り方を教えるまで、シレノスに乗るんじゃない。わかったか?」

「どうしてわたしがちゃんとした乗り方を知らないと思うの?」もちろん、乗り方は知らなかったが、そのことは彼に気づかれないように隠してきたつもりだった。

「とにかく約束するんだ」彼はなおもいった。

「約束するわ」マデリンは下唇を噛んだ。ある考えが頭をよぎったのはそのときだった。

「朝になって気が変わることはないでしょうね?」

「もちろん、そんなことはない。シレノスはもう、きみの馬だ」

「シレノスのことじゃないの」

「では、なんの話だ?」

マデリンが不安げな表情を浮かべたので、ダンカンは眉をひそめた。

「わたしを愛していることは変わらないのかしら?」

「当然だ」

彼はその証《あか》しにキスをすると、眠るつもりで目を閉じて仰向けになった。もうくたくただ。

「今夜は湖に泳ぎに行くのを忘れているわね。あなたらしくもない」

彼がなにもいわなかったので、マデリンはさらにいった。「どうして行かなかったの？」

「やけに冷えこむからだ」

もっともな答えだったが、ダンカンの口から聞かされるとおかしな気がした。ああ、この人を愛している。「ダンカン？　暖炉のそばで愛を交わしたとき、気に入ってもらえたかしら？　その……あそこにキスしてくれたとき……」

「ああ、蜂蜜のように甘かった」

彼女の味を思い出すと、また体が熱くなった。いくら味わっても足りないのが不思議なくらいだ。

マデリンは横向きになって、彼を見た。目を閉じているけれど、ほほえみを浮かべて、満足しきっているように見える。

彼の顎からみぞおちへと、そろそろと手を這わせた。「あなたもいい味がするのかしら？」かすれた声でささやいた。

彼が答える間もなく、マデリンは頭をかがめて彼の臍《ほぞ》にキスし、筋肉がぴくりと動くのを見てほほえんだ。さらに下のほうへゆっくりと手を滑らせながら、口と舌でそのあとをたどった。

その手に昂ったものをとらえられて、ダンカンはすっと息を止めた。「あなたって、とても硬いのね。それに、とても熱いわ」マデリンのささやきが聞こえた。「あなたの炎をちょうだい」

ダンカンは眠ることを忘れて、妻のかける魔法に身をまかせた。世界じゅうで、自分ほど贅沢な者はいない。なにしろ、こんな女性に愛されているのだから……。

それからあとは、なにも考えられなかった。

18

「力は正義である。正義は強者の利益である」
――プラトン「国家」第一巻

大地を吹き荒れる風が冷えこみの厳しい冬をもたらしたが、氷と霜に閉ざされた世界が永遠につづくかと思われたころ、うららかな春の兆《きざ》しが現れた。温かな陽光に包みこまれた再生という名の贈り物を予感して、風は刃《やいば》のように鋭い切れ味を失い、魔法のように柔らかなそよ風に変わった。

その兆しが最初に現れたのは木々だった。乾いて折れやすかった枝々が、そよ風に嬲《なぶ》られて優雅にしなり、繊細な蕾《つぼみ》と若葉で新緑に染まった。木枯らしに吹き飛ばされて忘れ去られていた花々の種が、華やかな色と香りを競いながら開いて、ぶんぶん飛びまわるミツバチたちを誘っていた。

マデリンは夢見心地で、ダンカンを愛する喜びを噛みしめていた。彼に愛されるのは奇跡のようなものだと思っていたから、愛の告白をされてから数週間は、そのうち飽きられるのではないかと心配で、彼が喜びそうなことならなんでもした。だが遅かれ早かれ、最初の喧《けん》嘩《か》は避けられなかった。わかってみればどうということのない単純な誤解が、ダンカンが苛《いら》立《だ》っていたのと彼女が疲れきっていたのとで、大きな行き違いを招いてしまった。

実際、マデリンは口論のきっかけすら思い出せなかった。ダンカンからどなられたことしか憶えていない。それからすぐに、いつものように平静を装ったが、その仮面がダンカンに突きくずされるのに時間はかからなかった。マデリンはわっと泣きだし、もう愛していないのねと捨て台詞を吐いて、塔の部屋に走った。

ダンカンは彼女を追いかけた。彼はなおもどなっていたが、その言い分は、すぐ間違った結論に飛びつくのはきみの悪い癖だという内容に変わっていた。マデリンはしまいに、彼が激昂しているわけを悟った。いずれ愛されなくなってしまうと、妻が思いこんでいるのが気に入らないのだ。それがわかると、彼の怖い顔やどなり声は気にならなくなった。いずれにしろ、彼は愛していると叫んでいたから。

その夜マデリンは、大切なことをひとつ学んだ。この城では、どなり返しても一向にかまわないのだ。ダンカンと出会ってから、人生は大きく変わった。ここに来て自由を得てからというもの、感情を閉じこめていた扉の鍵はすべてはずれた。もう自分を抑える必要はない。笑いたければ笑い、どなりたければどなってかまわないのだ。もっとも、レディらしい威厳は失わないように気をつけてなくてはならないけれど。

それから、自分の性格がダンカンの性格に少し似てきたことにも気づいていた。たとえば、ダンカンのように、毎日同じことが繰り返されることに安らぎを感じて、変化をいやがるようになった。エドモンドとギラードが四十日間の軍役でそれぞれのあるじのところに赴《おもむ》くことになったときは、館《やかた》じゅうに響きわたるような大声で不満を表明したくらいだ。

ダンカンは、妻の言い分の矛盾《むじゅん》を指摘した。以前は、弟たちにもっと重要な役目を与えるべきだといっていたはずだ。だがマデリンは、聞く耳を持たなかった。彼女はいまや、子どもたちの世話を焼く口うるさい母親のように、ダンカンと彼のきょうだい全員が目の届くところにいなくては気がすまないようだった。

ダンカンは妻を当人より理解していた。弟たちとアデラは、いまや彼女の家族だ。何年ものあいだ寂しい生活を送ってきた彼女が、こんなにもたくさんの家族に囲まれる喜びを簡単に手放せないのは当然だった。

加えてマデリンは、弱い者の味方だった。だれかがいじめられていると思うと、あいだに入ってとりなさずにはいられない。彼女はこの館にいる者たち全員の庇護者《ひご》で、逆にだれかが彼女を危険から守ろうとするたびに驚いていた。

ほんとうのところ、マデリンはまだ自分の価値を理解していなかった。彼女はまだ、夫に愛されているのは奇跡のようなものだと思っている。加えて、夫はもともと感情を表に出すたちではないのに、愛の言葉をひんぱんに聞かせてもらえないとすぐ不安になってしまう。だが、彼女の過去を思えば、心のどこかで不安を引きずっていて当然なのだ。自信を持てるようになるには時間がかかることを、彼は理解していた。

新妻との生活は理想的なものになるはずだった。ただし、それは妹のアデラが、家族全員を躍起《やっき》になって苛立たせようとしていなければの話だ。彼は妹の気持ちになるべく寄り添おうとしたが、それでもいらいらして首を絞めたくなるときがあった。

だが、アデラの口に猿ぐつわを嚙ませたくなるときがあるとマデリンに話したのは過《あやま》ちだった。マデリンはぎょっとしてすぐさまアデラの肩を持ち、なにを考えているのか、もっと妹に同情してやったらどうかといいだす始末だった。

マデリンからは薄情者呼ばわりされた彼だが、ジェラルドには大いに同情していた。ジェラルドはヨブ（旧約聖書の登場人物）の忍耐と鋼の意志の力で、この試練に耐えていた。

アデラは、彼が結婚をあきらめそうなことならどんなことでもした。だが、いくらなじろうが泣きわめこうが、ジェラルドは彼女を妻にするという目標から一歩も引かなかった。ダンカンが思うに、彼は驢馬《ろば》のように頑固か、雄牛のように頭が鈍いかのどちらかだった。もしかすると、その両方が少しずつ入っているのかもしれない。

ダンカンはそんなジェラルドに敬意を払わずにはいられなかった。まったく、見あげた決意だ。とりわけ、当人が射止めようとしている娘がキイキイうるさい女に変わりはてたとあってはなおさらだった。

できることならその揉めごとのすべてに目をつぶっていたかったが、マデリンが許さなかった。ごたごたが起きるたびにマデリンはそのさなかに彼を引っぱっていき、その場をおさめるのは彼の務めだとさとした。

そして、いかにも当たり前のような口ぶりでいうのだ。領主と兄の役目を兼ねることはきっとできる。家族のことに無関心でいるようなばかげた習慣は、もうやめるべきだと。

その気になれば、弟たちから尊敬されながら親しく関わり合うこともできるはずだといわれたときは、なにもいえなかった。実をいうと、結婚してから、言い合いで勝ったことは一度もない。

だが、その点で彼女は正しかった。もちろん、わざわざマデリンにそういうつもりはない。そんなことをしたらたちまち、別の〝あんな習慣〟や〝こんな習慣〟もやめたほうがいいといいだすに決まっているからだ。

マデリンを喜ばせようと、夕食を家族と食べるようになったことで、いろいろな話題について思ったことをいい合い、飛び交う意見に耳を傾けるのは楽しいことだとわかった。頭の切れる弟ふたりの考えを聞いて、彼らの提案を尊重するようにもなった。

そんなふうに、家族とのあいだにめぐらせていた壁を徐々に取り去ることは、思っていたよりはるかに大きな収穫をもたらした。

父は間違っていたと、いまならわかる。父は領主の地位を守るために、厳格なあるじとして君臨していた。もしかすると、子どもたちに優しくしたら尊敬されなくなってしまうと思っていたのかもしれない。父の理由はよくわからないが、ひとついえるのは、もうそのやり方に従う必要はないということだった。

そのことについては、マデリンに感謝しなくてはならない。彼女は、恐怖で尊敬はかち得ないことを教えてくれた。ところが、愛ならうまくいくのだから、皮肉なものだ。マデリンは家族のなかに居場所を与えてもらったことを感謝していたが、真実はその逆だった。マデリンのおかげで、自分の居場所ができたのだ。彼女は、エドモンドとギラードとアデラの兄としてどうあるべきか示して、家族の輪の真ん中に引きこんでくれた。

彼は兵士たちとの日課をこれまでどおりにこなしたが、午後のひとときだけ、マデリンに馬の乗り方を教えるようにしていた。マデリンは飲みこみが早く、ほどなくシレノスに乗って城壁の外の低い丘まで行けるようになった。もちろん、用心のために後ろからついていく――幻の狼に食べ物をやるという習慣を頑《かたく》なに変えない妻に、ぶつぶつ不平をこぼしながら。

マデリンから、なぜ丘のこちら側が不毛なのに、向こう側は森と野原なのかと訊かれたので、城に面した側の木々はぜんぶ切り倒したのだと説明した。見張りに丘の向こう側は見えないから、そちら側の木々まで切り倒す必要はない。この城に入ろうとする者はかならず、あの低い丘を越えてくるから、こうしておけば友軍か敵軍か、見張りはすぐに見分けられる。もし敵軍だとしても、隠れ場所になる木立がないので、敵兵は容易に射手の餌食になる。

マデリンがその説明に目を瞠《みは》って、あなたのすることにはかならず、なにかしらの意味があるのねというので、城を守るのはウェクストンの領主として当然の義務だからといっておいた。

マデリンはその言葉にほほえんだ。ダンカンは彼女の笑顔に慣れつつあった。

彼はマデリンがふたりの将来に不安を感じていることにも気づいていた。彼女がいまも兄のことに触れたがらないので、うちではだれもその名を口にしないようにしている。なんの心配もいらないとは彼もいいきれないので、ふたりともその話題は避けていた。

春はダンカンにとって、新たな発見の連続だった。彼が差しせまった用件でひと月近く城を留守にして戻ると、マデリンはうれし泣きして迎え、その夜はひと晩じゅう激しく愛し合った。邪魔さえ入らなければ翌日まで愛し合っていただろう。

ダンカンが出発するのを、マデリンは恨《うら》めしく思った。それはダンカンも同じで、マデリンにはいわなかったものの、彼女のところに戻りたくてたまらなかった。

春の乙女は陽光のマントと花々を後ろに残して去り、暖かな夏の日がとうとうウェクストンの地に訪れた。

旅がしやすくなったので、王に呼びだされるのが時間の問題であることはわかっていた。ダンカンはマデリンに不安を悟られないようにしながら、粛々《しゅくしゅく》と兵を集めた。

六月の最後の数日、ジェラルドがふたたびアデラを説得しようと、再度ウェクストンの城を訪れ、ダンカンは中庭で彼を迎えた。彼らには、たがいに相手に知らせなくてはならない重要な知らせがあった。ダンカンはその直前に、王の印璽《いんじ》が刻印された書状を使者から受け取っている。マデリンはまだ知らないが、彼は読み書きができたので、ただちにその手紙に目を通してからきびきびと動いていた。いろいろと考えることがあったせいで、ジェラルドにきちんと挨拶する余裕もなかった。

ジェラルドも同じだった。彼はダンカンに短く一礼すると、手綱をアンセルに渡して振り向いた。「いま、クレアの城から戻った」彼は低い声でいった。

ダンカンは司令のアンソニーにそばに来るように合図した。「話し合うことが山ほどある。アンソニーにも聞かせたい」

ジェラルドはうなずいた。「たったいま、クレアの城から戻ったとダンカンに話したところだ」彼は繰り返した。「陛下の弟、ヘンリーさまもその場にいた。きみのことをいろいろと訊かれたぞ、ダンカン」

三人は広間に向かってゆっくりと歩きだした。「自分が王になったときにきみがどうするか、ある程度見当をつけようとしているようだった」ジェラルドがいった。

ダンカンは眉をひそめた。「どんなことを訊かれた？」

「ヘンリーさまは慎重に言葉を選んでいた。まるで、わたし以外のその場にいた全員が、なんらかの情報を知っているような感じだ。わけがわからないだろう？」

「陛下を守る必要は？　ヘンリーさまは謀反《むほん》を起こすと思うか？」

「謀反はないと思う」ジェラルドはきっぱりと答えた。「だが、おかしいんだ。ヘンリーさまはその場にいないきみのことばかり質問していた」

「わたしの忠誠心がどれほどのものか探ろうとしていたんだろうか」

「そんなことはまったく問題にならなかった」ジェラルドは答えた。「ただ、きみの兵士たちは、イングランド一の精鋭ぞろいだ。その気になれば、簡単に謀反を起こせる」

「ヘンリーさまは、わたしが王に刃向かうと思っているのか？」ダンカンは驚きをあらわにした。

「いいや、きみが名誉を重んじることはだれもが承知している。しかしそれにしても、妙な話し合いだった。ひどく気まずい雰囲気で……」ジェラルドは肩をすくめた。「ヘンリーさまはきみに一目置いている。とにかく、なにか気がかりそうな口ぶりだった。ほんとうのところはわからないが」

三人は広間につづく階段をのぼった。マデリンは食事用のテーブルに置かれた大きな壺《つぼ》に野の花々を活けているところだった。その傍らで三人の小さな男の子が、床に座ってタルトを食べている。

マデリンは足音を聞きつけて目をあげると、ジェラルドの姿を認めてにっこりし、三人に膝を折ってお辞儀した。「もうじき夕食の仕度が整うわ。ジェラルド、またお会いできてよかった。そうよね、アンソニー？　アデラが喜ぶわ」

三人は声をあげて笑った。

「あら、ほんとうのことよ」マデリンは頑なにいいはると、子どもたちに向きなおった。

「おやつのつづきは外で食べなさい。ウィリー、アデラを呼んできてもらえないかしら。お客さまだとお伝えしてちょうだい。大事なお仕事だけれど、憶えていられるかしら？」

子どもたちは飛びあがると、いっせいに出口に走ったが、ウィリーは途中でくるりと向きを変えてマデリンのスカートに飛びついた。

ダンカンは彼女がテーブルの端をつかみ、片手でウィリーの頭を撫でるのを見つめて、心が温まるのを感じた。子どもたちはみなマデリンが大好きで、彼女が行くところにはどこにでもついていく。だれもがマデリンにほめてもらいたくて、懸命になっているのだ。がっかりさせられる子どもはひとりもいない。そしてマデリンは、全員の名前もちゃんと憶えている。城内に子どもが五十人はいることを考えると、たいした記憶力だ。

ウィリーはようやくマデリンのスカートを離して、出口に走った。服には子どもの顔の汚れがべっとり残った。

マデリンは汚れを見おろしてため息をつくと、走るウィリーに声をかけた。「ウィリー、領主さまにお辞儀するのをまた忘れているわよ」

ウィリーはつまずきそうになりながら立ち止まると、ぎこちなくお辞儀した。ダンカンがうなずくと、ウィリーはにっこりして、また駆けだした。

「だれの子どもたちだ？」ジェラルドが尋ねた。

「召使いたちの子どもたちだ」ダンカンは答えた。「妻のあとをついてまわっている」

不愉快そうな声が聞こえて、ふたりはそろってため息をついた。どうやらウィリーが、ジェラルドの到着をアデラに知らせたらしい。

「そう顔をしかめないで、ジェラルド」マデリンがいった。「アデラは最後にあなたが出発してから、ずっと落ちこんでいたわ。きっとあなたが恋しかったのよ。そうよね、アンソニー?」

ダンカンはアンソニーの答えに笑った。「奥方がそう思われるなら、そうかもしれませんが」

ジェラルドはにやりとした。「抜け目ない答えだな、アンソニー」

「奥方をがっかりさせたくないものですから」アンソニーは答えた。

「きみがいったとおりならいいんだが、マデリン」ジェラルドは、ダンカンとアンソニーと向かい合うようにテーブルに着いた。マデリンがゴブレットにワインを注いで渡すと、彼は喉が渇いていたらしく、ひと息に飲み干した。「ギラードとエドモンドはいるのか?」

ダンカンはかぶりを振った。彼はマデリンからワインのゴブレットを受け取っても、その手を離さなかった。マデリンは彼にもたれてほほえみかけた。

「ダンカン、ロレンス神父がようやく礼拝を行なってくださるそうよ」マデリンはそういうと、ジェラルドのために説明した。「ロレンス神父は、ダンカンとわたしの結婚式が執りおこなわれたあとで、両手を火傷《やけど》してしまったの。お気の毒に、それがなかなかなおらなくて、いままで休まれていたのよ。きっとひどい火傷だったんでしょうね。どうしてそうなったのか、話してくださらないんだけれど」

「エドモンドさまに火傷を見せていれば、こんなに長くはかからなかったでしょうに」アンソニーはそういうと、肩をすくめた。「もちろん、エドモンドさまはいまご不在ですが」

「あの司祭には、ずっといってやりたいことがあった」ダンカンはつぶやいた。

「気に入らないのか？」ジェラルドが尋ねた。

「ああ、気に入らない」

マデリンは夫の口ぶりに驚いた。「ダンカン、ロレンス神父はあれから、あなたのそばに一度も姿を見せていないわ。どうして気に入らないと思うの？　どんな方かもろくにわからないのに」

「マデリン、あの男は礼拝堂にこそこそ隠れているだけで、務めを果たしていない。あんな臆病者に、ここでの務めが果たせるものか」

「きみがそんなに信心深い男だったとは知らなかった」ジェラルドが口を挟んだ。

「たしかに」とアンソニー。

「ダンカンはただ、神父さまになすべきことをきちんとしてもらいたいのよ」マデリンは手を伸ばして、アンソニーのゴブレットをワインで満たした。

「あれでは、こちらが侮辱されているような気分になる」ダンカンがいった。「今朝、あの男をよこしたロアンヌ修道院から手紙をたずさえた使者が来たから、折り返し、司祭を交替してもらえるように手紙を持たせた。マデリンが書いてくれたんだ」彼は誇らしげに付けくわえた。

マデリンはダンカンの腕を小突いた拍子に、ゴブレットをひっくり返しそうになった。読み書きできることはだれにも知られたくない。ダンカンは彼女を見て、そんな素晴らしい才能をなぜ恥ずかしく思うのかと、おかしくなった。

「修道院からの手紙にはなんと書いてあったの?」マデリンは尋ねた。

「さあな。いまはいろいろと忙しいんだ。手紙を読むのは夕食のあとでいいだろう」

またもやわめき声が聞こえて、ふたりは口をつぐんだ。どうやらアデラは、かなり取り乱しているようだった。「マデリン、アデラのところに行って、わめき散らすのをやめさせてくれないか。ジェラルド、きみが来てくれるのが頭痛の種になってきた」

マデリンは急いで取りなした。「いまのは悪気があっていったんじゃないのよ、ジェラルド。ダンカンにはいろいろと考えることがあるものだから……」

ダンカンは長々とため息をついた。「わたしのしたことで謝る必要はない。さあ、アデラのところに行くんだ」

マデリンはうなずいた。「ロレンス神父も夕食にご招待してみるわね。おことわりされるかもしれないけれど、もしお見えになったら、どうか夕食が終わるまで礼儀正しくしてもらえるかしら。どなるなら、そのあとにしてちょうだい」

それは言葉の上では〝お願い〟だったが、あくまで命令口調だった。ダンカンは彼女をにらみつけ、マデリンはほほえみ返した。

マデリンが広間から出ていくのと同時に、ジェラルドが小声でささやいた。「陛下がイングランドに戻られた」

「準備は整っている」

「招集がかかり次第、きみと共に出陣する」ダンカンがかぶりを振るのを見て、ジェラルドはつづけた。「まさか、きみが結婚したことを陛下がないがしろにすると思っているのか、ダンカン？　性急な行動を取れば、つけを払うことになる。それにわたし自身、ラウドンにはきみと同じくらい恨みがあるんだ。いや、きみ以上だろう。あの男は、わたしが息の根を止める」

「イングランドの領主《バロンズ》の半分は、ラウドンを殺したがっていますよ」アンソニーが横からいった。

「陛下のご命令なら、すでに届いている」ダンカンの声が穏やかだったので、ほかのふたりがその意味をのみこむのにしばらくかかった。

「いつ届いた?」ジェラルドが食ってかかるように尋ねた。

「きみが到着するすぐ前だ」

「いつ出陣しますか?」アンソニーが尋ねた。

「ただちにロンドンに来るようにとのご命令だ」ダンカンは答えた。「明後日に出発しよう。アンソニー、今回はおまえに留守を守ってもらう」

アンソニーは表情を変えなかったが、内心では怪訝に思った。いつもなら、あるじと並んで馬を進めるはずだ。

「マデリンを連れていくのか?」ジェラルドが尋ねた。

「いいや。ここにいたほうが安全だろう」

「陛下の怒りから? それとも、ラウドンの怒りからか?」

「ラウドンだ。陛下はマデリンを守ってくださる」

「きみはわたしより忠義者らしい」ジェラルドはいった。

ダンカンはアンソニーにいった。「頼んだぞ、アンソニー。今回のことはすべて罠かもしれない」

「どういう意味だ？」ジェラルドが尋ねた。

「ラウドンは国王の印璽を自由に使える。この書状にある命令は、陛下のお言葉ではないかもしれないといっているんだ」

「何人をロンドンに連れていき、何人を奥方の守りにつかせますか？」アンソニーはすでに、城の守りを考えていた。「あなたを誘いだし、その隙に攻撃を仕掛けるもくろみかもしれません。奥方を一緒に連れていかないことを見越しているんでしょう」

ダンカンはうなずいた。「わたしもそれは考えた」

「今日は百騎しか連れてきていないが――」ジェラルドが横からいった。「きみさえかまわなければ、その兵をアンソニーに預けてもいい」

ジェラルドとアンソニーが守備にまわす兵の数を相談しているあいだ、ダンカンは立ちあがって暖炉の前に行った。振り向くと、ちょうど入口の外をマデリンが通りすぎるのが見えた。おそらく、これからロレンス神父のところに向かうのだろう。ちびのウィリーがスカートをつかんで、懸命に追いつこうとしている。

アンソニーとジェラルドが椅子を引っぱってきて、ダンカンも自分の椅子に腰をおろした。それから城の守りについて、しばらく白熱したやりとりが交わされた。

突然、ウィリーが広間に駆けこんできて、足を滑らせながら立ち止まった。怯《おび》えきった目でダンカンを見ている。

まるで、たったいま悪魔を見てきたような目だった。ウィリーはおずおずとダンカンの椅子のそばに来た。

「どうした？　わたしに話したいことがあるのか？」小さな子どもがそれ以上怯えないように、ダンカンは優しい声で尋ねた。

アンソニーがあるじになにかいいかけたが、ダンカンは手をあげてそれを制した。それから椅子の向きを変えてウィリーに向きなおると、体をかがめて手招きした。ウィリーは親指をしゃぶりながらすすり泣きはじめたが、あるじを見あげて彼の脚のあいだにそろそろと入った。

ダンカンがしびれを切らしかけたとき、ウィリーが親指を口から出してささやいた。「神父さまが……ぶってる」

ダンカンはガタリと椅子をひっくり返して立ちあがり、あっけにとられているジェラルドとアンソニーを残して出口に走った。

「何事だ？」ジェラルドは、さっと立ちあがったアンソニーに尋ねた。

「奥方が！」

ジェラルドは飛びあがってアンソニーのあとにつづいた。階段の手前で、彼は剣を抜いていた。

最初に礼拝堂に駆けつけたのはダンカンだった。扉に掛けられていたかんぬきを、彼は苦もなく砕いた。憤怒《ふんぬ》で、彼の力はいや増していた。

その音が警告となったのか、礼拝堂に駆けこむと、ロレンスがマデリンを盾がわりにし、首筋に短剣を突きつけていた。

ダンカンはマデリンを見なかった。見たら怒りが爆発する。いきなり歯をむきだした男に神経を集中した。

「それ以上近寄ったら、この女の喉をかっ切るぞ！」ロレンスはマデリンを引きずりながら、そろそろと後ずさった。

ロレンスが一歩後ずさるたびに、ダンカンは距離を目測で測った。

ロレンスはろうそくがともっている小さな四角いテーブルにぶつかると、さっとまわりを見まわして裏口までの距離をたしかめようとした。ダンカンが待っていたのはその瞬間だった。

彼は目にもとまらぬ速さでロレンスに飛びかかると、短剣を持つ手をひねって切っ先をマデリンから離し、そのままひと息に神父の首に突き立て、マデリンを自由にした。

ロレンスは地面に倒れる前に絶命していた。

テーブルは離れた壁にぶつかり、ろうそくがひっくり返った。乾いた板に、たちまち炎が燃え広がる。

ダンカンは炎を無視して、マデリンを両腕でそっと抱きあげた。マデリンは彼の胸にぐったりともたれた。「ずいぶん時間がかかったのね」彼女はかすれた声でささやき、声を立てずにすすり泣いていた。

ダンカンは大きく息を吸いこみ、マデリンに優しくできるように怒りを鎮めようとした。

「大丈夫か?」ようやくいったが、その声はまだとげとげしかった。

「もうくたくたよ」

とぼけた答えのおかげで、いったん気持ちは落ち着いたが、それから顔をあげたマデリンを見て、ふたたび憤怒が込みあげた。左目のまわりが腫《は》れている。口の端に血が付き、首には無数の引っかき傷があった。もう一度、あの男を殺してやりたい。

マデリンは、彼の体が震えるのを感じた。瞳も怒りに燃えている。手を伸ばして、指先で彼の頬に触れた。「もう終わったわ、ダンカン」

ジェラルドとアンソニーが礼拝堂に駆けこんできた。ジェラルドは炎を見てすぐさま外に取って返し、人を集めるように命令を飛ばした。

アンソニーがそばに来た。ダンカンがマデリンを抱いて出口に向かおうとするのを見て、彼はあるじが壊した扉の残骸《ざんがい》をどかした。

マデリンはアンソニーの動揺を感じ取った。ダンカンと同じくらい蒼白な顔をしている彼に、自分は大丈夫だと伝えたかった。

「アンソニー、これでわかったでしょう？　ダンカンがドアを開けずに通り抜けるのがどんなに好きか」

アンソニーはいっとき目を剝いていたが、やがてゆっくりとほほえみを浮かべた。

ダンカンはマデリンを守りながら、扉の破れ目から外に出た。マデリンは彼の肩に頰をつけた。そして、城の入口に着かないうちに、また泣いていることに気づいた。きっと恐怖がまだ去っていないせいだ。彼女は震えながら思った。

ダンカンの部屋に入るころには、歯をガチガチ鳴らしていた。ダンカンは顔の腫れに触れないように気をつけながら、彼女を毛布でくるみ、膝の上に座らせた。

暖炉に火を入れたせいで、彼は汗をかいていた。「ダンカン？　あの男の目……あなたは見たかしら？」マデリンは身震いした。「ロレンスは、わたしを……ダンカン？　もしわたしが辱《はずかし》められても、あなたは愛してくれるかしら？」

「なにもいうな、いとしい人」ダンカンはなだめた。「きみを永遠に愛している。そんなくだらないことは訊くんじゃない」

つっけんどんにいわれて、マデリンの気持ちは安らいだ。それからしばらく、ダンカンの胸に体をあずけてじっとしていた。話したいことがたくさんある。そのためには、体力が必要だった。

もう眠ったのかとダンカンが思ったころ、マデリンは唐突に口を開いた。「ロレンスがここに送りこまれたのは、わたしを殺すためだったの」

座りなおして、ダンカンに向きなおったマデリンは、彼のまなざしを見てふたたび寒気を覚えた。「送りこまれた?」彼の声が静かなのは、怒りを抑えようとしているからだろう。

「夕食に招待しようと礼拝堂に行ったら、ロレンスが神父でなく農夫の格好をしていたの――もちろん、あなたも気づいたでしょう。それに、両手に包帯も巻いていなかった」

「つづけてくれないか」

「ロレンスの手には、傷ひとつなかったわ。ほら、両手を火傷していたはずでしょう。だから礼拝もなにもしなかったのね……けがの跡なんてどこにもなかった」

ダンカンはうなずいて先を促した。「でも、そのときはなにもいわないで、気づかないふりをしたの。あとであなたに話すつもりだった」彼女はつづけた。「それから、ロアンヌ修道院から手紙が届いたことと、夕食のあとで領主さまから話があることを伝えたの。それが間違いだった。あのときはなぜだかわからなかったけれど……。そこでロレンスが、はじめて正体をあらわにしたの。自分はラウドンの命令でここに来た。陛下がラウドンでなく、妹のおまえの側につかれたら始末するためだと。ねえダンカン、どうして神に仕える者が、悪魔の魂を持つようになるのかしら？　ロレンスは化けの皮が剝がれたことを悟ってこういったわ。おまえを殺して逃げると」

マデリンはふたたび、彼の胸にぐったりもたれた。「さっきは怖かった？」マデリンはささやいた。

「怖いと思ったことは一度もない」ダンカンは吐き捨てるように答えた。神父の裏切りがとにかく許せなくて、まともに考えることもできなかった。

マデリンは夫の言葉にほほえんでいいなおした。「怖かったか訊くつもりじゃなかったの。心配だったか訊きたかったのよ」

「心配だと？」ダンカンは首を振って、怒りを抑えた。いまはマデリンを安心させるのが先だ。「いいや。あのときは、はらわたが煮えくりかえっていた」

「そうだろうと思った」マデリンは応じた。「ロレンスに襲いかかったときのあなたを見て、あの狼《おおかみ》を思い出したわ」

ダンカンは彼女の体を起こして、傷ついた唇が痛くないようにそっとキスした。

マデリンは彼の膝からおりると、手を引っぱってベッドに行き、腰をおろして、隣に座るように合図した。

ダンカンはチュニックを脱いだ。部屋が熱いせいで汗びっしょりだ。マデリンの隣に座って肩を抱き寄せた。しっかりと抱きしめて、どんなに愛しているか伝えたかった。ほんとうのところ、マデリンの口から聞くより、彼自身がその言葉を口にしなくては気がすまなかった。「怖かったか?」

「少しだけ」マデリンは肩をすくめようとしたが、彼の腕が重たくてできなかった。頭を傾け、彼の太腿に指先でゆっくりと円を描いた。

「少しだけ?」

「あなたが来てくれるのはわかっていたから、それほど怖いとは思わなかった。ただ、すぐに来なかったものだから、少しじりじりしていたの。あの男が服を破きはじめて……」

「殺されていてもおかしくなかった」ダンカンの声は怒りで震えていた。

「いいえ、あなたがそんなことはさせないわ」

ダンカンは心を動かされた。そんなにも夫を信じているのだ。

太腿にゆっくりと円を描いていた彼女の指先は、脚の付け根に移動しようとしていた。ダンカンはその手をつかんで、太腿の上に置きなおした。いまのマデリンは動揺していて、自分がなにをしているのかも気づいていない。

「ああ、すっかり暑くなったわ。どうしてこんな天気に暖炉を使うの？」

「きみは震えていた」

「もう大丈夫よ」

「では下に行って、ロアンヌ修道院からの手紙を取ってくるとしよう。ロレンスの上の者たちがなんといってきたのか、興味がある」

「もうしばらく、ここにいてほしいわ」マデリンはいった。

ダンカンはすぐさま心配になった。「きみはひと眠りしたほうがいい」

「眠りたくない。服を脱ぐのを手伝ってもらえないかしら？」いかにも無邪気な言い方だったので、彼は訝しんだ。

マデリンは夫の両脚のあいだに立ち、服を脱がされるままにまかせた。「どうして礼拝堂に駆けつけようと思ったの？」

「モードの子どもが、きみがあの男にたたかれるのを見ていたんだ。わたしのところに来て、教えてくれた」

「礼拝堂のなかまでウィリーがついてきたなんて知らなかったわ。きっと、ロレンスがかんぬきを掛ける前に外に出たのね。あの子も怖かったでしょう。まだ五歳なのに……。あなたを呼んでくれたごほうびをあげなくてはね」

「今回のことはわたしの責任だ。兵士たちの訓練に目を光らせるのと同じように、うちのことに目を配るべきだった」

マデリンは彼の両肩に手を置いた。「うちのことに目を配るのはわたしの仕事よ。でも――」

ダンカンはため息をついて、苛立たしげにさえぎった。「わかっている。そもそもわたしがあの場にいれば、きみを守ってやれたはずだといいたいんだろう」

マデリンは首を振った。「そうじゃないの。慌てて結論に飛びつくものじゃないわ、ダンカン。よくない癖よ。それに、あなたにはもっと重要な仕事があるでしょう」

「きみがだれよりも、なによりも重要だ」ダンカンはきっぱりといった。

「さっきはただ、身を守れるすべさえ知っていたら、こんなことにはならなかったといいたかったの」

「なにがいいたい？」マデリンの考えていることはまるでわからない。そう思ったところでおかしくなった。考えてみたら、わかるほうがめずらしい。

「ロレンスはわたしと比べても、たいして大きくなかった」マデリンがいった。「アンセルは、背丈がわたしとちょうど同じくらいよ」

「なんでわたしの従者が出てくるんだ？」

「アンセルは身を守るすべを身につけているわ」マデリンはいった。「だから、わたしにも教えてもらいたいの。あなたも知っているんでしょう?」

「その話はあとでしよう」

マデリンはうなずいた。「それじゃ、いまはわたしの望みどおりにしてもらうわ、ダンカン。これは命令よ」

からかうようにいわれて、ダンカンは調子を合わせた。「なにをしろというんだ?」

マデリンはシュミーズのリボンをゆっくりとほどきながら説明した。下着が肩を滑り落ちていく。ダンカンはかぶりを振った。「いまは痣だらけじゃないか。そんなことを考えるより――」

「あなたがやり方を考えるのよ」マデリンはさえぎった。「いまのわたしがあまりきれいでないのはわかっているわ。ひどい顔でしょう?」

「痣だらけで、キュクロプスと同じくらいひどい顔だ。目も当てられない」

マデリンは笑った。からかわれているのはわかっていた。彼は妻の体を自分の上に引っぱりながら、シュミーズを脱がそうとしている。

「それじゃ、愛を交わしているときは目をつぶるのよ」マデリンはいった。

「なんとかやってみよう」

「まだあの男の手の感触が残ってる」マデリンは震える声でささやいた。「いますぐあなたの手で、忘れさせてほしいの。きれいにしてちょうだい、ダンカン。いいわね?」

ダンカンはキスで答えた。マデリンはほどなく、すべてを忘れてキスを返していた。数秒とたたないうちに、ふたりは自分たちだけの世界に没入した。

そしてマデリンは、身も心も洗われてきれいになった。

19

「あなたがたは、真理を知るだろう。また、真理はあなたがたを自由にするだろう」
——新約聖書「ヨハネによる福音書」八章三十二節

皮肉なことに、マデリンが襲われたことがきっかけとなって、アデラはジェラルドに心を開いた。

マデリンはみなと一緒に夕食を食べるといって聞かなかった。彼女とダンカンが広間に入ると、ジェラルドが考えごとにふけっている様子で、暖炉の前をうろうろしていた。アデラは彼のことをすっかり無視して、テーブルに着いている。

ダンカンはため息をついた。これ以上アデラが引き起こす騒ぎに付き合っていられないという意味だ。マデリンはどうかこらえてといおうとして、はたと気づいた。自分も、いまは揉めごとに付き合う気分ではない。

アデラはマデリンの顔を見たとたん、ぎょっとしてジェラルドのことを忘れた。「どうしたの？　とうとうシレノスから振り落とされたの？」

マデリンはダンカンをにらみつけると、小声でいった。「部屋を出るときに、きれいだといったわね」

「あれは嘘だ」ダンカンはにやりとした。

「アデラの鏡を見てくれればよかった」マデリンはいい返した。「アデラがいまにも戻しそうな顔をしているわ。わたしのせいで、みんな食欲をなくしてしまうんじゃないかしら」

ダンカンはかぶりを振った。「わたしは敵が侵入してこようと食欲をなくさないたちだ。だが、いまは、きみを満足させるのに体力を使い果たしてしまっただけで――」

マデリンは彼を肘で小突いて黙らせた。そろそろアデラに聞かれてもおかしくない。「あなたに愛してもらう必要があったの」彼女はささやいた。「もう、あの男の汚らわしい感触はぜんぶ忘れたわ。それが理由よ――わたしがあんなふうに、少々……大胆になったのは」

「大胆？」ダンカンはくっくっと笑った。「マデリン、きみはまるで――」

マデリンは、今度はもっと乱暴に彼を小突いて、ジェラルドとアデラに向きなおった。

マデリンのけがについて、アデラに説明しているのはジェラルドだった。

「ああ、マデリン、ひどい顔になって……」アデラが気の毒そうにいった。

「嘘をつくのは罪なのよ」マデリンはダンカンをにらみつけた。

夕食のあいだ、ロレンスの名を口にしないようにというダンカンの言葉に、だれもが従った。アデラはまたもや、ジェラルドを無視している。夕食が終わって全員がテーブルを離れるときにジェラルドはアデラをほめたが、アデラはつっけんどんな返事をしただけだった。

ダンカンの辛抱は限界だった。「ジェラルドとアデラ、ふたりに話がある」彼の声は険しかった。

アデラは怯えた顔になり、ジェラルドは怪訝そうな表情を浮かべた。マデリンはいまにもほほえみを浮かべそうだった。

全員がダンカンについて暖炉の前に移動した。ダンカンは自分の椅子に座ったが、ジェラルドが座ろうとしているのを見ていった。「いいや、ジェラルド。アデラの隣に立ってくれないか」

それからアデラに向きなおっていった。「どうするのが最善か、わたしの判断を信頼してくれるか？」

アデラはゆっくりとうなずいた。目を皿のようにしている。

「では、ジェラルドにキスをしてもらうんだ。いますぐ」

「なんですって？」アデラはぎょっとした。

ダンカンは眉をひそめた。「マデリンはロレンスに襲われたあとで、わたしにその記憶を消してほしいといってきた。アデラ、おまえはこれまで、愛する男からキスされたこともなければ触れられたこともない。だからいま、ジェラルドにキスしてもらうんだ。そのうえで、いやかどうか決めたらいい」

マデリンは素晴らしい思いつきだと思った。

アデラは恥ずかしさのあまり、真っ赤になった。「みんなの前で?」

ジェラルドはほほえむと、アデラの手を取った。「きみさえ許してくれるなら、世界じゅうの人々の前でもキスしよう」

ダンカンは、アデラに選択権を与えるのは少しやりすぎだと思ったが、ジェラルドにはなにもいわなかった。

それに、命令はもう実行されていた。アデラが後ずさる前に、ジェラルドは頭をかがめて、かすめるように唇にキスした。

アデラは困惑してジェラルドを見あげた。それから、彼がふたたびキスした。アデラの体に手は触れずに、唇で彼女をとらえている。

マデリンはふたりをじっと見ているのが恥ずかしくなって、ダンカンのところに行き、彼の椅子の腕に腰をおろして、天井を見あげた。

ジェラルドが一歩さがったので、アデラを見た。恥ずかしそうに顔を赤くして、呆然《ぼうぜん》としている。

「こんなふうにキスされるなんて……ぜんぜん違うわ……あのとき、モー――」たちまちアデラは真っ青になり、助けを求めるようにマデリンを見た。

「ジェラルドは知る権利があるわ、アデラ」

ジェラルドとダンカンは、訝しげに視線を交わした。

「わたしの口からはいえない」アデラはささやいた。「わたしのかわりに、この重荷を引き受けてもらえないかしら？　お願いよ、マデリン。どうか……」

「ダンカンにも打ち明けてかまわないなら」マデリンはいった。

アデラは不安げなまなざしで兄を見た。

そしてしまいにうなずくと、ジェラルドに目を戻した。「わたしの身になにがあったか、一部始終を知ったら、二度とわたしにキスしたくなくなるはずよ。ごめんなさい、ジェラルド。ほんとうは……」

アデラは泣きだした。ジェラルドが抱き寄せようと手を伸ばしたが、アデラはかぶりを振った。「ほんとうはあなたを愛しているの、ジェラルド。どうか許して」そういって、アデラは広間を飛びだした。

マデリンはアデラに約束したものの、少しも話す気になれなかった。話せばふたりを傷つけるとわかっている。ダンカンとジェラルドはふたりとも、アデラを愛しているから。

「ジェラルド、どうか座って聞いてちょうだい」マデリンの声はこわばっていた。「ダンカン、いままで黙っていたことで怒らないと約束してもらえるかしら。アデラとの約束だったの」

「怒りはしない」ダンカンが応じた。

マデリンはうなずいた。アデラのことを打ち明けるあいだ、とてもジェラルドのほうは見ていられなかったので、床を見つめて話した。とりわけ、アデラが宮廷でジェラルドに会えなかったのをひどく残念がっていたことを強調した。だからラウドンに簡単にだまされて、餌食にされてしまったのだと。「アデラはあなたに当てつけるつもりだったんだと思うわ」

マデリンはジェラルドにいった。「たぶん、意識してそうしたのではなかったんでしょうけれど」

思いきってジェラルドを見ると、彼はうなずき返した。ダンカンに目を戻して、なにひとつ省略せずに最後まで話した。モーカーの許しがたい行為に差しかかったときは、ダンカンとジェラルドのどちらか、あるいは両方が怒りの声をあげるものと覚悟して話した。

だが、ふたりともひとことも口をきかなかった。

話し終わると、ジェラルドはおもむろに立ちあがって、広間を出た。

「どうするつもりかしら?」マデリンはダンカンにいって、涙を流していたことに気づいた。涙を拭った拍子に痣《あざ》に触れて、顔をしかめた。

「さあな」ダンカンの声は静かだったが、怒りがこもっていた。

「いままで黙っていたことを怒るつもり?」

ダンカンはかぶりを振った。あることを思い出したのはそのときだった。「きみが殺したいといっていた男は、モーカーだったんだな?」

マデリンが困惑した表情を浮かべるのを見て、ダンカンはさらにいった。「きみはある男を殺したいといっていた。モーカーのことだったんだろう?」

マデリンはうなずいた。「あんなひどいことをして、のうのうと逃げおおせるなんて許せない。でも、アデラの秘密は守らなくてはならなかったものだから」ささやいてつづけた。

「ダンカン、ほんとうのことをいうと、どうしたらいいのかわからないの。罪人を裁くのは神の仕事だわ。それはわかってる。それに、モーカーを殺したいと思うのも間違ったことだわ。でも、殺したいの。心底そう思うわ」

ダンカンは彼女を膝に座らせると、やさしく抱きしめた。妻の苦しみを、彼は理解していた。

ふたりはしばらくのあいだ、それぞれの考えごとにふけった。マデリンはジェラルドのことが心配だった。もう自分の城に帰ってしまうのかしら？　それとも、まだアデラに求婚するつもり？

ダンカンはそのあいだに、冷静さを取り戻していた。アデラがラウドンにのぼせたことを責めることはできない。妹はまだうぶで、なにも知らない娘だったのだ。だがラウドンは、そんな妹の無知につけこみ、餌食にした。

「モーカーのことはわたしが引き受ける」ダンカンはマデリンにいった。

「――いいや、だめだ！」

その言葉を叫んだのはジェラルドだった。彼は広間につかつかと入ってくると、マデリンとダンカンの前に立った。怒りに体を震わせている。「モーカーはわたしが殺す。その権利をわたしから取りあげるなら、きみも殺すつもりだ、ダンカン」

マデリンは驚いてダンカンを見あげた。彼の表情からは、なにも読みとれない。

ダンカンはジェラルドをじっと見つめていたが、しまいにうなずいた。「わかった、ジェラルド。それはきみの権利だ。きみがモーカーに戦いを挑むときは、わたしが脇を固めよう」

「そしてきみがラウドンに戦いを挑むときは、わたしが脇を固める」ジェラルドは応じた。

それから、ジェラルドは穏やかな表情に戻って、ダンカンの向かいの椅子に腰をおろした。

「マデリン？　わたしが話したがっているとアデラに伝えてもらえないだろうか」

マデリンはうなずいて、急いでアデラの部屋に向かったが、そこに着く前に心配で気分が悪くなってしまった。ジェラルドはどうするつもりなのかしら？

アデラはジェラルドが去るものと覚悟を決めていた。「結局、これでよかったのよ」むせび泣きながら、アデラはいった。「わたしが許せるのはキスだけ。ジェラルドにベッドに来てもらうなんて、とてもできない」

「まだわからないわよ」マデリンはいった。「アデラ、たしかに簡単なことではないけれど、ジェラルドは辛抱強い人だわ」

「どのみち関係ないわ」アデラはいった。「あの人はどうせ行ってしまうもの」

だが、ジェラルドは階段の下で彼女がおりてくるのを待っていた。彼はひとこともいわずにアデラの腕を取ると、彼女を導いてさらに階段をおりた。

ダンカンはマデリンに近づき、彼女を両腕で抱きあげた。「疲れた顔をしている。もう寝よう」

「アデラが戻ってくるまで待っていたほうがいいと思うの。わたしが必要になるかもしれない」

「わたしにはいま、きみが必要なんだ、マデリン。アデラのことはジェラルドにまかせよう」

マデリンがうなずくのを見て、彼はつづけた。「明日、きみを残して出発しなくてはならない。おそらく、短い留守ですむと思うが」

「どこに行くの？　なにか重要な用事があるの？」マデリンは落胆を隠して、興味があるような口ぶりで尋ねた。いつまでもずっと一緒にいられるわけがないのだ。ダンカンは有力な領主なのだから。

「たしかに、おろそかにはできない用事だ」彼はわざと説明しなかった。マデリンは今日だけで充分苦しい思いを味わった。このうえ王の手紙のことを話せば、眠れなくなってしまう。

彼がマデリンを抱いて階段をまわりこむと、ちょうど階段をおりてきたモードと鉢合わせした。すぐに奥さまの入浴のお支度をしますと彼女はいったが、ダンカンは首を振り、自分がやるからといってことわった。

モードは膝を折ってお辞儀した。「モード、おまえの息子は今日、勇敢だったぞ」

モードはにっこりした。息子の勇気ある行動は、すでに逐一聞いている。彼女と夫は、そんな息子を誇りに思った。なにしろ、奥方の命を救ったのだ。

「ふさわしい褒美を考えなくてはならないな」

モードはすっかり感動して、ものもいえなかった。もう一度お辞儀をして、しどろもどろに礼をいった。「ありがとうございます、領主さま。ウィリーは、奥さまが大好きで……。しじゅう奥さまを追いかけて、くっついてまわってます。でも、奥さまはいやな顔ひとつなさらずに、うちの子に優しいお言葉をかけてくださるんですよ」

「利口な子どもだ」

あるじからじかに話しかけられただけでなく、いつになくほめ言葉までかけられたので、モードはくらくらして彼に礼をいうと、スカートをつかんで階段を駆けおりた。ガーティはきっとこの話を聞きたがるに違いない。モードの頭には、そのことを親友に話すことしかなかった。

マデリンは、かすめるようにダンカンの頰に触れた。「あなたって優しいのね。それも、あなたを愛してやまない理由のひとつよ」

ダンカンは肩をすくめると、ずり落ちないようにしっかりつかまらせた。「わたしは、自分の務めを果たしているだけだ」その言葉に、マデリンはほほえんだ。さっきほめ言葉を口にしたとき、夫はモードと同じくらいぎこちなかった。

「入浴の支度がまだなら――」マデリンはからかうようにいった。「あなたの湖で泳いでもいいわね」

「いい思いつきだ。一緒に泳ごう」

「あら、からかっただけよ」マデリンは慌てていった。「ほんとうは、そんなことはしたくないの」

マデリンは身震いした。「子どものころ、池に飛びこんだことがあったの。それほど深くない池だったし、泳ぎ方は知っていたから、大丈夫だと思ったのよ。でも、つま先が泥に潜りこんで、服も石みたいに重くなったせいで、なかなか抜けだせなかった。あとでちゃんと入浴させられたけれど、髪の毛まで泥で固まったわ」

ダンカンは笑った。「あの湖の湖底はほとんど岩だ。それに、服を着て泳ぐとはいっていない。そんなことをして、溺れなかったのが不思議だな」

マデリンはまだ、湖で泳ぐことにあまり納得していないようだった。「水はきれいだ。水底までほとんど見とおせる」

寝室に着くと、マデリンは服を脱いでベッドに入り、夫がチュニックを脱ぐのを待った。

「わたしと一緒に泳ぎたくないのか?」ダンカンがにやにやして尋ねる。

「いやよ」マデリンは答えた。「外には兵士たちがいるもの。それに、ジェラルドとアデラだって外にいるのよ。服も着ないでその人たちの前を歩くわけにはいかないわ。なにを考えているのか知らないけれど、ダンカン、そんなことをいいだすなんて――」

「マデリン、夜はだれも湖に行かない。それに今夜は、月がそれほど明るくは――」

「なにをしているの？」

訊くまでもなかった。彼がベッドの傍らで、マントを広げて待っている。「これで体を包むんだ。わたしが抱いて、湖まで運ぼう」

マデリンは迷った。蒸し暑い夜だから、ほんとうは泳ぎたい。けれども、だれかに見られたらと思うと心配だった。

ダンカンは妻の踏ん切りがつくのを辛抱強く待った。こうして見ているいまも、たまらなく魅力的だ。彼女の体は薄い毛布に覆われているだけで、乳首がくっきりと浮きでている。

「さっきわたしを見て、疲れた顔をしているといったでしょう」マデリンは苦しまぎれにいった。「たぶん――」

「あれは嘘だ」

「嘘をつくのは、罪深いことなのよ」マデリンはさらに毛布を引っぱりあげて盾のように持つと、しまいにいった。「石鹸《せっけん》は、あなたの櫃《ひつ》のなかにあるわ」

マデリンは、ほかのことを彼にさせているあいだにマントで体を覆うつもりだった。裸のまま彼のまわりをうろうろするのは、まだ抵抗がある。

ダンカンは口元をほころばせると、櫃に近づいて石鹼を見つけた。マデリンは彼が背を向ける前にマントをかすめ取るつもりだったが、彼のほうが早かった。

ベッドに戻ってきたダンカンは、片方の腕にマントを掛け、片手に石鹼の箱を、もう片方の手に小さな丸い手鏡を持っていた。

彼はマデリンに手鏡を渡した。「きみがエドモンドにつけた痣と同じくらい、ひどい痣だ」

「わたしはエドモンドに痣なんかつけてないわ」マデリンはいいはった。「からかうのもいいかげんにして」

それから手鏡を受け取って自分の顔を見るなり、悲鳴をあげた。

ダンカンは笑った。

「これではほんとうにキュクロプスだわ」マデリンは手鏡を落とすと、髪の毛で痣を隠そうとした。「こんな顔なのに、よくもキスできたわね？　目のまわりがこんなに黒くなっているし、それに……」

マデリンが泣き声になったので、ダンカンは真顔になってマデリンの顎に手を添え、自分のほうを向かせた。「きみを愛しているからだ、マデリン。これまでほしかったものすべてが、きみのなかにある。いいや、はるかにそれ以上だ。痣のひとつやふたつあったからといって、この気持ちが揺らぐと思うか？　それほど軽々しいものだと思うか？」

マデリンは首を振った。そしてゆっくりと毛布をずらして、彼の隣に立った。もう恥ずかしいとは思わなかった。ダンカンが愛してくれているのだ。肝心なことはそれだけだった。

「湖に行きましょう。でも、急いだほうがいいわよ。わたしが早く抱いてとせがまないうちに」

ダンカンは彼女の顎に手を添えてキスした。「もちろん、きみを抱くつもりだとも」

マデリンはその言葉と彼の暗い瞳に胸をときめかせた。温かいものが下腹部から体じゅうに広がるのを感じて、気がつくとため息を漏らしていた。

ダンカンは妻の体をマントで包みこむと、両腕で抱きあげて部屋を出た。

湖に行くまで、だれとも会わなかった。ダンカンのいったとおり、今夜は月もさほど明るくない。

彼は城からいちばん離れたところで彼女をおろした。マデリンはつま先を湖水に浸した。冷たい。

ダンカンは、がまんするんだといった。マデリンはマントをしっかりと体に巻きつけたまま、彼が無造作に服を脱ぐのを見守った。

ダンカンは湖水に、きれいに弧を描いて飛びこんだ。マデリンは岸に腰をおろしていたが、しばらくして水際に近づいた。そのまま放っておかれたら、いつまでもマントを巻きつけていただろう。だが、ダンカンがすぐそばの水面に顔を出し、マントをぐいと引っぱって草の上に放った。

水が冷たいのは、しばらくのあいだだけだった。一糸まとわぬ姿で泳ぐのが、これほど刺激的とは思わなかった。マデリンはダンカンにとても自由になった気がするといって、ぞくぞくするわと恥ずかしそうに付けくわえた。

マデリンは手早く体を洗った。髪を洗って、すすぎは水のなかに潜ってすませる。三度目に潜って浮かびあがったとき、目の前にダンカンがいた。

彼はただ言葉を交わすつもりだったが、誘うようなまなざしで、ほほえんで彼を見あげているマデリンを見て、気が変わった。さざ波が彼女の乳房に打ち寄せている。固くつぼまった乳首に招き寄せられるように、彼は乳房を両手で包みこんだ。

マデリンがもたれてきて、キスを求めて頭を反らすと、とてもあらがえなかった。飢えたように唇を貪《むさぼ》り、舌で貫く。濡れたまま荒々しく、奔放に貪り合った。

ダンカンは寝室に戻って愛を交わすつもりだったが、マデリンは彼におなかをすりつけ、両手を水中に滑りこませて彼自身を包みこんだ。

ダンカンは彼女の体をぐいと引っぱりあげ、激しく唇を奪った。

マデリンも同じくらい激しく反応して、彼の体を撫でまわした。乳房がつぶれるほどきつく抱きしめると、マデリンは両脚を落ち着きなくからませ、すすり泣くような甘い声で求めてきた。

彼は妻に、どうしてほしいか、ざらついた声で伝えた。そしてマデリンが両脚を彼の腰のまわりに巻きつけると、ゆっくりと、慎重に、しまいまで彼女のなかに自分をおさめた。

マデリンは彼の体をぐいと押し、爪を立てて求めた。「ダンカン……」

彼はこめかみにキスした。「優しくしようとしているんだ、マデリン」

「あとにして、ダンカン」マデリンはうめいた。「優しくするのは、あとよ」

ダンカンは欲望に屈服して力強く突き、彼女が与えてくれるのと同じくらい大きな歓びを与えた。絶頂に達して体を反らした彼女の叫び声をキスで封じながら、彼ものぼりつめて、至福の歓びに体を震わせた。

マデリンは満たされて、ぐったりと彼にもたれた。吐く息が首筋を温めている。ダンカンは満足して笑みを漏らした。「きみは奔放な女性だ、マデリン」

マデリンはその言葉がうれしくて笑ったが、しまいにどこにいるのか思いだして顔色を変えた。「なんてことを……だれかに見られたかしら?」

彼女がぞっとして首筋に顔をうずめるのを見て、ダンカンはくっくっと笑った。「いとしい人、だれも見てはいない」

「ぜったいに？」

「ぜったいにだ。それほど明るくない」

「よかった」

マデリンは心底ほっとしたが、彼の次の言葉でふたたび顔色を変えた。「だが、きみは死人も目を覚ますほど大きな声を出していた。燃えあがるほど、声も大きくなる」

「そんな……」マデリンは水のなかに隠れようとしたが、ダンカンがそうはさせなかった。彼は低くかすれた声で笑うと、さらにからかった。「いやだといっているんじゃないんだ。わたしに責められて燃えあがっているかぎり、好きなだけ声を出してかまわない」

そんな傲慢《ごうまん》な言い方はよくないといおうとしたとき、彼がわざと後ろに倒れた。息を止めるのがやっとだった。

水のなかで、ふたたびキスした。しまいに息が吸いたくなって、彼をつねった。

マデリンは水遊びを知らなかったので、ダンカンに水をかけられたときはむっとした。だがそういうときは水をかけ返すものだといわれて、おたがいびしょ濡れになるなんてくだらないといおうとしたが、そういい終わるころには笑いだし、しまいには足で彼をひっくり返そうとまでした。

けれども、足をすくわれたのは彼女のほうだった。ダンカンに引っぱりあげられた彼女は、ゲホゲホとむせながら、同時に文句をいった。

ふたりは湖で長い時間を過ごした。ダンカンはマデリンに正しい泳ぎ方を教えたが、しだいにばかにしたような口ぶりになった。「まるで、わざわざ溺れようとしているみたいじゃないか」

マデリンは怒らなかった。気にしていないというかわりに、キスまでしたくらいだ。

ようやく彼に抱かれて寝室に戻るころには、すっかりくたびれていた。

けれどもダンカンは、まだ話があるようだった。彼は頭の下で両手を組み、妻が髪を梳かすのを見守っていた。ふたりとも素裸だが、少しも恥ずかしいとは思わなかった。

「実は、陛下から招待されているんだ」ダンカンは、わざとうんざりしているような口ぶりでいった。「明日、その用事でロンドンに行く」

「〝招待〟ですって?」マデリンはブラシを置くと、眉をひそめて振り返った。

「では、〝呼びだし〟といっておこう」ダンカンはいいなおした。「もっと早く話すべきだったが、気を揉ませたくなかった」

「わたしが関わることなんでしょう?　ダンカン、わたしは無視されるつもりも、のけ者にされるつもりもないわ。なにが起こっているのか、わたしには知る権利があるのよ」

「きみを無視したり、のけ者にしたりしたことは一度もない」ダンカンは答えた。「わたしはただ、きみを守ろうとしているだけだ」

「危険はあるの？」マデリンは彼に答える時間を与えなかった。「もちろん危険なんでしょう。わたしも行くわ。いつ出発するんですって？」

「きみはここに残る。そのほうが安全だ」

マデリンがまだなにかいいたそうにしていたので、ダンカンはかぶりを振っていった。

「きみのことが心配なままでは、なすべきことに集中できなくなってしまう。もう決めたことだ、マデリン。きみはここに残る」

「そして、わたしのところに戻ってきてくれるの？」

ダンカンはその質問に驚いた。「もちろんだ」

「いつ？」

「どれくらいかかるかわからない」

「何週間？　何カ月？　何年なの？」

彼はマデリンの瞳にありありと不安が表れるのを見て、彼女が家族に見捨てられていたことを思い出した。「かならず戻る。きみはわたしの妻だから」

「あなたの妻……」マデリンはささやいた。「不安に苛《さいな》まれたり、将来のことでやきもきするときはいつも、あなたと夫婦であることを思い出すの」ダンカンはほほえんだ。マデリンはもう、不安そうに見えない。「もし殺されるようなことになったら、お墓を探しだしてつばを吐いてやるから」

「充分気をつけよう」

「約束してくれる？」

「約束する」

マデリンは夫の顔をそっと両手で挟んだ。「わたしの心をたずさえていって。いとしい人」

「いいや、マデリン。わたしの身も心も、きみのものだ」

その証しに、ふたりはふたたび愛を交わした。


ダンカンは空が白む前に着替えをすませると、アンソニーを呼びにやり、広間で彼を待った。

アンソニーが入ってきたとき、ダンカンはちょうどロアンヌ修道院から届けられた手紙の封を切っているところだった。

アンソニーはテーブルの向かいに座った。ダンカンが手紙を読んでいるあいだ、ガーティがパンとチーズを山盛りにした盆を運んできた。

彼がほとんど食べ終わるころ、ダンカンは手紙を読み終わった。よくない知らせだと、その顔を見ればわかる。ダンカンは羊皮紙をアンソニーに放ってよこすと、こぶしをテーブルにたたきつけた。

「まずい知らせですか?」アンソニーは尋ねた。

「心配していたとおりだ。ロレンスという名の司祭など存在しなかった」

「では、あなたが息の根を止めた男は……」

「ラウドンがよこした刺客だ」ダンカンはいった。「そのこと自体はとっくにわかっていたが、それでも司祭だろうと思っていた」

「ということは、少なくとも、聖職者を手にかけたわけではなかったんですね」アンソニーは肩をすくめた。「それに、ラウドンに報告することもできなかったわけだ。あの男はここに来てから、一度も城を出ていません。それはたしかです」

「もっと気をつけていれば、あの男の怪しい言動に気づけたものを……。わたしが不注意なばかりに、マデリンは危うく命を失うところだった」

「奥さまはあなたを責めていません」アンソニーがいった。「それに、もっと目も当てられないことになっていたかもしれないんですから。われわれ全員の告解を聞かれていたらと思うと、ぞっとしますよ」彼はぶるっと身震いした。

「それに、わたしは結婚もしていないことになる」ダンカンはふたたびテーブルを殴りつけた。

「そうか！　そこまで考えていませんでした」

「そのことはマデリンもまだ知らない」ダンカンはいった。「だが、いずれ知らせなくてはならないだろう。さぞや怒りくるうだろうな。時間があれば司祭を探しだして、出発前に結婚式を終わらせてしまうんだが」

「司祭を探して連れてくるには、一、二週間はかかるでしょう」

ダンカンはうなずいた。

「行き先はもう、奥さまに伝えてあるんですか？」

「ああ。しかし、われわれが偽りの夫婦であることまでいうつもりはない。ここに戻るときに、司祭を連れてこよう。もう一度式を挙げる直前まで、なにもいわないことにしておく。まったく、なんてことだ」

アンソニーはほほえんだ。あるじのいうとおりだ。このことを知ったら、奥方は怒りくるうだろう。

ダンカンはそれから、兵をどう動かすか、幾通りかの計画をもう一度アンソニーに確認した。

「おまえは最強の戦士に鍛えられたんだ。能力は信頼している」ダンカンはひととおり計画を説明し終えるといった。

それは自分を明るくするためのひとことだった。なぜなら、アンソニーを鍛えたのは自分だからだ。アンソニーはにやりとした。

「残る兵士だけで、イングランドを征服できますよ」彼はいった。

「ジェラルドは？」

アンソニーはかぶりを振った。「兵士たちはすでに厩《うまや》の前に集まっています。そこでわれわれを待っているのかもしれません」

ダンカンはアンソニーと一緒に厩に向かった。ダンカンは出発する兵士たちに向かって、なにもかも罠かもしれないと注意を促すと、城に残る兵士たちに向きなおった。「ラウドンは、わたしが城を離れるのを待って攻撃を仕掛けるつもりかもしれない」

ひととおり指示を出すと、ダンカンは広間に戻った。ちょうどマデリンが階段をおりてきて、彼に笑顔を見せた。ダンカンは妻を抱き寄せてキスした。

「気をつけると約束したことを忘れないで」マデリンがささやいた。

「約束する」ダンカンはマデリンの肩に腕をまわすと、彼女を連れてふたたび外に出た。厩に向かう途中で、礼拝堂を通りすぎなくてはならなかった。ダンカンは立ち止まって、半ば焼け落ちた建物を見つめた。「修復しなくてはな」

マデリンはそれを見て思い出した。「ダンカン、修道院から届いた手紙を見せてもらえる時間はあるかしら？　なんと書いてあったか知りたいの」

「それなら、もう読んだ」

「やはり読めるのね！　そうじゃないかと思っていたのよ。でも、少しもそのことを鼻にかけないものだから……。まったく、あなたのことをよく知っているつもりなのに、そう思っているときにかぎってびっくりするようなことをいいだすんだから」

「では、わたしはきみが思っているほどわかりきった人間ではないんだな？」ダンカンは悦に入った笑みを浮かべた。

マデリンは首を振った。「わかりきっているときもあるわよ。ああ、このままここにいてくれたらいいのに。身を守るすべを教えてほしいわ。アンセルと同じくらい自分を守れるなら、一緒に連れていってもらえたかもしれないのに」

「そんなことはしない」ダンカンは答えた。「だが、約束しよう。戻りしだい手ほどきをする」なだめるつもりでそういったが、女性ならだれしも、身を守るすべをいくつか身につけておいたほうがいいのはたしかだ。おそらくマデリンの頼みは、少しもばかげたことではないのだろう。彼女は力こそ強くないが、やる気もある。

そこで、ジェラルドがまだ来ていないことに気づいた。もうしばらく妻と過ごせるとわかって、ダンカンはマデリンに向きなおった。「では、最初の授業といこう。きみは右利きだから、短剣は体の左側にさげるんだ」彼はマデリンの短剣をはずすと、左側の腰のあたりに腰紐で輪を作り、そこに差しなおした。

「どうして？」

「そのほうが、ずっと抜きやすい。ほんの一瞬の差が分かれ目になることもあるんだ」

「あなたは剣を右側にさげているわね、ダンカン。たしかにあなたは剣を左手で持っていたわ。……そういえば、階段も！　もしかして、階段が右側の壁でなく左側の壁に造られていることとも関係があるの？」

彼はうなずいた。「父も右手より左手を使うほうを好んだ。敵は侵入すると、上からでなく下から攻めてくる。階段が左側にあると、右手を壁について体を支えながら、左手で戦えるんだ」

「あなたのお父さまは賢い方だったのね」マデリンはいった。「たいていの人は右利きなのに、左利きで通して自分仕様の館を建てるなんて、素晴らしいことだわ」

そろそろ修道院の手紙からうまくマデリンの気を逸らせたようだと彼は思ったが、甘かった。マデリンはすぐその話題に戻った。「それで、手紙にはなんて書いてあったの、ダンカン？」

「重要なことはなにもなかった」彼は答えた。「ただロレンスは、ラウドンの城に行くことになって修道院を出たそうだ」

マデリンに嘘をつくのはむずかしかったが、よかれと思ってしていることだと自分にいい聞かせた。留守中に、心配をかけたくない。

「ロレンスはたぶん、兄に心を支配されるまでは善人だったのよ」マデリンはいった。「あの人の遺体は、すみやかに修道院に返すようにするわね。そのほうが、ふさわしいお葬式が執りおこなわれるでしょうから」

「だめだ！」ダンカンはどうなったことにあとから気づいた。「……その手配ならもう終わっている」

マデリンはダンカンの剣幕に驚いたが、そこへジェラルドが来て挨拶したので、その話はそれきりになった。

「アデラとわたしは、この件が終わったら結婚する」ジェラルドはいった。「ようやく承諾してくれたんだ」

マデリンはにっこりし、ダンカンはジェラルドの肩をたたいた。「アデラは？」彼は尋ねた。

「部屋で泣いている。別れの挨拶はしてきた」ジェラルドは悪びれもせずにいった。

「ほんとうに結婚するんだろうな、ジェラルド？　妹は一日のほとんどを泣いて過ごしているが」

「ダンカン！」マデリンは夫をたしなめた。

ジェラルドは笑った。「結婚する前に、涙はぜんぶ流しつくしてもらいたいものだな」

ダンカンは不意にマデリンの体をつかんで、考える間もなくキスした。「すぐに戻る」

マデリンはどうにか笑顔を浮かべようとした。涙を流すわけにはいかない。みっともないし、すぐそばを兵士たちが列をなして通りすぎている。

彼女は中庭の真ん中に立ちつくしたまま、夫が出発するのを見送った。

アンソニーがそばに来た。マデリンは彼にいった。「ダンカンはきっと戻るわ、アンソニー。戻ると約束したんだもの」

「ご主人は名誉を重んじる方です。約束は守られますよ」

「さあ、こうしてはいられないわ」マデリンはいった。「ダンカンが、身を守るすべを教えると約束してくれたの」

「身を守るすべ？」アンソニーは戸惑って繰り返した。

「そうよ。わたしにも身につけてほしいんですって」マデリンはわざと、それがダンカンの思いつきであるように話した。あるじの意向ということにしたほうが、アンソニーの協力も得やすいはずだ。嘘をついているつもりはなかった。「あなたも、ちょっと教えるくらいならかまわないでしょう。どうかしら、アンソニー？　毎日少しだけ時間を割いて、手ほどきしてもらえないかしら？」

手ほどき？　アンソニーははじめ、とても信じられなかった。だが奥方を見ると、真剣そのものの顔をしている。

マデリンはアンソニーを見て、あまりうれしそうではないと思った。「これからネッドに相談しようと思うの。あの人なら、わたしのために弓と矢を作ってくれるはずよ。一生懸命練習すれば、すぐにうまくなるわ」

アンソニーは十字を切りたい気分だった。だが、あるじの妻からこんなふうに期待に満ちたまなざしで見あげられたら、とてもそんなことはできない。

ことわるだけの意志の強さはなかった。「ネッドに話しておきましょう」

マデリンは大喜びで彼に礼をいった。アンソニーは一礼してその場をあとにした。

アンソニーは新たな問題に直面していた。彼の仕事はまず、あるじの妻を守ることだ。だが今度は、女主人から兵士たちを守らなくてはならない。

アンソニーが絶望の淵《ふち》に落ちこまずにすんだのは、彼が困難を笑い飛ばしてすませる才能を持ち合わせていたからだった。鍛冶屋《かじ》の小屋に着くころには、彼は笑いだしていた。神よ、みなを守りたまえ。さもなければ週末までに、兵士たち全員の尻に矢が刺さることになる。

20

「あなたがたの量るそのはかりで、あなたにも量り与えられるだろう」
――新約聖書「マタイによる福音書」七章二節

危険のにおいを最初に察知したのはダンカンだった。彼は止まるように合図し、兵士たちは背後で整列した。だれひとり口をきかない。馬たちが落ち着くと、不気味な沈黙が森のなかに広がった。

ジェラルドはダンカンの右側で、自軍の兵士たちと共にダンカンの指示に従っていた。ダンカンの武勇はイングランドじゅうに知れわたっている。以前にダンカンと馬を並べて戦い、指揮官としての彼の並はずれた能力を目の当たりにしたジェラルドは、年齢こそほとんど変わらないものの、戦場では彼を師と仰いでいた。

ダンカンがふたたび片手をあげると、数人の兵士が馬に乗ったまま、扇形に散って斥候《せっこう》に出た。

「静かすぎる」ダンカンがジェラルドにいった。

ジェラルドはうなずいた。「わたしが敵なら、こんなところで待ち伏せはしないが」

「たしかに」

「なぜわかった？　なにも見えないが」

「感じるんだ」ダンカンは答えた。「やつらは近くにいる。この下で、待ち伏せている」

かすかな指笛の音が左側の木立から聞こえた。ダンカンはすぐさま馬の向きを変え、兵士たちに分かれるように指示した。

指笛を鳴らした兵士が馬で戻った。「何人だ？」ダンカンは尋ねた。

「はっきりとはわかりませんが、盾がいくつか見えました」

「それなら、その百倍はいるということだな」とジェラルド。

「この先の、湾曲した浅瀬のところで待ち伏せています」兵士はいった。

ダンカンはうなずいた。それから剣に手を伸ばしたが、ジェラルドがその手をとどめた。

「わかっているな、ダンカン。モーカーがそのなかにいるなら……」

「モーカーはきみのものだ」ダンカンがいう。

「ラウドンがきみのものであるように」ジェラルドは応じた。

ダンカンは首を振った。「ラウドンはあそこにはいない。兵士たちの陰に隠れているか、宮廷にいるかのどちらかだろう。これではっきりしたな、ジェラルド。あの手紙をよこしたのは陛下でなく、ラウドンだった。あの男にだまされたふりをするのは、これが最後だ」

ダンカンは兵士の三分の一が西側の斜面に半円形に展開するまで待った。別の三分の一は、東側の尾根に同じように展開する。最後の三分の一は、ダンカンたちの背後につき、騎乗して攻撃に備えた。

ジェラルドはダンカンの作戦に満足した。「罠を仕掛けたやつらを罠にはめるわけだ」

「さあ、包囲網を縮めるぞ、ジェラルド。合図を」

それはダンカンから親友への、名誉の贈り物だった。ジェラルドは馬の上で背筋を伸ばし、剣を抜いて、鬨《とき》の声をあげた。

その声は、谷間に響きわたった。敵を遠巻きにした兵士たちが、丘をくだって輪を縮めていく。

網は閉じられた。強い者が勝ち、支配し、征服するのは、いつの世も変わらない。

木々や岩の陰にこそこそと隠れて、通りかかった敵に襲いかかろうと待ちかまえていた狡《ずる》賢《がし》い敵兵は、ほどなく自分たちが罠にはめられたことに気づいた。

ダンカンの兵士たちはその能力を見せつけた。命令を受け、勇猛果敢に戦い、すみやかに勝利をおさめる。

そして彼らは、容赦しなかった。

戦いが終わりに近づいたころ、ジェラルドはとうとうモーカーを見つけた。ふたりのまなざしは谷間を挟んでぶつかり合い、モーカーはジェラルドをあざ笑って馬に乗ろうとした。まだ逃げきれると思っているのだ。

ジェラルドのなかで、なにかがぷつんと切れた。それからの彼は、人が変わったようにしゃにむに剣を振るい、死にものぐるいでモーカーに追いつこうとした。ダンカンはジェラルドに落ち着けと声を張りあげながら、一度ならず彼の背後を守った。

ダンカンは業を煮やしていた。これまで自分のみならず、兵士たちにも規律正しい行動を取るように徹底してきたのに、領主ともあろう者がなにもかも台なしにしている。ジェラルドはすっかりわれを忘れていた。

いまのジェラルドにはなにをいっても聞こえない。瞳はかき曇り、荒々しい怒りが身も心も支配していた。

モーカーは馬に乗ったまま、ジェラルドが近づこうと悪戦苦闘するのを眺めた。貴重な時間がいたずらに過ぎてゆくが、彼はまだ安全だと思っていた。ジェラルドはもう馬に乗っていない。

ジェラルドがよろめいて膝をつくのを見て、薄笑いを浮かべていたモーカーは、聞こえよがしに大声で笑った。そして、その機を逃さず馬を駆って斜面をおり、身を乗りだして、湾曲した剣を振りかざした。

ジェラルドがよろめいたのは見せかけだった。彼は片膝をついてうつむき、敵が充分な距離まで近づくのを待った。

モーカーが剣を振りおろす寸前に、ジェラルドは脇に飛びのいた。すかさず剣の平たい部分で殴りつけて、モーカーを馬から落とした。

モーカーは地面に投げだされ、武器を拾って立ちあがろうとしたが、ジェラルドがその手を踏みつけた。彼はモーカーを見おろしたまま、剣の切っ先を首筋に突きつけた。切っ先が肌を刺すのを感じて、モーカーは目をつぶり、恐怖のあまり泣き声を漏らした。

「地獄でも女性を手ごめにできると思うか、モーカー？」ジェラルドがいった。

モーカーははっとして目を開けた。それから死ぬまでのわずかなあいだ、モーカーはジェラルドが真実を知っていたことを悟った。

ダンカンはふたりの戦いを見届けなかった。戦いが終わると、兵士たちのあいだを歩いて死者の有無をたしかめ、負傷者の具合を見てまわった。

太陽が沈みかけたころ、彼は岩に腰をおろしているジェラルドを見つけた。話しかけたが、返事がない。

ダンカンは首を振った。「いったい、どうしたんだ?」ふと気がついて尋ねた。「それに、剣はどうした、ジェラルド?」

ジェラルドはようやくダンカンを見た。目を赤く腫らしている。ダンカンはなにもいわなかったが、ジェラルドが泣いていたのは明らかだった。「……剣はふさわしい場所にある」彼の表情と同じように、その声にはなんの感情もなかった。

ダンカンはモーカーの死体を見つけて、ジェラルドの言葉の意味を悟った。ジェラルドの剣は、モーカーの胯間《こかん》に突き立てられていた。

彼らは戦場を見おろす尾根に野営した。ジェラルドとダンカンはわずかな食べ物で食事をすませ、周囲が闇に包まれるまでたがいに口をきかなかった。

ジェラルドはいったん落ち着くと、ひと息に打ち明けた。「アデラと共に過ごすあいだ、わたしはずっと自分を偽っていた。アデラの身に起こったことのすべてに、いずれ折り合いをつけられるだろうと思っていた。モーカーを殺すことを誓ったのも、冷静に考えて決めたことだ。だが、あの男を見つけたとき、わたしのなかでなにかが壊れた。あの男はわたしを見て、せせら笑った」

「なぜわたしにそんな言い訳をするんだ?」ダンカンは静かに尋ねた。

ジェラルドはかぶりを振ってかすかに笑った。「きみが、その剣をわたしに突き立てたがっているからだ」

「きみはまるでうつけ者だった。わたしが居合わせなければ、あの丘まで行く前に死んでいたはずだ。復讐の一念は、危うくきみの身を滅ぼすところだった」

ダンカンはジェラルドに考える時間を与えるつもりでいっとき間を置いたが、そこではじめて、自分も頭に血がのぼっていたことに気づいた。ジェラルドを見てかっとしたのは、親友の欠点を目の当たりにしたからだった。だが、自分にも同じ欠点があると、いまならわかる。

「ほんとうに愚かだった。申し開きはしない」ジェラルドがいった。

ダンカンは、そこまでいうのがジェラルドにとってどれだけ苦しいか理解していた。「申し開きしろとはいっていない。ただ、このことから学ぶんだ、ジェラルド。復讐の一心に駆られている点では、わたしもたいして変わらない。マデリンがラウドンとの戦いのさなかにけがを負ったのは、わたしが彼女を捕らえて連れてきたからだった。彼女はあのとき、死んでいてもおかしくなかった。われわれはふたりとも、交互に愚か者を演じている」

「たしかに」ジェラルドは応じた。「ただし、きみ以外のだれにもそのことを認めるつもりはないが。いま、マデリンを危うく失うところだったといったな。そうなれば、彼女の魔法を目の当たりにすることもなかったし、彼女をなくすことの意味も知らずに終わったわけだ」

「魔法？」ダンカンは、ジェラルドが珍しく大げさな表現を使ったのでふっと笑った。

「なんというか……」ジェラルドは恥ずかしそうに顔を赤くした。「マデリンには、不思議な力があるんだ。きみはマデリンをさらったことを後悔しているが、わたしは感謝している。マデリンがいてくれたから、アデラを取り戻せた」

「マデリンをさらって後悔したことは一度もない。ただ、ラウドンとの戦いに巻きこんでしまったことを悔やんでいるだけだ」

「ああ、いとしいアデラ」ジェラルドはいった。「わたしは今日、死んでもおかしくなかった。これからわたしが与えるはずの幸せに、アデラが一生縁がなかったかもしれないと思うと……」

ダンカンはほほえんだ。「そうなったら、アデラはきみの死を悲しんだだろうか、祝っただろうか？」

ジェラルドは笑った。「ひとつおもしろいことを教えよう。ただしだれかにしゃべったら、その喉をかっ切るからな。アデラに結婚を承諾してもらう前に、あることを約束しなくてはならなかった」

ダンカンはたちまち興味をそそられた。ジェラルドはまた顔を赤くしている。

「ベッドに連れていかないと、アデラに約束しなくてはならなかった」

ダンカンはかぶりを振った。「きみは痛めつけられるのが好きなんだな、ジェラルド。それで、その約束を守るつもりなのか？」

「そのつもりだ」

ジェラルドの答えに、ダンカンは仰天した。「自分の家で、修道士のように暮らすつもりか？」

「いいや。きみのやり方から学んだんだ、ダンカン」

「なんの話だ？」

「きみはアデラに、一生きみの城で暮らしてかまわないといった。そうだな？　それから、アデラを説得させようと、わたしをウェクストンに呼びつけた。あれはうまいやり方だった。それをまねしたんだ」

「なるほど、そういうことか」ダンカンはうなずいた。

ジェラルドは笑った。「いいや、まだわかっていない。わたしはアデラに、ベッドには連れていかないと約束した。だが、アデラがわたしをベッドに連れていくのはかまわないわけだ」

ダンカンはようやく理解してにんまりした。

「時間はかかるだろう」ジェラルドはいった。「アデラはわたしを愛しているが、まだ信頼してはいないからな。アデラが出した条件をのんだのは、彼女がいずれ、わたしの魅力にあらがえなくなるとわかっているからだ」

ダンカンは笑った。

「そろそろ寝たほうがいい。明日のうちにロンドンまで行くのか？」ジェラルドは尋ねた。

「いいや、ラインホールドの城に行く。あの城が、今回の計画のかなめとなるんだ」

「その計画とは？」

「同盟関係にある領主に集まってもらう。ゲームは終わったも同然だ。ラインホールドのところから、ほかの領主に招集をかける。すべて順調にいけば、二週間、遅くとも三週間以内にロンドンに集まれるだろう」

「彼らの軍も招集するのか？」ジェラルドは、ダンカンがいともたやすく集める大軍がどれほどのものか思い浮かべようとした。イングランドの領主たちはたがいに争い、より有利な地位を得ようとしのぎを削っているが、ウェクストンの領主に対してはだれもが等しく敬意を払っている。どの領主も、いちばん有望そうな兵士をダンカンの元に預けて、鍛えてもらっているくらいだ。その依頼をダンカンがことわったことは一度もなかった。

領主たちはダンカンの判断を尊重していた。これまで、応援を頼んだことは一度もないが、彼らがダンカンに背を向けることはないはずだった。

「大軍まで連れていきたくない。呼ぶのは領主たちだけだ。陛下に反旗を翻《ひるがえ》すのではなく、話し合いをしにいくのだからな。それとこれとでは大違いだ、ジェラルド」

「わたしもきみの側につく。いうまでもないことだが」

「ラウドンはいま、最後のゲームを楽しんでいる。陛下が果たしてご存じなのかわからないが、ラウドンが背信行為を働いていることは、とにかく教えて差しあげようと思う。放っておくわけにはいかない問題だから、いずれ正しい裁きが下るはずだ」

「ほかの領主の前で、陛下に説明するのか？」

「そのつもりだ。アデラのことはだれもが知っている」ダンカンはいった。「彼らにも真実を知ってもらったほうがいい」

「なぜだ？」ジェラルドは苦しそうにいった。「アデラまで引っぱりだすのは――」

「いいや、アデラはわたしの城にとどまる。妹がそんな試練に耐える必要はない」

ジェラルドはたちまち安堵《あんど》の表情を浮かべた。「それなら、なぜ――」

「真実を陛下に示したい。領主たちのいる前で」

「陛下はその件で、公正な裁きを下されるだろうか？」ジェラルドが尋ねた。

「じきにわかることだ。公正でない君主だと揶揄《やゆ》する輩は多いが、それは違う」ダンカンは熱っぽくつづけた。「わたしに対しては、つねに公正な態度で接してくださるお方だ。だから、ほかの領主たちのように簡単には判断したくない」

ジェラルドはうなずいた。「マデリンもわたしたちと一緒に行く必要があるんじゃないか?」

「たしかにそうだが――」

ジェラルドはダンカンの表情から読み取った。彼がアデラを行かせたくないのと同じくらい、ダンカンもマデリンを宮廷に行かせたくないのだ。

「マデリンには、一部始終を話してもらわなくてはならない。さもなければ、ラウドンの言い分が通ってしまう」

「では、結果はマデリン次第ということになるのか?」ジェラルドはいまや、ダンカンと同じくらいむずかしい顔をしていた。

「もちろん、そんなことはない」ダンカンは答えた。「しかしマデリンは、この件では全員の駒《こま》だった。ラウドンもわたしも、彼女を利用したんだ。そのことを認めるのは、わたし自身つらいことだが」

「きみが連れ去ったから、ラウドンに虐待されていたマデリンは救われたんだ」ジェラルドはいった。「マデリンの過去のことを、アデラが少し話してくれた」

ダンカンはうなずいた。もう争いごとはうんざりだ。マデリンを愛する喜びを知ってからは、彼女と四六時中一緒にいることしか考えられない。そう思ったところで、いまの自分がマデリンの架空の英雄、オデュッセウスに似ていることに気づいた。彼女の話では、オデュッセウスは愛する者の待つ故郷に戻るまで、十年ものあいだつぎつぎと降りかかる困難を乗り越えなくてはならなかったという。

マデリンをこの腕に抱けるまで、あと二週間ほど待たなくてはならないのだ。そう思うとため息が出た。どうも近ごろは、悪いほうに考えてばかりいる。「少なくとも、ロンドンに行くまでは無理ということだな」

「なにが?」ジェラルドが尋ねた。

ダンカンはジェラルドに訊かれてはじめて、口に出して考えていたことに気づいた。「マデリンとの結婚式さ」

彼は目を剝《む》いているジェラルドに背を向け、歩いてその場を離れた。

ダンカンの留守中、ウェクストンの城では必要な予防策がいくつか講じられた。そのひとつひとつがマデリンのせいだった。

中庭はいまや、昼までがらんとしてひと気がなかった。ぽかぽかと暖かい天気で、リネンを洗ったり、新しいイグサを編んだりする仕事はみな上の中庭に出てやりたいはずなのに、近ごろはだれもが館のなかで仕事をしている。そして夕方近くにようやく外に出て、ひんやりと新鮮な空気をしばらく楽しむのだった。

より正確には、彼らは女主人が弓矢の練習を終えるのを待って外に出ていた。

新しい弓矢で狙いをあやまたずに射られるようになろうと決めたマデリンは、しじゅうアンソニーの邪魔をした。アンソニーはやり方を教えたが、女主人の弓の腕前が少しも向上しない理由は、彼には理解不能だった。上達しようという、その心構えはいい。だが、正確さとなると、まるで論外だった。的より三フィートほど高い場所を射ていると何度となく指摘しているのだが、女主人は、どうやら狙いの修正ができないらしい。

ネッドは彼女のためにせっせと矢を作った。矢が城壁を越えていかなくなるまでに、少なくとも五十本は放っただろう。ひととおり射終わると、木や小屋や、干してあるリネンに刺さった矢を回収しに行く。

アンソニーは辛抱した。女主人の目標ならわかっている。ひとつは、身を守る手だてを身につけること。そしてもうひとつ、夫にも誇りに思ってもらえるようになること。そのふたつ目の目標は、彼の推測ではなかった。女主人が一日に何度もその言葉を口にするので、おのずと憶えただけだ。

アンソニーはマデリンがその言葉を繰り返す理由を知っていた。一向に腕のあがらない妻に嫌気が差して、夫が匙《さじ》を投げてしまうのではないかと心配しているのだ。もちろん、アンソニー自身は、マデリンから頼まれればいつでも教えるつもりだった。

国王ウィリアム二世からの使者がウェクストンの城に到着したのは、その日の午後も遅い時間だった。アンソニーは口頭でことづてを伝えられるものと思って使者を広間で迎えたが、使者は彼に羊皮紙の巻紙を渡した。アンソニーはモードを呼んで、使者に食べ物と飲み物を出すように指示した。

マデリンが広間に入ると、ちょうど使者がモードに案内されて食料貯蔵室に向かうところだった。彼女はアンソニーが羊皮紙の巻紙を持っていることにすぐさま気づいた。「なんの知らせだったの、アンソニー？　ダンカンが手紙をよこしたの？」

「手紙は陛下からです」アンソニーは食料貯蔵室の向かいの壁際に置いてある小さな櫃に近づいた。その上に、彫刻の施された木の箱が置いてある。マデリンはその箱をただの飾り物だと思っていたが、アンソニーはその蓋《ふた》を取って、巻紙をなかにおさめた。

近くにいたマデリンは、そのなかに羊皮紙の手紙がもう一通おさめられているのを見た。どうやら、ダンカンが重要な書類をしまう箱らしい。「いま読まないの？」振り向いたアンソニーに声をかけた。

「手紙が読まれるのは、領主さまが戻られたときです」

マデリンは彼の顔を見て、アンソニーも待つのが本意でないことに気づいた。

「わたしが読みましょうか」マデリンは口を挟んだ。

アンソニーは目を丸くした。マデリンは頬がかっとほてるのを感じた。「わたし、字が読めるの。でも、だれにもいわないでもらえたらうれしいわ。からかわれるのはまっぴらだから」

アンソニーがうなずくのを見て、さらにつづけた。「ダンカンが出発して、もう三週間以上になるわ。あなたは、あとひと月ぐらいかかるかもしれないといったわね。それまで、じっと待つつもりなの？　それとも、司祭を呼びにやるつもり？」

「いいえ、もちろん違います」アンソニーは箱の蓋《ふた》を開けて、巻紙をマデリンに渡した。それから、テーブルの端にもたれて腕組みをし、王の言葉を待った。

手紙は、公的なやりとりで好ましいとされるラテン語で綴《つづ》られていた。

マデリンがその言葉を翻訳するのに、時間はかからなかった。声は少しも震えなかったが、手紙を読み終わるころには両手が震えていた。

王はウェクストンの領主に時候の挨拶ひとつしていなかった。礼を欠いた文面から、明らかに怒っているのがわかる。王が求めているのはただひとつ、マデリンが彼の前に来ることだった。

そこまではどうにか落ち着いていられたが、さらに軍隊を迎えによこすと書いてあったので、さすがに冷静ではいられなくなった。

「では、陛下の軍隊が来るんですね」マデリンが読み終わると、アンソニーがいった。彼の声は震えていた。

アンソニーは板挟みになっているのだと、マデリンは思った。彼はダンカンに忠誠を誓っているが、アンソニーとダンカンはふたりともイングランド王の臣下でもある。王の命令は、ほかのなによりも優先しなくてはならない。

「ほかにはなにも書いてありませんか?」アンソニーが尋ねた。

マデリンはゆっくりうなずくと、どうにか彼にほほえんだ。「あなたが質問しなければ答えずにすんだんだけれど」ささやき声でいった。「アンソニー、どうやら陛下の頭のなかには、ふたりの妹と、ふたりの領主がいるらしいわ。陛下は争いを終わらせるつもりなのよ。そのために……手紙にはこんなふうに書いてあるわ。それぞれの妹は兄の元に戻るべきだと」

マデリンの目に涙が浮かんだ。「さもなければ、ダンカンとわたしは結婚するべきだとあるわ」

「ダンカンとあなたが、もう結婚していることを知らないんでしょう」アンソニーの表情はますます険しくなった。マデリンは、ダンカンと正式に結婚していないことを知らない。

「そして、ダンカンがわたしと結婚するなら、アデラはラウドンの花嫁になるべきだと……」

「冗談じゃない」アンソニーが吐き捨てるようにつぶやいた。

「アデラにはこのことをけっして知らせないようにして、アンソニー」マデリンは急いでいった。「あとで、陛下の望みはわたしひとりが出向くことだといっておくわ」

アンソニーはうなずいた。それから、ふと思いついたように尋ねた。「奥さまは読みだけでなく、読み書きの両方ができるんですか？」

マデリンがうなずくと、彼はいった。「もし陛下がまだ軍隊を出発させていないのなら、少しばかり時間稼ぎができるかもしれません」

「時間稼ぎって？　なんのために？」マデリンは尋ねた。

「ご主人が帰ってくるのに必要な時間です」アンソニーは答えた。

彼は櫃に駆け寄ると、長方形の木の箱を取りだして、マデリンのところに持ってきた。

「このなかに、羊皮紙とインクが入っています」

マデリンは椅子に腰をおろすと、手早く仕度をした。アンソニーは彼女に背を向け、王に宛てる手紙になんとしたためるべきか考えた。

待たされているあいだ、マデリンは書類入れの箱に手紙がもう一通入っていたことをふと思い出し、近づいて蓋を開けてみた。破れた封蠟に、ロアンヌ修道院の印章が押してある。マデリンは好奇心に駆られて、ロレンス神父を派遣した修道院からの手紙に目を通した。

アンソニーが振り向いたとき、マデリンはちょうどその手紙を読み終わったところだった。アンソニーはその印章に気づいて、芝居が終わったことを悟った。「ご主人は奥さまに心配をかけたくなかったんです」彼はマデリンの肩に手を置いて慰めようとした。

マデリンはひとこともいわずに、頭を傾けて彼を見あげた。女主人がとても静かな表情になったのを見て、アンソニーははっとした。ひどく怯えているのだ。ここに来てからの数週間、彼女は同じ表情を浮かべていた。

なんと声をかけたらいいのかわからなかった。ダンカンは戻り次第結婚するつもりだと説明しても、状況はまずくなるだけだろう。ダンカンが妻に嘘をついていたことは明らかだった。「ご主人は、奥さまを愛してらっしゃいます」とげとげしい口調になってしまった。

「ダンカンはわたしの夫ではないのね」

マデリンはアンソニーに答える時間を与えずに、さっと背を向けた。「さあ、手紙になんて書きましょうか？」穏やかな、楽しそうにも聞こえる声でいった。

アンソニーは負けを認めた。説明するのはあるじにまかせよう。彼は手紙の口述に気持ちを切り替えた。

結局、手紙は簡素なものになった。ウェクストンの領主はまだ城に帰還していないため、国王陛下の要請を知らない、と。

アンソニーはマデリンに手紙を二回読んでもらって、それでよしとすることにした。マデリンはインクを乾かすと、裏側に油を塗って紙をしなやかにし、くるくると巻いて封をした。

アンソニーは王の使者に手紙を託すと、急いでロンドンへ戻るよう指示した。

マデリンは自分の部屋に戻って、荷造りをした。いつ王の迎えが来てもいいようにしておかなくてはならない。

それから、アデラの部屋に行ってなにがあったか説明し、午後のほとんどをそこで過ごした。アデラには、王の手紙を正確には伝えなかった。むしろ、アデラもロンドンに行くとほのめかすようなことは一切口にしないようにした。

そんなことはさせない。それに、ダンカンが選択をせまられるようなこともあってはならない。

マデリンは夕食を食べずに塔の部屋に行き、窓から外の景色を眺めて気持ちを落ち着けた。

ロレンスの正体にもっと早く気づくべきだった。ほかのことに気を取られて、小さな異常の数々に気づけなかったのが悔やまれる。それから、彼女はダンカンを責めた。結婚式のときに彼があれほど怖がらせなかったら、ロレンスは偽物の神父だと気づいていたかもしれない。

ダンカンがはじめから見抜いていたとは思えなかった。ロレンスに祝福されて、彼もほんとうに結婚したと思っていたはずだ。それでも、ぬけぬけと嘘をついた彼には腹が立った。妻が真実をどんなに大切にしているか、わかっているはずなのに。彼には、一度も嘘をついたことがないのに。「今度会ったら、ただではおかないわ」彼女はつぶやいた。「わめき方を心得ているのは、アデラだけじゃないのよ」

怒りをなにかにぶつけても、気持ちは楽にならなかった。マデリンはふたたび泣きはじめた。

真夜中になるころにはくたびれ果てていた。窓にもたれて、明るい月を見た。ダンカンもいま、あの月に照らされているのかしら。外で眠っているの？　それとも、宮廷の寝室で？

それから、丘の頂きでなにかが動いたような気がして、そちらに目を向けた。狼が尾根をのぼっている。

ほんとうに狼かしら？　以前に見かけたのと同じ狼かもしれない。それほど大きな動物だった。ダンカンがそばにいてくれたら、あの狼がほんとうにいたことを証明できるのに。

狼は彼女が置いていった肉付きの骨をくわえると、向きを変えて、丘の向こう側に姿を消した。

マデリンは、疲れきっているせいで、また空想をたくましくしたのだと思うことにした。たぶん、以前に見た狼とは似ても似つかない、ただの野犬だ。

ダンカンは彼女の狼だった。彼に愛されていることは疑ったこともない。手紙のことでは嘘をついたけれど、愛することではけっして嘘をつかない人だと、彼女は本能的に理解していた。

そう思うと、気持ちが安らいだ。ダンカンは、そんなやり方で人を欺《あざむ》くようなまねはしない。

マデリンはベッドに入ったが、不安で眠れなかった。ダンカンになにもかも委《ゆだ》ねていた日々が、どんなに満ち足りていたことか……。彼の家族でいるあいだは、このうえなく安心していられた。そう、彼とはたしかな絆《きずな》で結ばれていた。

少なくとも、今日までは。

マデリンはふたたび、恐怖に囚《とら》われていた。王からは宮廷に参上するようにいわれている。またラウドンのところに戻ることになるのだ。

彼女は祈りはじめた。ダンカンが無事でいられますように。アデラとジェラルドが幸せになれますように。エドモンドとギラードにも幸いがありますように。

そして彼女は、自分のために小声で祈りを捧げた。どうか勇気をいただけますように。

悪魔に立ち向かう勇気を。

21

「愚者にはその愚かさに応じて答えなさい。彼がみずからを賢者と見なさないように」
――旧約聖書「箴言《しんげん》」二十六章五節

ダンカンは下の中庭に馬を進めると、すぐにおかしいと思った。出迎えるはずのアンソニーがいないし、マデリンの姿もない。

にわかに胸を締めつけるような恐怖を覚えながら、ジェラルドと共に馬を駆って跳ね橋を渡り、上の中庭に入った。

彼とジェラルドが馬からおりるのと同時に、アデラが館から出てきた。彼女はふたりの少し手前でためらうように立ち止まると、ジェラルドの胸に飛びこみ、彼を抱きしめて泣きはじめた。

アデラから話を聞きだすには、忍耐と少々の時間が必要だった。

ダンカンの副司令で、大柄だが物腰の穏やかなロバートが走ってきた。ジェラルドがアデラをなだめているあいだ、ロバートは王の軍隊がマデリンを迎えにきたことを報告した。

「その手紙は、陛下の印璽で封がされていたのか？」ダンカンが尋ねた。

ロバートはその質問に困惑した表情を浮かべた。「存じません。わたしはその手紙を見ていないんです。それに奥さまが手紙を持っていくと、頑なにおっしゃったものですから」ロバートは声をひそめて付けくわえた。「アデラさまも召しだされていることを、どなたにも知られたくなかったんでしょう」

ダンカンはいっとき考えたあげく、その手紙にはほかにも、アデラのことでなにか脅すようなことが書いてあったのだろうと結論した。

王が忠実な家臣をそんなふうに脅すはずはなかった。王ならまず、全員に申し開きさせて、そのうえでどうするか決めるはずだ。

この件は、ラウドンの差し金だ。賭けてもいい。

ダンカンは即座に、ふたたび行軍に備えるよう命令を発した。怒りのあまり、なかなか考えがまとまらない。唯一安心できるのは、アンソニーが一騎当千の小隊を率いてマデリンに付き添っていることだった。ロバートによると、アンソニーは王に謀反の意志ありと見なされないように、あえて少人数で行くことにしたという。

「ではアンソニーは、あの手紙が陛下から直接届けられたものだと思っているのか？」

「わたしにはなんとも……」ロバートは答えた。

ダンカンは新しい馬を連れてくるように命令し、厩頭がシレノスを引いてきたので、マデリンがその馬で行かなかった理由を尋ねた。

厩頭のジェイムズは、あるじと直接言葉を交わすことに慣れていなかったので、しどろもどろになりながら答えた。「シレノスが領主さまの馬だと知れたら、ラウドンに痛めつけられるからだそうで」

ダンカンは納得してうなずいた。馬のことを気づかうとは、いかにもマデリンらしい。

「ですので、王さまの馬の一頭に乗っていかれました」

アデラは、どうか一緒に連れていってといいはってジェラルドにしがみついた。ジェラルドはアデラの願いを退《しりぞ》けると、母の墓に誓って無傷で戻ると約束したが、ダンカンはそれが口からでまかせであることに気づいていた。ジェラルドの母親なら、まだ健在だ。それを黙っていたのは、ジェラルドが約束したおかげで、アデラが見るからに落ち着いたからだった。

「奥さまに追いつけるでしょうか?」ジェイムズが思いきって尋ねた。

厩頭の心配そうなまなざしを見て、ダンカンの心はふっと和んだ。「少なくとも一週間は後れを取っているが、連れて帰ると約束しよう、ジェイムズ」

その言葉を最後に、ロンドンに至る道筋のなかほどまで、彼は口をきかなかった。ジェラルドは、馬を休ませる必要がなければ、ダンカンはまったく休みなしで行軍したのではないかと思った。

ダンカンは一行とは距離を置いていた。ジェラルドは彼をしばらく放っておいたが、しまいに近づいて話しかけた。「わが友にひとつ忠告したいんだが――」振り向いたダンカンに、彼はいった。「モーカーを見つけたわたしがどんなふうになったか、思い出すんだ。怒りに身をまかせるんじゃない。宮廷では、わたしがきみの背後を守る」

ダンカンはうなずいた。「マデリンの姿を見れば落ち着くだろう。宮廷で、もう一週間は過ごしているはずだ。ラウドンになにもされていなければいいが。あの男がマデリンに触れるようなことがあれば、わたしは――」

「マデリンを傷つければ、かなりの損をすることになる。いま、あの男に必要なのは、マデリンの怒りでなく、力添えだろう。それに、宮廷では大勢の目がある。ラウドンは、妹思いの兄を演じるはずだ」

「そうであることを祈ろう」ダンカンはいった。「マデリンが……心配だ」

ジェラルドは親友の肩をそっとたたいた。「マデリンを失うのが怖いんだろう。わたしもアデラを失うのが怖かった」

「わたしたちはふたりとも、思いあがっていたんだ」ダンカンはいった。「わたしのことはもう心配いらない。マデリンに会えば、怒りは抑えられる」

「それでいい。ところで、もうひとつ訊きたいことがあるんだが」ジェラルドはいった。「アデラが、修道院から手紙が届いたといっていた」

「なぜアデラがその手紙のことを知っているんだ？」

「マデリンが話したそうだ。彼女が手紙を見つけて、読んだらしい」

ダンカンは肩を落とした。これで心配ごとが倍に増えた。マデリンはどうするだろうか？

「アデラはマデリンがどんな様子だったか話していたか？　怒っていただろうか？……くそ、怒っていてくれたらいいんだが」

ジェラルドはかぶりを振った。「なぜ怒ったほうがいいんだ？」

「わたしが嘘をついたことを、怒ってほしいんだ。わたしに……利用されたとは思ってほしくない」ダンカンは肩をすくめた。いまの気持ちを言葉で表すのはむずかしかった。「はじめてマデリンに会ったとき、彼女はこういった。ラウドンは、あとを追ってこない。自分はなんの価値もない存在だからと。マデリンはわたしを欺こうとしたんじゃなかった。本気で、そのとおりだと信じていたんだ。もちろん、ラウドンのせいでそう思いこむようになったんだろう。彼女はラウドンに、二年ものあいだ虐待されていたから」

「二年？」

「ああ、母親が亡くなってから、おじのところに預けられるまでの二年間、ラウドンは彼女のたったひとりの後見人だった。ラウドンがどれほど残酷になれるか、きみも知っているはずだ、ジェラルド。わたしはマデリンが日ごとに強くなっていくのを見てきたが、それでも彼女には……まだ脆《もろ》いところがある」

ジェラルドはうなずいた。「きみの気持ちはわかる。ロレンスは司祭ではなかったときみの口からいえたらよかったんだが……。しかし、知らせたのがラウドンでなかっただけでもよかった。ラウドンの口から聞いたなら、マデリンは間違いなく不意をつかれて動揺したはずだ」

「たしかに」ダンカンはいった。「実は、マデリンから、身を守るすべを教えてほしいと頼まれていたんだ。しかし、その時間がなかった。いいや、あえて時間を作らなかったんだ。マデリンの身になにかあったらと思うと……」

ダンカンは苦しんでいた。汚《けが》れを知らないマデリンが、悪魔の手のなかに戻ってしまったと思うと、生きた心地がしなかった。

ジェラルドは、なんといって慰めたらいいのかわからなかった。「今夜は月が明るい。夜じゅう馬を進められるぞ」

目的地に着くまで、ふたりはひとことも口をきかなかった。

マデリンは眠ろうとしていた。彼女はいちばん上の姉クラリッサの部屋の続き部屋に閉じこめられていた。壁が薄いので、ラウドンとクラリッサの会話が聞きたくもないのに聞こえてくる。

マデリンは、兄と姉の胸の悪くなるようなやりとりをさんざん聞かされて、むかむかしていた。食べ物も喉を通らないし、頭もずきずきする。

ラウドンの態度は、まったく予想どおりだった。彼は王の兵士たちの前でマデリンを迎え、頬にキスし、あろうことか抱きしめた。妹思いの兄そのものだ。とりわけ、護衛のアンソニーの前ではそうだった。けれども部屋でふたりきりになると、ラウドンは牙を剥きだし、彼女を容赦なく罵《ののし》り、頬を――さっきキスしたのと同じ頬を思いきり殴りつけた。

ラウドンは、妹の顔に痣ができるほど強く殴りつけたことをすぐさま後悔した。敵対する人々が見たら、即座に彼の仕業だと見なすからだ。そこでラウドンは彼女を部屋に閉じこめ、妹はウェクストンの領主のところでつらい目に遭わされたから、数日かけてゆっくり体を休める必要があるのだと、ほかの人々に説明した。

ラウドンから殴られるのは覚悟していたが、クラリッサにまで冷たくされたのは応えた。

思えば、クラリッサのことで、憶えていることはほとんどない。子どものころは、クラリッサなら優しくしてくれると思いたかったのだろう。けれども、クラリッサともうひとりの姉のサラに手紙を書いても、ふたりは返事をくれなかった。その都度なにかわけがあるのだと思っていたが、いまならわかる。クラリッサはラウドンと同じくらい、自分のことしか考えていない人だ。

サラに至っては、ロンドンに来てもいなかった。クラリッサはマデリンに、サラはリュシェという領主と結婚したばかりだから、彼のそばを離れたくないのだと説明した。マデリンは、サラが婚約していたことすら知らなかった。

マデリンは眠ることをあきらめた。クラリッサの声が雄鶏《おんどり》の鳴き声のように耳に突き刺さる。クラリッサはもともと、すぐに泣き言をいうたちだが、いまはマデリンのせいでどれほど屈辱を味わわされたかを、ラウドンにねちねちと訴えていた。

それから、なにげなく聞こえた会話にはっとして、マデリンは続き部屋をつなぐドアに近づいた。クラリッサが、マデリンの母親、レイチェルの名を口にしている――それも憎悪に満ちた声で、なんのためらいもなく侮辱している。ラウドンがレイチェルを憎んでいることは知っていたが、ふたりの姉まで同じように感じていたとは、マデリン自身、少しも知らなかった。

「あの女がはじめて部屋に入ってきたその日から、お兄さまはものにしたがっていたわ」クラリッサがいった。

マデリンはドアをわずかに開いた。クラリッサがクッション付きの出窓椅子に腰をおろし、ラウドンがその隣にたたずんでいる。彼はマデリンに背を向け、クラリッサはラウドンを見あげていた。ふたりとも、ゴブレットを持っている。

「レイチェルは美しかった」ラウドンは苦しそうにいった。「父がレイチェルを疎《うと》んじるようになったときは、信じられない思いだった。あれほど魅力的な女性なのに。父はレイチェルと無理やり結婚したんだ。ほんとうは、ラインホールドがレイチェルと結婚するはずだった」

マデリンはクラリッサが鼻を鳴らして、ゴブレットを長々とあおるのを見守った。黒ずんだ赤ワインがドレスの前にこぼれているが、クラリッサは気づかない様子で、もう片方の手に持っていた水差しからさらにゴブレットに注いでいる。

彼女はラウドンと同じくらい容姿に恵まれていた。明るい金髪に、はしばみ色の瞳。そして、怒ったときの表情も、ラウドンとまったく同じで醜かった。「ラインホールドは、お父さまとは比べものにならなかったもの」クラリッサがいった。「でも、お父さまも一杯食わされたのでしょう？　結局、レイチェルはお父さまを虚仮《こけ》にしたのよ。ねえお兄さま、ラインホールドは、レイチェルがわたしたちのお父さまと結婚したとき、自分の子どもを身ごもっていたことを知っているのかしら？」

「いいや」ラウドンは答えた。「レイチェルはラインホールドに一度も会えずじまいだった。マデリンが生まれたとき、父は見ようともしなかった。レイチェルは、みずからの愚かな振る舞いの報いを受けたんだ」

「そしてお兄さまは、レイチェルが慰めを求めて振り向いてくれるかもしれないと思ったんでしょう？」ラウドンににらみつけられて、クラリッサは笑った。「お兄さまは、レイチェルに夢中だったもの」彼女は挑発した。「でも、レイチェルはお兄さまを汚らわしいと思ったのよね？　赤んぼうがいなければ、みずから命を絶っていたんじゃないかしら。わたしも、しじゅうそうするようにそそのかしたのよ。もしかすると、レイチェルはあの階段から足を踏みはずさなかったのかも。だれかに突き落とされたのかもしれない」

「おまえはいつも、レイチェルに嫉妬《しっと》していた」ラウドンが噛みつくようにいった。「ちょうどいま、レイチェルの娘に嫉妬しているように。庶子だろうと、その気持ちは変わらない」

「わたしは嫉妬なんてしていないわ！」クラリッサはわめいた。「ああ、早くこの件をおしまいにしたいわ。そうしたら、マデリンにラインホールドのことをいってやるの。お兄さまがレイチェルを殺したこともいおうかしら」

「なにもいうな！」ラウドンはクラリッサの手からゴブレットをたたき落とした。「この間抜けが！　わたしがレイチェルを殺したんじゃない。レイチェルが階段から足を滑らせたんだ！」

「レイチェルは、お兄さまから逃げようとしていたのよ」クラリッサがせせら笑った。

「なにもいうなといってるんだ！　それに、マデリンとわれわれに血のつながりがないことは、だれにも知られてはならない。そんな不名誉な事実が知れたら、わたしとおまえにも影響がある」

「あの小娘は、お兄さまのいうとおりにするかしらね？　陛下の前で、お兄さまが決めたとおりに振る舞うと思う？　それとも、刃向かうかしら？」

「マデリンは、わたしがやれといったことはなんでもする」ラウドンはいった。「マデリンはわたしを恐れているんだ。あの臆病者め、子どものころから変わっていない。それに、わたしを怒らせるようなことをすれば、おじのバートンを殺すといってある」

「モーカーが死んだのは残念だったわ」クラリッサがいった。「あの人なら、マデリンにたっぷり払ってくれたでしょうに。いまではもう、あの小娘をほしがる人はひとりもいないわ」

「それは違うぞ、クラリッサ。わたしがいる。マデリンは、だれとも結婚させない」

クラリッサの下品な笑い声が響いた。マデリンはむかむかしてドアを閉めた。

それから母のレイチェルが、ラウドンとその父親に味わわされた苦しみを思って涙を流した。レイチェルが別の男性の子どもを身ごもったまま結婚していたなんて――そこでマデリンは、はじめて真実に気づいた。うれしくて、涙がこみあげてくる。自分とラウドンに、血のつながりはないのだ。

ラインホールドという名はダンカンから聞いたことがある。たしか、同盟関係にある領主だった。その方も、いまロンドンに来ているのかしら？　どんな顔なの？　結婚はしているのかしら？　たしかにラウドンのいうとおりだ。だれにも知られてはならない……。でも、ダンカンには話すつもりだった。きっと同じくらい喜んでくれる。

これからは頭を使って、おじのバートンとダンカンを守らなくてはならない。ラウドンは、妹がどちらか一方を救うために、もう一方を裏切ると思っている。もちろん、アデラの問題もあるけれど、いまは気にしなくて大丈夫。ジェラルドがアデラと結婚したら、王もアデラをラウドンにやるとはいえなくなる。

マデリンは明け方近くまで、あれこれと計画を立てて過ごした。彼女はラウドンがいつものように振る舞ってくれることを祈った。ダンカンが無事でいてくれますように。勇敢に戦えますように。

しまいに、マデリンはとうとう眠りに落ちた。夢のなかで、彼女は幼いころにしたように空想にふけっていた。ラウドンに連れ戻されるのではないかと怖くなっても、オデュッセウスがそばにいて、守ってくれる。でも、今夜は少し違った。そばにいてくれるのはオデュッセウスでなく、ダンカンだった。

オデュッセウスよりもっと強い、わたしの狼。

翌日の午後、マデリンはラウドンの付き添いで王に拝謁することになった。控えの間で待っているとき、ラウドンは笑顔でいった。「頼りにしているぞ、マデリン。おまえはただ、うちの城であったことと、自分の身にあったことを正直に話すだけでいいんだ。あとはわたしが引き受ける」

「その真実がダンカンを破滅させると、あなたは思っているのね」

ラウドンの笑顔がにわかに引きつった。彼は妹の口のきき方が気に入らなかった。「少しは骨のあるところを見せるようになったじゃないか、マデリン？　大事なおじのことを忘れないことだな。いつでも出発できるように、兵は仕度させてあるんだ。わたしがひとことといえば、バートンの喉は切り裂かれる」

「すでに殺されていないと、どうしてわかるの？」ラウドンが脅すように腕を乱暴につかむと、マデリンはさらにいった。「あなたは癇癪を抑えきれない人だわ、ラウドン。いつも怒りにまかせて行動する。そんなあなたが、おじさまをまだ殺していないと、どうしてわかるの？」

ラウドンはマデリンの言葉どおり、癇癪を起こして彼女の顔を殴った。宝石の埋めこまれた指輪が当たってマデリンの唇の端が切れ、血がしたたった。「いい気味だ」ラウドンはもう一度こぶしを振りあげたが、次の瞬間にはマデリンの隣の壁にたたきつけられていた。

アンソニーがどこからともなく現れ、ラウドンの首をぐいとつかみ、いまにも絞め殺さんばかりにしていた。

マデリンはわざとラウドンが癇癪を起こすように仕向けるつもりだった。実をいうと、アンソニーが助けに来たことにもあまり感謝していなかった。「アンソニー、兄から手を離して」マデリンはアンソニーの肩に手を置いて、厳しい口調を和らげた。「お願いよ、アンソニー」

アンソニーは怒りを振り払うように身震いすると、ラウドンから手を離して、彼が床にくずおれて咳きこむのを冷ややかに見守った。

マデリンはラウドンがかがみこんでいる隙に、伸びあがってアンソニーの耳元でささやいた。「そろそろわたしの計画を実行に移させてもらうわ。わたしがなにをしようと、なんといおうと逆らわないで。ダンカンを守るためなの」

アンソニーはうなずいた。ラウドンを挑発して殺される計画ですかと、訊いてみたくてたまらなかった。それに、ダンカンを守るだって？　どうやら奥方は、自分の身の安全は少しも気にしていないようだった。

マデリンがラウドンに手を貸して立たせるのを見て、アンソニーは懸命に自分を抑えなくてはならなかった。こんなけだものに触れてほしくない。

「ラウドン、あなたがおじさまをまだ痛めつけていないなんて信じられないわ」アンソニーから離れようと、ラウドンが彼女を引っぱっていた。「この場ではっきりさせましょうよ。いますぐ」

ラウドンはマデリンの大胆な物言いに驚いた。もう臆病でも、怖がりでもない。「この顔の傷を見たら、陛下はなんていうかしら？」

「陛下には謁見しない！」ラウドンはどなった。「気が変わった。おまえをもう一度部屋に戻して、かわりにわたしが陛下に報告する」

マデリンは彼の手からぐいと腕を引き抜いた。「陛下はわたしに会って、わたしの説明を聞きたいとおっしゃっているのよ」彼女はいった。「今日でも、明日でも、来週でも、ただそれを先延ばしにするだけだわ。それに、わたしが陛下になにを話すかわかっているの？」

「真実だ」ラウドンはせせら笑った。「そうとも、おまえのばか正直さがウェクストンの領主を陥れるんだ。おまえは正直に話さずにはいられないたちだからな、マデリン」

「もちろん、真実を話すけれど、いざというときまではひとことも口をきかないつもりよ。陛下がなにか質問されても、ただじっと黙って、あなたを見つめることにするわ。わたしは本気よ」

ラウドンはマデリンの脅しにかっとしてまた手をあげたが、アンソニーが一歩踏みだすと、すぐに手を引っこめた。

「あとで話し合おう」ラウドンはアンソニーをじろりとにらみつけた。「ふたりきりになったら、おまえの考えも変わるはずだ」

マデリンは恐怖をこらえていった。「いま、ここで話し合うのよ、ラウドン。さもないとアンソニーを陛下のところにやって、あなたが暴力を振るっていることを報告させるわ」

「そんなことを陛下が気にすると思うのか？」ラウドンは声を荒らげた。

「わたしはあなたと同じ、王の臣下よ」マデリンはいい返した。「アンソニーには、あなたがおじさまを殺そうとしていることも報告させるわ。領主が司祭を殺したと知ったら、教会はどんな反応を示すと思う？　陛下がお困りになるような結果になるんじゃないかしら」

「陛下はおまえの話など信じない。それから、おまえの大事なおじがちゃんと生きていることはよくわかっているはずだ。それでもまだ反抗するつもりなら、息の根を止めてやるとも。さあ挑発するがいい、このあばずれが。おまえなど、このわたしが――」

「あなたがすることとは、このわたしを、おじさまのところに送り返すことよ。それだけ」

ラウドンの目は大きく見開かれ、その顔はまだらに赤くなった。マデリンの性格がこんなにも変わったことを、彼はまだ信じられずにいた。あの臆病だった妹が、兄に刃向かっている――それも、人目のあるところで。彼はしだいに不安になった。ダンカンに不利な裁きを王に下してもらうには、マデリンの協力が不可欠だ。そう、ダンカンに城を破壊され、拉致《らち》されたことを、マデリンに話してもらわなくてはならない。だが、そのマデリンが、いまはまったく予想のつかない行動を取っている。

「わたしが、かぎられたことだけ話すと思った？　もし、あなたがウェクストンの領主を殺そうとしたところから話すとしたら？　どうなるかしら？」

「おまえは、質問されたことにだけ答えるんだ」ラウドンはいった。

「それなら、わたしの要求を受け入れてちょうだい。おじさまのところに行かせて。わたしがそこにいるあいだ、あなたとダンカンでこの難問に対処したらいいわ」

マデリンは自分で口にした言葉に泣きそうになった。まったく、〝難問〟だ。ラウドンはダンカンを破滅させようと躍起になっている。「わたしを陛下の前に連れていくなら、あなたもただではすまないわ。真実はダンカンを破滅させるかもしれないけれど、わたしが沈黙を貫けば、あなたが破滅するのよ」

「この件が終わったら——」

「わたしを殺すといいたいんでしょう」マデリンは精いっぱい無造作に肩をすくめると、素っ気なくいった。「べつにかまわないわよ。勝手にしたらいいわ」

その脅しの意味を考えるまでもなく、ラウドンはただちに彼女を宮廷から追いだすべきだという結論に達した。力ずくでいうことをきかせる時間はない。

二日前、モーカーのもくろみが失敗に終わったという知らせが入った。モーカーは死に、ダンカンはもう、いつ何時ロンドンに現れてもおかしくない。

おそらく、マデリンの望みどおりにしたほうがいいのだろう。マデリンがいなくなれば、こちらにとっても好都合だ。

「これからすぐに出発してもらう」ラウドンはいった。「しかし、同行するのはわたしの兵士だ。ウェクストンの兵が——」アンソニーのほうをじろりと見てつづけた。「おまえに付き添う理由はひとつもない。ウェクストンの領主が、おまえのことでなにかいう権利もない。あの男の妹は兄のところに戻り、おまえもわたしのところに戻ったのだからな」

マデリンはアンソニーが口を開く前に同意した。アンソニーはマデリンに目配せされて、しまいにうなずいた。

もちろん、アンソニーにそんな約束を守るつもりはさらさらなかった。ラウドンの兵がマデリンをどこに連れていこうと、あとをつけるつもりだ。だが、表向きはおとなしくして、こちらの任務が終わったことをラウドンに信じこませなくてはならない。「では、わたしはウェクストンの城に戻ります」彼はそういうと、ふたりに背を向けて立ち去った。

「わたしはこれから、陛下にお目にかかって、事情が変わったと申しあげてくる」ラウドンはいった。「陛下はわたしたちを待ってらっしゃるんだ。今回はおまえの思いつきに合わせるが、いずれ一部始終を陛下に話さなくてはならない時がかならず来る」

「そのときは正直に話すわ」マデリンはいった。ラウドンが疑わしげな顔をしたので、急いで付けくわえた。「もちろん、あなたの言い分を裏づけるはずよ」

ラウドンは少し表情を和らげた。「それでいい。いずれにしろ、おまえをおじのところに行かせるのが最善の策かもしれないな。おじに会えば、自分がいかに危うい立場にあるのか思い出すだろう」

マデリンには、おじに頼りきっていた生活を思い出させたほうがいい。そのおじが吹けば飛ぶような年寄りだったことを——自分の身ひとつ守れない無力な男だったことを、マデリンは忘れているらしい。そうとも、あのおじに会わせれば、こちらの望みどおりの、臆病な妹となって戻ってくるはずだ。

「ダンカンなら、おまえをふたたび呼び戻す前に、いつでも始末できる。さあ、部屋に戻って、荷物をまとめるんだ。わたしは付き添いの兵士を中庭に集めておく」

マデリンは頭《こうべ》を垂れ、感謝の言葉をささやいて、しおらしく従うふりをした。「もう、争いごとはこりごりだわ。あなたの願いごとを、陛下が聞きとどけてくだされればいいのだけれど……」

「願いごと？」ラウドンは耳障りな声で笑った。「陛下の耳にはなにひとつ入らないぞ、マデリン。このわたしが、そんなくだらないことで陛下にいちいちお願いしたりするものか」

その言葉を最後にラウドンが背を向け、廊下を曲がって姿を消すのを、マデリンはじっと見送った。それから自分の部屋に戻ろうとすると、物陰に潜んでいたアンソニーに小声で呼びとめられた。「危ない橋を渡るにもほどがありますよ。ご主人がどう思われるか……」

「ダンカンがわたしの〝主人〟でないことは、あなたも承知しているはずだけれど」マデリンはいった。「あなたが邪魔しないことが重要なの。ラウドンに、妹がほんとうに戻ってきたと思わせる必要があるのよ」

「アデラさまを守りたいお気持ちはわかりますが、それはジェラルドさまの――」

「いいえ、アンソニー」マデリンはさえぎった。「わたしはただ、時間稼ぎをしているだけよ。そしてわたしは、おじのところに行かなくてはならないの。わたしにとっては、父親のような人よ。わたしが守ってあげなければ、ラウドンに殺されてしまうかも――」

「奥さまは、ご自分を守るべきです」アンソニーは彼女をたしなめた。「それなのに、世界じゅうの人々を守ろうとしている。どうか冷静になっていただけませんか？　城を出たら、奥さまは無力なんですよ」

「ここにいるほうが、ずっと無力よ」マデリンはささやくと、アンソニーの手を優しくたたいた。「ダンカンがこの問題を解決してくれるまで、わたしは無力だわ。わたしの行き先をダンカンに知らせてちょうだい。あとはダンカンが決めることだわ」

「なにを決めるんです？」アンソニーが尋ねた。

「わたしのあとを追うかどうかよ」

「まさか、ご主人を疑って……」

マデリンは長いため息をついた。「いいえ、疑ってなんかないわ」かぶりを振って、さらにいった。「ダンカンはわたしのあとを追ってくるでしょう。そのときは、おじを守る兵士を残していってくれるはずだわ。あとは、あの人が素早く動いてくれることを祈るだけよ」

アンソニーはなにもいえなかった。「いつも、おそばにいるようにします。ひとこと声を誓ったんです」

「あなたはここにとどまって、ほかの者にまかせます」アンソニーはいった。「奥方を守ると、領主さまにあげてくだされば、駆けつけますから」

「その仕事は、ダンカンに――」

口にこそ出さなかったが、マデリンはアンソニーが護衛についてくれてほっとしていた。着替えをまとめ終わると、ラウドンの兵士三人に付き添われて、厩のある中庭に向かった。彼女を立たせたまま、三人は馬の仕度をした。

マデリンはクラリッサと鉢合わせしなかったのでほっとしていた。ラウドンはまだ王と話している……きっとダンカンについて、あることないこと並べ立てているのだろう。

出発を見ようと、好奇心旺盛な野次馬が集まってきた。マデリンの顔の痣はひどく目立ったので、あれこれと推測する声がどうしても耳に入ってきた。

そのなかから、長身の赤毛の女性がすっと近づいてきた。優雅で威厳のある、美しい女性だ。背はマデリンよりかなり高く、体つきもややふっくらとしている。彼女は笑顔を見せるどころか、敵意を剝きだしにしていた。

マデリンは彼女の視線に気づいて尋ねた。「なにかご用かしら？」

「こんなおおっぴらにあなたと言葉を交わすのは、かなり勇気がいることなの」彼女は口を切った。「自分の評判を考えなくてはならないものだから」

「わたしと言葉を交わすことで、あなたの評判に傷がつくというの?」マデリンは尋ねた。

その問いに、女性は驚いたような表情を浮かべた。「当然でしょう。あなただって、わかっているはずよ。自分がもう、望ましくない——」

マデリンは遠まわしな侮辱をさえぎった。「いいたいことがあるなら、さっさといってもらえないかしら」

「わたしは、レディ・エレナ」マデリンの驚いた顔を見て、彼女はいった。「それじゃ、わたしのことを聞いたことがあるのね? もしかすると、ウェクストンの領主さまがお話しに——」

「あなたの話は聞いたわ」マデリンは震える声でささやいた。レディ・エレナと並ぶと、見劣りすることを自覚せずにはいられなかった。レディ・エレナは美しく装っているが、自分が着ているのは、飾り気のない、色褪せた青の旅行用の服だ。

ダンカンの婚約者は、マデリンにないものをすべて持っているようだった。自信にあふれて、とても堂々としている。マデリンは彼女を見て、子どものころですら、不器用だったことはなかったのかもしれないと思った。

「結婚式の日取りはまだ決まっていないの。今日はただ、かわいそうなあなたに、心から同情したかっただけ。もっとも、未来の夫を責めるつもりはみじんもないわ。あの方はただ、敵にされたのと同じやり方で報復を遂げただけだもの。ただ、あの方が暴力まで振るわれたとは、とても思えなくて」

マデリンはかっとした。「そんな質問をすること自体、ウェクストンの領主さまをまったく知らないということだわ」

マデリンはレディ・エレナに背を向けると、付き添いの兵士のひとりが引いてきた馬に乗り、レディ・エレナを見おろしていった。「暴力なんて振るわれてないわ。さあ、あなたの質問に答えたんだから、今度はわたしが尋ねる番よ」

レディ・エレナは、ぞんざいにうなずいた。

「ウェクストンの領主さまを愛しているの？」

長い沈黙がつづいて、レディ・エレナには答えるつもりがないのだとわかった。片眉をつりあげて、蔑《さげす》むような表情を浮かべているところを見ると、いまの質問があまり気に入らなかったらしい。

「わたしは〝かわいそう〟ではないわ、レディ・エレナ」マデリンは怒りをにじませていった。「ダンカンは、あなたとは結婚しないわよ。結婚の契約書に署名もしない。あなたと結婚するなら、いちばんかけがえのないものをあきらめなくてはならないから」

「いちばんかけがえのないものって?」レディ・エレナは尋ねた。

「わたしよ。わたしをあきらめるほど、ダンカンは間抜けではないわ」マデリンはさらに付けくわえた。「あなたも、ダンカンが間抜けじゃないことは知ってるはずだけれど」

マデリンが馬の腹を蹴ったので、レディ・エレナは飛びのいた。さもなければ蹄《ひづめ》で踏みつけられていただろう。ばかみたいな表情を浮かべたその顔に、土埃がかかった。

マデリンはもう、かなわないとは思わなかった。レディ・エレナは見るからに怒っている。それが、胸がすっとするほど気持ちよかった。まるで、重要な戦いに勝った気分。マデリンが思うに、これは勝利だった。乱暴に押し切った、子どもじみた勝利だけれど、それでも勝利には変わりない。

22

「わたしたちは、目に見えるものに頼らないで、信仰によって歩いている」
——新約聖書「コリント人への第二の手紙」五章七節

マデリンは、おじのバートン神父にすべてを話した。

自分に起こったことをすべて話すには、丸二日かかった。心優しいおじは、交わされた言葉すべてを、あらゆる感情を、あらゆる成り行きを聞きたがった。

マデリンが小さな家に入ってきたのを見て、バートン神父は喜びの涙を流した。彼はマデリンがいなくて寂しかったと正直に打ち明け、その日はほとんど感情を抑えきれない様子だった。もちろん、マデリンもたっぷり涙を流した。おじは行儀が悪くてもかまわないといった。いまはふたりきりだから、感情をあらわにしたところで、だれに見咎められることもない。おじと同居していた友人たちは、急病になった昔なじみを訪ねて不在だった。

夕食をこしらえ、おじと並んで気に入りの椅子に座ったところで、マデリンははじめて語りだした。夕食を食べながら、かいつまんだ話だけしてすませるつもりだったが、不充分な内容ではおじが納得しなかった。

おじは姪《めい》の話をなにひとつ聞き逃さなかった。一言一句、すべて頭に刻みつけてから、次の話を語らせる。それは翻訳者であり、いにしえの物語の守り手として、記憶する訓練を積んだおじならではの、風変わりな癖だった。

おじと再会したとき、マデリンは彼の体の心配をした。以前に比べて肩がすぼまっているし、背中も少し曲がって、動作も以前よりゆっくりになっている。けれどもおじのまなざしは以前のようにたしかで、鋭い意見も相変わらずだった。聡明なところも少しも変わらない。ただ、昔なじみを見舞いに行った友人たちは、そのまま戻らずに、死に場所をほかに求めるかもしれないという話だった。おじからそう打ち明けられたマデリンはおじが老けこんだのは五十歳という年齢のせいではなく、孤独のせいではないかと思った。

彼女は、ダンカンがここに来ると信じていた。けれども、三日が過ぎてもまだ彼の影も形も見えないので、その自信は揺らぎはじめていた。

彼女はその不安を、おじに打ち明けた。「もしかすると、レディ・エレナと再会して、心変わりしたのかも」

「ばかばかしい」おじはいった。「ウェクストンの領主は、ロレンスが司祭でないことを知らなかった。そのことは、おまえと同じくらい、わたしも信じている。間違いなく、おまえと結婚したと思っていたはずだ。男はほんとうに覚悟を決めないかぎり、そのようなことはしないものだからな。それに、愛も誓ってくれたといったじゃないか。その言葉を信じないのかね？」

「いいえ、もちろん信じているわ」マデリンは答えた。「ダンカンは、たしかにわたしを愛しているると、頭ではわかっているの。ただ、わたしのなかのある部分が、不安にさせようとするのよ。夜中に目が覚めると、真っ先に恐ろしいことを考えてしまう。ダンカンが来てくれなかったらどうしようと、自問自答してしまうの。あの人が心変わりしていたらどうしようと」

「それなら、その領主がよほどの間抜けだったということだ」おじは瞳をきらめかせていった。「さあ、この年寄りにもう一度聞かせてくれないか。赤毛で偉そうなレディ・エレナになんといってやったのか」

レディ・エレナについて話したことをおじがそっくりまねしたので、マデリンはほほえんだ。「ダンカンにとっていちばんかけがえのないものはわたしだといってやったわ。あまり謙虚とはいえないわね」

「おまえは真実を話したのだよ、マデリン。心のなかではちゃんとわかっている。だがたしかに、説得が必要な部分が頭の片隅にちょっぴりあるようだな」

「ダンカンは間抜けじゃないわ」マデリンの声には自信があふれていた。「わたしを忘れたりしない」それから目を閉じて、背もたれのクッションに頭をあずけた。短いあいだに、ほんとうにいろいろなことが起こった。でも、こうしておじのそばに座っていると、なにひとつ変わっていないような気がしてくる。

以前の恐怖が、マデリンをのみこもうとしていた。ここで踏んばらなければ、またそめそして、以前のみじめな自分に戻ってしまう。いま必要なのは休息だった。そう、こんなにも心配ばかりしてしまうのは、きっと疲れているせいだ。「わたしは、価値のある人間なの」マデリンは思わずいった。「そのことに気がつくのに、どうしてこんなにも時間がかかったのかしら？」

「どれくらい時間がかかったかは重要ではない」おじがいった。「しまいに気づいたことが重要なのだ」

それから彼は、雷がゴロゴロと鳴っていることに気づいた。「どうやら、大雨になりそうだな」おじは立ちあがって、窓に近づいた。

「屋根がばらばらになるかもしれないわね」マデリンは眠たそうにつぶやいた。

バートン神父は姪の言葉に相づちを打とうとして、窓から見えた光景に仰天した。とっさに窓台につかまらなければ、その場にくずおれていただろう。

雷鳴は聞こえなかったが、稲妻は光っていた。だが、空が光っているのではない。光は地上にあった……どこもかしこも、見わたすかぎり光っている。

そんなふうに見えるのは、まだ空にある太陽のせいだった。兵士の胸甲《きょうこう》から胸甲へと光が反射して、銀の稲妻が走っているように見える。

それは、ある男に統率された軍団だった。全員が甲冑《かっちゅう》に身を包み、無言で待機している。

バートン神父は壮観な眺めを目を細めて見渡すと、指揮をとっている男に会釈し、踵《きびす》を返して、満面の笑顔で自分の椅子に戻った。

だがマデリンの隣の椅子に座ると、彼は笑顔を引っこめ、わざと不機嫌そうな声でいった。「おまえにお客さんだぞ、マデリン。だれだか見にいってくれないか。わたしはくたびれて、もう立ちあがれないから」

ドアをノックする音が聞こえなかったのでマデリンは怪訝《けげん》に思ったが、それでもおじの気休めになるならと立ちあがった。マルタが産みたての卵と古い噂話《うわさ》を持ってきたのかもしれない。肩越しにそういいながら、ドアに向かった。

バートン神父はこらえきれなくなって、くっくっと笑いながら膝をたたいた。

マデリンは、たったいまくたびれたとぶつぶついっていた人にしてはおかしな反応だと思った。

それから、ドアを開けた。

なにを見ているのかマデリンが理解するまで、しばらくかかった。目の前に広がる光景に打ちのめされて、一歩も動けない。彼女はただ戸口にたたずみ、両のこぶしを握りしめて、馬に乗ったダンカンを見ていた。

やはり忘れていなかったのだ。しびれたような感覚が遠のくと、その事実がしみじみと胸に迫った。

それに、彼はひとりではなかった。総勢百名以上もの兵士が、あるじの後ろにずらりと整列している。全員が馬に乗り、光り輝く甲冑に身を包んで、ひとり残らず彼女を見ていた。

無言の合図で、彼らはいっせいに剣を掲げて敬意を表した。こんなふうに見事に一体となって忠誠心を示す兵士たちを、マデリンは見たことがなかった。

いまはただ圧倒されていた。こんなにも大切にされ、愛されて、かけがえのない存在だと実感したことはなかった。

彼が大勢の兵士を率いてここまで来た理由を、マデリンは理解していた。それほどまでに重要な存在なのだと、こうして示しているのだ。きみは価値ある存在なのだと。

ダンカンは動かなかった。長いあいだひとことも口をきかなかった。シレノスの背に乗ったまま、美しい妻を見つめていられれば満足だった。心をむしばんでいた恐れと不安が、潮が引くように消えていくのがわかる。この世界に、いまの彼ほど満ち足りた男はいなかった。

マデリンの頬を涙が伝っていることに気づいて、ダンカンはようやく彼女が聞きたがっていた言葉を口にした。「きみのために来た、マデリン」

それは、ラウドンの城ではじめて口にしたのと同じ言葉だったが、マデリンは偶然とは思わなかった。ダンカンがその言葉を憶えていたことは、目を見ればわかる。

マデリンは一歩進みでて、肩にかかる髪をさっと後ろにやると、芝居っ気たっぷりに両手を腰に当てた。「遅かったのね、ウェクストンの領主さま。こんなに待たされるとは思わなかったわ」

ダンカンを笑わそうと傲慢なことをいったつもりだったが、彼が目にもとまらぬ速さで動いたせいで、効果のほどはわからなかった。気がつくと、たったいまシレノスにまたがっていたはずの彼に抱きすくめられていた。

彼は頭をかがめ、マデリンはその首に両腕をからめた。彼は熱っぽく唇をふさぐと、舌を差し入れ、くるおしいほど求めて、もともと彼のものだった女性をふたたび征服した。

マデリンは体じゅうを駆けめぐる欲望に押し流されそうになりながら、ダンカンの要求に、知っているかぎりのありとあらゆるやり方で応えた。彼に求められるのと同じくらい荒々しく求めて、彼に触れられるのと同じくらい貪欲に触れたかった。

騒々しい音がようやくダンカンの頭に伝わってきた。なんでそんな音が聞こえるのか、いまは理由を考えるどころではなかった。唇を離したとたんに、マデリンの赤くなった唇をふたたび奪わずにはいられなかった。

マデリンもその音に気づいていた。彼女はダンカンが頭をあげてようやく、兵士たちがやんやの喝采を送っていたことに気づいた。あきれたことに、彼らがそこにいることをすっかり忘れていたのだ。

顔がかっとほてっていたが、気にすることはないと自分にいい聞かせた。ダンカンも少しも気にしていないように見える。もっとも、彼は土埃まみれなうえに一週間分の不精ひげが伸びているせいで、どんなふうに思っているのかよくわからなかった。

ダンカンはふたたび、素早く、だがしっかりとキスして、兵士たちに見られても少しも気にしていないことを示した。マデリンは彼の腰に両腕をまわし、力いっぱいぎゅっと抱きしめた。

ダンカンはほうっと満足のため息をついた。

遠慮がちな咳払いが後ろから聞こえて、マデリンはなすべきことを思い出した。ダンカンをおじに紹介しなくてはならない。問題は、まだうまく言葉が出てこないことだった。そのうえ、ダンカンが耳元で愛しているというものだから、涙が込みあげて、しゃべるどころではなくなってしまった。

ダンカンは兵士たちに馬をおりるように合図すると、少し離れたところで待っている老人をマデリンの頭越しに見た。マデリンの体を片時たりとも離したくなかったので、彼女を脇に抱き寄せていった。「わたしが、ウェクストンのあるじです」

「そうでなければどうしようかと思っていた」バートンは応じた。彼は自分の軽口にほほえむと、お辞儀をしようとしたが、ダンカンに押しとどめられた。

「ひざまずくのはわたしのほうです」彼はバートンにいった。「ようやくお会いできて光栄です、神父さま」

バートンはそんなふうにいわれて恐縮した。「マデリンはあなたのいちばんかけがえのない宝物なのだな？」彼はマデリンを見ていた。

「ええ、そのとおりです」ダンカンは正直に答えた。「ご恩は一生忘れません。あなたはマデリンを何年ものあいだ守り育ててくださった」

「マデリンはまだあなたのものではない」バートンは、ダンカンが驚いた表情を浮かべたのを見て満足した。「まだマデリンをあなたに渡す仕事が残っている。つまり、結婚式のことだ——本物の結婚式だぞ。年寄りを安心させるためだ、早ければ早いほどいいだろう」

「では、明朝、式を執りおこなっていただきましょう」ダンカンはいった。

バートンは彼とマデリンが情熱的なキスを交わすのを見ていたので、明日でいいものかと首をかしげた。「となると、あなたは今夜、マデリンの隣で眠らないわけだ。マデリンに、しっかりと目を光らせなくてはならないな」

ダンカンとバートンは、じっとにらみ合った。しばらくして、ダンカンはほほえんだ。こうしてにらみつけて、怖《お》じ気《け》づかなかった相手はバートンがはじめてではないだろうか。神父は引きさがりそうもなかった。

ダンカンはうなずいた。「では、今夜」

そのやりとりを見守っていたマデリンは、ふたりがなにを話し合っているのかわかりすぎるほどわかっていた。もう、日焼けしたように顔が赤くなっているのではないだろうか。ダンカンとしとねを共にしていたことをおじのバートンに知られるのは、それほど恥ずかしかった。

「わたしも今夜結婚式を挙げたいわ。でも——」そのときアンソニーがそばに来たので、マデリンはその話をやめて、おじに向きなおった。「この方が、お話しした司令よ」

「ラウドンがもう一度姪を殴ろうとしたときにあいだに入ってくれたというのは、あなたかね?」バートンは進みでて、アンソニーの手をつかんだ。

「そのとおりです」アンソニーは答えた。

「なんだと?」ダンカンがどなった。「マデリンは陛下に保護されていたんじゃなかったのか?」

「なんでもなかったのよ」マデリンがいった。

「ラウドンは、マデリンを殺していたかもしれない」バートンがいった。

「少なくとも、痛めつけようとしていました」アンソニーがいう。

マデリンは腰にまわされたダンカンの手に力がこもるのを感じた。

「なんでもなかったの」マデリンはふたたびいった。「ただ、殴られただけで……」

「痣がまだ残っている」バートンがうんうんとうなずいていった。

マデリンはおじをきっとにらみつけた。そんなことをいったら、ダンカンがかっかすることがわからないの?

ダンカンが痣を見ようと顔を上向けたので、マデリンは首を振った。「ラウドンなら、もう二度とわたしに触れないわ、ダンカン。肝心なのはそこのところでしょう。あなたの忠実な部下は、ちゃんとわたしを守ったのよ」それから、おじに向きなおりながら付けくわえた。「おじさま、どうしてダンカンを焚きつけるようなことをいうの?」

「痣なら両肩と背中にもある」バートンはマデリンの問いかけを無視して、さらにいった。

「おじさま！」

「わたしにひとこともおっしゃいませんでしたね」アンソニーがマデリンにいった。「そうとわかっていれば――」

「いいかげんにして。おじさまのことならよくわかっているつもりよ。いったい、今度はなんのゲームをするつもりなの？」

「さっきおまえは、今夜結婚したいとウェクストンの領主にいいかけていたな。だが、本音は違う」バートンはダンカンに向きなおった。「姪は結婚を先延ばしにしようとしているんだ。そうだろう、マデリン？　ほら」彼はマデリンに優しくほほえんだ。「おまえの考えていることは、よくわかっているつもりだ」

「いまのはほんとうか？」ダンカンは眉をひそめた。「気が変わったんじゃないだろうな？」マデリンが答える前に、彼はいった。「だが、きみがどう思っていようと関係ない。きみはわたしのものだ、マデリン。その事実を無視することはできない」

マデリンは、ダンカンがひどく心細そうにしていることに気づいた。そう、彼の心も同じくらい弱いのだ。どうやら、ひんぱんに愛の言葉を聞かないと安心できないのは、彼も同じらしかった。「愛してるわ、ダンカン」アンソニーとおじにも聞こえるようにいった。

「わかっている」ダンカンはふたたび傲慢そうな物言いに戻った。けれども、手の力は抜けて、ゆったり構えている。

「ご報告すべきことがいくつかあります」アンソニーがいった。「あとで相談させてください」彼はそういい残して、立ち去ろうとした。

「それから、食事が必要だろう。すぐに仕度をしよう」バートンは家のなかに戻った。

ダンカンはマデリンの体をぎゅっと抱きしめた。それからバートンのあとについていこうとして、マデリンの言葉にぴたりと立ち止まった。アンソニーとバートンも立ち止まっている。

「まだ結婚するわけにはいかないわ、ダンカン」

だが三人は、彼女がどう思おうと関係ないという顔をしていた。

マデリンは両手を合わせて、ダンカンにどなりつけられる前に話してしまおうと、急いでしゃべった。「ジェラルドとアデラが結婚するまで待てたら、ラウドンの言い分は通用しなくなるんじゃ……」

「それはわかっています」アンソニーがいった。「奥さまはまだ、世界じゅうを救おうとしているんですね。こんなのはほんの一部ですよ」

「姪はいつも、必要とあらばだれでも守っていた」バートンがいった。

「あなたにはわからないのよ」マデリンはダンカンに駆け寄っていった。「いまわたしたちが結婚したら、陛下のご意向に逆らうことになるわ。陛下はアデラをラウドンに嫁がせるつもりよ。手紙に、そうほのめかされていたの」

ダンカンからこんなふうにじっと見つめられなければ、もっとくどくど説明していただろう。彼の目を見て、マデリンは口を閉じた。

ダンカンは、マデリンを長いあいだ見つめていた。喜んでいるのか、怒っているのかよくわからない。「ひとつ質問に答えてくれないか、マデリン。わたしを信じてくれるか?」

考える必要はなかった。マデリンは即答した。

「信じるわ」

ダンカンはその答えに満足すると、彼女を抱きしめ、額に軽くキスし、顔だけをそむけた。「今夜結婚する」

彼はそこで口をつぐんだが、顔はそむけたままだった。待っているのだと、マデリンは思った。同意してもらえるのを、彼が待っている。

「ええ、ダンカン、今夜結婚しましょう」

もちろん、それが正しい答えだった。おじが笑いだし、アンソニーが口笛を吹いた。ダンカンは向きなおってきっぱりとうなずいた。

彼はほほえんでいなかったが、マデリンは気にしなかった。こんなふうに、ダンカンはいつも信じてくれる。わたしはただ、彼の言葉をもう一度確認するだけ。それだけでいい。

その後は慌ただしかった。ダンカンとアンソニーが小さなテーブルで食事をすませるあいだ、バートンはあるじのグリンスティード伯モートンの元に報告に出かけた。

グリンスティード伯はまだ存命だが、結婚式に参列するような体力はないので、式が終わり次第ダンカンが正式に訪問することになった。

ダンカンとアンソニーはグリンスティード伯の館の裏にある湖へ水浴に行き、ふたりきりで話をした。マデリンはそのあいだに着替え、巻き毛がきれいに波打つまで髪を梳かした。迷ったあげく、流行の髪形にはせずにそのまま垂らすことにした。そのほうがダンカンも喜んでくれる。

服はもちろん、彼の色だった。淡いクリーム色の靴とシェーンズに、ロイヤルブルーのブリオーを重ねる。ひと月近くかかって、繊細な刺繍《ししゅう》を襟ぐりに施した服だ。その中心には、神秘的なあの狼の形が刺繍されていた。

ダンカンはたぶん気づきもしないだろうと思った。彼のような誉《ほま》れある戦士が、そんなことに気がつくわけがない。「そのほうがいいわ」思わず声に出していった。「刺繍に気づいたら、また空想をたくましくしているといって、からかうに決まっているもの」

「だれがからかうって?」ダンカンが戸口に立っていた。

マデリンはほほえみを浮かべて振り返り、自分だけの戦士を見つめた。「わたしの狼よ」即座に答えた。「どうかしたの、ダンカン? なんだか……落ち着かないようだけれど」

「きみは日ごとにきれいになっている」ダンカンは愛撫するようにささやいた。

「あなたもどんどん素敵になっているわ」マデリンは彼にほほえんだ。「でも、どうして結婚式に黒い服を着るのかしら。そんないかめしい色……それに、喪に服す色でもあるわ。もしかして、自分の運命を嘆いているの?」

ダンカンは思いもよらないことをいわれて言葉に詰まったが、やがて肩をすくめて答えた。「この服は洗いたてだ、マデリン。そこさえちゃんとしていれば充分だろう。それに、ロンドンから持ってきた着替えはこれしかないんだ」彼はそういうと、部屋に踏みこんできた。「そんなことが気にならなくなるようにキスしよう」

マデリンはテーブルの反対側に逃げた。「結婚するまで、キスをしてはだめよ」笑いをこらえていった。「それに、どうしてまだひげを剃《そ》っていないの?」

ダンカンはなおも彼女を捕まえようとした。「あとで剃る」

どういうことかしら? 「あとで?」

「そうとも。あとでだ」彼の熱っぽいまなざしは、その言葉と同じくらい彼女を戸惑わせた。

マデリンはわざと捕まった。ダンカンは抱き寄せてキスしようとしたが、そこでドアが開いて、咳払いする音がした。

「準備がよければはじめたいんだが」バートン神父がいった。「ただし、ひとつ心配なことがある」

「なにかしら？」マデリンはダンカンの腕から体を振りほどいて、身だしなみを整えた。

「わたしは祭壇までおまえに付き添って歩きたいんだが、同時にふたところにはいられない。それに、立会人はどうする？」神父は真面目くさって尋ねた。

「マデリンと一緒に祭壇まで歩いて、ミサを執りおこなうことはできないんですか？」ダンカンが尋ねた。

「そうなると、司祭として、この女性を花婿に渡すのはだれかと尋ねて、それからマデリンの隣に走って、自分の問いに自分で答えるということになるが」

ダンカンはその光景を思い浮かべて吹きだしそうになった。

「おかしなことになるだろうが、まあなんとかやってみよう」バートン神父はいった。

「兵士たち全員が立会人になります」ダンカンはいった。「アンソニーに、花嫁の隣にいてもらいましょう。それで充分でしょうか？」

「それでかまわない」バートン神父は答えた。「さあ、領主どの、間に合わせの祭壇を外に作ったから、そこで待っていなさい。星と月の下で式を執りおこなう。わたしが思うに、あそこは神の宮殿だ」

「わかりました。さっさと終わらせましょう」

マデリンはその言葉に引っかかって、彼に追いすがって手を引っぱった。「さっさと終わらせるですって？」不満げにいった。

彼の目を見て、マデリンはからかわれていたことを悟った。そして彼の答えを聞いて、マデリンの不満は消し飛んだ。

「わたしたちは、出会ったそのときから結ばれていた。神はそのことをご存じだったし、わたしも知っていた。きみも、真実に目を向けさえすればそういうはずだ。わたしたちは以前に、たがいに愛を誓った。ロレンスは司祭でなく、ほんとうの祝福は与えられなかったが、それでもわたしたちは夫婦になった」

「わたしがあなたの足を温めたあのときから」マデリンは、彼が以前にいったことを小声で繰り返した。

「そう、あのときからだ」

マデリンはいまにも泣きそうな顔をしていた。慎ましやかだった妻が、ずいぶん感情を素直に出すようになったものだ。だが、兵士たちの前で取り乱した姿は見せたくないだろう。そう思って、彼はすぐにマデリンが気を取りなおすように仕向けた。「ここは感謝すべきだな、マデリン」

「なんに感謝するの？」マデリンは目の端を押さえながら尋ねた。

「わたしたちが出会ったのが、夏ではなかったことにだ」

マデリンはしばらくしてその意味を理解すると、心底おかしそうに笑った。「それじゃ、わたしの元にあなたをもたらしたのは、天気だったといいたいのかしら？」

「夏だったら、わたしの足を温めなかったはずだからな」彼はマデリンに片目をつぶった。

マデリンは、こんなに悦に入っている彼は見たことがないと思った。「たとえ夏でも、なにかしら別のきっかけを見つけたはずよ」

バートン神父が、彼をドアのほうに押していった。「兵士たちが待っているぞ、領主どの」

ダンカンが出ていくとすぐにバートン神父はマデリンに向きなおり、妻の務めについてしばらく説明した。そして最後に、マデリンが家族の一員であることがいかに誇らしいか、温かい言葉で語った。

それから、彼はみずから洗礼を施し、わが子同然に慈しんで育てた娘に腕を差しだした。

結婚式は美しい儀式だった。それが終わると、ダンカンは花嫁を兵士たちに披露した。兵士たちはマデリンの前にひざまずいて忠誠を誓った。

ダンカンはくたびれているうえに苛立っていた。彼は妻を残してグリンスティード伯を正式に訪問したが、たいして長居せずにバートン神父の家に戻った。

バートン神父はすでに眠っていた。彼の簡素な寝台は部屋の向かいにあり、マデリンのベッドはこちら側の壁際にある。おじの目をさえぎるのは、間仕切りのカーテンしかなかった。

彼の妻は、狭いベッドの端に座っていた。結婚式のときに着ていた服を着ている。

彼は服を脱ぐと、ベッドの上掛けの上に仰向けに倒れながら、マデリンを胸の上に引っぱりあげた。それからしっかりとキスをし、着替えるように妻にいった。

マデリンはちょくちょく手を止め、カーテンの隙間からおじが眠っているのをたしかめながら、時間をかけて着替えていたが、しまいにダンカンのほうに顔を近づけていった。外に出て、ふたりきりで眠れる場所を探したほうがいい。今日は新婚初夜で、しかも最後に触れ合ってからずいぶん長い時間がたっているもの。あなたなら、よさそうな場所を見つけられるでしょう？　外に出ないと、キスしたとたんにわけがわからなくなって、うるさくしてしまうと思うの。いまもわめきちらしたいくらい。

彼がおしゃべりな花嫁を黙らせようともしないのを見て、マデリンは、そこまで説明する必要がなかったことに気づいた。彼はもう、ぐっすり眠りこんでいる。

気持ちがおさまらないまま、歯がみして夫にすり寄り、なんとか眠ろうとした。

翌朝、バートン神父が動きまわる音でダンカンは目を覚まし、即座に身がまえた。なにかがおかしい。

もうすっかり目は覚めていた。ベッドをおりようとして、なにかを踏みつけそうになった。マデリンだ。彼は思わずほほえんだ。花嫁が、厚い毛布にくるまって床の上で眠っている。

なんということだろう、新婚初夜に眠ってしまった。

ベッドの端に座ったまま、美しい妻を見おろしていると、やがてドアが開き、神父が出ていく物音がした。窓から、神父が城館に向かって歩いていくのが見える。神父は祭服に身を包み、小さな銀の杯を手に持っていた。

彼はマデリンに目を戻した。膝をついて抱きあげ、ベッドにおろすと、マデリンはすぐさま仰向けになって毛布を蹴飛ばした。

彼女はナイトガウンを着ていなかった。明け方の光が窓から射しこみ、肌をところどころ金色に染めている。つややかな髪は、朝日を受けて炎のように赤く輝いていた。

欲望はずきずきと疼《うず》くほど高まっていた。彼はベッドの端に座ったまま、妻の体に手を這わせた。

マデリンはため息をついて目を覚ました。不思議なほど体が気だるい。ダンカンが両手で乳房を愛撫していた。乳首が固くつぼまってさらに求めている。うめいて、ものうげに腰を動かしながら夫をいざなった。

目を開けて、ダンカンを見た。熱っぽいまなざしで見つめられて、欲望で体が震えた。手を伸ばして彼を自分のほうに引き寄せようとしたが、ダンカンは首を振って拒んだ。

「きみがほしがっているものをあげよう」彼はささやいた。「もっと、ずっと素晴らしいものもだ」

マデリンが答える前に、彼は頭をかがめて、片方の乳房を口に含んだ。乳首を吸いながら、両手でおなかを撫でまわす。

マデリンのうめき声はしだいに奔放になった。喉の奥から響くその声もいいが、彼女の味には比べものにならない。

両脚のあいだに手を滑りこませ、探し求めていた場所を見つけた。指で貫き、彼女の激しい反応にわれを忘れそうになった。

マデリンのすべてがほしい。

彼はやにわに、マデリンとは上下反対向きに横になった。マデリンも彼のほうを向いて、頬を彼の太腿につけた。

彼に口で愛されて、マデリンはわれを忘れた。臍のまわりに濡れたキスをされたときは、すっと息を吸いこんだきり呼吸できなくなった。指でなおも責められながら太腿をゆっくりと広げられたときはすすり泣きを漏らしていた。彼がほしがっているものはわかっていたから、体を開いて、そこにキスしてとせがんだ。

ダンカンはさらに下に動いて、彼女の熱い蜜を味わった。舌でじらして責めたが、マデリンをひときわ乱れさせたのは伸びた不精ひげだった。彼の頬ひげは、太腿の内側の敏感な皮膚をこすって、ぞくぞくするような快感をもたらした。

マデリンも、彼を味わいたいと思った。彼のすべてを。

彼女がそんなことをするという警告はひとつもなかった。優しいキスからはじまったわけでもない。マデリンは腰を反らしながら、彼のものを口でとらえた。

今度は彼がうめく番だった。マデリンの手と口は、彼のそれと同じくらい歓びをもたらし、みだらに動いた。彼はマデリンの口のなかで動きながら喜びを伝えた。

不意に体を離し、マデリンの太腿のあいだに膝をついて、貫くなり絶頂に達した。最後のひと突きでマデリンものぼりつめ、同じくまばゆいばかりの忘我の境地に身をまかせた。

マデリンは体に力が入らなくて、動けなかった。彼の肩をどける力も残っていない。

ダンカンは満足していた。妻にキスしてどんなに満足したか伝えようとしたが、言葉が出てこない。いまは満足しきって、体も動かせなかった。

ふたりはひとつになったまま、しばらくそのままで過ごした。

マデリンは夫より早く自分を取り戻した。ここがどこなのか不意に思い出してぎくりとしたのを、彼はすかさず感じ取った。「バートン神父は、礼拝に行っている」

マデリンが体の力を抜いたので、彼はさらにいった。「きみの声は、兵士たちに聞こえるくらいやかましかった」

「あなたもよ」マデリンはささやき返した。

「さて、ひげを剃ってこよう」

マデリンは笑いだした。「あなたが結婚式の前に〝あとで〟といった意味がようやくわかったわ。わたしが喜ぶことを知っていたのね」

ダンカンは肘をついて体を起こし、マデリンを見おろした。「わたしがどんなに満足したかわかるか?」

「わかるわ」マデリンはささやいた。「愛してるわ、ダンカン。いまも、これからもずっと」

「ロレンスが偽の司祭で、わたしが嘘をついていたことに気づいたときも?」

「ええ、ただ、あなたの首を絞めたかった。あのときは腹が立ったわ」

「よかった」その言葉にマデリンがびっくりしたのがおかしくて、彼はほほえんだ。「そうではなくて、ほかのことで嘘をついたと思われたのかと心配だった」

「あなたの愛を疑ったことはないわ」

「だが、きみは自分の価値を疑っていた」

「もう疑ってないわ」マデリンは彼を引き寄せてキスをすると、もう一度愛してといった。

二度目の愛の営みはずっと緩やかだったが、一度目と同じくらい素晴らしかった。

バートン神父がうちに戻ると、マデリンもダンカンも着替えをすませていた。ダンカンはテーブルに着き、朝食の仕度をしている妻から片時たりとも目を離さなかった。

「神父さま、わたしの城には司祭がいないんです」ダンカンがいった。「わたしの魂を導いていただけませんか？　いますぐにでも来ていただけますよ」

マデリンもその提案には大賛成だったので、両手を合わせて答えを待った。

バートン神父はほほえんだが、かぶりを振ってことわった。「グリンスティード伯は、長年わたしを受け入れてくださった。そんな方を置いていくわけにはいかない。それに、あの方は相談役としてのわたしを頼りにしてらっしゃるんだ。そうとも、置いていけるものか」

おじは正しいことをするだろうと、マデリンは思っていた。彼女はうなずいていった。

「それじゃ、グリンスティード伯がみまかられたら来ていただくということにしてはどうかしら。わたしたちより長生きされるとは思えないし」

「マデリン！　不謹慎なことをいうものじゃない」バートン神父が諫《いさ》めた。

マデリンはたちまち、申し訳なさそうな表情を浮かべた。「そんなつもりはなかったの。おじさまが心から尽くされているのに、恥ずかしいことをいってしまってごめんなさい」

ダンカンがうなずいた。「では、これからもこちらにお邪魔させていただきますが、いまのおつとめから解放されたあかつきには、どうぞ遠慮なくわたしたちのところにいらしてください」

彼は妻よりはるかに如才なかった。マデリンはおじがほほえみ、うなずくのを見た。「ここにはいつまでいるの？」彼女は夫に尋ねた。

「今日出発しなくてはならない」ダンカンは答えた。

「夏の終わりまでいてもいいのに」思わず正直な気持ちをいってしまった。

「今日出発する」

マデリンはため息をついた。ダンカンの、いうことを聞けといわんばかりの視線をひしひしと感じる。「わかったわ」

バートン神父は、城の料理番のところにパンをもらいにいくふりをして外に出た。おじがいなくなるとすぐに、マデリンは夫に詰め寄った。「わたしにも意見をいう権利はあるはずよ。つねにあなたの意見に従うつもりはないわ」

　ダンカンはにんまりした。「そんなことは承知の上だ、マデリン。きみはわたしの妻だから、わたしに従ってもらう。だが、ここにとどまったらどうかというきみの意見は、もちろん――」

「やはり無理があるわね」マデリンはため息をつくと、ダンカンの膝の上に座って彼の首に腕をまわした。「わたしは、避けられないことを先延ばしにしているのよ。妻の本性を知ったほうがいいわ。わたしはときどき、少し臆病になることがあるの」

　ダンカンはおかしなことを言いだすものだと思って、妻がむっとするのもかまわず笑った。笑いがおさまって、ようやくいった。「きみは、わたしの兵士たちを束にしてもかなわないほどの勇気を秘めた人だ。兄の敵を、命の危険を冒して逃がしたのはだれだ？」

「わたしだけれど、でも――」

「ギラードの背後に立って、命を救ったのは？」

「わたしよ。でも、あのときは怖くてたまらなくて――」

「アデラのことを引き受けてくれたのはだれだ？　シレノスを手なずけて子羊にしてしまったのは？　それから――」

「わたしだとわかっているくせに」マデリンは彼の頬を両手で挟んでつづけた。「でも、それでもわかってほしいの。あなたに立派だと思われるようなことをやってのけるたびに、心のなかではひどい不安に苛まれているのよ。あなたの前に立つだけで、怖くてたまらなかった」

ダンカンは妻の手を押しやり、じっくりとキスをした。「怖いから臆病とはかぎらない。むしろ、人間らしい反応といえるんじゃないかな。慎重にならないのは、愚か者だけだ」

そこまでいうと、また妻にキスをせずにはいられなかった。

「宮廷に戻ったらなにをすべきか、教えてちょうだい」マデリンがいった。「あなたに不愉快な思いをさせたり、陛下から問いただされて、間違ったことを答えたりしたくないの。陛下から質問されるんでしょう?」

その声に不安を感じ取って、ダンカンは首を振った。「マデリン、きみのすることで、わたしが不愉快になることはひとつもない。そして、陛下の質問には真実を答えるだけでいい。きみにしてもらいたいのはそれだけだ」

「ラウドンもそういっていたわ」マデリンはつぶやいた。「わたしが真実を話せば、あなたを罠にはめられると思っているのよ」

「そこから先はわたしの戦いだ。きみは真実を話して、あとはわたしにまかせればいい」

マデリンはため息をついた。きっとそのとおりなのだろう。

ダンカンは彼女を元気づけようとした。「宮廷に参上する前に、ひげを剃らなくてはな」

マデリンはみるみる顔を赤くした。「ひげなら、二度と剃らないでほしいわ。その……あなたのひげが好きになったみたいなの」

ダンカンは妻の正直なところが大好きだった。彼の力強いキスがそういっていた。

二日後、ダンカンとマデリンはロンドンに到着した。ギラードとエドモンド、ジェラルドは、ふたりを王宮の門で迎えた。三人とも、深刻な表情を浮かべている。

エドモンドはマデリンを抱きしめると、ほかの領主たちはすでにおのおのの部屋に落ち着いているとダンカンに告げた。

つぎに、ギラードがマデリンを抱きしめた。彼は挨拶に時間をかけ、ダンカンに向きなおったときもマデリンの腰に腕をまわしたままだった。「今夜、陛下に謁見するのか？」

ダンカンは、ギラードがまだマデリンにのぼせているのを見てとると、妻を自分のそばに引き寄せて答えた。「いまから参上する」

「ラウドンは、マデリンがおじのところにいるものと思っているが、彼女が戻ってきたという報告が、いまこうしているあいだにも届いているはずだ。いっておくが、ラウドンはきみが結婚していないことを知っているぞ」ジェラルドがいった。

「わたしたちは、もう結婚している」ダンカンはいった。「バートン神父が、兵士たちの立ち会いで式を執りおこなってくださった」

ジェラルドはその知らせに、口元をほころばさずにはいられなかった。

「陛下がお怒りになるぞ」エドモンドは顔をしかめた。「今回の件が解決する前に結婚するのは、王に対する侮辱ととられるだろう」

ダンカンはエドモンドにいい返そうとして、王の軍隊に気づいた。ウィリアム二世の弟ヘンリーに率いられた軍隊が、中庭を行進してきてダンカンの目の前で止まった。

ヘンリーは兵士たちに待てと指示すると、ダンカンにいった。「陛下の命令で、レディ・マデリンを部屋までお連れするために来た」

「わざわざご足労いただき、恐縮です。これからすぐに陛下に謁見して、これまでのことをご説明するつもりですが、妻をわたしの手元から離してどこかに行かせるのは気が進みません。この前、王に庇護されていたときも、妻はひどいけがを負わされたものですから」

ヘンリーはダンカンの険しい言葉になんの反応も示さなかった。「そのとき、レディ・マデリンが王宮にいたことを陛下がご存じだったとは思えない。ラウドンが――」

「もう二度と、妻を危険にはさらさないつもりです」ダンカンはいった。

「では、このたおやかな女性を、そなたとラウドンの争いの場に連れていくというのか?」

ダンカンが答える前に、ヘンリーはさらにいった。「ちょっと来てくれないか。内密に、そなたの耳に入れておきたいことがある」

ダンカンは王の弟に敬意を表してすぐさま命令に従い、一行から離れた場所まで彼と歩いた。

しゃべっているのは、ほとんどヘンリーだった。なにを話しているのかマデリンには見当もつかなかったが、ダンカンの表情からして、彼にとってあまりいい話でないことはわかった。

ダンカンは戻ってくると、妻にいった。「マデリン、ヘンリーさまと一緒に行くんだ。部屋まで付き添ってくださる」

「あなたの部屋なの？」マデリンは不安をつとめて表に出さないように尋ねた。

その質問にはヘンリーが答えた。「わたしの兵の護衛付きで滞在してもらう。この件の決着がつくまで、ラウドンもダンカンも、そなたのそばには近寄れない。実をいうと、陛下が激昂しているんだ。それをさらに刺激することはない。謁見は今夜でいいだろう」

マデリンはダンカンに目をやり、彼がうなずくのを見て、ヘンリーにお辞儀した。そのとき、ダンカンがそばに来て、彼女の耳に何事かささやいた。

だれもがなにを話したのだろうと怪訝に思った。というのも、ヘンリーに向きなおったマデリンの表情が、ぱっと明るくなっていたからだ。

ギラードは、マデリンがヘンリーの腕を取って王宮の入口に向かうのを見守った。「マデリンになんといったんだ、兄上？　ついさっきまで、マデリンはいまにも泣きだしそうな顔をしていたのに、つぎの瞬間にはにこにこしていた」

「わたしはただ、ある物語の結末を思い出させただけだ」ダンカンは肩をすくめて答えた。

彼が明かしたのはそこまでだった。エドモンドはダンカンに、着替えて、しばらく眠ったらどうかと提案した。

エドモンドが眠ったらどうかといいだすとは妙だと思いながら、ダンカンは彼の助言に従ってチュニックを着替えることにした。

「これから、マデリンのところに行ってくる」エドモンドがしまいにいった。「アンソニーがマデリンの部屋の外で見張りについているはずだから、夜まで一緒にそこにいようと思う」

ダンカンはうなずいた。「ヘンリーさまの見張りを疑っているとは思われないようにするんだぞ」

ダンカンが別れを告げて王宮に向かうのを見て、ギラードはジェラルドに向きなおった。

「揉《も》めごとを避けるためだ。こうでもしなければ、ダンカンは王の部屋に直行して、ただちに正しい裁きを仰ごうとするだろうから」

「一時しのぎだな」ジェラルドはいった。「最大の難関はこれからだ。今日の午後はほかの領主たちにダンカンを訪問してもらう。それで充分忙しくなるだろう。ヘンリーさまのご仲裁は価値があった。いつの日かダンカンは、感謝するだろう」

「なぜヘンリーさまがこの件に感心があるんだ？」ギラードが尋ねた。

「ダンカンに忠誠を誓ってもらいたいからだ」ジェラルドは答えた。「さあ行こう、ギラード。冷たい飲み物を探して、きみの妹との来たるべき結婚式に乾杯しようじゃないか」

「では、アデラは承諾したのか？」

「ああ。アデラの気が変わる前に結婚しなくてはな」

ギラードはジェラルドの言葉に笑った。ジェラルドはほほえんだが、それはギラードの興味をヘンリーからうまく逸らせたからだった。ヘンリーが同席した秘密の会合や、ヘンリーがダンカンのことで妙にこだわって質問をしていたことをギラードに知らせる必要はない。知れば、ギラードは見当違いの領主に質問して、よけいな揉めごとを引き起こすかもしれない。まったく、ウェクストンの兄弟は手がかかる。

「乾杯し終わったら、エドモンドのところに行こうと思う」ギラードがいった。

「マデリンの部屋の外は、かなり混雑するはずだ」ジェラルドはいった。「ラウドンは妹が戻ったと知って、どうするかな」

　当のラウドンは王の狩り場へ出かけていて、その日の夕方近くになってようやく王宮に戻った。彼はただちに、マデリンが戻ったことを知らされた。

　ラウドンはもちろん激昂して、妹の部屋に向かった。

　マデリンの部屋の前にはアンソニーがいた。エドモンドとギラードは、夕食に備えて着替えに戻っている。

　アンソニーはラウドンが近づいてくるのを見て、壁にもたれて軽蔑《けいべつ》の表情を浮かべた。

　ラウドンは彼を無視してドアをたたき、なかに入れるようどなった。

　ヘンリーがドアを開け、礼儀作法にのっとってラウドンに挨拶し、マデリンとはだれも話してはならないことになっていると告げた。

　ラウドンがひとことも反論しないうちに、ドアは彼の鼻先で音を立てて閉まった。

　その成り行きを見て、マデリンは困惑した。ヘンリーの行動をどう考えたらいいのかわからなかった。王の弟は、彼女が王に謁見するために寝室に着替えにいってから、ドアの前をほとんど離れていない。

「そなたの兄は、わたしの兄と同じくらい顔が赤いな」ヘンリーはドアを閉めていった。「壁に耳ありだ」彼は近づいてマデリンの手を取ると、ドアからかなり離れた窓辺に導いた。

彼はささやいた。その声がとても優しいことに、マデリンは気づいた。

ヘンリーに関する噂は聞かなかったことにしようと、彼女は思った。ヘンリーはさほど男前ではないし、ダンカンに比べたら体格も小柄だ。噂では権力に取りつかれて、自分に都合のいいように他人を操る人物だという話だった。肉欲も旺盛で、十五人以上もの庶子がいるという。けれども、噂はしょせん噂にすぎない。

「今日、主人を助けてくださったことを、重ねて感謝いたします」ヘンリーがなにかを期待するように見ていたので、マデリンはいった。

「実は、午後じゅう好奇心でうずうずしていたんだが」ヘンリーは打ち明けた。「個人的秘密にしておきたいことでなければ、ダンカンがあのとき、そなたになんといったのか知りたい。そなたはとてもうれしそうにしていた」

「主人は、オデュッセウスが故郷に戻ったことを忘れるなと申したのです」

マデリンがそれ以上なにもいわなかったので、ヘンリーは最初からちゃんと説明するように命じた。

ずいぶん居丈高な命令だったが、マデリンは不愉快とは思わなかった。「主人を、オデュッセウスという、いにしえの英雄の物語にたとえたんです。オデュッセウスは長いあいだ妻の元を離れていましたが、帰郷してみると、悪い男たちが彼の妻に危害を加え、奪おうとしていました。オデュッセウスは妻に帰ったことを知らせ、悪者をひとり残らず追いだしたのだとか……。主人はオデュッセウスの話を引き合いに出して、ラウドンを始末すると申しているのです」

「それなら、そなたの夫とわたしは似た者同士だ」ヘンリーがいった。「王宮をきれいにするときが、いよいよ来たというわけだな」

マデリンはいわれたことがよくわからなかった。「主人が、陛下を怒らせるようなことをしなければいいのですが……」彼女はささやいた。「あなたさまがおっしゃいましたように、陛下は気性の激しい方のようですし」

「そなたに味方する理由は、もうひとつある」ヘンリーの声が不意に険《けわ》しくなった。

マデリンは驚きを見せないようにした。「あなたさまは、主人に協力してくださるだけでなく、友人だとおっしゃるのですか?」

ヘンリーがうなずくのを見て、マデリンはいった。「でしたら、わたくしでお役に立てることならなんでもいたしますわ」

「そなたは、ダンカンと同じくらい誠実な人だ」ヘンリーは満足げにいった。「わたしが王との仲を取りもつといったら、こちらの指示どおりにしてくれるだろうか? たとえしばらく国外追放されることになろうと?」

マデリンはなんと答えていいのかわからなかった。

「わたしのいうとおりにすれば、ダンカンの命を救える」ヘンリーがさらにいった。

「必要なことはなんでもいたします」

「それには、夫と同じくらいわたしを信頼してもらわなくてはならない」

マデリンはうなずいた。「主人が申しておりました。あなたさまは三人のご兄弟のなかでいちばんの切れ者だと――」はっとして口をつぐんだ。

ヘンリーは笑った。「では、ダンカンはわたしの価値を理解しているわけだな」

マデリンは顔を赤らめた。「おっしゃるとおりです。主人の命を救うためならなんでもいたしますわ。それで命を失うことになろうと、本望です」

「自分を犠牲にしようというのか？」ヘンリーはふたたび優しい声になり、ほほえんでマデリンを戸惑わせた。「そんな計画ではダンカンが同意しないだろう」

「この件は、ひどく複雑なのです」マデリンはささやいた。

「さっき、わたしを信頼することに同意してくれたな。わたしもそなたに協力しよう」

マデリンはうなずいた。それから膝をついてお辞儀しようとしたが、そのままひざまずいていることにした。「お力添えに感謝いたします」

「立ちあがりなさい。わたしは国王ではない」

「そうであればよかったのにと思います」マデリンは正直にいうと、うつむいたまま、ヘンリーに手を引かれて立ちあがった。

ヘンリーは彼女の言葉になにもいわずに、ドアに向かった。彼はドアを開ける前に、振り向いていった。「望みは叶うものだ、レディ・マデリン」

マデリンはわけがわからずに眉をひそめた。

「広間に入ったら、どちらの側にも忠誠を示さないことだ。質問に答えるまで、どうしたのかとみなに想像させていればいい。わたしがそばについている」

その言葉を最後に、ヘンリーは部屋を出た。

数時間後、ヘンリーが彼女を迎えにきた。マデリンは静かな表情を保てるように祈りながら、両手を脇に垂らし、背筋をこわばらせたまま、彼について歩いた。すぐにダンカンに会えなければ死んでしまうと思った。彼にそばにいてほしい。

ヘンリーと並んで大広間に入った彼女は、はじめて遅れて来たことに気づいた。ほとんどの人が食事を終えていて、召使いたちがテーブルを片づけている。

全員に注目されているのを感じて、マデリンは静かな表情でその視線を受け止めた。これほど冷静なふりをするのがむずかしかったことはなかった。それというのも、そろそろとあたりを見まわしても、ダンカンの姿が人混みのどこにも見えなかったからだ。

彼女の夫は、かなり離れた壁際にいた。ギラードとエドモンドと共に、彼は妻が広間に入ってくるのを見守った。とても落ち着き払って見える。そしてたとえようもなく美しかった。彼女が着ているのは、結婚式のときに着ていた服だ。そのときのことを思い出して、ダンカンは妻を追いかけたい衝動をこらえた。

「まるで女王みたいだ」ギラードがささやいた。

「少しも気後れしていない」エドモンドがいう。

「だが、怯えている」ダンカンはそういって踏みだしたが、ギラードとエドモンドに即座に行く手をふさがれた。

「マデリンはいずれ兄上のところに来る。いまはヘンリーさまにまかせよう」

ラウドンがマデリンに話しかけた。ヘンリーはふたりに背を向け、昔なじみと話している。

「ウェクストンの領主のほうに一歩でも踏みだしたら、その背中に剣を突き立ててやる」ラウドンはマデリンを脅した。「おまえの大切なおじも殺してやるからな」

「ひとつ教えて」マデリンの怒りに満ちた声に、ラウドンはたじろいだ。「それなら、ダンカンとふたりの弟も殺すの？ ダンカンと同盟を結んでいる領主たちも全員殺すつもり？」

ラウドンはこらえきれずに、マデリンの腕をつかんだ。「わたしを試すんじゃない、マデリン。わたしは、イングランドのどの男よりも権力があるんだぞ」

「われらの王よりもか？」ヘンリーがいった。

ラウドンは驚いて飛びあがると、ヘンリーに向きなおった拍子にマデリンの腕をねじってしまった。「わたくしは陛下の卑《いや》しい補佐役でございまして。それ以上でも、それ以下でもございません」

ヘンリーはラウドンの言葉に不愉快そうに顔をしかめると、ラウドンの手をはたき落としてマデリンの手を取った。それから、マデリンの腕に残る赤い痣を、じっと無言で見つめた。しまいにラウドンを振り向いた彼の目には、嫌悪がありありと浮かんでいた。「これから、こちらのレディを何人かの友人に紹介しなくてはならないんだが」

険しい口調で挑むようにいわれて、ラウドンは後ずさった。それから、妹をもう一度威圧するようににらみつけると、ヘンリーにうなずいた。

「さっき、なんといわれた？」ヘンリーはマデリンに尋ねた。

「主人に一歩でも近づこうとしたら、おじを殺すといわれました」

「ただの虚仮おどしだ。あの男は、知り合いの前ではなにもできない。そして明日になれば、もう手も足も出なくなる。そのことについては、わたしを信じてもらうしかない」

ラウドンがヘンリーに退けられるのを見たのか、クラリッサが悠然《ゆうぜん》とマデリンに近づいてきた。

「兄の見事な庭園をマデリンに見せようと思う」ヘンリーは彼女にいった。

「まあ、わたくしもぜひ拝見しとうございます」クラリッサはいった。

マデリンのそばにいようとする魂胆が見え見えだったので、ヘンリーはすぐさまいった。

「またの機会に。それでよろしいかな?」

クラリッサの瞳は怒りを隠しきれなかった。彼女はひとこともいわずに、ぷいと横を向いて歩き去った。

マデリンはヘンリーと並んで、テラスにつづくドアに向かった。「エドモンドと話している男性はどなたでしょうか?」彼女は尋ねた。「燃えるような髪をした方です。ずいぶん動揺されたご様子でしたけれど」

ヘンリーはすぐにその男を見つけた。「あれは、ラインホールドだ」

「その方は、ご結婚なさっていますか?　ご家族は?」マデリンはできるかぎりさりげなく尋ねた。

「結婚したことは一度もない」ヘンリーは答えた。「なぜラインホールドに興味があるのかね?」

「母のことをご存じだと聞いたものですから」マデリンは答えた。それからラインホールドがこちらを見てくれるのをじっと待ち、しまいに彼が見てくれたので、ほほえみ返した。できることなら、ラインホールドとほんのしばらくのあいだだけでもふたりきりで話がしたかった。クラリッサの話によれば、彼は実の父親であり、つい最近まで父親だと思いこんでいた男性が自分を憎んでいた原因でもあるのだ。

自分は庶子だった。そのことを恥ずかしいとは思わない。もちろん、ダンカンには……あぁ、彼に話すのを忘れていた。

「ダンカンはラインホールドと同盟関係にあるのでしょうか？」マデリンはヘンリーに尋ねた。

「そうらしいな」ヘンリーは答えた。「なぜそんなことを訊く？」

うまい答えが思い浮かばなかったので、マデリンは話題を変えようとした。「できることなら、ダンカンとほんのしばらくでも話したいのですが……。伝えておかなくてはならないことがあるのです」

「ついていたな、マデリン。たったいま、ラウドンが仲間を引きつれて広間を出たのを見たか？ 間違いなく、陛下に最後のひと押しをしようという魂胆だろう。テラスで待っていなさい。わたしがダンカンを呼んでこよう」

長くは待たされなかった。

「マデリン、もうしばらくの辛抱だ」ダンカンが現れて彼女を抱きしめ、優しくキスをした。「もうすぐだ、約束する。わたしを信じて――」マデリンはささやいた。「信じてもらえるわね？」

「わたしを信じてもらえないかしら、ダンカン」

「信じるとも」ダンカンは答えた。「陛下にご説明するときはわたしのそばにいるんだ。そろそろお出ましになる」

マデリンはかぶりを振った。「ラウドンは、わたしを利用してあなたを罠にはめるつもりでいるわ。ヘンリーはラウドンに、最後の最後まで自信を持たせておこうとしているの。だから、あなたのそばにいるわけにはいかないのよ。そんな顔をしないで、ダンカン。すぐに終わるわ。それから、あなたに伝えておくことがあるのよ。そのことを知ったのは数日前なんだけれど、それからいろいろなことがあったものだから、あなたに話すのをすっかり忘れていて――」

「マデリン」

マデリンはそこで、とりとめもなくしゃべっていたことに気づいた。「わたしは庶子だったの。そのことをどう思って？」

ダンカンは驚いたように見えなかった。「わたしは正統な子どもではなかったのよ、ダンカン。うれしくないの？　わたしはうれしいわ。だってそれは、ラウドンと血がつながっていないということだもの」

「だれに庶子といわれた？」ダンカンの声は静かだったが、激しい怒りを秘めていた。

「だれにいわれたのでもないわ。ラウドンがクラリッサと話しているのを立ち聞きしたの。これまで、ずっと不思議だったのよ。ラウドンと父がどうして母につらく当たっていたのかと……。そのわけがようやくわかったわ。母は結婚したとき身ごもっていたの。わたしを身ごもっていたのよ」ダンカンがじっと見つめていたので、なにか不都合でもあるのかと思った。「わたしが庶子だと、なにか問題かしら？」

「ばかなことをいうんじゃない」ダンカンは首を振ったが、彼がほほえんでいたので、マデリンの胸に安堵が広がった。「そんなことを知らされて喜ぶのは、世界広しといえどもきみだけだ」彼はこらえきれずに笑いだした。

「ラウドンはだれにも話さないでしょう」マデリンはささやいた。「わたしをしがらみから解き放って、そのことにも気づいていないの。あなたは気にするかしら？」

「なぜそんなことをわざわざ訊くんだ？」

「あなたを愛しているからよ」マデリンはわざとらしくため息をついた。「この知らせを聞いて、あなたが青ざめようとかまわない。あなたは永遠にわたしを愛さなくてはならないんだもの。そう誓ったのよ」

「そうとも、マデリン」ダンカンは応じた。「永遠にだ」

ダンカンがふたたびキスをしようとしたとき、背後でトランペットの音が響きわたった。

「もしかして、だれが父親なのかも知っているのか?」マデリンの瞳に不安がよぎるのを見て、彼は尋ねた。

「ラインホールドよ」マデリンはダンカンがにっこりするのを見て、力強くうなずいた。

「喜んでくれるのね。あなたの顔を見ればわかるわ」

「心から喜んでいるとも」彼はささやいた。「ラインホールドはいい男だ」

ダンカンの背後からヘンリーの声がした。「そろそろ時間だ。マデリン、行こう。陛下がお待ちだ」

ダンカンはマデリンが震えているのを感じ取って、ぎゅっと抱きしめてから体を離した。それからヘンリーのほうに向かう彼女を見て、気を楽にしてやれることがなにかないかと頭を絞った。

マデリンが広間の入口に着いたとき、ダンカンは彼女に呼びかけた。「ラインホールドは炎のような赤毛だ」

マデリンは振り向かなかった。「赤毛というより茶色よ、ダンカン。見ればわかるはずだけれど」

彼女の笑い声が響いて、もう大丈夫だとわかった。

23

「正しき者の名は称えられ、悪しき者の名は朽ちる」

――旧約聖書「箴言」十章七節

人々がしんと静まりかえるなか、ウィリアム二世は壇上の玉座に向かった。王が腰をおろすと、全員が頭を垂れた。

マデリンの瞳から笑いは消えていた。いまは広間の真ん中に、ぽつんとたたずんでいる。ヘンリーは彼女を置いて、兄と話をしにいっていた。

ヘンリーが話していることは受け入れられないようだった。王がにわかに首を振り、弟の目の前で手を振っている。だめだといっているのは一目瞭然だった。

マデリンは目を閉じ、勇気を賜《たまわ》るよう神に祈った。ヘンリーによれば、まずラウドン、つぎにダンカン、最後に彼女が、それぞれの言い分を申し立てるのだという。

目を開けたマデリンは、広間の向かいにダンカンがいることに気づいた。彼は妻をじっと見つめたまま、ゆっくり近づいてくると、ひとことも口をきかずに、長いあいだ妻と見つめ合った。マデリンは彼が力を与えようとしているのを感じて、大勢の人目があるのもかまわずに伸びあがってキスをした。

ああ、ダンカンを愛している。彼は自信にあふれて、みじんの不安も見せない。兵士に名前を呼ばれたときに、片目までつぶってくれた。

「呼ばれるまで、ここにいるんだ」ダンカンは彼女の頬をさっと撫でると、正面を向いて、王の前に進みでた。

マデリンは彼に従うつもりはなかったので前に進みでようとしたが、いくらも進まないうちに、エドモンド、ギラード、ジェラルド、その他大勢の名前も知らない領主たちに、まわりをすっかり囲まれていることに気づいた。みんなで、完璧な円陣を作っている。

人々はさっと分かれて、ダンカンとラウドンに道を作った。ふたりのあいだは三十フィートは離れている。

まず王は人々に向かって、ここにいるふたりの領主の行ないを不快に思っていること、彼らの兵士たちに憐れみと怒りを感じていること、あまりにも多くの報告があるせいで、なにが起こったのか、ほんとうのことがわからずに苛立ちを感じていることを話し、真実が明かされることを望むといって締めくくった。それからふたりの領主にうなずき、陳述をはじめるよう、ラウドンに合図した。

ラウドンはまず、あらゆる不正行為において自分は無実だと訴えた。そしてダンカンが休戦協定に背いて自分の城を破壊しつくし、二百名もの忠実な兵士を虐殺し、妹を連れ去って、その名誉を台なしにしたと主張した。

それから、今度は弁明として、ダンカンの妹のアデラによその男がしたことで、彼に犯人扱いされていると主張した。嘘八百を並べ立て、いかにも誠実そうな顔をして、彼はつづけた。ダンカンが攻めてくることもまったく知らなかった。知っているわけがない。城が攻撃されたとき、自分と兵士たちは王宮にいた。そのことを証明する証人もいる。

彼はまた、ダンカンはこちらが悪行を犯した証拠を一切持っていないが、ダンカンが悪事を犯した証拠なら山ほどあるといった。

ラウドンはウナギのようにとらえどころがなかった。彼はさらに、これではどちらを信じるべきか陛下もご判断がむずかしいでしょうからといって、三人の証人を召喚したことを申し出た。

王がうなずくと、ラウドンが召喚した三人の男がそれぞれ王の前にひざまずき、でたらめな話を語った。マデリンはその男たちを知らなかったが、名前はわかると思った。三人とも同じ、ユダ（十二使徒のひとりで、イエスを敵に売った）という名前だ。

三人目の証人が何度も練習したと思われる話をし終わってラウドンの後ろに戻るころには、マデリンはエドモンドのチュニックをつかんでぎりぎりとねじりあげていた。エドモンドは振り向いて服を引っぱると、マデリンの手を握った。ギラードがもう片方の手を握る。

ふたりは彼女を落ち着かせようとしていた。ふたりとも、王が証人を認めるとは思っていなかったから、ラウドンのやり方に心中では激昂し、不安に駆られているはずだが、どちらもそんな気持ちはおくびにも出していなかった。

ラウドンがふたたび進みでて一礼し、さらにいくつかの不愉快な事実を付けくわえ、公正なる裁きを芝居がかった身振りで訴えて、陳述を終わった。

つぎはウェクストンの領主が陳述する番だった。王が彼を呼ぶときにダンカンと名を呼んだので、ふたりは気の置けない間柄なのだとわかった。

ダンカンは饒舌《じょうぜつ》ではなかった。簡潔に事実を述べ、証人はひとりも呼ばなかったものの、ラウドンがアデラを陵辱《りょうじょく》し、自分を殺そうとしたから復讐したのだと申し立てた。彼が公正な裁きを訴えているわけでないのは、その場にいるだれの目にも明らかだった。訴えているのではなく、当然のこととして要求している。

「そなたの陳述を裏づける証人は連れてきたのか?」王が尋ねた。

「わたしは真実を申し述べました」ダンカンはきっぱりといった。「それをわざわざ証明す

かある」

「そなたたちふたりは、たがいを不正行為で訴えたが、わたしのなかにはまだ疑問がいくつ
「陛下は板挟みになっているな」ギラードがエドモンドにささやいた。

る必要はありません」

エドモンドはうなずいた。ラウドンとダンカンはそれぞれ、相反する主張をしている。おそらく王はダンカンに有利な裁きを下したいのだろうが、ラウドンは証人に嘘をつかせることで、不利に傾いた量《はか》りを自分のほうに戻した。ダンカンは忠実な家臣だが、強力な軍隊を率いる戦士でもある。王がそっぽを向くとわかれば、今後の脅威になりかねない。

ダンカンにとって、ほかの者に証言させるのは侮辱的な行為だった。自分は真実を話したのだ。あとは、王が信じるかどうかしかない。

エドモンドはため息をついた。ダンカンは小細工をしない。これまで名誉を重んじて行動してきたのだから、王も信じてくれるはずだと、頑なに信じている。

しかしラウドンは、嘘八百のなかにも確実に正しいといえることを盛りこんでいた。ダンカンはマデリンと、王の許可なく結婚している。それはささやかな反目行為だが、ほかの領主の城を破壊し、二百名以上の兵士を殺したのは、重大な罪になる。

ダンカンは、ラウドンに二回罠にはめられて殺されそうになったと主張したが、それを証

明する手だてはない。最初の罠についてはギラードが証言できるが、それでもラウドンが陰で糸を引いていたかどうかはわからないのだ。

二度目の罠についてはジェラルドが証言できるが、そうなればラウドンはモーカーに責任をかぶせるかもしれない。しかもそのとき、ラウドンは自分の城にいなかった。

マデリンの名前が呼ばれて、エドモンドははっとした。

マデリンは背筋を伸ばし、冷静な表情を浮かべて、ゆっくりと王の前に進みでた。彼女は玉座のある壇の手前で、膝を曲げて頭を垂れた。

「そなたの兄の申し立てを聞くかぎり、きわめて難儀な経験をしてきたようだ。それを話すのはつらいだろう」王はいった。「よって、そなたをこの義務から解放しよう」

マデリンは驚いて王を見た。ラウドンが今夜、あれほど自信ありげにしていた理由がようやくわかった。この場で発言できないように、すでに手をまわしていたのだ。

「わたしは陛下の忠実なしもべのひとりでございます」マデリンは口を開いた。王の注意を引きつけたことはわかっていた。意外そうに目を丸くしている。「王の力となる軍隊は持ち合わせておりませんが、陛下のために非力ながら全力を尽くす所存です。ご質問があれば、お答えしましょう」

王は即座にうなずいた。「兄の話と違って、そなたは取り乱していないようだ」王は身を乗りだして、声をひそめた。「そなたがわが身に起こったことを話す前に、人払いをしたほうがいいかね？」

マデリンは王の優しい声音に驚いた。「いいえ、人払いはしていただかなくて結構です」

「では、この謎を解くために、できるかぎりのことを話してもらおう」

広間は、ネズミがチーズをかじっても聞こえそうなほど静まりかえっていた。マデリンは両手を前に組み、深々と息を吸いこんで話しはじめた。「よろしければ、兄の城が襲撃された夜の出来事からお話ししましょう」

「それがいい」王は応じた。「つらいこともあるだろうが、そうしてくれないか。この問題の詳細を、できるかぎり明らかにしたいのだ」

マデリンは、王がこれほど親切でなければよかったのにと思った。優しくされると、話すのがますますむずかしくなる。「主人が、陛下は公正な方だと申しておりました」

王はふたたび身を乗りだした。マデリンのささやきを聞きとったのは、彼だけだった。

「わたしは、いろいろな言われ方をするが――」彼はマデリンと同じくらい声をひそめた。

「だれに対しても、公正に接しているつもりだ。たとえわたしを助ける軍隊を持たない、たおやかな女性に対しても」

マデリンは笑顔で応じた。

「さあ、話すがいい」王は全員に聞こえるように命じた。

「あれは、自分の部屋に行こうとしていたときのことです。兵士のひとりが兄のラウドンに、ウェクストンの領主さまが話し合いに来たと報告していました」

「ラウドンが、その場にいたのかね？」

「そのとおりです」マデリンは答えた。「兄がその兵士に、休戦のしるしを掲げてダンカンを門のなかに入れるよう指示するのが聞こえました。もちろん、罠です。ダンカンは城内に馬で乗り入れると、ただちにとらえられました。兄は兵士に、ダンカンを殺すつもりだといいました。ダンカンを凍え死にさせる巧妙な計画を思いついた、われながら名案だと」

ラウドンはすっと息を吸いこんでマデリンのほうに踏みだしたが、ダンカンが剣に手を伸ばしているのを見て立ち止まった。「マデリンは、自分がなにを話しているのかもわかっていないのです。すっかり取り乱してしまっているものですから……。どうか妹を、この試練から解放してやってください！」

王は静かにというように手を振った。ラウドンは深々と息を吸いこむと、この先は自分にとって有利な話になることを思い出し、気持ちを落ち着けた。

「これ以後、話をさえぎることは許さん！」王は一喝すると、マデリンに向きなおって短くうなずいた。「つづけてくれないか。ダンカンを凍え死にさせるという巧妙な計画というのがわからない。どのようなものか、説明してもらおう」

「ラウドンは、ダンカンの体に武器で傷をつけたくありませんでした。そのかわり、凍え死にさせて、人里離れた場所に遺体を放置し、だれかが見つけるか、野生の動物に食べられるのを待つことにしたのです。兵士たちはダンカンの服を剝《は》ぎとり、中庭の杭に縛りつけました」

マデリンはふたたび息を吸いこんだ。「それから、ラウドンはロンドンに発ちました。何人かをダンカンの見張りに残していきましたが、彼らは寒さに耐えきれませんでした。彼らが館に引きあげるとすぐに、わたしはダンカンのいましめを解きました」

「そして、ダンカンの軍が城を襲撃したのか？」

「彼らは城壁をよじのぼって入ってきました。あるじを守るために来ていたのです」

「なるほど」

マデリンはその言葉の意味を取りかねて、後ろを振り向いた。ラウドンがせせら笑っている。ダンカンに目を移すと、励ますようにうなずいてくれた。

「ダンカンの軍が城内に入ってきたといったな」しばらく沈黙がつづいたのち、王が尋ねた。

「そして、いくさがはじまりました」マデリンはいった。

「それから、そなたは囚われたのだな？」

「というより、兄の虐待から解放されたのです。兄はよくわたしを痛めつけていました。それはもう、嫌気が差すほど」

驚いたようなつぶやきが、人混みのなかに広がった。「ダンカンがわたしを一緒に連れていってくれました。わたしはラウドンが怖かったんです。生まれてはじめて、心から安堵しました。ダンカンは名誉を重んじる方で、わたしによくしてくれました。彼に痛めつけられると思ったことは一度もありません。ただの一度も」

王はラウドンをしばらくにらみつけると、マデリンに目を戻した。「ラウドンの館に火をつけたのはだれだ？　そもそも、火をつけられたのか？」

王の声はしだいに大きくなった。

「ダンカンがわたしの城を破壊したんです！」ラウドンがわめいた。

「静かに！」王の声が響きわたった。「いまはそなたの妹が話す番で、わたしが聞きたいのはその話だけだ。マデリン、答えなさい」

「ラウドンは休戦のしるしを辱《はずかし》めたことで、みずからの城を破壊に至らしめたのです」

王はため息をついた。いまはもう、くたびれているように見える。「では、そなたの貞操も奪われなかったのだな？」

マデリンは声を張りあげて答えた。「ダンカンはわたしに触れませんでした」

人混みのなかから、低いつぶやきがあがった。思いもよらない話に、だれもが魔法をかけられたように聞き入っていた。

マデリンがほんとうに嘘をついたのは、これがはじめてだった。「ダンカンはわたしに触れませんでした。真実だけを話すと誓いましたから、お話ししましょう。ほんとうは、わたしが彼の優しさにつけこもうとしたのです。結果として、彼を誘惑してしまいました」

人混みからは、いまやつぶやきでなく、驚いたように息をのむ声があがっていた。マデリンはダンカンがうなるのを聞いたような気がした。王はいまにもわめき散らしそうな顔をしている。不意にダンカンがそばに来て、片手で彼女の口をふさいだ。やめろということだ。

彼を押しやると、ダンカンはマデリンの口をふさいでいた手を離して、肩に置いた。

「そんな話をして、どれだけ自分の評判をおとしめているのかわからないのか？」王は声を荒らげた。

「わたしはダンカンを愛しています」マデリンは答えた。「そしてわたしは、結婚するまで、思いを遂げることができませんでした」

王はふたたび、ラウドンをにらみつけた。「妹が辱められたというおまえの訴えは、もはや信じられない。おまえの妹を見れば、真実を話しているかどうかはわかる」

王はマデリンに尋ねた。「そなたの夫の訴えはどうなのだ？　妹をラウドンに辱められたというのは？」

「ほんとうのことです」マデリンはいった。「アデラが一部始終を話してくれました。襲ったのはモーカーですが、ラウドンもその場にいたのです。ラウドンが仕組んだことですから、彼も責めを負うべきですわ」

「なるほどな」王はいまや、激昂《げきこう》していた。質問はさらにつづき、マデリンははぐらかすとはあっても、つねに真実を答えた。

「主人は勇気ある行動を取り、兄はみずからを偽りました」

マデリンは話し終えると、ぐったりとダンカンにもたれた。

「なにかほかにいうことはないか？」王はラウドンに尋ねた。

ラウドンは言葉も出てこないようだった。怒りのあまり、顔がまだらに染まっている。

「つねに真実しか話さないとおまえが自慢にしていたのは、この娘ではないのか？」

ラウドンは答えなかった。王はマデリンにいった。「そなたは夫に忠実だな。殊勝な心がけだ。そなたは真実を話しているのか？　それとも、あくまで夫をかばっているのか？」

マデリンが答える前に、王はダンカンに尋ねた。「なにか付け足すことはないか？」

「ひとことだけ、あのときはたがいに誘惑したんです」彼は穏やかに、心底満足した声で答えた。

王のよしという声が広間に響きわたった。王はほほえんでいた。

それから、王は立ちあがって判決を下した。「ラウドン、おまえはわたしの信頼を裏切ったかどで、あらゆる役職を解き、以後宮廷には一切立ち入りを許さないこととする」

王はつぎに、ダンカンに向きなおった。「弟のヘンリーが、そなたには頭を冷やす時間が必要だといっていた。大きな諍《いさか》いがあって大勢の命が失われたのは残念だが、妹の名誉のために復讐したというそなたの言い分は認めよう。スコットランドでひと月ほど謹慎させれば充分だろう」

マデリンは、ダンカンの体がこわばるのを感じた。彼の手を取って握りしめ、なにもいわないでと伝えた。

「そなたが戻ったときに、まだラウドンやその仲間と戦いたいのであれば、どちらかが死ぬまでやり合ってかまわない。いくさをするかしないかは、そなた次第だ」

ダンカンは王の提案を受け入れるか拒むか迷って、すぐには返事をしなかった。ラウドンと戦うのを待たされるのが気に入らなかった。

だが、マデリンが震えているのを感じて、心が決まった。「ただちに出発します」

王はうなずいた。「わたしはいましがた、ラウドンの職を解いた。ひと月、そなたから隠れる時間を与えたことになる」

「探しだします」

王はほほえんだ。「そなたなら、かならず見つけるだろう」

ダンカンは王に一礼した。退室する王に、ラウドンが追いすがっている。

「少し話したいことがあるんだが、マデリン」ダンカンはささやいた。

マデリンは夫にほほえもうとした。彼は怒っているのか、ただ苛立っているのか、よくわからない表情を浮かべていた。「もうくたくたなの、ダンカン。それに、陛下に申しあげたでしょう。わたしたちはすぐに出発するのよ」

「わたしたち？」

「まさか、わたしを置いていくつもりじゃないでしょうね？」

「そんなことはしない」

「からかわないで」マデリンはぶつぶついった。「ようやく試練を乗り越えたのに」

そのとき、ラインホールドが話しかけてきた。「奥方は、きみに劣らぬ勇気の持ち主だな、ダンカン。陛下に面と向かっていいたいことをいうとはな。しかも、一度もためらわずに」

「マデリンがなにを話したか、憶えてらっしゃいますか？」ダンカンはさりげなく尋ねた。

ラインホールドはほほえんだ。「それが問題だ。そうじゃないかね？　奥方の説明にじっと耳を傾けていたつもりだが、いまだにわからない。だれがなにを燃やしたとか、だれが襲撃して、だれが撤退したとか……結局なにがあったのか、まださっぱりわからないのだ」

「マデリンと暮らしていると、まさにそんな気持ちになりますよ」ダンカンはわざと困り果てているようにいった。

それからマデリンを見て、彼女がラインホールドを一心に見つめていることに気づいた。

「うっかりして、あなたを紹介するのを忘れていました。これが、妻のマデリンです。あなたは、妻の母上をよくご存じだったと理解していますが」

ラインホールドはうなずいた。「レイチェルによく似ている。お会いできて光栄だ」

彼の温かい笑顔を見て、マデリンは胸が熱くなるのを感じた。「母の話をお伺いしたいわ。わたしたちが謹慎先のスコットランドから戻りましたら、ぜひわが家にいらしてください」

「喜んで伺おう」ラインホールドはいった。

彼とゆっくり話をしている時間はなかった。ほかの同盟関係にある領主たちが来て、王の裁きを喜んでくれた。マデリンはダンカンの傍らで彼の手を握り、ラウドンとの対決をどう思ったか話してくれたらいいのにと思った。

ダンカンは気づかないふりをした。そしてジェラルドが加わると、一時間以内に出発するといった。

「ダンカン？　部屋にあるものをまとめる時間はあるかしら？」マデリンは尋ねた。

「着替えだけ背負ってきたらいい」

マデリンはため息をついた。「それじゃ、やはり怒ってるのね」

ダンカンは妻を見おろした。下唇を噛んで、涙で目が霞《かす》んでいる。彼はゆっくりと首を振った。「わたしを誘惑しただって？　まったく、陛下の前で、わたしを誘惑したなどと……。いいか、嘘をつくときは、少しも気後れしてはいけないんだ」笑いながらいい聞かせた。

「嘘じゃないわ」マデリンがいった。「あなたにキスしてほしかった。キスが終わるのがいやだった。それって、誘惑するようなものでしょう？　それに、はじめての夜にキスしたのよ。あなたは同じようにして応えてくれただけ。そう、それが真実なの。たしかに誘惑したのよ」

「もしきみがなにもかもありのままに話していたら、いまごろラウドンに戦いを挑んでいた」ダンカンはいった。

「あら、どんなふうに裁くか知ってるわよ」マデリンはいった。「ふたりの言い分がたがいに矛盾するとき、陛下はあなたを湖に連れていって、両手を縛り、足には重たい石を縛りつけて湖に沈めるの。それで水底に沈んだら、真実を語っていたことになる。もちろんあなたは死んでしまうけれど、名誉は守られるわけ。でも、夜にあなたの名誉と一緒にベッドに入るなんていやだわ。あなたには元気でいてほしい。あなたはどう思って？」

マデリンは懸命にこらえていたが、とうとう涙をこぼした。

ダンカンはすっかり面くらった表情を浮かべて彼女を見つめていた。

「マデリン」彼はあきれたようにため息をつきながら、長々と名前を引き延ばして発音した。「戦士はそんなふうに試されない。そういうやり方をするのは教会だ。陛下は違う」

「まあ」

ダンカンは笑いたくなった。マデリンを抱き寄せ、彼女の言葉にほほえんだ。「ようやく試練を乗り越えたのに」

「きみは金《きん》の心の持ち主だ」彼はいった。「さあ、おいで。きみに誘惑されたくてたまらない」

マデリンはその思いつきに大賛成だった。

彼らは野営地にいた。マデリンはくたびれていた。ダンカンと宮殿を発つときにクラリッサに呼びとめられて、汚い言葉で罵られたのがまだ頭のなかで響いていた。

ダンカンは小川に彼女を残して野営の仕度に戻ったが、マデリンが見えなくなるところにはけっして行かなかった。ラウドンが生きているかぎり、彼は妻のそばを離れない。

マデリンはいまの状況でできるかぎり体をきれいにすると、野営地に戻った。ダンカンがちょうどふたり用の天幕を立てたところだった。一緒に旅をしている兵士たちから、少ししか離れていない。

「おじは安全かしら？　護衛の兵士を増やしたほうがいいと思う？」彼女はダンカンに尋ねた。

「大丈夫だろう」ダンカンは答えた。「護衛には、いちばん腕の立つ者を選んだ。心配はいらない」

マデリンはうなずいた。「はじめて一緒に眠った夜を憶えてる？」

「よく憶えている」

「あのときは火が近すぎて、天幕に燃え移らないかと心配だったのよ」

「きみはなんでも心配するんだな」ダンカンは彼女が腰に巻いている編み紐をほどいた。

「きみはあの夜、服を着たまま寝ていた」

「貞操を守るつもりだったのよ」マデリンはいった。「ほんとうはあなたを誘惑したがっていたなんて知らなかった」彼女は夫のむっとした顔を見て笑った。

「わたしは、きみの貞操を守ったんだ」

マデリンは動物の毛皮の上に横になった。涼しくて、過ごしやすい夜だった。そよ風が心地よく、月が柔らかな光を投げかけている。

「服を脱ぐんだ、マデリン」彼はすでに、チュニックとブーツを脱いでいた。

マデリンもそうしたいのは山々だったが、兵士たちのことが心配だった。彼女はダンカンの手を引っぱり、彼が顔を近づけると、耳元でささやいた。「今夜はだめよ。兵士たちに見られるわ」

ダンカンはかぶりを振った。「だれにも見られはしない。きみがほしいんだ。いますぐ」

彼はしっかりとキスして、その気持ちを伝えた。マデリンは彼の口にため息をつきながら、彼の首に両腕をからめた。口を開けて舌をからませ、無意識のうちに体を反らした。

「もう少し静かにして」ダンカンが唇を離して耳たぶを噛みはじめると、彼女はささやいた。

マデリンが快感にぶるっと身震いすると、ダンカンはくっくっと笑った。「いつも大声を出すのはきみのほうじゃないか。わたしは抑えがきくから、うるさくしない」

「ほんとう？」マデリンは、ずきずきするほど昂《たか》ぶっているもののほうに手を伸ばした。

ダンカンはふたりで話していたことを忘れて、ふたたび唇を奪いながら彼女の服の裾をまくりあげた。マデリンの熱がほしい。彼女の中心を隠しているサテンの襞《ひだ》を指先で掻《か》き分けると、そこはもう熱く濡れて彼を求めていた。指で貫くと、体を弓なりにして反応してくる。

ふたりは乱暴に服を脱ぎ捨てた。ダンカンは燃えあがる情熱を抑えたくなかった。いますぐマデリンがほしい。そして彼女の奔放な反応が、優しくしないでといっていた。なにもかも忘れて、ただ愛してと。

彼は唇をふさいでマデリンのうめき声を抑えると、太腿のあいだに膝をつき、彼女を貫いた。マデリンは歓びの声を漏らし、彼の肩に爪を突き立てて、爆発する寸前まで一気に駆り立てた。彼はもうこれ以上耐えられないというところでのぼりつめると、片手をふたりの体のあいだに滑りこませ、マデリンを絶頂に導いた。

最後にほとばしらせるときに叫びたかったが、むろんできない。かわりにマデリンの唇をふさいで、彼女の叫び声をのみこんだ。

「愛している」しばらくして、体をすり寄せてきたマデリンにささやいた。

「わたしも愛してるわ」マデリンは満ち足りた気分で、彼に体をあずけた。しばらくして、彼女は尋ねた。「宮殿であなたを誘惑したといったとき、恥ずかしかった?」

「恥ずかしいものか」ダンカンの口ぶりはいかにも傲慢だった。「そういうことを恥ずかしがるのは、女性だけだ」

　マデリンはほほえんだ。「妻と愛を交わしたあとは、消耗するんだ」

「疲れる」彼は答えた。「戦士はどんなふうになるのかしら？」

「それは、もう寝たほうがいいということ？」

「そういうことだ」

「それならもちろん、ご提案に従うけれど、その前にひとつ質問したいことがあるの」彼のため息が聞こえたが、マデリンは無視した。「兄のために作り話をした証人は、だれだったの？　あの人たちも領主なの？」

「領主ではない。ただ、ラウドンに加わってわたしと敵対するようになった連中だ」

「それじゃ、その人たちはあとを追ってこないの？　自前の軍隊はないのね？」

　ダンカンはしばらく考えた。「連中に自前の軍隊はない。ただ、きっかけさえあればそういう連中に加担する不届き者は大勢いるということだ。しかしラウドンにはもう、不穏な動きを引き起こせるほど自由になる金がない」

　マデリンは彼の答えに満足して、ラウドンのことはしばらく忘れることにした。「ダンカン？　スコットランドに行ったら、あなたにいとこのエドウィーズを紹介するわね。その人と一緒に暮らそうと、あなたに会う前に計画していたのよ」

「姉のキャサリンもきみに紹介しよう」ダンカンは眠そうにいった。

「スコットランド人と結婚したの？」マデリンは信じられないとばかりにいった。

「そのとおりだ」

「ご主人は――」

「いいや、赤毛じゃない」

「そんなことを訊こうとしたんじゃないの。ただ、キャサリンとご主人が、エドウィーズを知らないかと思っただけよ」

ダンカンの規則正しい呼吸が、彼が眠ったことを告げていた。いびきをかきはじめたから、間違いない。マデリンは彼にすり寄った。

その夜彼女は、かつてなく楽しい夢を見た。それは、子どものころに見た夢だった。

24

「愛と名誉、値打ちのつかない宝物……」


それからのひと月は、ダンカンにとっては穏やかな日々であり、マデリンにとってはこのうえなく幸せな日々だった。

マデリンはスコットランド人にすっかり魅了されていた。彼女が思うに、スコットランド人は、彼女の夫をのぞいて、世界じゅうのだれよりもすぐれた戦士だった。その厳しい生き方と一途《いちず》な忠誠心が、スパルタの戦士を思わせる。

彼らはダンカンを家族のように迎え、キャサリンもマデリンを歓迎してくれた。ダンカンの姉はとても美しい女性で、夫と深く愛し合っていた。

エドウィーズには会えなかったが、キャサリンがマデリンからのことづてを送ると約束してくれた。エドウィーズはハイランドに住んでいて、そこまで行くにはキャサリンの家からでも遠すぎるという話だった。

ふたりはキャサリンのところに、まるまるひと月滞在した。ダンカンは妻に身を守るすべを教えると約束したことを憶えていて、辛抱強く教えたが、マデリンが弓と矢を手に取るととうとうさじを投げてしまった。彼女が同じ過ちを何度も繰り返すのを見ていると、頭をかきむしって癇癪《かんしゃく》を爆発させてしまいそうになる。アンソニーが警告してくれたが、マデリンは狙いをつけた的から三フィート上、あるいはそれより少し短い距離のところに矢を射るのがつねだった。

ダンカンとマデリンは、八月の終わりにウェクストンの城に戻った。ふたりがウィリアム二世の死を知ったのはそのときだった。真相は闇のなかだが、その事故を目撃した者はみな、ほんとうに事故だったと断言した。王が弟と友人たちと森の狩り場に出かけたところ、ある兵士が雄ジカに向けて射た矢が王の首を貫いたのだという。王は地面に落ちる前に絶命した。

いくつかある証言のなかで、いちばん広まっているが、いちばん信じられていないのは、最初から最後まで、一部始終を目撃したという者の話だった。その男によると、王の兵士は間違いなく雄ジカを狙って矢を放ったが、矢が飛んでいる途中で地面からいきなり悪魔の赤いこぶしが飛びだして矢に当たり、狙いがそれて王に当たったのだという。

教会は事故を祝福し、ただちにその経緯を記録に残した。悪魔が王の短い命を終わらせたのであって、それを見届けた者に咎《とが》はない。

ウィリアムの弟ヘンリーは、ただちに王位を要求して王となった。

マデリンは悲劇の前に夫と共に王宮をあとにできてよかったと思った。ダンカンは、自分がその場にいなかったことにひどく腹を立てている。その場にいれば、ウィリアムの命を救えたかもしれないと思っているのだ。

マデリンもダンカンも、悪魔の手の話は信じなかったし、ヘンリーが兄の死に関わっているという話を認めることもなかった。

マデリンはダンカンほど国事に詳しいわけではなかったが、それでもヘンリーが兄王ウィリアムに、ダンカンをひと月スコットランドにやってはどうかと提案していたことは憶えていた。おそらく、ダンカンをロンドンから離しておきたかったのだ。そうすることでヘンリーは、ダンカンを生きながらえさせたのかもしれない。だが、彼女はそんなことはひとことも夫にいわなかった。

ジェラルドとアデラは十月の最初の日曜に結婚した。バートン神父が、ウェクストンの城で務めを果たすために荷物を抱えて到着してすぐのことだ。グリンスティード伯はマデリンの結婚式の五日後に亡くなったという話だった。

ダンカンはイングランドじゅうに兵士を派遣して、ラウドンを探させた。ヘンリーが国王となったいま、ラウドンは追放者だった。ヘンリーはラウドンに対する嫌悪を隠そうともしなかった。

マデリンは、ラウドンがイングランドを離れたのだろうと思った。ダンカンは否定こそしなかったが、ラウドンがどこかに潜伏して、復讐《ふくしゅう》の機会を狙っていると考えていた。

そんなある日、新しい国王の前でひざまずいて忠誠を誓うようにとの知らせがダンカンに届いた。ロンドンに行くしかないが、マデリンを残していくのは不安がある。

ダンカンが広間でその手紙を手に迷っていると、マデリンがようやく朝食を食べにおりてきた。ダンカンはもう昼食をすませている。

マデリンはよく眠れたようだが、いくらもたたないうちに昼寝が必要になることはわかっていた。近ごろの彼女はすぐ疲れてしまう。マデリンは隠そうとしているが、毎朝気分が悪くなることも彼は知っていた。

妻の具合が悪いからといって、彼は少しも慌てなかった。身ごもっていることに妻が気づく日を、彼は待ち望んでいた。

マデリンは暖炉の前に夫が座っているのを見てほほえんだ。そろそろ暖炉のぬくもりが恋しくなる季節だ。ダンカンは彼女を膝の上に抱きあげた。

「ダンカン、あなたに話があるの。もうそろそろお昼なのに、たったいま起きたのよ。心配をかけたくないけれど、きっと病気だと思うわ。昨日、モードに薬をもらえるように頼んだの」

「それで、薬はもらえたのか？」彼は浮かない顔をしている妻を気づかって、笑わないようにした。

マデリンはかぶりを振ると、肩にかかる髪をさっと振り払った拍子に、夫の胸に手をぶつけた。「いいえ、薬はもらえなかった。モードはただにっこりして、どこかに行ってしまったわ。いったい、どういうことなのかしら？」

ダンカンはため息をついた。どうやら、知らせるのは自分の役目らしい。「わたしたちの息子が赤毛だったら、びっくりするか？」

マデリンは目を丸くして、本能的におなかに手をやった。しばらくして、震える声でやっと答えた。「娘は母親に似て、茶色の髪よ。きっとわたしは、素晴らしい母親になるわ」

ダンカンは笑って、マデリンにキスした。「わたしの傲慢なところが移ったようだな。きみは息子を産む。話はそれでおしまいだ」

マデリンは納得したふりをしてうなずいたが、頭のなかでは美しい女の赤んぼうを抱いたところを思い描いた。

うれしくて、泣いてしまいそうだ。

「もう、あの動物には餌をやれないぞ。城壁の外に出てほしくない」

「あれはわたしの狼よ」からかうようにいった。ほんとうは野犬だと思っていることは、まだダンカンに打ち明けていなかった。「餌を置いてくるのは、今日を最後にやめることにするわ。それでかまわないかしら？」

「なぜ今日なんだ？」

「それは、わたしがここに来てから、今日でちょうど一年になるからよ。よかったらあなたも、アンソニーと一緒に来たらどうかしら」マデリンはため息をつくふりをした。「これから寂しくなるわ」

そういいながら、マデリンは瞳をきらめかせていた。

「あなたが命令したからやめるのよ」

「そんなたわごとを、わたしが片時でも信じると思うのか？」ダンカンはいい返した。「そうではなくて、その命令に従いたくなったからそうするんだ」

ダンカンはしまいに、マデリンに付き添うことを約束した。彼女はダンカンを待ったが、弓矢の練習が終わって日が傾きかけても、ダンカンはまだほかの仕事で現れなかった。

マデリンは矢を集めて、ネッドが作ってくれた布袋に滑りこませると、その袋を背中にかついだ。

アンソニーがいつも使う麻袋に餌を入れて運んでくれた。マデリンは弓を担いで、夕食用に兎を一羽くらいは射止められるかもといった。

アンソニーはありえないと思った。

丘の頂きに着くと、マデリンはアンソニーから袋を受け取り、膝をついて、地面に食べ物を積みあげた。ピラミッドのいちばん上に、たっぷりと肉がついた大きな骨をのせる。今日がおしまいだとわかっていたので、最後に食べ応えのあるものをやるつもりだった。

最初に物音に気づいたのはアンソニーだった。彼が振り向いてマデリンの背後の木立に目を走らせるのと同時に、矢がヒュンと飛んできて、彼の肩に刺さった。その勢いで地面に倒れたアンソニーは、立ちあがろうとして、敵がふたたび弓を構えるのを見た。

アンソニーが倒れるのを見て、城壁の見張りが警戒の叫び声をあげた。すぐさま城壁に兵士が並び、弓をつがえて、敵が姿を見せるのを待った。

ダンカンはちょうど馬にまたがったところだった。妻と落ち合い、帰りは抱いて帰って喜ばせるつもりだった。だが見張りの声が聞こえて、彼は馬の腹を蹴り、全速力で飛ばした。

彼の怒りの吠え声は城じゅうに響きわたり、兵士たちはあるじにつづこうと馬の元へ走った。

マデリンは、逃げる余裕がないことを悟った。およそ二十人の兵士が、半円形になって、隠れ場所の木立からゆっくりと出てくる。彼らが丘の頂きまでのぼってこないかぎり、見張りと城壁の弓兵には見えないことも、マデリンは承知していた。

選択の余地はなかった。マデリンは矢をつがえると、慎重に狙いを定めた。

いちばん近くにいる男には見覚えがあった。王の前でラウドンの嘘を裏づける証言をした、三人のうちのひとりだ。それでわかった。ラウドンが近くにいる。

そうとわかると、恐怖より怒りがまさった。矢を放ち、ひとり目が地面に倒れる前につぎの矢に手を伸ばしていた。

ダンカンは丘をのぼらず、ふもとをまわりこんで、ほかの兵士たちに丘の反対側に向かうように合図した。敵と妻のあいだに入り、敵を切り離すつもりだった。

それからいくらもたたないうちに、ダンカンの兵と敵兵は戦いに突入していた。マデリンは弓を落としてアンソニーを助けようと振り向いた。アンソニーは丘の途中まで転がり落ちたが、立ちあがって、懸命に彼女のところまで戻ろうとしている。

「奥さま、伏せてください!」不意にアンソニーが叫んだ。

マデリンはその声を聞いて、いわれたとおりにしようとした。後ろからぐいと腕をつかまれたのはそのときだった。悲鳴をあげて振り向くと、目の前にラウドンの顔があった。

ラウドンは異様な目をしていた。万力のような力で腕をつかんでいる。片足で思いきりラウドンの足を踏みつけ、ダンカンから教わったことを思い出して、股間に膝蹴りを食らわせた。ラウドンは彼女をつかんだまま、地面に倒れこんだ。

仰向けに倒れたマデリンがくるりと横を向くのと同時に、ラウドンがよろよろと膝をついて起きあがった。マデリンはこぶしで顎《あご》を殴られ、あまりの痛みに意識が遠くなった。

マデリンがぐったりすると、ラウドンはぱっと立ちあがった。丘のふもとを、味方の兵士たちが走っていくのが見える。彼らはダンカンの怒りに恐れをなして、ラウドンを置き去りにしたまま逃げようとしていた。

ラウドンは、今度はダンカンから逃げられないことを悟った。「この女が殺されるところを見るがいい！」

ダンカンは馬をおりて、丘を駆けあがろうとした。ラウドンは残り時間が数秒しかないことを知って、いましがた地面に落とした短剣を必死で探しまわった。ダンカンが来る前に、マデリンの心臓をひと突きにするのだ。

彼は残飯の山の上に短剣を見つけて、不気味な笑い声を漏らした。

だが膝をついて短剣を取ろうとした拍子に、食べ物に触れるという過ちを犯した。

短剣の柄に手を置いたとき、低いうなり声がしてラウドンは振り返った。うなり声は地面を振るわせるほど大きくなった。

ダンカンもその声を聞いた。彼はラウドンが顔の前に両手をかざした瞬間、茶色いものが電光石火の速さでその喉に飛びつくのを見た。

ラウドンは後ろに倒れ、自らの血で窒息死した。

ダンカンは味方の兵士たちにその場にとどまるように合図した。巨大な狼から目を離さずに、そろそろと弓と矢を構える。狼はラウドンの傍らに立ち、歯を剝きだして、低いうなり声で静寂を切り裂いた。

ダンカンは、マデリンが目を覚まさないことを祈った。それから矢が確実に当たる距離まで、じりじりと近づこうとした。

狼がひょいとマデリンの傍らに動いて、ダンカンは息を止めた。

きっと彼女のにおいに憶えがあったのだろう。狼はすぐに好奇心をなくして食べ物のところに戻った。ダンカンは狼が大きな骨をくわえてひらりと向きを変え、丘の反対側に姿を消すのを見守った。

ダンカンは弓と矢を放って、マデリンのほうに走った。傍らに膝をつくと、ちょうど彼女が起きあがったので、そっと抱きあげた。

マデリンは顎をさすって、けがの程度をたしかめた。顎は動かせるが、骨折は確実だと思うほどひどく痛んでいる。彼女はそこで、ラウドンがそこにいたことを思いだした。

「みんな行ってしまったの？」ダンカンの胸にぎゅっと顔を押しつけているせいで、ささやくような声しか出なかった。

「ラウドンは死んだ」

マデリンは目を閉じて、彼の魂のために祈った。祈ったところでたいしてためにはならないだろうと思ったが、それでも祈らずにはいられなかった。

「アンソニーは大丈夫？　けがの手当てが必要なはずよ、ダンカン」マデリンは夫の腕から逃れようともがいた。「肩に矢が刺さっているの」

ダンカンの震えは止まった。マデリンはわざと休みなくしゃべっている。夫が落ち着きを取り戻すのに時間が必要だとわかっているのだ。彼女を抱いている手から少し力を抜くと、マデリンはほほえんだ。「もう終わったの？」

「終わった」ダンカンは答えた「きみの狼が、命を救った」

「あなたが救ってくれたことはわかっているのよ。いつだって、わたしを守ってくれるもの」

「マデリン、そうじゃない」ダンカンは眉をひそめた。「きみの狼が、ラウドンを殺したんだ」

マデリンはかぶりを振った。妻が恐怖を味わっているときに想像をたくましくするなんて、いかにも彼らしい。妻の気持ちを明るくするために、彼がからかっているのはわかっていた。

「立てるか？」ダンカンが尋ねた。「気分は――」

「わたしは大丈夫よ。いいえ、わたしたちなら大丈夫」マデリンは訂正して、おなかをそっとたたいた。「まだ動かないけれど、無事なのはわかるわ」

彼女はダンカンに手を貸してもらって立ちあがった。ラウドンを見ようとしたが、ダンカンに立ちふさがられて見えなかった。「きみが見る必要はない。気分が悪くなるだけだ」ラウドンの喉は狼にずたずたにされていた。一度見たら、なかなか忘れられるものではない。

アンソニーがそばに来た。痛みよりも、信じられないといわんばかりの顔をしている。

「アンソニー、肩のけがは――」

「たいした傷ではありません。それより――」アンソニーはいった。「奥さま、敵の心臓の真ん中を射ぬきましたね」

ダンカンは信じなかった。「マデリンの矢だったのか？」

「そうです」

ふたりが目を剝いて振り向いたので、マデリンはそんなに信用されていないのかとむっとした。一瞬、黙っておこうかと思ったが、いつものこだわりがまさった。「あのときは、足を狙ったの」

ダンカンもアンソニーも、その告白を心底おもしろがった。ダンカンはマデリンをふたたび抱きあげると、丘をおりはじめた。

「狼がきみを救った」ダンカンは真実を説明しようと、もう一度いった。

「わかっているわ」

ダンカンはあきらめた。夫が救い主だとマデリンが頑なに思いこんでいないときに、すべてを説明しよう。「きみはもう二度と動物に餌をやらないでくれないか。その仕事は、わたしが引き受ける。あの狼には、今後食べ物の心配のいらない生活を送ってもらう権利があるからな。その権利を勝ちとったんだ」

「いいかげんに、からかうのはやめてもらえないかしら、ダンカン?」マデリンはうんざりしたようにいった。「ようやく試練を乗り越えたのよ」

ダンカンはほほえんだ。指図するのがよほど好きと見える。彼は顎をマデリンの頭にすりつけながら、彼女が新しい痣について愚痴をこぼすのに耳を傾けた。

ウェクストンの領主は、マデリンを家に連れ帰りたくてたまらなかった。ちょうどオデュッセウスが妻の待つ家に帰りたくてたまらなかったように。

未来はふたりのものだった。マデリンは夫を狼呼ばわりするが、自分はただの人間だ。しかし、夢物語のオデュッセウスよりは強い。

自分はただの人間で、欠点もあるが、大変なことをやってのけた。そう、天使を捕まえたのだ。自分だけの天使を。

訳者あとがき

ガーウッドの中世物の邦訳もおかげさまで七作目となりました。今回は新しい作品でなく、著者の長いキャリアのなかでもごく初期に執筆された作品をお送りします。これまでの邦訳作品では、ハイランダーの氏族長とイングランド娘のロマンスが定番でしたが、本書はそれに先立つ作品で、イングランドの有力な領主《バロン》がヒーロー。プレードでなく銀色の鎖かたびらをまとい、イングランド王に忠誠を誓っているものの、傲慢で誇り高く、なによりも名誉を重んじるところは、やはり著者好みの男性像といえるでしょう。その後の中世物に色濃く表れている〝ガーウッド節〟の原型が見てとれるのは興味深いかぎりです。

今回のヒーロー、ダンカンは、両親こそなくしているものの、弟ふたり、妹ひとりという、比較的にぎやかな家族構成です。しかし亡き父親のやり方に倣い、領主の威厳を保っために家族とは距離を置き、平時はひたすら軍事教練に励む孤高の生活がこれまでの彼の人生でした。おかげで、近隣の領主たちからは〝狼〟と呼ばれるほど非情な、すぐれた統率者として恐れられており、冒頭のラウドンの城を襲う場面では、復讐とはいえ敵兵を皆殺しにするなど、一切の容赦はありません。ところが、敵対する領主の妹、マデリンを捕虜として連れ帰ったことで、彼ときょうだいの人生は一変します。

マデリンは幼いころから兄のラウドンに虐待に近いいじめを受け毎日怯えて暮らしていたせいで、兄を刺激しないように感情を隠すような、気の毒な子どもでした。それから八歳で司祭の優しいおじの元に預けられ、十年近くそこで平穏な日々を過ごしますが、心の平安は得られこそすれ、同年代の遊び相手もいない隠遁生活では、感情のおもむくままにはしゃいだり、お転婆したりといった、子どもらしい振る舞いはできなかったでしょう。

ダンカンは出会ったときからマデリンに強く惹かれていますが、彼女がようやく語った過去の話から、マデリンが恐怖に震えながら少女時代を過ごさなくてはならなかったことを知り、それを克服した彼女に敬意を払い、いつしか深く愛するようになります。

マデリンはダンカンたちと暮らすうちに、さなぎから出た蝶が羽を伸ばすように、生まれてはじめて感情を表に出し、自分の意見を口にする喜びを知っていきます。ガーウッドのヒロインらしく、うっかりしてとんでもない危険に足を踏み入れることもありますが、ダンカンの言葉を借りれば、それは「人生に追いついてあらゆることを満喫しようと急ぐあまり、気をつける暇がない」から。しかし、変わったのは彼女ばかりではありません。ダンカンも愛情深いマデリンの影響を受けて、きょうだいとの関わりにも変化が現れてきます。

物語の終盤では、悪王として有名な国王ウィリアム二世も登場します。この王は本書にもあるように、臣下の領主たちの評判は芳しくなく、たしかに男色の趣味も含めて放蕩し放題の冷酷な君主だったそうで、宮廷には王にへつらう奸臣があふれていたとか。しかしそれは、教会を敵にまわすようなことをさんざん重ねていたせいで、当時のインテリだった聖職者たちに悪いように書き残された可能性もあるわけで、あるいは本書でダンカンがいっているように、名誉を重んじる公正な一面もあったのかもしれません。あとに残る側が都合のいいように書きかえるのは、歴史の常ですから。

次回は、来年の春ごろに著者のリージェンシー物の第四弾、"*Castles*"の邦訳をお届けする予定です。どうぞ楽しみにお待ちください。

二〇一三年十二月

銀色の狼に魅入られて

著者　ジュリー・ガーウッド

訳者　細《ほそ》田《だ》利《り》江《え》子《こ》

2014年1月20日　初版第1刷発行

発行人　鈴木徹也

発行所　ヴィレッジブックス
〒108-0072 東京都港区白金2-7-16
電話 048-430-1110（受注センター）
03-6408-2322（販売及び乱丁・落丁に関するお問い合わせ）
03-6408-2323（編集内容に関するお問い合わせ）
http://www.villagebooks.co.jp

印刷所　中央精版印刷株式会社

ブックデザイン　鈴木成一デザイン室

 ISBN978-4-86491-108-5 Printed in Japan

エリザベス・ヴォーン　吉嶺英美＝訳

「空色の瞳の異邦人」

定価：本体860円＋税　ISBN978-4-86491-004-0

「銀色の草原の約束」

定価：本体860円＋税　ISBN978-4-86491-072-9

大陸の風
吹きわたる
ファンタジック・
ロマンス!!

草原の騎士に
戦利品《ウォープライズ》としてささげられたのは、
誇り高きヒーラーの王女――

争いをおさめるため、対立する騎馬民族の将軍にその身をささげた王女。
民のため、冷酷な将軍の奴隷となることを覚悟した彼女だったが、"ウォープライズ"という言葉には、隠されたもうひとつの意味があった!

ローリ・フォスターの好評既刊

ベストセラー作家が贈る、熱く刺激的な恋物語…

話題の格闘技ファイター SBCシリーズ!!

ホームタウンに恋をして

無敵のファイターは心配性!?

定価:本体920円+税 ISBN978-4-86332-270-7

出会いは ハーモニーにのせて

格闘技界のカリスマと
男勝りな歌姫の出会いはリングの上!?

定価:本体920円+税 ISBN978-4-86332-301-8

はじまりは 夜明けのキャビンで

格闘技界一、タフで〝不運〟なファイターと
謎多きキャビンオーナーの恋の行方は?

定価:本体880円+税 ISBN978-4-86332-381-0

ローリ・フォスター 大野晶子=訳

スーザン・キャロルの好評既刊

RITA賞（全米ロマンス作家協会賞）受賞作家が
コーンウォール地方を舞台に贈る

セント・レジャー 一族 三部作

スーザン・キャロル 富永和子＝訳

ついに完結!!

魔法の夜に囚われて

880円 ISBN978-4-86332-055-0

花嫁探し人と称する不思議な老人と知り合った令嬢マデリン。霧深い海辺の古城にやってきた彼女は、そこで戦士を思わせる一人の男と宿命の出会いを果たすことに……。

月光の騎士の花嫁

880円 ISBN978-4-86332-221-9

アーサー王ゆかりの地を訪れた未亡人ロザリンドは、円卓の騎士の幽霊と遭遇し恋に落ちる。だが彼と瓜二つの謎めいた男との出会いが、彼女の運命を激しく翻弄しはじめ……。

水晶に閉ざされた祈り

860円 ISBN978-4-86332-259-2

私生児として育ったケイトは、幼い頃からセント・レジャー一族の息子に恋心を抱いていた。だが、彼と結ばれることはないと知ったケイトの恋の魔法は、運命を大きく変え……。

※表示価格は税抜です